Dr. Norton

Iris Pinson

Pinson Publisher
Publicatie 2015
Uitgave: Mei 2021

Schrijver: Iris Pinson
Coverontwerp: Iris Pinson
Foto: David Schauer
Tekstueel advies: Ambilicious
Met dank aan: Sunny-Site B.V.
ISBN: 978-90-821929-4-0
© Iris Pinson

Inhoud

Deel I – Waar werelden botsen

Je kunt de wind niet veranderen.

Hoofdstuk 1

'Blijf binnen en doe je zwemvest aan!' riep Victor, die tegelijkertijd zijn veiligheidslijn controleerde en zorgelijk om zich heen keek.

Een straffe wind was onverwachts over de Noordzee opgestoken en de golven zwollen aan. Het ruwe water slingerde de zeilboot als een speelbal over de golven. Victor had als een ervaren zeiler de situatie onder controle. Voor hem was het een kwestie van anticiperen. Maar niet voor zijn passagiere, die nog nooit had gezeild. Het moest voor haar een angstige ervaring zijn. Uit de kajuit hoorde Victor een harde klap. Vermoedelijk een voorwerp dat niet zeevast stond.

Toen ze vanmorgen met 'de Victory' de haven van Scheveningen uitvoeren, scheen het winterzonnetje op het schoongepoetste dek. De weersverwachting voor vandaag was goed geweest. Buitengaats had Victor de zeilen gehesen. Een paar mijl uit de kust begon de lucht al te betrekken en niet veel later vielen de eerste regendruppels op het dek. De regen transformeerde tot een regengordijn dat ruw uiteenspatte. Victor had in de tussentijd zijn regenpak aangetrokken, stond fier in de kuip en koerste met windkracht zes over de Noordzee. Het water gutste van zijn regenpak, maar hij genoot hoe zijn schip op het scherp van de snede het gevecht met de onvoorspelbare watermassa aanging. Het was afzien en hard werken, maar Victor hield van uitdagingen. Bestond het leven voor hem niet louter en alleen uit uitdagingen? Victor ging overstag en de schoten rolden knetterend door de blokken. Hij was in zijn element, want dit was voor hem zeilen, zoals het moest. Tevreden keek hij omhoog naar de langere mast, die hij kortgeleden had laten vervangen, waardoor het grootzeil mooi toog.

De deining werd hoger en de kustlijn was uit zicht. Door de harde wind gleed het schip met hoge snelheid als een vlijmscherp mes over de golven. De regen sloeg hard in het gezicht van Victor, maar hij overzag de situatie. Op het open water van de Noordzee had hij de ruimte en kon hij risico's nemen, omdat hij wist hoe de stromingen liepen.

Vanuit de kajuit hoorde Victor angstig roepen, maar het geluid viel weg door de harde wind.

'Wat is er? Ik hoor je niet.'

'Ik vind het eng. We gaan schuin. Straks slaat de boot om,' riep zijn passagiere paniekerig. Tegelijkertijd werd ze in de kajuit naar achteren geslingerd. Victor kon haar niet oppakken, want hij moest opletten.

Ze was weer opgekrabbeld en keek met een lijkbleek gezicht door de poort naar buiten.

'Dit is zeilen, zoals ik het graag heb. Je hoeft je geen zorgen maken, want ik heb alles onder controle,' riep Victor met een glimlach rond zijn mond.

'Ga in je kooi liggen en blijf daar.'

De onstuimige zware windstoten deden de boot schudden. Golven van vier tot vijf meter hoog op de grauwe Noordzee maakte het zeilen bijzonder. De omstandigheden vergden de volle aandacht en concentratie van Victor. Hij klokte een snelheid van 14 knopen.

Victor liet een lijn vieren, die in de schoot stokte. Hij zag een knoop in de lijn, maar voordat Victor iets had kunnen doen, schoot de lijn ineens door de schoot en kapte de giek hard te zijn hoofd. Victor duizelde en deed een stap achteruit, waardoor hij zijn evenwicht verloor en door de harde wind overboord werd gezwiept.

Vanwege de lange veiligheidslijn lukte het Victor niet om aan het dek te klauteren. De zeilboot sleurde hem als een speelbal door het koude water. Terwijl zijn hoofd duizelde probeerde hij zich aan de lijn door het ruwe water naar de boot te trekken. Zijn kracht nam af en Victor voelde dat hij de controle kwijt was en schreeuwde tevergeefs om hulp, maar niemand hoorde hem. Door een combinatie van een onverwachte hoge golf en ruwe grondzee sloeg de boot om. Uitgeput verdronk hij.

Hoofdstuk 2

Ooit waren Victor Bosch en Paul Norton een twee-eenheid. Het waren onafscheidelijke boezemvrienden. Ze lagen elkaar. Waarom, wisten ze niet. Vanaf de eerste schooldag op het VWO was één blik genoeg. Ze hadden dezelfde voorliefde voor muziek, hielden allebei van geintjes en van vrouwen.

Victor en Paul waren twee sportieve en goed uitziende charmeurs, die altijd vrouwen in hun kielzog hadden. Ze hadden op jonge leeftijd al de reputatie van vrouwenverslinders opgebouwd. Het leek wel of dat juist de belangstelling bij vrouwen aanwakkerde.

Het waren opvallende jongemannen, waarvoor meisjes op straat hun hoofden omdraaiden. Victor had bruin haar met een lichte slag, die hij met wat gel tussen zijn vingers soepel achterover wreef. Hij droeg meestal een rode chino met een lichtblauwe Ralph Lauren blouse met opgestroopte mouwen, waarvan de kraag nonchalant omhoog stond.

Paul verdeelde al op jonge leeftijd zijn sluike blonde haren zorgvuldig over zijn hoofd naar achteren, om te voorkomen dat het dunbehaarde plekje op zijn achterhoofd zichtbaar was. Hij droeg spijkerbroeken met een afgezakt kruis, waar op zijn heupen nog net de rand van zijn Björn Borg onderbroek zichtbaar was. Dag en nacht droeg hij zijn verwassen donkerblauwe hoodie, die als een tweede huid om zijn lichaam hing.

Het begon al op de middelbare school, toen ze het initiatief namen om illegale feestjes te organiseren. Via de vader van Victor hadden ze een leegstaand pand tot hun beschikking. Wel onder de voorwaarde dat er geen politie aan te pas zou komen, anders was het direct afgelopen met de pret. Victor had zijn vader bezworen dat hij alles onder controle had. Paul was degene, die op de hoogte was van de nieuwste muziektrends en goed kon draaien. Aan drank komen was ook geen probleem. Dat regelde Victor via de relaties van zijn vader. Hun doelstelling was exclusiviteit en ze organiseerden de illegale feesten voor een select gezelschap. Ze waren streng in hun keuze, wat hun feesten gewild maakte. Alleen op persoonlijke uitnodiging was de toegang gegarandeerd. Dat maakte Paul en Victor geliefd, maar ook verketterd door degenen die permanent uitgesloten werden. Meisjes probeerden tegen elke prijs Victor of Paul om te praten om binnen te komen. Voor knappe en bevallige meisjes werd er altijd een uitzondering gemaakt. Door hun status als organisatoren van kekke feesten werd er op school naar beide jonge mannen opgekeken.

Als grapjes uit de hand liepen of een tijdelijke vriendin verhaal kwam halen, dekten Victor en Paul elkaar als broers af. Op de sporttoernooien op school probeerden de docenten ze altijd te scheiden, want als Victor en Paul samen in een team zaten waren ze onoverwinnelijk.

Hun achtergrond was volledig tegenovergesteld. Victor kwam uit een welgesteld vooraanstaand gezin. Zijn vader had carrière gemaakt en een fortuin vergaard. Hij was een graag geziene persoonlijkheid in het bedrijfsleven. Voor Victor was er geen 'nee' in het dagelijks leven. Er stond al een auto voor hem klaar voordat hij zijn rijbewijs in zijn zak had. In tegenstelling tot Paul. Hij kwam uit een sociaal zwak milieu. Zijn moeder was gescheiden en zat in de bijstand. Zijn vader had hij twee keer in zijn leven gezien, maar hij had niets met deze man en wilde hem ook niet meer ontmoeten. Als Paul iets wilde, dan moest hij er hard voor werken.

Na de middelbare school gingen beide jongemannen in Rotterdam studeren. Victor volgde op aanraden van zijn vader de studie Economie en Paul werd toegelaten voor Microbiologie. Ze deelden samen één grote studentenkamer, die de vader van Victor had geregeld.

Het leven bestond uit feesten, vrouwen scoren en zuipen, maar op het moment suprême, wanneer er goede cijfers gehaald moesten worden, waren Victor en Paul serieus, nuchter en paraat.

'Hé Victor, ik heb er weer twee. Kom je?'
Paul had als een behendige vrouwenjager twee bevallige blondines omarmd, die hem tegelijk met getuite lippen provocerend op zijn wangen zoenden. Paul zag dat zijn 'catch' bij Victor in de smaak viel, die met een ondeugende glimlach rond zijn mond kwam aanlopen. Victor bespeurde de rivaliteit van beide dames voor hem en dat deed hem goed.

Ze namen de twee blondines mee naar hun studentenkamer en meteen na binnenkomst eiste Victor slinks zijn aandeel op. Hij pakte degene met de grootste borsten en trok haar shirtje uit. Ze had veel te veel wijn gedronken, duwde haar borsten tegen elkaar aan en liet Victor eraan likken. Daarna wilde ze naar Paul gaan, maar Victor verhinderde dat door haar van achteren beet te pakken. Hij duwde haar over de bank voorover, trok haar slipje uit en nam haar. Paul had de andere blondine in bed getrokken en Victor zag uit zijn ooghoek dat hij zich liet afzuigen.

Soms namen Victor en Paul elkaars veroveringen over en aan een minimale grimas konden ze van elkaars gezicht aflezen of de vrouw in kwestie echt lekker was of dat ze deed alsof.

Samen hadden ze het voor elkaar, ondanks dat ze allebei compleet verschillende studies volgden. Paul en Victor hadden niet alleen belangstelling voor elkaars vorderingen, maar ze voerden ook inspirerende gesprekken en discussies.

Eén van de terugkerende discussieonderwerpen was: *Wat is zeker in het leven en is alles wat we waarnemen wel echt?* De aanleiding hiervoor was de film van The Truman Show, waardoor Paul was gaan nadenken over zijn eigen achtergrond in relatie tot die van Victor. Wat was nu de echte wereld? Was de geërfde rijkdom van Victor een fictieve weergave en ging het in werkelijkheid om de lichamelijke en geestelijke ontwikkeling van de mens?

Het waren leuke discussies waarbij Paul suggereerde dat Victor in een schijnwereld leefde, waar alles voor hem werd voorgekookt en klaarstond. Paul vroeg Victor dan op de man af hoe hij zich zou handhaven als hij in de echte wereld moest presteren?

'Maakt het eigenlijk wat uit of je in een schijnwereld of in de echte wereld leeft?' daagde Victor uit.

'Misschien wel, omdat alles voor jou is voorbereid. Je vader heeft elke stap in een scenario uitgeschreven. Een compleet draaiboek, dat in zijn beeldvorming de juiste is, maar is dat wel in de goede context tot stand gekomen? Zijn referentiekader was in zijn jeugd weer door zijn vader voorbereid en overgedragen. Straks blijkt dat het scenario over de decennia heen compleet gedateerd is en niet meer met de realiteit overeenkomt. Hoe ga jij jezelf in het leven redden als het draaiboek van je vader niet meer bij de realiteit aansluit?'

Victor, aanhanger van de filosoof Kant, had hier een uitgesproken mening over.

'De basis voor de realiteit is het observeren en ervaren van je leefomgeving. Alles wat we nu tijdens onze studie aan theoretische kennis opdoen, moet je dan als mens combineren. Zo ontstaat het beeld van een werkelijkheid. Jij hebt de neiging om mensen instinctief te volgen die je als invloedrijk beoordeelt, maar je moet juist achterhalen waarom je ze als voorbeeld definieert.'

Paul kneep zijn ogen toe en vroeg: 'Maar jij wordt als mens ook beïnvloed. In hoeverre heeft je vader jouw blik op de wereld gekleurd?'

'Maakt het eigenlijk wat uit of je in een schijnwereld of in de echte wereld leeft?' daagde Victor uit.

Paul schoot hard in de lach. 'Je moet er toch niet aan denken dat je een heerlijk leven leidt en vervolgens ontdekt dat het allemaal anders blijkt te zijn. Maar is dan die wereld waar je in terecht komt echt, of kom je van de ene schijnwereld in de andere terecht?'

Victor moest ook lachen. 'Het leven zit vol leugens. We moeten het de komende jaren gaan ervaren.'

Hij stond op, liep naar het koelkastje. 'Biertje?'

Ondanks dat ze met z'n tweeën op één grote kamer leefden, waren er nooit conflicten. Af en toe was het een puinhoop op de kamer en dan spraken ze af om in het weekend de troep op te ruimen, wat ze ook deden. Een paar keer per jaar regelde de vader van Victor dat er een schoonmaakster langskwam om de kamer echt goed onder handen te nemen. In de keukenkast stond een pot waar ze beiden geld in stopten voor de boodschappen. Er was nog nooit een onvertogen woord over geld gevallen.

In het laatste studiejaar bereidde de vader van Victor hem voor op zijn toekomstige carrière. Zijn vader was een aimabele man en betrok Paul bij de door hem georganiseerde netwerkbijeenkomsten. Op deze bijeenkomsten werd interessante informatie gedeeld en bouwden beide mannen hun toekomstige netwerk op, wat ze straks hard nodig hadden om een succesvol carrièrepad te doorlopen.

Victor studeerde als eerste af en in de tussentijd ploegde Paul ijverig door op microbiologie. Victor had bewondering voor Paul, omdat hij het niet breed had en de benen uit zijn lijf werkte om zijn studie te kunnen bekostigen. Hij mocht Paul, want hij was eerlijk en gunde hem ook de spullen waar hij hard voor had moeten werken.

Victor werd direct na zijn afstuderen als 'high potential' bij de farmaceutische multinational Salutem binnengehaald. Hij startte met een verkenning in verschillende disciplines om zijn mogelijkheden te onderzoeken. Vanuit Salutem was er veel vrijheid om zijn nieuwe opgedane kennis en ervaring uit te proberen om uiteindelijk zijn richting te bepalen. Daarnaast nam hij deel aan een intensief trainingsprogramma voor high potentials. Victor werd hierin voorbereid op het eerste niveau van leiderschap.

De resultaten waren boven verwachting. Dat kwam, omdat hij over uitstekende contactuele eigenschappen beschikte, intelligent was, maar ook omdat zijn vader hem op de achtergrond coachte. Victor doorliep het programma met zijn vingers in zijn neus.

De vader van Victor had veel kennis van de vastgoedmarkt, speculeerde met onroerend goed en hij had daarnaast ook nog zijn beleggingsobjecten. Toen Victor in zijn eerste baan startte vond zijn vader dat de studentenkamer passé was. Hij had een beleggingsobject in zijn portefeuille wat een paar straten achter Salutem lag. Het appartement aan de Zuidas in Amsterdam was op stand en paste bij de toekomstige status van zijn zoon. Het lag voor de hand dat Victor hier zijn intrek zou nemen.

Het ging voorspoedig met Victor, zijn carrière lag op koers en hij stootte binnen twee jaar door als leidinggevende van een commerciële unit. Het was hard werken, targets scoren, interne concurrenten overtroeven en zichzelf bij de stakeholders in de kijker spelen. Hij had het politieke speelveld binnen de organisatie bespeeld en op de juiste momenten uitstekende resultaten opgeleverd. De beloning was zoet, want de promotie gaf hem de juiste status binnen de organisatie. Er werd naar Victor opgekeken, maar er waren ook collega's die hem niet konden pruimen en hem achter zijn rug een rat noemde.

Het ultramoderne kantoor dat Victor tot zijn beschikking kreeg beviel hem. Hij kon zich de eerste dag toen hij zijn kantoor binnenliep nog goed herinneren. De glazen wanden oogden futuristisch. Het bijzondere was dat zijn bureau ook van glas was, waarop een dunne laptop klaarlag. Victor hield van een stilistische design met aan de muren moderne kunst. Maar wat Victor nog het meest aansprak was zijn secretaresse. Giselle was een mooie, licht getinte dame met lang stijl zwart haar. Ze had een vriendelijke, maar ook gedistingeerde glimlach. Ze wachtte hem de eerste dag op.

'Welkom. Ik ben Giselle, je secretaresse.'

Victor mocht haar direct. Ze was discreet, dat zag hij in één oogopslag. Hij vond haar de ideale belichaming van een secretaresse in haar mooie lichtroze blouse met een uitstekende pasvorm. Het strakke zwarte kokerrokje met de kokette pumps volgden zijn ogen nauwgezet.

'Koffie? Zwart?'

Victor moest glimlachen, want deze juffrouw kon zijn gedachten lezen. Toen ze de kamer had verlaten pakte hij zijn nieuwe smartphone en scande snel het laatste nieuws.

Nadat ze koffie had gehaald, ging ze met een kladblok en pen zelfverzekerd tegenover hem zitten.

'Ik heb alle stukken voor de vergadering voorbereid. Je hoeft ze alleen nog maar in het systeem te accorderen. Het afdelingsoverleg is altijd op maandagmiddag. De partnermanagers zijn dan binnen.'

Ze overhandigde hem het overzicht met de targets en de voortgang van de resultaten.

'Er zijn twee partnermanagers die onderpresteren. Ik heb ze met rood aangemerkt.'

Victor liet het niet blijken, maar hij was aangenaam verrast over het kordate optreden van Giselle. Hij nam een slok van zijn koffie, overdacht de situatie en besloot haar te paaien. Met een serieuze uitdrukking op zijn gezicht zei hij: 'Ik zit hier nu tien minuten en ik kan al niet meer zonder je.'

Giselle sloeg haar ogen zedig neer, maar pakte daarna weer zelfverzekerd haar rol op. Victor schatte in dat hij aan Giselle een goede medestander zou hebben en dat ze hem in penibele situaties rugdekking zou bieden.

Na afloop van het overleg stond ze op en liep bevallig op haar hoge pumps naar haar bureau. Victor volgde haar minutieus met zijn ogen door de glazen wand. Hij zag dat ze eerst haar rok strak naar beneden trok voordat ze ging zitten. Ze had een lekker kontje, alleen zat hij nu in een carrièrepad en uitspattingen met zijn secretaresse waren uitgesloten.

Zijn team bestond uit een gemêleerde groep van vrouwen en mannen. Jong en oud. In de buitendienst zaten voornamelijk mannelijk zwaargewichten die de academische ziekenhuizen bedienen. De vrouwen zaten in ondersteunende administratieve functies. Tijdens het eerste overleg bemerkte hij scepsis. Victor was een jonge hond en stond nu als leider voor een groep van twaalf medewerkers met een gemiddelde leeftijd van vijfendertig jaar. Maar dat was aan hem toevertrouwd. Hij heette iedereen welkom, begon aan een voorstelrondje en vertelde kort en bondig wie hij was en wat hij van het team verlangde. Giselle notuleerde accuraat.

Victor maakte persoonlijk kennis met zijn teamleden. Hij kon tijdens de individuele gesprekken een goede inschatting van hun persoonlijkheid en prestatiedrang maken. Als manager kwam hij de gemaakte afspraken na, wat gewaardeerd werd, maar ook vertrouwen wekte. Het had even zijn tijd nodig, maar na een half jaar liepen ze met hem weg.

Ondanks zijn drukke agenda, sprak hij af en toe in het weekend met Paul af om in de binnenstad te gaan stappen. Hij was benieuwd naar de ontwikkeling die Paul doormaakte en deelde zijn ervaringen bij Salutem.

'Je bent in het afgelopen half jaar behoorlijk veranderd,' zei Paul, die Victor aandachtig opnam.

'Je gedraagt je als een echte manager,' en klopte Victor met een blik van bewondering op de schouder.

'Hoe lang heb je nog te gaan?' vroeg Victor.

'Nog een half jaar en dan ben ik klaar. Ik kijk er wel naar uit, want ik ben het studeren nu wel zo onderhand zat.'

Victor vroeg geïnteresseerd naar het afstudeerproject van Paul, die gestructureerd vertelde waar hij mee bezig was en in welke onderzoeksfase hij zat. Ze liepen een drukke kroeg in de binnenstad binnen en bestelden bier.

Na verloop van tijd stootte Paul Victor aan en hij zag aan zijn blik dat het om vrouwelijk schoon moest gaan. Victor draaide zich om, bekeek de vrouw in kwestie en hij keek Paul met een grijns aan.

'Dat is een collega van me. Haar naam is Lettie. Ze zit ook in het managementprogramma bij Salutem.'

'Ik denk dat ik haar voor vannacht ga scoren,' zei Paul met een zelfverzekerde glimlach rond zijn mond en een blik in zijn ogen dat boekdelen sprak.

'Of heb je bezwaar?'

Victor schudde zijn hoofd. Hij bekeek Lettie nog eens goed en vond dat ze er nu in de kroeg sexy bijliep met haar laag uitgesneden topje. Paul had oogcontact met haar en ze kwam toelopen.

Lettie was een knappe blondine met lang steil haar en een mooi gelijkmatig gezicht. Ze was niet zo groot, maar had een goed postuur. Niet te dik, maar wel met wat vlees op de botten.

'Hé, jij hier?' zei Lettie verbaasd en ze kuste Victor drie keer. Hij introduceerde Paul, die direct op de versiertoer ging. Victor liet hem gaan, want hij had in haar ogen al gezien dat zijn tijd nog zou komen. De vriendin van Lettie kwam er ook bij staan. Paul was heer en meester van de situatie en maakte grapjes. Er werd veel gelachen en gedronken. De muziek ging bij sommige meezingers hard aan, waardoor ze elkaar moeilijk konden verstaan.

Victor zag dat Paul zijn handen sensueel over het strakke rokje van Lettie liet glijden. Ze liet het toe, maar Victor wist als een doorgewinterde womanizer dat ze niet met Paul mee naar huis zou gaan. Na verloop van tijd maakte ze zich los van Paul en kwam ze zijn kant op. Victor wist nu zeker dat hij haar vannacht zou scoren. Het gaf Victor een gevoel van euforie. Paul had door dat zijn kans was verkeken, maar nam het sportief op en zei tegen Victor: 'Ik ga er vandoor, want ik heb morgen nog wat zaken te regelen.' Hij gaf een knipoog en verdween als een haas in het donker.

Toen Paul weg was, kuste Lettie Victor. Hij vond haar een lekker ding. In een hoekje liet hij zijn hand onder haar shirtje glijden.

'Bij mij of bij jou?' zuchtte ze.

'Dat hangt ervan af wat je in gedachten hebt?' zei hij sensueel.

Haar hand betastte zijn kruis.

'Bij mij,' zei Victor. Hij pakte subtiel haar hand vast en nam haar mee naar zijn nieuwe appartement.

Lettie was een opgewonden standje. In de lift trok ze haar topje omhoog. Haar blote borsten stonden strak naar voren en ze keek Victor uitdagend aan, maar tegelijkertijd ging het belletje en de liftdeuren openden. Victor pakte haar bij de hand en nam haar mee naar zijn appartement. Hij troonde Lettie gelijk naar zijn slaapkamer, kleedde haar helemaal uit en begon haar erotisch te betasten. Ze gilde van genot. Om haar de mond te snoeren, stopte hij zijn stijve penis in haar mond, die ze gulzig leegzoog.

Lettie was een pittige tante die van geen ophouden wist. Victor moest na afloop in zichzelf lachen. Lettie was zijn pijpdoos.

In het kader van het managementprogramma organiseerde Salutem periodiek bijeenkomsten op externe locaties. Tijdens één van deze bijeenkomsten zag Victor Lettie de ruimte binnen lopen. Sinds die nacht bij hem thuis had hij haar niet meer gezien, maar hij was haar nog niet vergeten. Het was een heerlijke nacht geweest en Lettie wist precies hoe ze hem met haar mond moest verwennen. Ze ging naast hem zitten en begon een serieus gesprek, waar Victor op inhaakte, zonder enige genegenheid te tonen. Het was een interessante discussie over het jaarlijks te incasseren percentage voor de aandeelhouders ten opzichte van de toekomstige investeringen die nodig waren voor innovatie. Lettie was van mening dat de factor tijd niet synchroon liep met de belangen van de aandeelhouders, in vergelijking met de opbrengsten van de nieuwe producten. Haar ideeën spraken Victor aan en ze bediscussieerden de verschillende theoretische opties. Niet alleen goed met de mond in bed, dacht Victor, ook zakelijk heeft ze een scherpe blik.

's Avonds na het diner kreeg de groep onverwachts een opdracht, waarbij de volgende ochtend een uitgewerkte presentatie werd verwacht. Iedereen had wijn gedronken tijdens het diner en was gaar van het dagprogramma. De opdracht was blijkbaar bewust intensief, maar ook conflicterend van opzet. De bedoeling was dat de groep onder druk tot overeenstemming moest komen en dit met een resultaatgerichte presentatie zou toelichten. Ze namen in de lobby plaats, voerden serieuze discussies, werkte het raamwerk en de invulling daarvan uit. Nu moest alles nog in een PowerPoint worden uitgewerkt. Om twee uur 's nachts zei Victor zelfverzekerd tegen de groep: 'Die timmer ik vannacht wel in elkaar. Geen probleem.'

'Zal ik een deel voor mijn rekening nemen?' bood Lettie aan.
Victor keek bedenkelijk. 'Nee, dat hoeft niet. Maar het zou wel handig zijn als je alle aantekeningen van de groep verzamelt, dan checken we deze terwijl ik de resultaten uitwerk.'

Lettie verzamelde de aantekeningen en ze liep samen met Victor naar zijn kamer om hem bij de presentatie te assisteren. Bij binnenkomst sloot

Victor de deur, trok Lettie in bed en schoof haar broek naar beneden. Ze was hitsig en binnen een mum van tijd lag Victor op zijn rug en bereed ze hem driftig met haar stevige kontje.

Tegen de ochtend werd Victor wakker en hij keek naar Lettie die naast hem lag. Ze was knap, lekker en slim, maar geen vrouwtje om een relatie mee te beginnen. Hij keek op zijn mobiel, zag dat het zes uur was en sloop zachtjes uit bed, opende zijn laptop en ging aan het tafeltje bij het raam zitten. Snel en vakkundig knutselde hij de presentatie in elkaar. Hij hield niet van ellenlange presentaties en vond dat vijf slides voor het uitgewerkte model en de conclusie voldoende waren. De kern was het verhaal, wat mondeling gepresenteerd moest worden aan de hand van de slides. Op deze manier werd iedereen gedwongen om op te letten. Hij scrolde tevreden door de vijf slides die hij had gemaakt, zette ze op het bureaublad, sloot zijn laptop af en stapte weer bij Lettie in bed. Ze lag met haar strakke kontje naar hem toe en ze had niet gemerkt dat hij uit bed was geweest. Hij ging achter haar liggen, warmde zich op aan haar lichaam, trok haar billen open en duwde zijn stijve pik ertussen.

De ad-hoc-opdracht was professioneel uitgewerkt. De begeleider van Salutem die de opdracht had uitgezet, had in zijn handen geklapt toen het resultaat werd gepresenteerd. Hij vond de uitkomst van hoge kwaliteit. Het sterkte Victor dat hij meer in zijn mars had dan alleen leidinggeven aan een commerciële unit.

Na drie jaar zich als een Commerciële manager waargemaakt te hebben, werd hij benoemd tot Divisiemanager Home Care. Zijn carrière lag op koers. Intussen stond Victor bekend als een serieus hardwerkende manager, met een reputatie die niet ter discussie stond.
Toen hij promotie maakte, had hij erop gestaan dat zijn secretaresse Giselle meeging. Ze was aangenaam verrast en volgde hem naar zijn nieuwe werkplek. Het was voor haar tenslotte ook een promotie. In de afgelopen jaren was ze onmisbaar geweest voor Victor. Ze was zijn ogen en oren in de organisatie. Zonder enige instructie regelde ze alles geruisloos op de achtergrond. Hij kon blindelings van haar op aan. Als begeerde vrijgezel keek hij graag naar haar kontje als ze haar rok

straktrok voordat ze ging zitten, maar Giselle was ook getuige geweest van de enige misstap die Victor had begaan.

Hij was 's avonds laat nog aan het werk toen Lettie met een ondeugende glimlach zijn kantoor was binnengelopen.

'Hé tijger, sinds je promotie hebt gemaakt, zie ik je nooit meer.'

Victor moest inwendig lachen en had haar welwillend aangekeken. Lettie was uitdagend op de zijkant van zijn bureau gaan zitten.

'Van de groep ben jij wel de enige die de weg naar de top heeft gevonden.'

Ze leunde bevallig op haar elleboog achterover op het bureau, waardoor haar dijen iets uit elkaar schoven. Victor kon het niet laten en liet zijn vingers langzaam onder haar rok glijden.

Ondeugend lonkte ze naar hem en spreidde haar benen verder open. Hij voelde dat ze geen slipje aan had, schoof zijn vinger zachtjes naar binnen en bleef haar doordringend aankijken. Lettie zuchtte en ze sloot haar ogen. Victor stond traag uit zijn bureaustoel op en opende zijn gulp. Ze ging op de rand van zijn bureau zitten, schoof haar rok omhoog en spreidde haar benen zo wijd mogelijk. Victor schoof soepel in Lettie, die klaar was voor ontvangst. Met grote halen nam hij haar. Ze was heerlijk, totdat hij iets uit zijn ooghoek zag bewegen. Het was Giselle. Ze sloot de kast en pakte haar handtas om naar huis te gaan. Victor schrok, omdat hij dacht dat ze al naar huis was. Tot een orgasme kwam hij niet meer.

Lettie keek hem verbaasd aan. 'Is er wat? Zo ken ik je niet?' Ze zag in zijn ogen dat er iets aan de hand was, ze draaide haar hoofd om en zag nog net dat Giselle de kamer verliet. Ze schoot hard in de lach en probeerde zijn penis weer te pakken, maar Victor ritste zijn gulp dicht.

'Ben je bang voor haar of zo?' vroeg Lettie.

Ze hipte van het bureau, ging ernaast staan en trok haar rok naar beneden. Victor gaf geen antwoord, maar keek bedenkelijk naar de deur.

'Zullen we nog eens afspreken?'

'Ik denk dat we dit niet meer moeten doen.'

Victor nam het besluit om definitief met Lettie te stoppen.

De volgende morgen zat Giselle al achter haar bureau te werken toen Victor binnenliep en achter zijn bureau ging zitten. Ze stond op en zette niet veel later een kop koffie voor hem neer. Hij keek haar aan, maar twijfelde wat hij zou zeggen.

Ze keek hem discreet aan en zei: 'Maak je geen zorgen er was verder niemand binnen.'

'Dank je.'

Victor was opgelucht. Zijn reputatie was niet geschonden.

Hoofdstuk 3

De vader van Victor was een verwoed zeezeiler en hij had zijn zoon van jongs af aan meegenomen op zijn zeiltochten. Zijn levensles was, dat je tijdens het zeezeilen gedwongen wordt om de onvoorspelbare watermassa te beheersen en daarmee je negatieve gedachtenspiraal opschoont. Daarnaast was het zeezeilen een traditie in de familie Bosch. De opa van Victor had gezeild, alleen niet met de geavanceerde navigatieapparatuur waarmee de zeilboten van tegenwoordig zijn uitgerust.

Als Victor en zijn vader er samen op uittrokken, was het afzien tijdens hun zeiltochten. Er moest aan dek hard gewerkt worden. Ieder uur konden de omstandigheden op zee veranderen. Metershoge golven afgewisseld door de windstilte, de brandende zon, maar ook abrupt opkomende stormen met hoosregens.
Tijdens deze tochten groeide het blindelingse vertrouwen in elkaar. Op één van hun tochten voeren ze door de Golf van Biskaje, waar als gewoonlijk een stevige wind stond die het water opstuwde. De nachten waren donker. Door de harde wind voelden beide mannen continue spanning. De adrenaline stroomde door hun lichamen en hierdoor groeide de ultieme samenwerking tussen vader en zoon.
De Golf van Biskaje werd niet voor niets de kust des doods genoemd. Veel schepen waren hier vergaan. Samen gingen ze graag de uitdaging aan. Ze hadden de expertise om deze omstandigheden te trotseren. Dag en nacht zeilden ze door en hielden om de beurt de wacht. Het zelfvertrouwen van Victor kwam hier tot wasdom, omdat zijn vader alle vertrouwen in hem had door zijn moment van rust te pakken en Victor de leiding over het zeilschip te geven. Victor leerde op deze manier in bepaalde situaties snel een weloverwogen besluit te nemen. Eigenschappen die nu toepasbaar waren in de dagelijkse gang van zaken bij Salutem. Hier moest hij in risicovolle situaties besluiten nemen waar nog weinig expertise over was opgebouwd.
Het zeildoel van vader en zoon was Puerto de Ribadesella, waar ze aanmeerden en genoten van de geneugten van de Spaanse noordkust.
Interessante gesprekken over de business, investeringen en carrièrepaden voerden ze alleen als ze aan wal waren. Zo leerde Victor op een natuurlijke manier twee werelden scheiden. Iets wat in het dagelijks leven geen overbodige luxe was.

Voor zijn achttiende verjaardag had Victor van zijn ouders een zeewaardige zeilboot gekregen. Klein, maar het had alles aan boord voor het maken van lange reizen. Met spanning had hij uitgekeken naar zijn eerste solotocht.

Na een half uur op volle zee had hij het ritme te pakken en genoot hij met volle teugen als gezagvoerder op zijn eigen schip. In zijn vrije tijd probeerde Victor er zoveel mogelijk tussenuit te knijpen om alleen te gaan zeilen. Voor een deel was het zijn hobby en voor het andere deel de ultieme uitlaatklep voor zijn drukke baan bij Salutem. Zodra de zoute zeewind op zijn gezicht sloeg, genoot hij op de grillige bevaarbare golven van zijn vrijheid.

Victor had geen relatie, was uitgekeken op de one-nightstands en had het besluit genomen om in de zomervakantie alleen naar de Azoren te zeilen. Hij had eerst nog overwogen om Paul mee te nemen, maar die was niet geïnteresseerd. Victor had hem in het verleden een paar keer op zijn zeilboot meegenomen. Twee dagen op de Noordzee zeilen was leuk, maar dan was het voor Paul wel genoeg. Hij was een echt landmens, verveelde zich aan boord en stond niet open voor de kunst van het zeilen. Victor had ook weerstand gevoeld toen Paul zijn aanwijzingen aan boord moest opvolgen.

Ze waren langzaam uit elkaar gegroeid. Beiden hadden een drukke baan, overvolle agenda's en na Jackie was de schwung eruit.

Toen Victor tot divisiemanager Home Care werd gepromoveerd, had hij zijn eerste zeilboot ingeruild voor een groter exemplaar met meer luxe. Hij besefte als geen ander dat er zakelijk een grote druk op zijn schouders lag en vond dat dit het uitgelezen moment was om in zichzelf te investeren.

Voor zijn solo trip naar de Azoren trof Victor de noodzakelijke voorbereidingen. Hij vulde de voedsel- en watervoorraad aan, controleerde de veiligheidslijnen en de banden aan het dek ter bevestiging bij ruw weer. De zeekaarten waren compleet, het GPS-systeem werkte en de dieseltank was vol. Hij controleerde alles dubbel, want als hij alleen aan boord zat, was er niemand die hem in geval van nood iets kon aanreiken.

Het was tijd om te gaan. Victor gooide de trossen los, voer de haven van Scheveningen uit, hees de zeilen op zee en hij keek gelukzalig omhoog.

Vrijheid en weg van alle beslommeringen. Het enige gevecht dat Victor nu had was de strijd met de natuur, het water en de wind.

Op zee stond een stevige bries. Het zeilschip maakte vaart, het water spatte op. Toen de kust uit het zicht was verdwenen, werd Victor non-stop overspoeld door overslaande golven, maar de Victory hield vorstelijk stand op de ruwe Noordzee. Tussentijds inspecteerde hij het voordek: alles zat goed vast. Victor genoot.

Tijdens de nacht zette hij een wekkertje. Kort slapen, koers controleren, bijsturen en dan weer even de ogen dicht. Voor Victor geen probleem, hij functioneerde uitstekend met weinig slaap. Toch, de eerste nacht alleen op de drukbevaren Noordzee, was altijd even wennen.

De volgende ochtend ging Victor op het brugdek zitten en spiedde hij over de zee. De harde wind was gaan liggen. Hij voelde zich brak door de korte slaapjes die hij vannacht had genoten. De ervaring leerde dat dit gevoel binnen een paar uur was verdwenen. Kort daarna trok hij zichzelf soepel aan een touw omhoog en inspecteerde het schip. De Victory dommelde zachtjes over het kabbelende water. Hier had hij naar uitgekeken, ontbijten in de vroege ochtendzon aan het dek. Voor één dag tolereerde hij de windstilte en genoot van de ultieme rust.

Rust, zonder andere mensen aan zijn hoofd. Normaal gesproken kon Victor er altijd goed tegen als verschillende mensen iets van hem wilde en hij kon dit uitstekend managen. Maar er waren ook momenten dat hij behoefte had aan rust om zijn gedachten te ordenen, vooral als er strategische beslissingen met een groot afbreukrisico genomen moesten worden. Dan trok hij zich het liefst terug op de Victory, overdacht in alle stilte alle scenario's en koos altijd drie opties uit. De ultieme oplossing en twee goede alternatieven, voor het geval er naar een noodscenario uitgeweken moest worden.

De volgende dagen stond er meer wind. De Victory sneed vorstelijk door de golven van de Atlantische oceaan richting de Azoren. Hij moest af en toe om zichzelf lachen als hij een blik voor het avondeten opentrok. Handig, die blikken met kant-en-klare maaltijden. Hij warmde ze niet eens op, maar lepelde ze koud leeg.

Victor leefde altijd gezond, want zo was hij grootgebracht. Zijn moeder had thuis de broek aan. Als enig kind werd hij niet door zijn ouders verwend en moest hij alles proeven en leren eten. Zijn moeder kookte heel divers, van ouderwetse hutspot met een ambachtelijke rookworst tot het opdienen van verse Zeeuwse oesters, het lievelingsgerecht van zijn vader. Victor kreeg ook kookles van zijn moeder, wat hij in eerste instantie haatte, maar waar hij later handig gebruik van maakte. Het was hem opgevallen dat vrouwen het interessant vonden als hij het roer in de keuken overnam. Hij was wel zo uitgekookt om dat alleen te doen als hij met een aantrekkelijke dame samen was. Hij paste wel op om het stempel van kokkin door zijn vrienden opgeplakt te krijgen.

In de periode dat Victor in zijn studentenkamer leefde, was hij degene die kookte, als er überhaupt werd gekookt. Paul had vaak om hem moeten lachen, wanneer hij van een paar ingrediënten een heerlijke maaltijd in elkaar knutselde. Dit in tegenstelling tot Paul, die als kind noodgedwongen voor zichzelf had moeten zorgen en blij was dat hij werd ontzien.

Victor schraapte zijn blik leeg, stak de laatste hap in zijn mond en glimlachte tevreden. Hij zette de radio aan, deed de noodzakelijk klusjes aan boord en hield trouw zijn logboek bij.

Staand op het voordek van zijn zeilboot en kijkend naar de horizon gaf Victor een superieur gevoel. De zonsondergang op de oneindige oceaan was adembenemend. Het enorme rood gevulde decor waarin de zon als een gouden bal langzaam naar beneden gleed, leek op een gouden trechter die naar de Victory leidde.

Langzaam trok de duisternis het voluptueuze rode decor aan de horizon naar beneden. Er was op de wateroppervlakte alleen nog maar een vage gouden gloed zichtbaar. Het magische tafereel sprak zijn gevoelens aan, maar Victor verdrong dit door nonchalant over het dek naar het voorpunt van de Victory te lopen. Vanaf de boegspriet volgden zijn ogen het laatste restje licht dat onder water verdween. De duisternis voltrok.

De duisternis was voor Victor synoniem aan Jackie. Zijn gedachten gingen terug naar de nacht in de studentenkroeg toen hij Jackie voor de tweede keer in zijn leven ontmoette. Het was verwarrend geweest. Hij had haar al een keer eerder in de kroeg ontmoet en zijn telefoonnummer gegeven. In plaats de nacht met Jackie in bed te verzilveren, had ze hem op afstand gehouden. Op het laatste moment had ze de boot afgehouden, maar Jackie intrigeerde hem. Ze was knap, zelfverzekerd, maar ook gedistingeerd om te zien en ze had nota bene om zijn nummer gevraagd toen hij met haar aan de bar stond. Zonder iets te zeggen was ze vervolgens vertrokken. Victor had letterlijk het deksel op zijn neus gekregen. Dat was hem nog nooit eerder overkomen. Hij werd nooit door vrouwen "in de wacht" gezet. Hij had ze voor het uitzoeken en moest ze eerder van zijn lijf afhouden.

Het was tegen zijn principes om tijdens de eerste ontmoeting zijn nummer aan een vrouw te geven, want vrouwen moesten voor hem vallen. Er moest bereidwilligheid zijn om in hem te investeren. Dat hij zijn nummer als eerste gaf was uit den boze. Maar Jackie had iets begeerlijks. Victor was die nacht niet alert geweest, want ze had haar nummer niet gegeven. Nu was hij van haar afhankelijk of ze contact met hem zou opnemen en dat deed Jackie niet.

Totdat ze op een avond weer zelfverzekerd de kroeg kwam binnenlopen. Ze hadden direct oogcontact. Ze kwam naar hem toe en begroette Victor alsof ze oude vrienden waren. Victor was de zeperd van de vorige keer nog niet vergeten. Hij gedroeg zich koel en afstandelijk.

Naarmate de avond vorderde, daagde Jackie hem subtiel uit. Hij speelde het spel mee, want hij had zijn zinnen op haar gezet, maar Jackie had hem door. Hij insinueerde dat als ze hem wilde, ze haar best zou moeten doen. Ze lachte hem uit en trok zich niets van hem aan. Dit irriteerde Victor. Normaal zou hij de vrouw in kwestie afserveren, maar Jackie zei, zonder met haar ogen te knipperen dat mannen die in een suffe relatie zaten dat soort uitspraken deden. Hij werd als een soort kneus bestempeld. Het ego van Victor speelde op en impulsief pakte hij Jackie bij de heup, trok haar naar zich toe, keek haar indringend aan en kuste haar volop de mond.

Ze glimlachte ondeugend naar hem. 'Ik ga alleen met je mee, als je me kan bevredigen,' zei ze zelfverzekerd.

Victor ging iets van haar af staan en keek Jackie aan. Hij voelde zich beledigd, maar ze was te mooi om door zijn vingers te laten glippen. Zijn jagersinstinct kon hij niet meer onderdrukken.

'Ik wil wel tijd voor je vrijmaken,' en hij keek haar hautain aan, 'maar dan ga ik er wel vanuit dat je wat te bieden hebt.'

Ze kwam iets naar hem toe en fluisterende in zijn oor: 'Kun je me bevredigen? Of gaat het je niet lukken vannacht?'

Victor ergerde zich aan haar uitspraak, maar voelde tegelijkertijd de warmte van haar gezicht. Hij wilde Jackie van zich afduwen, maar ze pakte zijn bovenarm zelfverzekerd vast.

'Begrijp me niet verkeerd, maar het is belangrijk voor me om voor echte man te gaan. Niet één, die denkt dat hij het kan. Of zullen we er maar vanaf zien?'

Hij voelde haar hand langzaam naar zijn kruis gaan. Ze wreef over zijn gulp, kneep er zachtjes in en zei: 'Ik denk van wel.'

'Schatje, ik denk dat je hem niet kan hebben,' fluisterde Victor en trok haar ruw naar zich toe. Hij zoende haar niet, maar hij voelde dat zijn seksuele driften flink aangewakkerd waren. Ze merkte het en glimlachte voldaan.

Jackie liep met Victor mee naar buiten. Op weg naar zijn studentenkamer besloot Victor het anders aan te pakken en hij nam haar mee naar de parkeergarage. Het was een plek, die Victor wel eens meer had gebruikt om vluchtige seks te hebben met vrouwen die hij niet thuis wilde hebben. Ze liep met hem mee naar de parkeergarage, omdat ze dacht dat zijn auto daar geparkeerd stond. In de parkeergarage keek ze naar zijn ogen om af te lezen naar welke auto Victor zou lopen. In plaats hiervan leidden hij Jackie naar een nis en duwde haar ruw tegen de muur, schoof haar rok omhoog en liet zijn vingers in haar slipje glijden. Ze spreidde haar benen. Hij maakte kennis met haar warme romige vulva. Zo vochtig en zo onweerstaanbaar. Ze had haar shirt omhooggeschoven, stond in haar eigen tepels te knijpen en begon te hijgen met haar ogen dicht.

'Dit ... is hemels.'

Victor kuste haar opengevallen mond. Het duurde niet lang voordat hij haar hoofd naar beneden duwde. Hij voelde haar tedere lippen en een warme golfstroom sidderde door zijn lichaam.

Ineens sprong de verlichting in de parkeergarage aan. Iemand kwam zijn auto ophalen. Het interesseerde Victor geen zier en liet zich op dat moment door Jackie afzuigen.

Na de "proof of concept" liepen ze omarmd naar zijn kamer. Paul was er gelukkig niet, want Jackie was een verovering die hij niet met hem wilde delen. Hij moest er niet aan denken dat Paul haar van hem zou overnemen.

Ondanks zijn status als vrouwenversierder, voelde Victor zich voor het eerst in zijn leven kwetsbaar. Jackie was de eerste vrouw die vat op hem had, waarvoor hij door de knieën was gegaan.

Op zijn studentenkamer keek Jackie belangstellend rond en ze vroeg achteloos van wie het andere bed was. Ze verbaasde Victor, want zonder wat te zeggen pakte ze een fles witte wijn uit de koelkast, alsof ze wist dat er een wijnfles lag. Jackie voelde zich hier blijkbaar thuis.

Ze beleefden samen een heerlijke nacht en kregen geen genoeg van elkaar. Vroeg in de ochtend was Jackie opgestaan, had gezegd dat ze een drukke dag voor de boeg had en was met de noorderzon vertrokken. Victor baalde, hij had nog steeds niet haar mobiele nummer.

Kort na haar vertrek kwam Paul suf de kamer binnenlopen. Hij had de hele nacht met vrienden feestgevierd en liet zich aangekleed, dronken achterover op zijn bed vallen. Een luide boer trilde na in hun gemeenschappelijke kamer.

In de tussentijd was Victor al verschillende keren naar de kroeg geweest waar hij Jackie had ontmoet, zonder haar opnieuw tegen te komen. Heimelijk had hij in de rondte gekeken of ze toch niet ergens stond.

Een paar weken later zag hij haar met een man staan praten. Victor voelde een voor hem ongekende jaloezie in zijn lijf opkomen. Hij kende de man niet en wist ook niet of dat haar vriend was of een vrouwenjager die haar hart had veroverd. Op het moment dat de man naar het toilet liep was hij naar Jackie gelopen.

'Hoi, hoe is het?'

Ze keek hem bevallig aan en zei uitdagend: 'Uitstekend.'

'Kan ik je wat aanbieden?' en hij hield zijn biertje omhoog.

'Doe maar een glas witte wijn.'

Victor twijfelde even, want als hij naar de bar liep zou de andere man, als die van het toilet terugkwam, alle aandacht van Jackie weer kunnen opeisen. Victor nam het heft in handen, ging naast haar staan, liet zijn arm over haar heup glijden. In haar oor fluisterde hij: 'Je ziet er goddelijk uit,' en kneep zachtjes in haar bil. Ze keek hem aan en tuitte haar lippen. Victor pakte haar hand, gebaarde naar de barman dat hij nog een glas witte wijn wilde en troonde Jackie mee naar een rustig plekje aan de zijkant van de bar.

De ober zette het glas koude witte wijn neer. Ze pakte het glas en nam een slok terwijl ze Victor met halfgesloten ogen aankeek. Hij glimlachte en zei heel zachtjes: 'Ik heb zin in je. Ga je met me mee?'

'Toch niet weer naar die parkeergarage,' en ze trok haar zachtroze truitje met pareltjes rond de hals nog wat strakker naar beneden. Vanuit zijn ooghoeken zag Victor de afdruk van haar tepels groter worden.

Hij ging tegen haar aan staan, liet zijn hand uit het zicht over haar tepel glijden en zei: 'Wat jij wilt.'

Jackie zette haar glas neer, pakte haar tasje en liep bevallig op haar hoge hakken naar buiten. Als een reu met een overmatige geslachtsdrift door zijn opspelende hormonen, volgde Victor slaafs de loopse teef Jackie.

Die nacht hadden ze heftige seks, maar nog steeds wilde ze haar telefoonnummer niet afgeven. Het intrigeerde Victor, hij wilde Jackie voor zich alleen hebben en probeerde via kennissen in de kroeg meer informatie over haar te vergaren. Haar vrienden, bleken geen vrienden te zijn. Jackie haakte in groepjes aan en liet groepjes weer los wanneer het haar uitkwam. Niemand wist waar ze woonde. Jackie was onnavolgbaar. Victor kon het niet accepteren en het ongrijpbare maakte hem hopeloos verliefd op haar. Victor kreeg ook twijfels over Jackie toen hij op een avond de bovenste trede in het trappenhuis van het studentenhuis nam. Hij zag nog net dat Jackie in de lift stapte. Ze had hem niet gezien en droeg een grote zwarte tas over haar schouder. Hij liep haastig naar de lift, maar de deuren waren al gesloten en de lift zoefde naar beneden. De studentenkamer was afgesloten. Paul was niet thuis. Waar kwam Jackie dan vandaan?

De Victory naderde de Azoren en Victor kreeg gezelschap van dolfijnen, die vlak langs het schip scheerden. De snelle glimmende strepen schoten als harpoenen door het water. Zo soepel, zo wendbaar. Het leek wel of ze het leuk vonden om hem te vergezellen. Het gaf Victor het gevoel van een gastvrij onthaal. Onder de stralende zon doemde het grote groene gebergte van het eiland São Miguel op. Victor navigeerde de Victory de haven van Ponte Delgada binnen en meerde af. Hij meldde zich bij de havenmeester en besloot in de stad op zoek te gaan naar een eetcafé.

Toen hij de eerste hap in zijn mond stak liep er een blonde vrouw door het eethuisje, die zich op dezelfde manier bewoog als Jackie. Victor kauwde de Cozido door, maar proefde eigenlijk niets meer. Door de arrogante manier waarop de vrouw naar het toilet liep, borrelde er weer herinneringen naar boven. Victor kon zich nog goed zijn eerste afspraakje met Jackie herinneren. Hij had haar meegenomen naar een exclusief restaurant. Ze had zich hautain gedragen, terwijl Victor merkte dat ze niets van de etiquette begreep. Zodra de bediening het eten had geserveerd begon Jackie gretig te eten, dronk ze haar wijn te snel op en was ze aangeschoten na het hoofdgerecht. Victor had haar voorzichtig uitgelegd hoe het wel moest. Ze was ontvankelijk voor zijn advies, had nauwlettend naar hem geluisterd, maar Victor wist eigenlijk niet wat er in haar hoofd omging.

Na die tijd kon ze zich erg degenererend naar de bediening in een restaurant opstellen. Hoe exclusiever het restaurant, hoe meer ze zich aanstelde. Victor had dit als vervelend ervaren, vooral als ze in gezelschap van andere gasten waren. Hij wist als geen ander dat het haar afkomst was, maar het werd pas echt irritant wanneer ze met een attitude het gesprek aan tafel aanging.

Na terugkomst op zijn boot trok Victor een fles wijn open, ging onderuit op het dek zitten en keek tevreden uit over het gladde wateroppervlak in de haven. Het was buiten doodstil. Hij pakte zijn logboek en maakte aantekeningen. Toen de fles wijn bijna leeg was, sloop Jackie zijn gedachten weer binnen. Een gevoel van ergernis overstroomde en overschaduwde zijn prettige gedachten en ontspannen gevoel.

Achteraf gezien was het Paul, die niet zuiver op de graad was. Victor kon zich het cruciale moment nog goed herinneren. Het was tijdens de verhuizing naar zijn nieuwe appartement in Amsterdam. Victor was met een steekwagen de lift uitgelopen om in één keer een stapel dozen uit de studentenkamer op te halen. Nietsvermoedend opende hij de deur toen hij ter plekke bevroor. Voor zijn ogen rolden Jackie en Paul heftig door het bed. In het vuur van het spel hadden ze hem niet opgemerkt. Victor had na de confrontatie ontgoocheld de deur weer zachtjes dichtgetrokken en het pand verlaten. Wat hij nu had gezien, deed hem pijn tot op het bot. Toch nam hij het zichzelf kwalijk dat hij Jackie had verwaarloosd. Hij had te weinig tijd voor haar gehad vanwege zijn nieuwe baan en de voorbereidingen van de verhuizing naar zijn eigen appartement. Ze had haar gerief bij Paul gezocht en dat had hem boos gemaakt. Jackie had de boel belazerd.

Een paar dagen na het voorval haalde Victor de laatste spullen uit de studentenkamer en gaf zijn sleutel aan Paul.

'Zoek je nog een huurder voor de kamer, nu ik weg ben?'

'Nee, ik kan het betalen en een beetje privacy stel ik wel op prijs.'

Paul gaf Victor een knipoog.

'Ik heb je de laatste tijd niet veel meer gezien,' en Victor keek hem onderzoekend aan.

'Klopt, ik heb op dit moment een hoge studiedruk, en ik heb ook een leuk vrouwtje aan de haak geslagen, waar ik nog wel eens bivakkeer.' Paul glimlachte zelfingenomen.

'Een blijvertje?' vroeg Victor afgemeten.

'Van mij mag het wel, maar ze is nog niet helemaal over de streep,' zei Paul. Het oog van Victor viel op een grote zwarte weekendtas naast het bed van Paul. Hij wist genoeg.

Die nacht in de haven van Ponte Delgada kon Victor moeilijk in slaap komen. Hij was boos op zichzelf. Hij moest met deze onzin stoppen. Intussen was het een paar jaar geleden dat hij Jackie aan Paul was kwijtgeraakt. De jaloezie borrelde nog steeds prominent in zijn hart. In zijn lichaam welde een heftige weerstand op. Zat de liefde voor Jackie dan zo diep verankerd?

De volgende dagen zeilde Victor rond de eilanden, deed haventjes aan en liet zich het eten in kleine restaurantjes heerlijk smaken. Het moment voor de terugreis naderde. Hij bunkerde brandstof, haalde voldoende proviand aan boord en zette de koers naar huis uit.

Tijdens het zeilen genoot Victor. De nachten waren lang en donker. Dat was afzien. Niemand om hem af te lossen, maar dat was de kunst van het zeilen en precies waar het in het bedrijfsleven ook om draaide. Lange intensieve dagen, korte nachten, met de uitkering van de jaarlijkse bonus als een zoete pleister op de wond. Victor incasseerde door zijn inspanningen jaarlijks flinke bedragen.

Staand achter het roer en turend in de duisternis sloop Jackie als een plaaggeest weer terug in zijn gedachten. Het beeld van Jackie zat hem na al die tijd nog steeds dwars. Waarom had ze dat gedaan? Ze hadden het toch fijn samen. Wat had Paul te bieden wat hij niet had? Hij had geld, status en was een man van de wereld. Paul had op alle vlakken een achterstand of was het juist hun gezamenlijke afkomst die ze heimelijk verbond. Associeerde Jackie zich onbewust met Paul en vond ze in hem haar gelijke?

Zou Paul hebben geweten dat ze van meerdere walletjes snoepte? Victor was Jackie en Paul later samen in een kroeg tegengekomen. Hij had Paul sarcastisch gecomplimenteerd met zijn beeldschone vriendin. Jackie had hem uitdagend aangekeken en gegniffeld. Paul had vreemd gereageerd, alsof hij zogenaamd niet wist dat Jackie van hem was. Een soort misplaatste trots, maar hij had ook iets arrogants over zich. Zo kende hij Paul niet. Victor had hem later op de avond, toen ze met z'n tweeën stonden *de* vraag gesteld: 'Waar ken je Jackie van?'

'Ze kwam een CD voor de buurman terugbrengen, die niet thuis was. Ik zat met mijn vrienden een potje te kaarten, die ik snel de deur heb uitgewerkt.'

Paul kreeg een grijns op zijn gezicht. De manier waarop hij dat vertelde, was dat van een overwinnaar.

'Voordat ik een vinger naar haar had uitgestoken, had ze mijn gulp al open. Man, als ik er nog aan denk. Die warme vulva. Ik moest moeite doen om niet gelijk klaar te komen,' zei Paul. De geilheid droop nog van zijn gezicht.

Victor had boosheid gevoeld en hij had Paul uit nijd een stomp voor zijn kop willen geven. Paul had gewonnen, de hoofdprijs binnengesleept en stak dat niet onder stoelen of banken. Toen hij over haar warme vulva was begonnen, voelde Victor een sidderend gevoel door zijn lichaam stromen. Dat gevoel hield hem nu 's nachts wakker.

Voor Victor was Jackie een mooie leugenaar, maar waarom bleef ze hem zo intrigeren? Het was toch tijdverspilling om überhaupt over haar na te denken? Het liefst zou hij erom willen lachen, maar hij voelde de pijn in zijn hart en hij nam het Paul nog steeds kwalijk. Hij had Jackie van hem afgenomen. Paul was niet zo onschuldig als hij zich voordeed.

Victor vatte het plan op om Jackie van Paul te bevrijden. Hij zou het haar moeten vergeven. Victor schaamde zich inwendig voor zijn pijn en verdriet. Er was in zijn optiek maar één schuldige en dat was Paul.

Victor zuchtte diep, maar zijn besluit stond vast. Hij kon Jackie meer bieden dan Paul. Tevreden zeilde hij Scheveningen binnen. Zijn besluit stond vast. Jackie was voor hem!

Hoofdstuk 4

De eerste dagen na de vakantie waren hectisch op kantoor. Giselle praatte Victor snel en vakkundig bij over alle formele besluiten die in de organisatie waren genomen en de informele gebeurtenissen.

Salutem had in zijn visie aangekondigd om wereldwijd marktleider in de farmaceutische gezondheidszorg te worden. De doelstellingen werden door de directie tijdens een extern overleg aan de divisieleiders gepresenteerd. De klant stond centraal. Het aanpassen van de nieuwe koers stond prominent op de agenda. Er zou zwaar geïnvesteerd worden in een innovatieplatform. Voor de divisie van Victor betekende dat uitbreiding van de huidige productlijn, waarbij extra personeel en nieuwe expertise nodig was. De komende tijd stond in het teken van het werven van nieuwe specialisten en het verkrijgen van ondersteuning.

Tijdens zijn vakantie was het strategisch programma voor de komende jaren goedgekeurd. Victor had zijn zaakjes vooraf goed voorgekookt en ging gelijk aan de slag. Hij besloot om met Giselle ongestoord op een externe locatie de voorbereidingen uit te werken.

Giselle had een kamer geboekt in een hotel aan de andere kant van de stad. Victor haalde haar vroeg in de ochtend bij het kantoor op. Hij zag haar al van verre op haar bevallige hoge pumps klaarstaan met een laptoptas in haar rechterhand. Ze ging naast hem in zijn grote luxe auto zitten, met haar knieën schuin tegen elkaar. Victor bekeek haar van opzij. Wat was ze mooi. Hij vertelde wat zijn doelstelling voor vandaag was, zodat hij maandag op kantoor direct koppen met spijkers kon slaan. Tijdens het autorijden kon hij het niet laten om naar haar mooi gevormde benen te kijken. Giselle had het nog nooit over een vriend gehad. Eigenlijk had ze nog nooit iets over haar privéleven aan hem verteld. Zou ze een vriend hebben?

Bij aankomst liepen ze naar de gereserveerde kamer. Ze openden de laptops en logden op het wifinetwerk in.

'We hebben vandaag een vol programma. Ik betwijfel of we alles afkrijgen. Kun je als het nodig is langer blijven?' vroeg Victor zakelijk.

'Geen probleem. Ik kan blijven totdat het klaar is,' zei Giselle met een zelfverzekerde glimlach op haar gezicht.

'Vind je vriend dat geen probleem?'

'Ik heb geen vriend, maar een vriendin.'

Victor was even uit het veld geslagen, dit was het laatste wat hij verwachtte. Hij vond Giselle een begeerlijke vrouw om naar te kijken. Een vrouw om te verleiden. In zijn fantasie had hij al meerdere keren seks met haar gehad, met alleen haar pumps aan. Alleen al het zien van haar lange strakke gespierde benen deed zijn hart sneller kloppen. Zou haar vriendin ook zo'n mooie verschijning zijn of zou het een soort manwijf zijn. Victor zette deze gedachte snel van zich af.

Terwijl Giselle de papieren uit haar tas haalde, alles netjes op tafel sorteerde, kon Victor het niet laten. Informeel vroeg hij: 'Woon je met je vriendin samen?'

'Ja, we zijn al twee jaar bij elkaar. We kenden elkaar van de middelbare school, maar we waren elkaar in de tussentijd uit het oog verloren. Gelukkig liep ik Gladys per toeval weer tegen het lijf.'

Giselle vertelde dat met een gelukkige uitdrukking op haar gezicht.

'En jij?' vroeg ze om van onderwerp te veranderen.

'Ik heb de ware nog niet gevonden. Nog hopeloos op zoek,' zei Victor lachend, alsof het de normaalste zaak van de wereld was.

Giselle pakte het eerste document en ze gingen aan de slag. Victor startte met het nieuwe organisatiemodel, hij markeerde de onderdelen waar hij kansen voor duurzame groei zag. Hij benoemde de deelgebieden, resources, kennis en operatie, maar ook de geschatte investeringen die hiervoor nodig waren. Giselle had vooraf al een basisdocument ontwikkeld en verwerkte gelijk alle onderdelen op haar laptop. De grootste zorg van Victor was de nieuwe kennis die nodig was om het hele project succesvol van de grond te krijgen. Voor de divisie Home Care moesten er aanpassingen in het klassieke model worden gemaakt, die weer aan bepaalde wettelijke richtlijnen moesten voldoen. Zoals het onderwerp griepvaccinatie, dat binnen zijn divisie grootschaliger ingezet moest worden, waarbij rekening gehouden moest worden met de betaalbaarheid voor de patiënt.

Na de lunch zaten ze vlak naast elkaar. Geconcentreerd stelden ze de nieuwe profielen op voor de nieuwe medewerkers die aan de divisie toegevoegd moesten worden. Victor rook de parfum van Giselle en dat rook lekker, zoals altijd. De womanizer in hem rook haar door de parfumwalm heen.

Giselle had niets in de gaten, schonk koffie in en zette zijn kopje neer. Ze raakte hem aan. Dat gebeurde wel meer. Victor voelde een onderhuidse spanning. Hij hield haar onopvallend in de gaten. Giselle was zoals altijd zeer voorkomend, notuleerde, controleerde de agendapunten en hield strak de planning bij. Maar toch. Victor had een gevoel dat hij nog niet eerder bij haar had bespeurd. Voor het eerst voelde hij geilheid opkomen. Inwendig werd hij een beetje boos op zichzelf. Ze had nota bene een vriendin had en viel niet eens op mannen.

Precies zoals Victor vooraf had ingeschat, ging er meer tijd zitten in het uitwerken van het complete traject. Hij stelde voor om de klus na het diner af te ronden. Giselle was in haar element en vond het geen probleem. Wanneer ze het document vanavond afmaakte, zou het op maandag direct door personeelszaken goedgekeurd kunnen worden. Hoe sneller dit traject in werking werd gezet, hoe sneller zijn divisie op orde was. Hij was blij dat Giselle beschikbaar was om hem tot in het kleinste detail te ondersteunen.

In de afgelopen jaren had Giselle zich door Victor begrepen gevoeld. Hij eiste bij elke promotie die hij maakte dat ze hem volgde. Ze was volledig aan hem toegewijd. Tegen elke prijs. Giselle had nog nooit voor zo'n slimme, maar ook mooie man gewerkt, die haar volledig op een voetstuk zette. Het maakte Giselle zelfverzekerd en dat straalde ze met trots naar haar collega's uit. Ze groeide in haar rol.

Om negen uur waren ze klaar en ruimden ze de laptops op. Giselle pakte de jassen en reikte Victor zijn jas aan. Hij pakte hem aan en bekeek haar ongemerkt. Giselle bukte om haar laptoptas te pakken en Victor gluurde lustig naar haar lange benen. Ze richtte zich op en zag het, maar ze reageerde hier niet op.

Haar telefoon ging en Giselle nam het gesprek aan. Ze sprak heel zachtjes, maar aan haar afschermende houding vermoedde Victor dat het om een privégesprek ging. Toen ze het gesprek had beëindigd liepen ze zwijgend naar de auto. Victor startte de auto en vroeg waar hij Giselle kon afzetten. Ze gaf niet gelijk antwoord, maar keek demonstratief op haar horloge en zei met een zoete stem: 'Het is nog geen bedtijd. Kan ik je wat te drinken aanbieden?'

Dat was het laatste wat Victor had verwacht. Hij twijfelde; was het wel slim om met je secretaresse mee naar huis te gaan? Kwam hij dan niet te dicht bij haar te staan, waardoor de uitstekende zakelijke samenwerking onder druk zou komen?

Victor accepteerde haar aanbod en bedacht heimelijk dat hij haar vriendin zou ontmoeten. Zou ze ook zo mooi en gedistingeerd zijn als Giselle?

Victor parkeerde zijn auto vlak voor het appartement van Giselle. In het portiek ging Giselle hem voor de trap op en opende de voordeur. Hij bekeek de mooie benen met haar dunne enkels in haar suède pumps. Hij moest zich inhouden, het liefste zou hij zijn hand langs haar enkel naar boven laten glijden.

Toen Giselle de voordeur van het appartement opende kwam hem een zoete vrouwenlucht tegemoet. Victor zag een grote dikke rode kater onverstoorbaar door de gang lopen. Alsof hij de baas van het appartement was. Iemand opende de kamerdeur. Victor stond oog in oog met een mooie vrouw. Hij was sprakeloos. Dit was beslist geen manwijf. Ze leek eerder op een fotomodel met haar lange zwarte steile haar, een mooi vol gezicht en een zwoele uitstraling in haar ogen. Ze was net als Giselle licht getint. Ze droeg een zwart strak overslagjurkje over haar ranke lichaam, wat niets te wensen over liet. Ze stelde zich voor als Gladys.

Victor voelde zich ongemakkelijk in dit vrouwenbolwerk, waar hij als man zijn kunsten niet zou kunnen vertonen. Beide vrouwen waren bloedmooi. Opgelaten ging hij in een stoel zitten. Giselle ging tegenover hem op de bank zitten en kruiste zedig haar benen over elkaar. Gladys liep naar de keuken. Victor kon het niet laten, zijn ogen volgde haar lange benen met daaronder mooie elegante hoge hakken. De ambiance was verwarrend. De rollen waren omgekeerd. Op kantoor was hij de baas, maar hier voelde hij zich ondergeschikt aan beide vrouwen.

Gladys kwam de kamer binnenlopen met cognacglazen in haar handen. Ze vroeg wat Victor wilde drinken terwijl ze de glazen demonstratief op tafel neerzette.

'Geen cognac, ik moet zo nog rijden. Een glas wijn is prima.'

'Weet je het zeker? Het is vrijdagavond. Eentje kan wel,' zei Gladys zelfverzekerd. Ze knipoogde naar Victor. Een knipoog van een lesbienne, wat had dat nu weer voor betekenis vroeg Victor zich af. Hij was overrompeld. Het was vrijdagavond, dus waarom niet.

'Doe mij ook maar.'

Victor pakte ongevraagd een witte bonbon uit het schaaltje op het salontafeltje, stak deze in zijn mond. Hemels zoet. Hij liet de zachte zoete cacaoboter met zijn speeksel vermengen, slikte de substantie langzaam door en bekeek beide vrouwen ongegeneerd. Alsof zijn libido door het overvloedige suikergehalte werd gevoed.

Gladys ging als een liefdevolle echtgenote naast Giselle zitten. Er kwam een gesprek op gang. Gladys bleek een grafisch ontwerpster op een reclamebureau te zijn. Ze vertelde over creatieve projecten, vuurde een bataljon met vragen op Victor af over de reclamebestedingen in de farmaceutische industrie, die hij vol passie beantwoordde.

Beide dames keken elkaar aan als een verliefd stel. Victor werd verleid om nog een glas met cognac te nemen. Het gesprek werd losser en Victor kreeg het meer naar zijn zin. Hij vond het een vreemde ambiance; twee schitterende vrouwen, zonder seksuele uitspattingen. Gladys prikkelde zijn creatieve instinct door allerlei suggesties te doen voor zijn nieuwe divisie.

'Zal ik je eens wat van mijn werkstukken laten zien?' stelde ze voor. Victor bespeurde een ondeugend trekje rond haar mond. Ze was iets van plan, dat kon hij aan haar gezicht aflezen. Hij stemde in. Ze stonden alle drie op. Giselle ging voor en liep de gang in. Victor volgde. Van achteren voelde hij de hand van Gladys losjes op zijn schouder. Alsof ze bevestigde dat hij de goede kant opliep.

Giselle opende een kamerdeur waarachter het aardedonker was. Langzaam draaide ze het licht aan. Een heldere lichtstraal verlichtte subtiel de achterwand boven een groot bed. Zijn ogen werden naar de muur gezogen. Boven het bed hing een grote foto van Giselle, die de achterwand besloeg. Ze lag op haar rug op bed en maakte met een gestrekte arm een foto van zichzelf. Ze lag met een holle rug, waardoor haar heupen los van het bed kwamen. Haar benen waren iets gespreid. Het beddengoed was spierwit, Giselle droeg een zwart lingerie setje met zwarte kousen. Victor keek ademloos naar de levensgrote erotische afbeelding. De witte kussens op de afbeelding accentueerde haar mooie getinte lichaam. Zonder dat Giselle naakt was, was dit een lust om naar te kijken. Hij stond tussen beide vrouwen in en voelde een erotisch gevoel zijn lichaam binnenstromen. Zijn lust werd aangewakkerd. Gladys stond schuin achter hem. Hij voelde dat ze haar armen langzaam om zijn heupen sloot. Ze kuste zachtjes zijn nek en likte over de achterkant van zijn oor. Met haar voortanden beet ze zachtjes in zijn oorschelp.

'Wat is ze mooi hè?' fluisterde Gladys in zijn oor. Hij voelde haar handen subtiel naar zijn onderlichaam glijden.

Giselle stond voor het bed en kleedde zich langzaam uit. Victor voelde de warme slanke handen van Gladys aan de voorkant in zijn broek glijden. Hij werd gehypnotiseerd door de striptease van Giselle. Ze droeg hetzelfde zwarte lingeriesetje als op de grote foto boven het bed. Het zwarte gordeltje, de zwarte kousen en de hoge hakken. Het dreef hem gek. Gladys had zijn broek losgemaakt en ze liet deze soepel naar de grond glijden.

Victor wilde naar Giselle toe, maar Gladys hield hem tegen. Giselle ging op haar rug op het bed liggen, begon zich erotisch te strelen terwijl de warme handen van Gladys zijn erectie vastpakte. Victor kon zich niet meer beheersen, maakte zich los van Gladys, besprong Giselle als zijn prooi. Het was een heftige nacht met beide vrouwen. Tegen de ochtend viel Victor in slaap. Tussen twee vrouwen in. Uitgeblust!

Hoofdstuk 5

De maandagmorgen kwam Victor zijn kantoor binnenlopen. Giselle bleek al aan het werk te zijn en wenste hem, zoals altijd met een zakelijke stem goedemorgen. Niets aan haar houding en gezicht verraadde dat ze afgelopen vrijdagnacht seks met elkaar hadden gehad. Met de agenda in haar hand ging ze aan het bureau van Victor zitten en sloeg deze open. Daarna nam ze het woord.

'Je hebt een vol programma vandaag. Zelfs tijdens de lunchpauze ben je geboekt. Ik heb je lunch al besteld. Die kun je dan hier opeten.'

Victor keek Giselle amusant aan. Ze zag het, reageerde niet en vervolgde: 'De stukken voor het directieoverleg heb ik hier', en ze overhandigde het plastic insteekhoesje met de geprinte documenten.

Giselle hield haar privéomgeving strikt gescheiden van haar zakelijke wereld. Victor vond dit professioneel en hij haalde de grijns direct van zijn gezicht.

De opvolgende weken werkte Victor intensief met Giselle samen om het uitgewerkte voorstel vorm te geven. Ze was discreet en insinueerde niet één keer dat ze seks hadden gehad. Victor daarentegen had het er moeilijk mee. Hij kon het niet laten om haar door de glazen muren van zijn kantoor te observeren als ze haar rok rechttrok en met haar heerlijke kontje op haar stoel plaatsnam. In gedachten zag hij haar dan in dat zwarte lingeriesetje. Hij kon dit beeld niet uit zijn gedachten verdrijven. Om zijn aandacht af te leiden richtte hij zich weer op het scherm van zijn laptop om zo de fantasiebeelden van Giselle de pas af te snijden.

Lange saaie sollicitatieprocedures volgden om de juiste specialisten en ondersteunende krachten op de juiste plek te krijgen om de divisie Home Care op sterkte te krijgen. De ambitieuze doelstellingen van Salutem moesten tegen elke prijs worden gerealiseerd. Na een paar maanden had Victor de juiste kandidaten voor de openstaande posities geselecteerd. Zijn afdeling was als eerste op volle sterkte. Dat deed hem goed.

Victor had de gewoonte om op vrijdagmiddag informeel over de afdeling rond te lopen, om op een natuurlijke manier het contact met zijn medewerkers te onderhouden. Hij kleedde zich bewust casual, liep met een halfvolle beker koffie in zijn hand rond en maakte een praatje met zijn medewerkers. Op deze manier kreeg hij inzicht in wat zich op de werkvloer afspeelde. Uit het geklaag van de medewerkers viel op te maken of er een groter onderliggend probleem aanwezig was, wat opgepakt moest worden. Victor was van mening dat een goed werkklimaat met tevreden medewerkers belangrijk was en garant stond voor kwaliteit. Dat was precies wat hij nastreefde; de garantie op zijn persoonlijke jaarbonus.

Deze middag raakte hij met één van zijn nieuwe ondersteunende medewerkers in gesprek. De man heette Fred. Hij had een bepaalde visie op een probleem dat afweek van de normale gang van zaken. Victor luisterde belangstellend, vond het probleem niet van belang, terwijl hij uit zijn ooghoek een publicatie op het bureau van Fred zag liggen. Toen Fred zijn verhaal had gedaan pakte Victor de publicatie op. Deze was van zijn oude boezemvriend Paul Norton. Victor moest glimlachen. De publicatie ging over de uitdagingen en oplossingen van de klinische microbiologie. Hij bladerde er doorheen en vroeg aan Fred hoe hij hieraan kwam. Paul Norton bleek tijdens zijn studie de mentor van Fred te zijn geweest.

'Heb je Paul kortgeleden nog gesproken?' vroeg Victor belangstellend.

'Ja, vorige week nog. Waar ken jij Paul van?' vroeg Fred kortaf.

'We kennen elkaar al vanaf de middelbare school. Tijdens onze studie hebben we een aantal jaren een studentenkamer gedeeld.'

Victor glimlachte. 'Maar we zijn elkaar met de jaren uit het oog verloren. Hoe gaat het met hem?'

'Met Paul gaat het goed. Hij is microbioloog in het Academisch Ziekenhuis en heeft een enorme expertise opgebouwd,' zei Fred, die zijn bewondering voor Paul niet onder stoelen of banken stak.

Victor lachte jongensachtig. 'Is Paul nog met die knappe dame getrouwd. Jackie of zoiets?'

Fred keek Victor ongeïnteresseerd aan. 'Volgens mij wonen ze samen. Volgende week zie ik Paul op de Cell-fusion conferentie in Den Haag. Na afloop gaan we een hapje eten in 'La Cuisine'. Ik zal hem de groeten van je doen.'

Victor keek Fred met gemaakt verbaasd gezicht aan. 'Dat is ook toevallig. Ik heb daar volgende week ook een reservering. Dan treffen we elkaar.'

Victor was naar aanleiding van dit informele gesprekje alert. Fred werkte op een vertrouwelijk project waar veel concurrentiegevoelige informatie in omging. Victor vertrouwde Fred blindelings, maar hij zou zich informeel kunnen verspreken ten gunste van Paul. Daarnaast had Victor nog een appeltje te schillen met Paul: Jackie!

Victor besloot om Fred in de gaten te houden, liep in gedachten terug naar zijn kamer, ontbood Giselle en liet haar de deur sluiten.

'Kun je voor de Cell-fusion conferentie, die volgende week wordt gehouden toegangskaarten regelen en aansluitend 's avonds een tafeltje bij La Cuisine reserveren?'

Giselle maakte aantekeningen en keek hem aan. Ze voelde dat er nog meer aan ging komen.

'Ik heb een lastig verzoek. Paul Norton heeft voor dezelfde avond gereserveerd. Ik ken hem van vroeger en wil hem verrassen. Zou je kunnen regelen dat ik het tafeltje naast hem krijg?'

Giselle glimlachte zelfverzekerd. Victor had alle vertrouwen in haar. 'Zou je in La Cuisine mijn tafeldame willen zijn?'

'Nee dan kan ik niet. Ik heb met mijn vriendinnen afgesproken. Ik kan wel aan Gladys vragen of ze beschikbaar is.'

Paul was gecharmeerd van haar voorstel. Fred kende Gladys niet en dat zou voor zijn geheime missie zelfs nog beter van pas komen.

Giselle haalde de naamkaartjes bij de receptie van de Cell-fusion conferentie op. Ze vergezelde Victor en ze liepen van de ene presentatie naar de andere tot de onvermijdelijke confrontatie plaatsvond. Victor zag Paul bij het lunchbuffet staan. Toen ze oogcontact hadden, keek Victor Paul verbaasd aan. Victor had door dat Paul de situatie behendig aftastte. Om het ijs te breken begon Victor over zijn publicatie en liet blijken dat hij onder de indruk was. Paul was gecharmeerd, klaarde op en vertelde spontaan over het tot stand komen van zijn bijdrage aan de medische wetenschap. Zijn argwanende houding verdween als sneeuw voor de zon. Paul vertelde gepassioneerd verder over zijn vakgebied. Zijn bevlogenheid gaf Victor weer het gevoel van vroeger, toen ze met elkaar inhoudelijke discussies voerden.

Paul keek op zijn horloge en brak zijn betoog af. Hij moest zelf een presentatie verzorgen en stelde voor om snel nog een kop koffie aan het buffet te halen. Giselle excuseerde zich, omdat ze een paar telefoontjes moest afwerken. Ze liep naar een leeg bankje, pakte haar telefoon en kladblok. Paul volgde Giselle met zijn ogen en keek met een ondeugende glimlach rond zijn mond naar Victor.

'Lekker dingetje. Je hebt er weer één met een strak kontje uitgezocht. Is ze net zo geil als ze eruit ziet?'

Maar Victor bleef serieus. Hij vermeed enige vorm van insinuatie.

'Giselle is een uitstekende secretaresse. Ze werkt al jaren voor me. Ik zou niet zonder haar kunnen. Ze is een toegewijde medewerkster en ze heeft privé een vaste relatie.'

'Ben je nog met Jackie?' vroeg Victor achteloos. Hij zag gelijk de spanning op het gezicht van Paul verschijnen.

'Ja, we zijn nog bij elkaar.'

'Getrouwd?' vroeg Victor brutaal. Paul schudde zijn hoofd, leidde het gesprek weer behendig naar de medische sector en het nut van bepaalde medicatie. Ineens nam Paul gehaast afscheid, excuseerde zich, omdat hij zich nog moest voorbereiden op zijn presentatie.

Giselle en Victor woonden de presentatie van Paul bij. Het ging over toekomstige voorspellingen van griepepidemieën. Victor luisterde aandachtig en fronste zijn wenkbrauwen. Dat was frappant, Fred was de man die met dit dossier binnen Salutem was belast. Het viel Victor op dat de voorspelling die Paul presenteerde, naadloos aansloot bij de informatie die Fred kortgeleden had aangeleverd. Nu was de vraag; wie is de informatie-leverancier en wie is de informatie-ontvanger? Vanuit Salutem werd er grootschalig wereldwijd onderzoek gedaan. Het gespendeerde budget was niet mis. Dit soort bedragen had een academisch ziekenhuis niet op de plank liggen. Victor wreef langs zijn kin en deed de aanname dat Fred het lek moest zijn. Als hij het lek was, hoeveel euro's zou Fred illegaal ontvangen voor het doorspelen van de geclassificeerde informatie? Dit zou op belangenverstrengeling kunnen duiden. Dat zou ook voor zijn eigen carrière gevolgen kunnen hebben.

Na afloop, toen Victor en Giselle de zaal verlieten, zag Victor dat Fred onopvallend aan de zijkant van de zaal stond te wachten. Victor liep de ruimte uit en keek van een afstand de zaal in. Hij zag dat Paul naar Fred liep en dat ze met elkaar iets bespraken. Victor had Giselle gesommeerd om door te lopen, die gehoorzaamde omdat ze aan zijn ogen zag dat er iets aan de hand was.

Victor was achterdochtig, bleef tussen een groep wachtende mensen staan, bespiedde Fred en Paul, alleen had hij geen idee wat ze met elkaar bespraken.

Na de conferentie liepen Victor en Giselle naar buiten. Gladys kwam op het afgesproken tijdstip met haar auto voorrijden en stapte uit. Giselle stapte in de auto en reed weg.

Gladys zag er schitterend uit. Ze droeg een mooie zijden jurk, die haar ranke lichaam sierde. Victor vond Gladys een mooie aantrekkelijke vrouw. Met elegantie stapte ze in de parkeergarage in de auto van Victor. Voordat hij de auto in de volgende versnelling schakelde, liet Gladys haar hand op de dij van Victor rusten. Ze boog naar hem toe. Hij voelde haar borst langs zijn arm glijden. Ze kusten elkaar. Haar mond was heerlijk warm. Hij voelde haar tong subtiel over zijn lippen likken. Hij liet zijn hand in de open hals van haar jurk glijden, maar ze haalde zijn hand eruit, kuste hem opnieuw en zei zwoel: 'Vannacht,' en ze trok haar jurk recht.

Tijdens de rit naar La Cuisine nam ze het woord.

'Giselle vertelde dat je straks oude vrienden in la Cuisine wilt verrassen. Wat verlang je van mij?'

'Niets speciaals, ik was op zoek naar een mooie tafeldame, maar als we toch met elkaar aan tafel zitten, zou ik zou het leuk vinden als je me meer over de reclamewereld vertelt. De laatste keer hebben we uitgebreid gebrainstormd over mijn divisie die nu vorm heeft gekregen. We zijn op dit moment bezig met de uitbreiding van de portfolio, misschien heb ik je advies nodig.'

Terwijl hij tegen Gladys praatte rook hij haar parfum. De lucht deed Victor aan de heerlijke nacht met beide vrouwen herinneren. Hij wist zeker dat er vannacht meer in het vat zat.

La Cuisine was afgeladen, druk en rommelig. Sommige tafels waren nog niet afgeruimd. Aan de bar zaten nieuwe gasten met een glas wijn in de hand te wachten. Er was te weinig capaciteit in de bediening voor het aantal beschikbare tafeltjes. Victor scande snel de ruimte en zag dat Paul er nog niet was. Ze werden door de ober naar hun tafeltje geleid en bestelden een aperitief. De tafel naast hun was gedekt voor drie. Victor zat tegenover Gladys en hij was bewust met zijn gezicht naar de deur gaan zitten. Zo kon hij alles overzien. Gladys zat in haar zakelijke modus en stelde allerlei vragen over zijn nieuwe productportfolio. Hij keek haar serieus aan, maar zijn gedachten waren al bij haar goddelijke lichaam. Hij vond haar zo mooi. Haar gezichtsuitdrukking was sensueel. De zijden stof van haar jurk hing losjes over de randen van haar schouders. Haar borstjes staken ferm naar voren. Victor wist hoe ze proefden. Hij had er met zijn mond gulzig aan gezogen. Maar nu moest hij bij de les blijven en een zogenaamd serieus gesprek met Gladys voeren.

Uit zijn ooghoek zag hij Paul, Fred en Jackie La Cuisine binnenlopen. Victor voelde een steek in zijn hart. Jackie. De schoonheid en geilheid van Gladys zag en voelde hij niet meer. Hevige emoties borrelden in hem op. Ongecontroleerde gevoelens voor een vrouw, die hem nota bene met zijn beste vriend had belazerd. Victor moest zijn best doen om serieus met Gladys in gesprek te blijven. Vrouwen zijn sensitief en hebben een radar voor concurrentie. Gelukkig had ze het niet door.

Het gezelschap nam plaats aan de tafel naast Victor. Een hartelijke begroeting volgde. Victor zag aan de gezichtsuitdrukkingen van Fred en Paul dat ze baalden van zijn aanwezigheid. Blijkbaar waren ze van plan om vanavond informeel het een en ander te bespreken, hetgeen nu lastig was met Victor op gehoorafstand aan het tafeltje naast hen.

Jackie had verbaasd gereageerd. Ze had gedag gezegd en was nonchalant aan tafel gaan zitten.

Gedurende de avond betrapte Victor haar verschillende malen. Ze begluurde Gladys met een afgunstige gezichtsuitdrukking. Precies waar Victor op uit was. De volgende fase was om de jaloezie verder aan te wakkeren. Dat was de enige manier om Jackie naar zich toe te lokken. Ze moest voor hem vallen. En Paul, die moest de pijn voelen die hij in het verleden had gevoeld.

Victor manoeuvreerde het gesprek behendig naar de hobby's van Gladys, die gepassioneerd over haar 'Latin' danscapaciteiten vertelde. Hij had Jackie weer zien gluren. Dat was voor Victor het sein om de stap naar het volgende jaloezie-niveau te maken. Gladys droeg een klassieke ring om haar vinger.

'Wat een mooie ring heb je om je vinger. Is dat een familiestuk?' vroeg Victor belangstellend. Hij keek Gladys liefdevol aan. Daarna pakte hij haar hand vast en bekeek de ring. Gladys was gecharmeerd door zijn aandacht.

'Nee, deze ring heb ik van Giselle gekregen. We zijn twee jaar bij elkaar.'
Victor bleef haar hand vasthouden, ze liet het toe.

'Hoe zit dat nu tussen jullie?'
Victor liet nu ook zijn andere hand op haar hand rusten. Gladys keek in een fractie van een seconde verlegen naar het tafelkleed, maar daarna recht in de ogen van Victor.

'We hebben een geweldige relatie. Af en toe is er ruimte voor een knappe man zoals jij.'
Gladys praatte zachtjes, kwam met haar gezicht over de tafel naar Victor toe, alsof niemand mocht horen wat ze ging zeggen.

'Ik zou het leuk vinden als je vannacht zou blijven.' Ze keek hem ondeugend aan.
Victor overlaadde Gladys met aandacht en hij merkte dat de ogen van Jackie nu permanent op hun waren gericht.
Na de koffie vertrokken Victor en Gladys. Ze namen afscheid van Paul, Fred en Jackie. Bij het naar buiten lopen omarmde Victor Gladys als zijn vriendin.

Giselle bleek al thuis te zijn. Ze wachtte in bed op Gladys en Victor. Victor werd verwend door beide vrouwen en hij genoot ervan, maar in zijn achterhoofd spookte het onuitwisbare beeld van Jackie. Hij had moeite om zijn wraakactie uit zijn gedachten te bannen. De enige manier om haar van Paul weg te lokken, was om haar vreselijk jaloers te maken.

Een paar dagen later liep Giselle de werkkamer van Victor binnen en ze zei discreet: 'Er staat een mevrouw beneden aan de balie die je graag wilt spreken. Ene Jackie.'
Ze wachtte gedisciplineerd zijn reactie af. Victor keek op zijn horloge. Het was half zes.

'Laat haar maar naar boven komen.'
Victor ging relaxed op zijn stoel onderuit zitten. Niet veel later kwam Giselle met Jackie de kamer binnenlopen. Giselle glimlachte naar Victor toen ze de deur zachtjes dichttrok. Jackie had het gezien. De harde uitdrukking in haar ogen verraadde dat het haar irriteerde. Ze werd door

Giselle als de mindere beschouwd, terwijl Jackie zich graag superieur voelde.

De situatie beviel Victor. Hij zei vriendelijk gedag, hield zijn mond en hij liet Jackie het gesprek openen.

'Ik was in de buurt en dacht ik loop even langs,' zei ze luchtig. 'Een paar dagen geleden, toen ik je in La Cuisine zag vroeg ik me af hoe het met je ging. We hadden een gast bij ons. Ik vind het dan ongepast om een gesprek "over de tafel heen" met je aan te gaan.'

Jackie wachtte even en vervolgde: 'Ik wilde het intieme diner met je vriendin niet verstoren.'

Victor kreeg een genoegzame glimlach rond zijn mond en zei zelfverzekerd: 'Ja, dat was wel erg toevallig dat we naast elkaar zaten. Vind je haar niet knap?' en hij keek Jackie uitdagend aan.

'Wie? Je secretaresse of je vriendin?'

'Mijn vriendin, want met mijn secretaresse onderhoud ik geen intieme relatie. Die mag er ook wezen hè? Daar heb ik haar voor aangenomen.' Hij knipoogde naar Jackie.

Victor zag dat hij in de roos had geschoten, het irriteerde haar.

'Heb je allang een relatie met haar?' vroeg Jackie kortaf.

'Gladys is een goede vriendin van me. Zakelijk en privé heeft ze me veel te bieden. Hoezo?'

Jackie gaf geen antwoord en ze wendde haar hoofd af.

Victor nam het woord en verschoof het gesprek.

'Hoe is het met je? Ik heb je al een paar jaar niet meer gezien. Ben je met Paul getrouwd?'

Jackie schudde haar hoofd en zei afgemeten: 'We wonen samen.'

Victor had geen trouwring aan haar hand gezien. 'Je komt me opzoeken en vraagt hoe het ermee gaat. Jou kennende, is dat niet de reden.'

Jackie keek hem verongelijkt aan. 'Ik zag je in La Cuisine en besefte dat ik je miste.'

Victor keek haar aan. 'Ik ga zo naar huis, misschien kan ik je een lift geven?' Ze knikte, maar aan haar houding zag Victor dat de situatie haar niet beviel. Ze had er meer van verwacht.

Ze liepen naar de auto. Victor opende hoffelijk het portier. Daarna bracht hij Jackie naar huis, maar Victor was doortrapt. Hij parkeerde voor de deur, liet de motor draaien, stelde voor om binnenkort een keer af te spreken om echt bij te praten. Jackie ging hier gretig op in.

'Gebruik je je oude telefoonnummer nog?' vroeg ze aan Victor.

Hij knikte.

'Dan stuur ik je een berichtje wanneer het schikt.'

Victor zag langs het hoofd van Jackie dat Paul binnen voor het raam stond en naar buiten keek. Demonstratief gaf Victor Jackie een kus op de mond en hield haar even vast. Hij voelde gelijk haar tong tussen zijn lippen naar binnendringen. Hij beantwoordde haar kus niet.

De volgende morgen ontving Victor een sms'je van Jackie. 'Kun je me vergeven?'

Hij bekeek het, moest glimlachen en klikte het bericht weg. Na twee weken stuurde Victor pas een berichtje terug: zaterdag 07.30 uur – Victory – Scheveningen Haven.

Jackie reageerde niet op zijn berichtje.

Op vrijdagavond haalde Victor proviand voor zijn voorgenomen zeiltocht en reed gelijk door naar de jachthaven in Scheveningen. Hij zou wel zien of Jackie zaterdagmorgen zou komen opdagen. Diep in zijn hart hoopte hij dat ze zou komen. Hij had een rekening met Paul te vereffenen en wilde Jackie op hem terugveroveren.

Zou hij het Jackie kunnen vergeven? Het was moeilijk voor Victor. Ze had in het verleden van twee walletjes gesnoept. Hij was de mindere geweest, terwijl hij de beste kaarten in handen had. Jackie had hem onderschat en dat beeld moest worden rechtgezet. Misschien zou hij het haar vergeven als ze morgenochtend aan de kade stond en aan zijn voorwaarden zou voldoen.

De volgende ochtend, toen Victor het dek waste zag hij een rode Alfa Romeo langzaam de kade oprijden. Hij zag aan de contouren door de voorruit heen dat het Jackie moest zijn. Victor deed net of hij het niet had gezien en hij ging onverstoorbaar door met het schoonspoelen van het dek.

'Hé schipper, kan ik nog mee?' riep Jackie vanaf de kade.

Victor legde de waterslang neer, liep naar voren om haar aan boord te helpen. Ze zag er mooi uit in haar strakke witte broek en het blauw- witte gestreepte shirt. Haar haren waren zoals altijd in een bolletje geföhnd. Ze hield haar handtas strak tegen haar lichaam gedrukt toen ze aan boord stapte. Gelukkig had ze sportschoenen aan en geen hakjes.

'Welkom. Gasten aan deze kant.'

Victor leidde Jackie naar de kajuit. Hij gedroeg zich een beetje afstandelijk en kuste haar bewust niet.

'Wil je wat drinken? Ik heb net koffie gezet.'

Ze ging op de bank zitten en keek nieuwsgierig in de rondte.

'Wat een groot zeilschip heb je. Van de buitenkant lijkt de boot veel kleiner. Het ziet er allemaal comfortabel uit. Volgens mij kom je niets te kort.'

Ze glimlachte als een puber die mee mag op schoolreis. Daarna wreef ze met haar hand over de witte leren bekleding van de bank, die in de lengte van de zeilboot stond opgesteld.

Victor had een goed gevoel, zei niet veel en liet Jackie kwetteren. Hij dronk zijn koffie vrij snel op en zei lachend: 'Kom, werk aan de winkel. Het is vandaag schitterend zeilweer. Ik wil de haven uitvaren voordat de meute in actie komt.' Hij stond gelijk op.

Hij liet Jackie in de kuip plaatsnemen. Hier kon ze geen kwaad. Daarna gooide hij de boot los en voer op de motor naar open zee.

Victor betrok Jackie bij het zeilen. Hij liet haar touwtjes vasthouden die geen kwaad konden. Hij merkte dat ze er plezier in had. Ze hielp hem enthousiast mee. De stroming en de zuidenwind waren perfect. Het schip gleed soepel over de golven. Victor keek over het dek naar de open zee en had het naar zijn zin. Hij bleef ondanks het prima zeilweer veel aan dek. Alles verliep volgens planning.

Tegen lunchtijd vroeg Victor aan Jackie of ze de lunch kon klaarmaken. Enthousiast ging ze in het keukentje aan de slag. In de tussentijd controleerde Victor de zee, de windrichting en deze waren goed. Regelmatig bekeek Victor de radar en luisterde hij naar de gesprekken op de marifoon. Er was niets bijzonders gaande.

Jackie kwam voorzichtig uit de kuip omhoog en ze vroeg waar ze de plastic bordjes kon neerzetten.

'Laat ze maar binnen staan, anders glijden ze weg. Geef het broodje maar in mijn hand.' Victor pakte er één aan.

Jackie had haar best gedaan, ging in de kuip naast hem zitten, nam een hap van haar eigen broodje.

'Vind je het leuk?'

Jackie slikte haar hap door en knikte.

'Ik vind de schuimkoppen op de golven mooi, het schudden van de boot wat minder.'

'Ben je misselijk?' vroeg Victor bezorgd.

'Nee hoor,' zei Jackie en ze nam gulzig de volgende hap van haar broodje.

Later in de middag toen er steeds meer zeemeeuwen in de lucht rondcirkelden zag hij Jackie zorgelijk op haar horloge kijken.

'Hoe laat zijn we ongeveer thuis?'

'Rond zes uur zijn we in Oudeschild,' zei Victor, alsof het de normaalste zaak van de wereld was.

Jackie was even uit het veld geslagen.

'Waar ligt Oudeschild?'

'Dat is een dorp op Texel.'

Victor zag dat ze schrok en gelijk brandde ze los: 'Dat kan niet, ik moet straks om zes uur thuis zijn voordat Paul thuiskomt. Kun je nu omkeren en terugvaren?'

'Nee, want kijk... daar. Dat is Texel. Kom, ik heb je hulp nodig als we straks de haven binnenvaren en aanmeren.'

Schoorvoetend hielp ze Victor bij zijn opdrachtjes. De zeilboot voer de haven binnen en ze meerden af op de door de havencommissaris toegewezen plek.

Jackie was gespannen. Er ontspon zich een ongecontroleerde discussie over dat Victor moest terugvaren naar Scheveningen. Hij zag dat ze in paniek raakte.

'Je hebt toch je telefoon bij je?' opperde Victor. 'Dan stuur je Paul een berichtje met de boodschap dat je met je vriendin aan het stappen bent en per toeval in Maastricht bent beland.'

'Dan doe ik nooit, daar trapt Paul niet in.'

Ze keek onzeker om zich heen.

'Je hebt toch wel een vriendin of desnoods een collega waar je onverwachts kan overblijven? Iemand bij wie je teveel wijn hebt gedronken en daardoor niet meer naar huis kunt rijden?'

'Dat heb ik nog nooit gedaan. Ik heb geen vriendin met wie ik dat soort dingen doe.'

'Pak je telefoon, want hoe je het ook bekijkt, vanavond ben je niet op tijd thuis.'

Jackie pakte haar tas en zocht naar haar telefoon. Ze keek Victor onzeker aan, maar volgde wel zijn instructie op. Uiteindelijk stuurde ze een berichtje naar Paul waarin ze schreef dat ze te veel wijn op had en bij een collega bleef slapen.

Paul regeerde direct. 'Geen probleem. Ik zie je morgenochtend aan het ontbijt. Liefs Paul.'

'Zie je wel. Dat was zo opgelost.'

'Maar Victor, morgenochtend ben ik niet op tijd voor het ontbijt.'

Victor stond vlakbij Jackie, trok haar naar zich toe, kuste haar hoofd.

'Maak je niet te veel zorgen liefje. Ik ben bij je.'

Hij trok haar strakker tegen zich aan. Het zorgelijke gezicht veranderde, ze keek hem verlangend aan. Haar wens werd ingelost. Hij boog langzaam met zijn mond naar haar toe en als een zuignap kuste ze hem gulzig. Victor beantwoordde haar kus en voerde Jackie mee naar zijn hut in het vooronder. Hij tilde haar op, legde haar teder op het mooie witte ronde bed. Hij kleedde haar uit en had maar één wens; haar warme vulva binnendringen. Victor verkeerde in een roes van emoties, heftige driften en genot. Hier had hij al zo lang naar uitgekeken. Alle vrouwen die hij in de tussentijd had bemind, konden dit extra stukje niet bieden.

Victor wist het zeker. Hij zou vanavond niet in Oudeschild gaan eten. Zijn diner lag bij hem in bed. Haar mooie lichaam op het witte ronde bed, was als een luxe chocoladetaart voor een eetverslaafde. Alleen al het idee deed hem watertanden.

De volgende ochtend werd Victor wakker. Jackie streelde zijn lichaam liefdevol. Hij rook haar lichaamsgeur. Heerlijk. Met zijn gesloten ogen kon hij haar vulva uittekenen. Een gevoel van warmte, lust en geilheid overheerste zijn lichaam. Hij ging met zijn benen wijd op bed liggen en liet Jackie haar gang gaan.

Er kwam een berichtje op de telefoon van Jackie binnen.

'Het ontbijt staat klaar. Hoe laat ben je thuis?'

Van het een op het andere moment was Jackie een andere vrouw. De angst voor Paul beheerste haar. Ze keek verward om zich heen.

'Maak je niet druk,' zei Victor. Hij trok haar weer naar zich toe, want hij had behoefte aan haar warme vulva, maar Jackie trok zich los.

'Straks heeft Paul door dat ik niet bij een collega ben.'

Ze kreeg een rood hoofd van de stress.

'Stuur een berichtje dat je met je collega naar de stad bent en zijn ontbijt bent vergeten,' dicteerde Victor.

Vertwijfeld stuurde Jackie het berichtje naar Paul.

Hij antwoordde: 'Je bent ook een mooie. Zit ik met een heerlijk ontbijt op je te wachten, ga je met een collega winkelen.'

Niet meer op reageren zei Victor en hij liet Jackie onredderd in de kajuit achter om zijn inspectieronde aan dek te houden.

Ze voeren overdag terug naar Scheveningen. Jackie had een lekker kleurtje tijdens de tocht gekregen. Victor genoot van haar, ondanks dat ze onrustig was en straks de confrontatie met Paul moest aangaan. Victor liet haar met rust, hij had zijn deel vannacht en vanmorgen al binnengehaald. Het was een kwestie van tijd dat ze zich in zijn armen zou werpen.

In de haven van Scheveningen meerde hij af bij haar rode Alfa Romeo. Het oog van Victor viel op het zonneklepje aan de bestuurderskant. Dit was neergeslagen. Toen ze kwam aanrijden stond dit omhoog. Victor had haar volle gezicht door de voorruit gezien.

Hoofdstuk 6

Het was een rommelige maandagmorgen bij Salutem. Victor liep van het ene overleg naar het andere. Giselle voorzag hem tijdig van alle noodzakelijke stukken. Toen hij zich over de afdeling haastte, zag Victor vanuit zijn ooghoek Fred geconcentreerd achter zijn computer zitten. Fred leverde goed werk af, maar er was iets wat Victor zorgen baarde. Tijdens de sollicitatiegesprekken was Victor ervan overtuigd geweest dat Fred de juiste man was voor de nieuwe positie op zijn afdeling. Hij was ambitieus, had zich tijdens het sollicitatiegesprek goed gepresenteerd en beschikte over de nodige kennis. Het enige nadeel was de introverte persoonlijkheid van Fred.

Na de Cell-fusion conferentie had Victor twijfels gekregen. Hij had Fred en Paul met meer dan normale belangstelling met elkaar in gesprek gezien. Daarnaast had Victor te veel kenmerken van Salutem in de presentatie van Paul herkend. Victor had een voorgevoel dat Fred iets in zijn schild voerde. Hoe langer Victor erover nadacht, hoe meer hij ging twijfelen aan de integriteit van Fred. Alleen had hij er nog geen vinger achter kunnen krijgen.

Die avond sloot Victor even na negen uur zijn kantoor af. Met zijn jas aan en laptoptas in zijn hand bleef hij vertwijfeld in de gang staan. In plaats van naar de lift te lopen, liep hij langzaam naar de werkplek van Fred. Victor keek behoedzaam om zich heen, hoewel hij wist dat hij, op de beveiliging na, één van de weinige personen op kantoor was.

Victor zette zijn tas neer, trok zijn jas weer uit, ging op de bureaustoel van Fred zitten. Zonder iets aan te raken bekeek hij het bureau. Wat voerde Fred in zijn schild? Deze werkplek was netjes opgeruimd, volgens de clean desk policy. Naast de pennenbak lag een kladblokje. Victor pakte het op, bekeek een notitie van het laboratorium met een aantekening van een opleverdatum van een test. In het blaadje zaten gleufjes van eerdere aantekeningen. Hij hield het blaadje schuin tegen het licht en zag dat Fred een nummer had opgeschreven. Het leek wel of Fred tijdens het telefoneren uit verveling het nummer verschillende malen had overschreven. Subtiel liet Victor zijn vinger over de diepe gleufjes glijden en hij traceerde zonder veel moeite een mobiel telefoonnummer. Hij legde het kladblokje neer en keek nogmaals nauwlettend om zich heen.

In de prullenbak naast het bureau lagen een paar propjes papier. Victor pakte een geel post-it propje, ontvouwde het. Er stond een nummer op dat op een computercode leek. Voor de zekerheid pakte hij ook de andere propjes uit de prullenbak, maar dat leken hem normale aantekeningen waar tijdstippen en plaatsen op vermeld stonden. Victor draaide het gele post-it papiertje met de computercode door zijn vingers rond en overdacht de situatie. Vastberaden pakte hij de vaste telefoon, die naast de computer op het bureau stond, toetste het nummer in wat hij op het aantekenblokje had ontcijferd.

'Hallo,' zei een stem, die Victor uit duizenden herkende. Paul Norton.

'Fred? Ben je daar?'

Het hart van Victor bonsde in zijn keel door de onverwachte confrontatie, antwoordde niet en hij legde de hoorn op het toestel waardoor de verbinding werd verbroken. Hij stond op, deed zijn jas aan, stopte het gele post-it papiertje met de computercode in zijn zak en liep in gedachten verzonken naar de parkeergarage.

Piekerend reed Victor naar huis, parkeerde zijn auto en liep naar de voordeur. Op het moment dat hij de sleutel in het slot stak hoorde hij ineens snikkend zijn naam noemen. Hij draaide zich om.

Achter hem stond Jackie met een rood gezicht en een dik opgezwollen oog. Ze viel letterlijk in zijn armen. Hij drukte Jackie tegen zich aan, suste haar en leidde haar de lift in.

'Wat is er met je aan de hand?' vroeg hij bezorgd.

'Paul heeft me eruit gegooid,' huilde ze onbedaard.

Victor voelde zich overvallen door deze onverwachte situatie. Binnengekomen stelde hij Jackie gerust en kuste haar voorhoofd.

'Wat is er met je gezicht gebeurd?' en hij wreef over haar dikke oog. Ze kon het bijna niet meer openen, maar ze gaf geen antwoord op zijn vraag. Victor liep naar de keuken, hield een theedoek onder de koude kraan en depte deze voorzichtig op haar oog.

'Wat is er in godsnaam gebeurd?'

'Paul was boos. Hij heeft uitgehaald.'

'Heeft hij je geslagen?' vroeg Victor boos.

'Toen ik gisteren na onze zeiltocht thuiskwam kreeg hij een woedeaanval. Hij wist dat ik bij jou aan boord had gezeten.'

'En nu?'

Jackie begon weer onbedaarlijk te snikken.

'Ik heb niets meer. Hij heeft me eruit gegooid.'

Ze wierp zich weer in de comfortabele armen van Victor.

Toen Jackie tot rust was gekomen, vertelde ze dat ze haar spullen had gepakt en achter in de auto had gegooid.

Victor lachte in zichzelf; Jackie was nu van hem. Hij had haar teruggewonnen op Paul, hoewel dit niet zonder slag of stoot was gegaan.

De volgende dag op kantoor zag Victor Fred door de gang lopen. Het gele post-it papiertje schoot weer in zijn gedachten. Het zat nog in zijn zak. Hij bekeek het weer, maar kon er niets mee. Hij wist niet wat de betekenis van de code was. Victor besloot om naar het hoofd Security te lopen. Hij kende Willem Boom persoonlijk erg goed.

'Hallo Victor, kan ik je ergens mee helpen?' vroeg Willem.

'Ja, weet jij wat dit voor code is?'

Victor ontvouwde de gele post-it. Willem pakte het aan, bekeek de code aandachtig. Hij nam er de tijd voor. Victor zag zijn ogen vernauwen.

'Hoe kom je hieraan?'

'Gevonden, ik vroeg me af wat het was.'

'Waar heb je dit gevonden?'

'Beneden in de parkeergarage,' loog Victor.

Willem trok zijn mond iets scheef en hij gaf de post-it terug aan Victor.

'Dit is een geheime tradingsformule van een bank. Met dit soort computercodes wordt de beurs bespeeld. Hiermee worden enorme winsten binnengehaald. Ik hoop dat je deze post-it aan niemand hebt laten zien. Degene die dit heeft verloren, is een verliezer en zal over lijken gaan. Ik kan je verzekeren dat dit soort figuren meestal niet alleen opereren. Om de code continue te updaten en te onderhouden moet er een programmeur bij betrokken zijn.'

Willem wreef langs zijn kin.

'Ze maken grote winsten via kleine fluctuaties op de beurskoers.'

'Wat kan ik hiermee?' vroeg Victor.

'Je kunt er niets mee. Je weet niet wie erbij betrokkenen zijn. Mocht deze code betrekking hebben op Salutem, kun je je afvragen wat het effect op de aandelen van Salutem zal zijn. Zover ik weet, is dit een strafbaar feit.'

Victor bedankte Willem voor zijn toelichting, liep in gedachten terug naar zijn kamer. Hij had de post-it uit de prullenbak gevist. Zou dat betekenen dat de code niet meer actueel was? Verouderd? Of had Fred besloten om het spel niet meer mee te spelen. Toch klopte er iets niet.

De persoon 'Fred' hield Victor bezig. Wat was nu precies zijn relatie tot Paul? Was het alleen maar een oud mentor-student relatie of was er meer aan de hand? Victor had het te druk met zijn werk om Fred continu in de gaten te houden. Wat zich buiten het kantoorpand afspeelde, had Victor al helemaal geen zicht op.

Jackie trok bij Victor in. Hij leefde in een roes. Ze was nu van hem en hij had haar permanent tot zijn beschikking. Langzamerhand ontdekte hij ook een keerzijde die hij nog niet eerder had ervaren. Haar chagrijnige buien, waarin ze compleet onredelijk was. Jackie had continue de behoefte om door Victor op een voetstuk gezet te worden. Ze bleek absoluut geen kritiek te kunnen verdragen. Victor had zijn persoonlijke gevecht op Paul gewonnen, maar de vraag was of hij nu de hoofdprijs had binnengesleept. Hij vond haar gedrag onverklaarbaar en onuitstaanbaar. In het verleden had hij Jackie nog nooit nukkig meegemaakt. In hoeverre kon hij zijn relatie met Jackie toen als serieus beschouwen? Ze hadden veel plezier gehad en uitstapjes gemaakt. De spanningen van het dagelijkse leven met alle hoogte- en dieptepunten hadden ze niet ervaren. Het was toen alle dagen feest geweest.

Het viel Victor op dat haar chagrijnige momenten de overhand kregen, wanneer Jackie in de hoedanigheid als de partner van Victor bij de diners van Salutem aanschoof. Victor merkte, dat zodra mannelijke collega's andere vrouwelijke partners meer aandacht gaven dan Jackie, ze zich onbeleefd naar de andere vrouwelijke gasten gedroeg.

Haar obsessie was Gladys. Ze had haar toen in het restaurant met Victor gezien. Jackie was jaloers. Continue bracht ze Gladys negatief ter sprake. Victor vond het echt vervelend worden. Hij had Jackie al meerdere malen uitgelegd dat hij geen relatie met Gladys had gehad. Elke keer hoopte Victor dat het onderwerp afgesloten zou worden, maar dan begon ze er weer over. Er kwam geen einde aan. Zelfs de ring die hij aan de hand van Gladys in La Cuisine had bewonderd, eiste ze op. Ze vond dat ze er meer recht op had dan Gladys. Jackie bleef halsstarrig volhouden dat hij Gladys een verlovingsring had geschonken. Victor had eeuwig spijt dat hij Gladys had misbruikt in La Cuisine om Jackie van Paul af te troeven.

Toen ze voor de zoveelste keer de zaak op de spits dreef, dreigde ze bij Gladys langs te gaan om haar de waarheid te zeggen. Victor moest begrijpen dat hij van haar was en niet van Gladys.

Nu was Victor het zo zat, dat hij zijn weekendtas pakte en naar zijn zeilboot vertrok. Hij nam het besluit om dit weekend zijn relatie met Jackie in ogenschouw te nemen. Moest hij op deze basis de toekomst met haar aangaan of was afscheid nemen van deze ellende een betere optie.

Victor voer naar open zee, voelde de wind in zijn gezicht striemen, nam zich voor om morgenavond voordat hij aanlegde een definitief besluit over zijn relatie met Jackie te nemen. Dat besluit stond als een paal boven water.

Het gedoe met Jackie kon Victor er op dit moment niet bijhebben. Hij had wel andere zaken aan zijn hoofd. Hij was volop bezig met de volgende stap in zijn carrière en hij had hiervoor de steun gekregen van belangrijke stakeholders binnen Salutem. Zijn doel was een directiefunctie bij Salutem. Voor Victor was het nu de vraag of Jackie met haar onhandelbare gedrag binnen zijn droomcarrière paste. Ze was een representatieve vrouw, maar als hij zich in de privésituatie voor de lieve vrede in allerlei bochten moest wringen, zou dit ten koste gaan van zijn concentratie, wat ongetwijfeld consequenties zou hebben voor zijn geoliede carrière.

Victor zette op zondagmiddag de koers naar Scheveningen uit en hij tuurde over de zee. Jackie? Wat moest hij met haar? Was Jackie lust? Was het zijn superioriteit geweest om haar van Paul af te troeven of hield hij echt van haar? Hij sloeg zijn ogen neer. In zijn gedachten passeerden verschillende gebeurtenissen de revue. Leuke herinneringen, heerlijke momenten, maar ook de openbaring van haar chagrijnige buien. Victor haalde diep adem, zijn besluit stond vast: hij ging afscheid nemen van Jackie. Ze zou een te grote belasting voor hem worden, als hij straks als directielid bij Salutem aan het werk zou zijn. Zoals een heer betaamt, besloot hij Jackie niet aan haar lot over te laten en haar te helpen om andere huisvesting te vinden.

Nadat Victor zijn zeilboot in de haven had afgemeerd, sloot hij deze af en liep hij naar zijn auto. Hij zette zijn tassen in de achterbak en reed in gedachten naar huis. Vanavond zou hij Jackie op de hoogte brengen van zijn besluit om de relatie te beëindigen. Hoewel hij er tegenop zag, stapte hij vastbesloten de woning binnen.

Bij binnenkomst zag Victor haar norse gezicht.

'Waar was je?'

Victor verzuchtte: 'Op mijn zeilboot. Waar anders?'

'Ik geloof er niets van. Volgens mij zat je bij Gladys.'

'Schei eens uit met dat gezeur.'

Victor zette de tassen in de gang neer.

'Laten we naar binnen gaan, want ik vind dat we met elkaar moeten praten.'

Jackie keek Victor achterdochtig aan, liep op haar hoede achter hem aan de kamer binnen. Victor ging zitten en wachtte totdat Jackie ook had plaatsgenomen.

'Jackie, ik wil niet meer op deze manier verder. Ik heb besloten om onze relatie te beëindigen.'

Ze keek hem met grote ogen aan. Hij zag dat de boodschap rauw op haar dak viel. Ineens barstte ze in snikken uit.

'Je houdt niet van me. Je hebt nooit van me gehouden. Ik heb je wel door hoor, je wilde me alleen maar om Paul af te troeven. Nu je me hebt, dank je me af.'

Ze snikte onbedaarlijk. Victor voelde een hevige emotie opkomen, wilde haar troosten, maar hij was bang dat als hij dit deed, hij niet meer van Jackie af zou komen.

'Ik heb erover nagedacht. Via Salutem kan ik voor huisvesting zorgen. We hebben afspraken met een makelaar om de internationale partners onder te brengen. Ik kan vragen of ze een tijdelijk appartement voor je kunnen regelen, totdat we de juiste woning voor je hebben gevonden.'

Jackie keek hem met grote rode ogen aan. 'Je laat er geen gras over groeien. Je wilt me hier weg hebben.'

Ze verborg haar gezicht in haar handen.

Victor wist zich geen raad, maar hij hield zich vast aan zijn besluit. Omdat Jackie bleef zwijgen, nam hij het besluit om vannacht in de logeerkamer te gaan slapen.

De volgende dag op kantoor viel niet mee. Jackie spookte constant door zijn hoofd. Was het wel een wijs besluit geweest om de relatie te beëindigen? Hij sprak zichzelf moed in. Hij ontbood Giselle, vertelde dat hij zijn relatie met Jackie had beëindigd en vroeg of ze via de makelaar tijdelijke huisvesting kon regelen. Ze knikte, zei dat het geen probleem moest zijn en ze ging aan de slag.

Vlak voordat Giselle 's avonds naar huis ging, liep ze de kamer van Victor binnen. Met een zoete glimlach vroeg ze: 'Wat zijn je plannen voor vanavond? Je kunt bij ons blijven eten.'
Victor wilde het aanbod eerst afwimpelen, maar bedacht dat het niet eens zo gek was om wat afstand van Jackie te nemen. Hij accepteerde haar aanbod.

De volgende avond keerde Victor pas terug naar huis met goed nieuws. Giselle had van de makelaar te horen gekregen dat ze voor Jackie per direct een tijdelijk appartement beschikbaar hadden. Bij thuiskomst was er niemand thuis. Dit verbaasde hem. Normaal was Jackie altijd rond half zes uit haar werk thuis. Met grote stappen liep Victor de slaapkamer binnen. Het leek wel of ze was vertrokken, maar na controle hing haar kleding nog in de kast. Vreemd.
Pas tegen middernacht hoorde Victor de voordeur dichtslaan. Hij hoorde Jackie in de woonkamer rommelen om kort daarna de deur van de slaapkamer te sluiten. Victor had besloten om er geen rel van te maken, hij had zelf het initiatief genomen om de relatie te verbreken. Ze was vrij om te gaan en staan waar ze wilde.

Zo duurde het nog een paar dagen voordat ze tegenover elkaar zaten.
'Ik weet dat het geen leuke mededeling was, maar we hebben een tijdelijk appartement voor je gevonden. Zullen we het samen gaan bekijken en als het bevalt, de spullen overbrengen?'
'Heb ik een keuze?' vroeg ze droevig.
Jackie huilde niet, maar ze keek hem met lede ogen aan. Victor wachtte totdat ze iets zou zeggen, maar ze hield haar mond stijf dicht. De afwachtende spanning beviel Victor niet. Toen uit het niets hoorde hij haar zeggen: 'Ik ben zwanger, we krijgen een kindje.'

Hoofdstuk 7

Victor was met stomheid geslagen. Moest hij blij zijn? Of juist verdrietig, nu hij Jackie net aan de kant had geschoven.

Jackie stond op, pakte haar design handtas op en schoof het handvat hautain over haar rechterhand, klaar om te vertrekken.

'Wacht, wat zei je?' vroeg Victor met samengeknepen ogen om er zeker van te zijn, wat hij het zonet uit de mond van Jackie had gehoord.

'We krijgen een kindje. Ik ben zwanger.'

Jackie maakte aanstalten om te vertrekken.

'Wacht, wacht, niet weggaan. Ga zitten. Je overvalt me.'

Victor probeerde grip op de situatie te krijgen.

'Sinds wanneer weet je dat?'

'Mijn menstruatie was weggebleven, ik heb vorige week een test gedaan, die was positief.'

'Waarom vertel je me dat nu pas en niet vorige week?'

'Omdat je boos op me was en naar je zeilboot was vertrokken,' snoof ze. De hersens van Victor maalden koortsachtig. Als hij Jackie nu wegstuurde, dan negeerde hij zijn ongeboren kind. Dat zou een schande zijn. Liet hij haar hier blijven, dan moesten er de komende maanden een flink aantal zaken worden geregeld. Hij zou dan aan Jackie vastzitten. Victor keek naar buiten, maakte de balans op en nam zijn besluit.

'Het spijt me dat ik onze relatie wilde verbreken. Laten we het opnieuw proberen en de toekomst echt gestalte geven.'

Jackie keek hem gelukzalig aan, maar ze zei niets. Haar dromen werden nu ingelost.

'Laten we de komende twee maanden even afwachten hoe de zwangerschap vordert. Gaat alles goed, dan stel ik voor om te trouwen.'

Jackie stond op uit de stoel en vloog Victor om zijn nek. Ze kuste hem intens. Met een zwoele stem zei ze: 'Ik hou van je.'

De volgende dag kwam Victor pas laat in de ochtend het kantoor binnenlopen, zijn hoofd gonsde. Hij liet Giselle de optie op het appartement ongedaan maken en zonderde zich daarna af. Victor nam contact op met een bevriende notaris en hij liet zich voorlichten over het trouwen op huwelijkse voorwaarden.

De zwangerschap van Jackie verliep voorspoedig, na drie maanden begon ze al een buikje te krijgen. Victor nam een professioneel bureau in de hand om de trouwerij op korte termijn te regelen.

Alles was al in volle voorbereiding toen Victor eindelijk de kans kreeg om kennis met de familie van Jackie te maken. Hij had lang moeten aandringen, waarop ze uiteindelijk schoorvoetend had ingestemd.
Op een zondagmiddag reden ze naar een volksbuurt in Rotterdam. Hij zag aan het gezicht van Jackie dat ze deze ontmoeting niet wilde. Ze onderging het mokkend, omdat ze de situatie niet op de spits wilde drijven.
Jackie opende de voordeur, ging hem voor op de lange steile trap naar boven. Met een nors gezicht opende Jackie de tussendeur en liet ze Victor naar binnen.
De ouders van Jackie zaten verwachtingsvol aan de grote tafel. Victor stelde zich voor en hij merkte dat haar ouders zich ongemakkelijk voelden. Ze keken afwachtend naar Jackie. Het waren aardige mensen, die door zijn zelfverzekerde houding waren overrompeld en nederig afwachtten wat er ging gebeuren.
De inrichting in de kamer was gedateerd met een donkerbruine verschoten leren bank voor het raam. Een grove eikenhouten eettafel domineerde de smalle achterkamer. De zon scheen door de gekantelde lamellen de kamer binnen. Het voelde warm aan.
Jackie gedroeg zich kortaf tegen haar ouders en ze vroeg bits waar de koffie bleef. Haar moeder veerde gelijk op en liep slaafs naar de keuken.
Er kwam gestommel van boven, alsof iemand uit balans de trap afliep. De kamerdeur werd geopend. In de opening stond een meisje dat scheef stond en scheel keek. Het was Claire, het zusje van Jackie. Ze gaf Victor netjes een hand. Jackie wendde haar hoofd af, alsof ze er niets mee te maken wilde hebben. De eerste kennismaking met zijn schoonfamilie, iets wat Victor niet snel meer zou vergeten.

De weddingplanner, die Victor voor de spoedklus had ingehuurd, had een draaiboek samengesteld en was nu druk bezig met het zoeken naar een geschikte locatie, het vervoer en het verzorgen van de catering. Het was een gedreven man die niets aan het toeval overliet.

Jackie en Victor konden tevreden zijn. De trouwerij was imposant. De dag verliep gesmeerd. Victor had niet op een cent gekeken. Jackie had er op haar trouwdag als een prinses uitgezien in haar deftige witte trouwjurk, ondanks haar zwangere buik. Ze was trots en ze had de hele dag genoten van de aandacht die haar ten deel viel.

Onderhuids was Victor ontevreden over de gang van zaken. Hij had Jackie geobserveerd. Ze had twee gezichten. Vanaf het moment dat hij haar ten huwelijk vroeg, zat ze vol energie en had ze geen last van chagrijnige buien. In de tussentijd merkte hij dat ze haar negatieve gedrag bewust onderdrukte. Hoe lang zou ze dit nog volhouden, vroeg hij zich af en wat zou het effent op de baby zijn, als deze was geboren?
Victor was wel opgelucht geweest dat Jackie zonder enige vorm van protest had ingestemd om op huwelijkse voorwaarden te trouwen. Financieel kon het voor Victor in ieder geval niet op een drama uitlopen. Officieel had hij zijn hand geschonken, maar niet zijn hart. Jackie zou zijn naam dragen, hem volgen, maar daar bleef het bij. De belangrijkste gebeurtenis die hem nu te wachten stond, was de geboorte van hun eerste kind.

Hun dochter Maud werd twee maanden te vroeg geboren. Tot ieders verbazing was het een flinke baby. Victor was opgelucht, omdat de bevalling lang had geduurd en het een emotioneel drama was geweest. Lichamelijk en geestelijk was het zwaar geweest. Victor had gemerkt dat Jackie af en toe in paniek raakte en niet alles in haar hoofd op orde had. Verschillende malen had ze buiten proporties hysterisch gegild. Victor had geprobeerd haar zoveel mogelijk te ondersteunen.

Het dagelijkse leven met Jackie viel niet mee voor Victor. Vanaf haar geboorte werd Maud constant door Jackie opgehemeld. Tot in het absurde toe. Ze werd als passieve zuigeling al door Jackie als hoogbegaafd bestempeld. Victor ergerde zich groen en geel aan haar uitspraken. Hij had er al een paar keer iets van gezegd, maar dan was Jackie beledigd, met als gevolg dat ze een paar dagen niet te genieten was. Ze was boos op de moeder van Victor, die had aangeboden om haar te helpen. In een hysterische bui had ze de huishoudelijke hulp weggestuurd, die Victor had ingehuurd. Na bemiddeling was de hulp uiteindelijk schoorvoetend teruggekomen, maar Jackie negeerde haar stelselmatig en ze gedroeg zich onaardig.

Gladys en Giselle waren zijn ontsnapping. Periodiek bracht Victor daar de nacht door. In de loop van de jaren had hun driehoeksrelatie vaste vormen aangenomen. Giselle en Gladys bleven een stel. Af en toe was er behoefte aan Victor. Alle drie waren tevreden met hun gecombineerde relatie. Ze spraken met niemand over hun geheime verbond dat voor de buitenwereld onzichtbaar was.

Gladys ging wel eens in het weekend met Victor mee zeezeilen. Giselle gruwelde hiervan en vond het prima, zolang ze niet mee hoefde.

Gladys voelde zich thuis bij Victor aan boord. Naast de romantische zwoele nachten op het achterdek met een glas Champagne in de hand, genoot Gladys er ook van om tijdens het zeezeilen als een volwaardige partner aan boord mee te werken. Ze stond haar mannetje bij onverwachte gebeurtenissen, zoals op een keer toen de navigatieverlichting op zee uitviel. Gelukkig voeren ze vlak onder de kust. Door een goede samenwerking meerden ze ongeschonden af.

Bij zonnig weer was het de gewoonte van Gladys om, wanneer ze buitengaats voeren, naakt aan boord rond te lopen. Het gaf haar het ultieme gevoel van vrijheid om zo het dagelijkse juk af te werpen. Het deed Victor watertanden als ze met haar ranke lichaam door de kajuit rondliep. Vooral als ze verleidelijk naar hem keek en hem uitdaagde. Hij wist dat hij haar binnen een mum van tijd naakt op het mooie ronde witte bed in de voorpunt had. Ze kronkelde dan van genot. Dat wond hem op. Hij kon aan boord zijn lusten de vrije ruimte geven. Gladys kwam ongecompliceerd aan al zijn wensen tegemoet.

Victor had zijn leven aardig op de rit. Jackie was thuis geparkeerd met Maud. Gladys en Giselle losten zijn seksuele behoefte in. Zijn carrière bij Salutem liep gesmeerd. Mooier kon het niet, totdat Jackie met een grote glimlach op haar gezicht vertelde dat er een tweede baby op komst was.

Dat was niet de bedoeling geweest. Victor baalde ervan dat hij niet beter had opgelet. Hij dacht dat Jackie de pil slikte. Dat bleek niet het geval te zijn. Victor wist nog precies wanneer het gebeurd moest zijn. Ze waren met collega's naar het gala van Salutem geweest. Jackie had er die bewuste avond mooi verzorgd uitgezien. Ze was bewonderd door zijn mannelijke collega's.

Bij thuiskomst was ze voor de verandering vrolijk geweest. Toen ze naar de slaapkamer liepen had ze lachend gezegd dat het feest nog niet was afgelopen. Victor had zich in haar ondeugende spel laten meeslepen. Midden in de kamer had ze een striptease opgevoerd. Victor was versteld van haar erotische kwaliteiten. Het voelde net zoals hij haar vroeger op zijn studentenkamer had ervaren, sexy en intiem. Victor had maar één drang en dat was haar warme vulva, die hij sinds de geboorte van Maud had gemist.

Af en toe hadden ze seks gehad. Jackie ging dan passief op haar rug liggen, zuchtte wat, draaide zich na afloop ongeïnteresseerd om en viel dan gelijk in slaap.

Het leek wel of Jackie er voor het eerst sinds een lange tijd weer van genoot. Op zo'n moment had Victor wroeging over zijn driehoeksrelatie met Giselle en Gladys. Die nacht met Jackie was heerlijk geweest. Nu was er het resultaat, een tweede zwangerschap. Victor wist niet of hij blij moest zijn. Hij had zich voorgenomen om van Jackie afscheid te nemen als Maud groot genoeg zou zijn om op haar eigen benen te staan. Met een tweede baby op komst, zou het tijdsbeeld alleen maar worden opgerekt.

Negen maanden later werd zijn tweede dochter Colette geboren. Het patroon was weer hetzelfde. In het begin was Jackie de trotse moeder van haar dochters, daarna kregen haar chagrijnige buien weer de overhand. Het begon Victor nog meer de keel uit te hangen. Door zich op zijn zeilboot terug te trekken kon hij regelmatig aan haar te ontsnappen.

Een jaar na de geboorte van Colette werd Victor gepromoveerd tot Algemeen Directeur van Salutem Nederland. Het was de kroon op zijn succesvolle carrière. De felicitaties volgden. Jackie was trots op hem. Ze ventileerde dat overal te pas en te onpas. Hij had het toch maar aan haar te danken dat hij zich zo had kunnen ontwikkelen.

Tijdens de interne verhuizing naar zijn nieuwe directiekantoor vond Victor per toeval het gele post-it papiertje. Het propje dat hij een paar jaar geleden uit de prullenbak van Fred had gevist. Hij bekeek de code en besefte dat hij dit finaal was vergeten.

Fred werkte nog steeds bij Salutem. Hij was in de tussentijd gepromoveerd tot teamleider en stond op het punt om door te stromen als divisiemanager.

'Heb je alles?' vroeg Giselle aan de huismeester, die met een steekkarretje de nieuwe kamer van Victor binnenliep.

Victor glimlachte naar Giselle, 'Je hebt goed werk afgeleverd' en hij schoof onopvallend de gele post-it in zijn broekzak.

Victor had geëist dat Giselle hem zou volgen na zijn promotie. Ze was hem dankbaar en had gezegd dat ze hem niet zou teleurstellen. Giselle was voor hem de perfecte assistente. Ze was discreet, leverde uitstekend werk af en ze was zijn ogen en oren in de organisatie. Als de nood hoog was bevredigde ze hem samen met Gladys.

Victor zag Fred door de gang lopen. Hij liep naar Fred toe en vroeg belangstellend hoe het met zijn projecten ging. Fred was introvert en gedroeg zich altijd achterdochtig als Victor hem onverwacht aansprak. Kort vertelde Fred over de status van zijn lopende projecten. Toen ze vlakbij de lift waren vroeg Victor voor zijn neus weg hoe het met Paul Norton ging.

Met Paul ging het uitstekend. Ze bleken elkaar nog regelmatig te zien, meer informatie kreeg Victor niet uit Fred los.

Thuis zocht Victor op het internet informatie over Paul op. Hij bleek een zeer gewaardeerde microbioloog in het Academisch Ziekenhuis te zijn, die spraakmakende stukken publiceerde. Victor gaf Giselle de opdracht om alle publicaties van Paul op te vragen.

Toen Victor de publicaties van Giselle had ontvangen, had hij ze allemaal doorgebladerd en het bevestigde zijn vermoedens. Het merendeel van de artikelen kwam overeen met de onderzoeken die in het laboratorium van Salutem plaatsvonden. Het zette Victor aan het denken. Hij besloot om verder in het privéleven van Paul te gaan wroeten.

Maar dat leverde niet veel op. Victor vond alleen informatie over de publicaties, die hij al in zijn bezit had en een paar foto's op het Internet. Na lang wikken en wegen besloot Victor om bij Willem Boom van de afdeling bedrijfsrecherche langs te lopen. In een vertrouwelijk gesprek vertelde Victor dat dit hem al jaren bezighield.

Een paar weken later liep Willem het kantoor van Victor binnen en sloot hij de deur achter zich.

'Victor, ik moet je even bijpraten. Het is een lastige situatie. Concrete bewijzen heb ik niet. Uit het onderzoek blijkt dat Fred niet buiten zijn boekje is gegaan. We kunnen nergens achterhalen dat er informatie is weggelekt naar Paul Norton. Maar ik moet je gelijk geven, het stinkt.'

Victor luisterde naar de bevindingen van Willem en hij baalde dat zijn vermoedens niet werden bevestigd.

'We hebben een extern bureau ingeschakeld om onderzoek te doen. Ze hebben achterhaald dat Fred een behoorlijke som geld op een Luxemburgse bankrekening heeft staan. Hij heeft geen buitensporig uitgavenpatroon. Niets wijst erop dat hij zich met onwettige zaken bezighoudt. Paul toucheert maandelijks grote sommen geld uit een holding waar een kluwen van besloten vennootschappen onder hangt. Er worden geldstromen door deze vennootschappen gejaagd, waarvoor we een fiscalist moesten inhuren om dit te kunnen analyseren. Het stinkt naar de misdaad. Paul is heer en meester in het opbouwen van rookgordijnen. Het antwoord ligt beslist niet voor het oprapen.'

Willem nam een slok water en ging verder: 'Paul is getrouwd met ene Marga. Samen spenderen ze jaarlijks aardig wat geld. De dame in kwestie heeft geen eigen inkomen. Ze is een paardenfreak, maar alles oogt legitiem. Ze bezitten een appartement in Marbella. Door de transactie-wirwar in zijn holding blijft er veel geld in Marbella hangen. Hun luxe appartement ligt aan een golfbaan, waar de complete Nederlandse onderwereld is neergestreken. Een pikant detail is dat zijn vrouw Marga het niet zo nauw neemt met de huwelijkse trouw en nog wel eens het bed deelt met zijn golfmaatjes. Of ze zich ervoor laat betalen, weten we niet. Dat zou hun buitensporige uitgavenpatroon kunnen verklaren.'

Willem wreef langs zijn kin, keek Victor bedenkelijk aan. 'Meer kan ik er niet van maken. Ik heb hetzelfde gevoel als jij. Ze zijn zo glibberig als een aal in een emmer snot. Laten we een vinger aan de pols houden. Vroeg of laat verslappen ze en dan hebben we misschien beet. De tijd zal het leren.'

Hoofdstuk 8

Ondank hun gecompliceerde huwelijk waren Victor en Jackie al twintig jaar bij elkaar. Het bleef afzien voor Victor, want er waren continue wrijvingen. Werd de strijd niet tussen elkaar uitgevochten, dan ging de ruzie over haar ouders. Jackie wilde niet met ze geconfronteerd worden, ze geneerde zich voor hun eenvoudige afkomst. Ze vond zichzelf een vrouw van de wereld en Victor was voor haar het glazuur op de cake.

Waar Victor tegenop zag, waren de zakelijke diners op directieniveau. Jackie was jaloers op mensen die in haar beleving boven haar stonden, iets wat ze niet duldde. Op deze gelegenheden sprak ze met een bekakt accent en ging ze er prat op dat ze haar talen beheerste. In het begin had Victor haar op deze onzin aangesproken, maar dat leidde altijd weer tot eindeloze ruzies.

Eén van die gebeurtenissen kon Victor zich nog goed herinneren. Het schaamrood stond hem op de kaken. De directie had de hele dag extern overleg gehad. Voor het afsluitende diner op het luxe kasteel waren de partners later in de middag aangeschoven. Bij binnenkomst scande Jackie de aanwezigen razendsnel. Haar ogen bleven op Lettie hangen, die op dat moment met Victor iets nabesprak. Jackie liep recht op haar af. Victor had aan de houding van Jackie al gezien dat Lettie haar niet aanstond. In een oogwenk voorkwam hij een aanvaring door Jackie aan Lettie voor te stellen.
'Dit is mijn vrouw Jackie.'
Lettie gaf haar beleefd een hand.
'Mooie jurk heb je aan,' complimenteerde Lettie, die aan het ontevreden gezicht van Jackie al de nodige jaloezie had afgelezen.
'Een Yves Saint Laurent,' zei Jackie hautain met een minderwaardige blik richting Lettie.
'Dames, komen jullie mee naar binnen?' vroeg Victor en hij leidde beide vrouwen de zaal binnen.
'Heb je hier de hele dag overleg gehad?' vroeg Jackie aan Lettie.
'Ja, het was een intensieve dag, maar we hebben goede resultaten geboekt.'

'Wie is jouw partner?' vroeg Jackie, terwijl ze strak de ogen van Lettie observeerde.

'Ik zal je aan hem voorstellen,' zei Lettie. Ze tikte op de schouder van een knappe man met een goed figuur en donker haar. Hij draaide zich om en glimlachte naar Lettie.

'Ik wil je voorstellen aan Jackie; de vrouw van Victor.'

Ze schudden elkaar de hand. De man draaide zich weer om en hervatte zijn gesprek. Victor stond vlakbij, deed net alsof hij geïnteresseerd naar een collega luisterde, maar scande heimelijk het gesprek van Jackie met Lettie en overwoog het moment om in te grijpen.'

'Heb je veel uit te werken als secretaresse?' vroeg Jackie quasi serieus aan Lettie.

'Ik ben geen secretaresse, dat is de dame die daar loopt.'

Lettie wees naar Giselle.

'Ja, ik weet wie de secretaresse van Victor is,' zei Jackie kortaf.

'Wat doe je dan wel bij Salutem?'

'Ik ben een directe collega van Victor.'

Victor kende dit riedeltje maar al te goed en hij wist dat Jackie nu over het niveau binnen de organisatie ging beginnen. Ze was jaloers op Lettie, maar het geluk was aan zijn zijde; het gezelschap ging aan tafel. Victor troonde Jackie mee naar de andere kant van de lange tafel uit de buurt van Lettie, maar ook uit de buurt van Giselle.

Jackie kon het niet verdragen als er een vrouw het lichaam van Victor aanraakte. Bij begroetingen kon Victor het niet altijd voorkomen dat hij werd gekust en probeerde als Jackie in zijn buurt was altijd gepast afstand van aantrekkelijke vrouwen te houden.

Over de jaren heen bleef het voor Victor een kwestie van laveren tussen haar stemmingen en buien. Vanuit zijn sociale betrokkenheid besefte hij dat Jackie naar de buitenwacht kickte op personen met een hoger aanzien, waardoor ze steevast in haar pseudo-persoonlijkheidsrol schoot. Ze spiegelde zich maar al te graag aan mensen met status en wilde er ook nog eens boven staan. Als ze na een bezoek van kennissen thuiskwamen had Victor zich vaak afgevraagd wat Jackie eigenlijk zag als ze in de spiegel naar zichzelf keek. Haar eigen illusie? Hoe leeg was ze innerlijk om zo'n statuur aan te meten?

De meest pijnlijke confrontatie vond Victor de manier waarop Jackie haar ouders behandelde. Hij probeerde het contact te stimuleren voor zijn dochters Maud en Colette, het waren per slot van rekening hun kleinkinderen. Hij vond dat zijn schoonouders het recht hadden om hun kleinkinderen regelmatig te zien. Als Victor en Jackie bij ze op bezoek waren, gedroeg Jackie zich meestal kortaf. Haar zusje Claire kon ze al helemaal niet verdragen.

Victor vond het schokkend om te zien hoe ze haar familie bewust negeerde. In de afgelopen jaren had hij afgeleerd om hierover een gevecht aan te gaan, maar het irriteerde hem behoorlijk.

Ook die keer, toen Jackie zich weer eens irritant gedroeg. Ze vond dat haar moeder een etentje moest organiseren. Hoe dat nu weer uit de lucht kwam vallen, was een raadsel. Victor was hoogst verbaasd geweest. Jackie wilde eigenlijk nooit naar haar ouders toe en nu moest er ineens iets georganiseerd worden. Alleen al haar triomfantelijke houding! Jackie maakte wel even duidelijk hoe ze het avondje voor ogen had.

'Ma, ik vind het leuk als je weer eens een grote pan macaroni klaarmaakt. Dat deed je vroeger ook altijd. Maud en Colette vinden het ook lekker,' zei ze, terwijl ze haar dochters dwingend aankeek. Die als tieners doodstil bleven zitten en de situatie gelaten afwachtte over wat er zou gaan gebeuren.

'Ik weet niet of het gaat lukken Jackie, ik heb in geen jaren meer grote pannen met eten klaargemaakt,' zei haar moeder onzeker.

'Natuurlijk kun je dat, hè pa?' zei Jackie om haar vader bij haar plan te betrekken.

Hij moest glimlachen en zei enthousiast: 'Dat waren nog eens tijden. Ik weet nog goed dat mijn broers ook wel eens aanschoven als ze in de buurt waren.'

Victor zag dat Jackie haar vader als een vehikel gebruikte om haar moeder over de streep te trekken.

'Ja pa, weet je nog als ome Rinus kwam. Hij speelde elk jaar Sinterklaas met die oude rode pluisdeken over zijn schouders. Als kind had ik dat niet door, ik geloofde heilig in Sinterklaas. Ome Rinus was voor mij wel de enige echte Sint.'

'Ja kind, ome Rinus was een verhaal apart. Hij kon moppen tappen alsof hij een volleerd acteur was. Alleen al die gezichten die hij erbij trok.'

Vader schudde met zijn hoofd over de vervlogen herinneringen.

'Hoe wil je de macaroni dan hebben?

'Nou, zoals je dat altijd klaarmaakte. Met gehakt, een blikje tomatenpuree, geraspte kaas en een gebakken eitje.'

Victor was het zat, hij zag aan het gezicht van zijn schoonmoeder dat ze er als een blok tegenop zag en hij stelde voor om bij de traiteur een bestelling te plaatsen. Hij vond dat Jackie buiten haar boekje ging en bezig was om haar moeder te kwetsen. Waarom deed ze dat? Het waren lieve zachte mensen, die altijd voor haar hadden klaargestaan.

'Wij hebben de juiste keukenapparatuur om het eten op te warmen. Dus laten we de bestelling doen, het eten bij ons thuis opwarmen en opeten,' zei Victor.

'Oh nee. Mijn moeder kan heel goed koken,' zei Jackie zelfverzekerd met een uitdrukking op haar gezicht dat ze geen inmenging van Victor duldde. Moeder had geen keus, Jackie legde haar wil op.

Toen ze twee weken later bij opa, oma en Claire aanschoven om macaroni te gaan eten, was Jackie hyperactief. Ze liep als een dolle in de keuken rond, nam zogenaamd de taken van haar moeder over, die het allemaal niet meer zag zitten. Die liet zich gedwee in de maalstroom van haar Jackie meevoeren.

De macaroni smaakte prima, maar moeder kreeg van de stress geen hap door haar keel. De enige die aan tafel plezier had was Claire, die had het niet veel meegemaakt, dat ze met zeven personen aan tafel zaten. Maud en Colette waren stil, wisten maar al te goed hoe dit zou aflopen als ze thuiskwamen. Ze aten netjes hun bordjes leeg, maar voelden zich in de gedwongen situatie oncomfortabel.

De volgende dag kwam zoals gewoonlijk de ontlading, dan was Jackie niet te genieten. Dat duurde dan weer een paar dagen voordat de boosheid was weggeëbd en alle verhoudingen weer tot normale proporties waren teruggebracht.

Er had zich in de loop van de jaren een kunstmatige balans in het huishouden van Victor gevormd. Als Jackie haar chagrijnige buien had, vertrok hij naar zijn zeilboot of naar Giselle en Gladys. De twee dames waren na twintig jaar nog steeds bij elkaar. Victor vond ze nog net zo mooi als de eerste keer, ondanks dat de tijd niet had stilgestaan. Discretie was unaniem voor hun geheime driehoeksrelatie.

Dat waren de momenten waarop Victor voor zichzelf had besloten om zijn huwelijk met Jackie te beëindigen, onder die voorwaarde dat zijn dochters groot genoeg moesten zijn om zichzelf te kunnen bedruipen. De tweede reden om de scheiding in een later stadium door te voeren was dat Victor eerst zijn benoeming bij de Raad van Bestuur wilde veiligstellen.

Het was een geplaveid pad, want hij zat al in het voorportaal om benoemd te worden. De afgelopen jaren had hij uitstekend werk afgeleverd en in zijn netwerk de juiste connecties aangeboord. Hij was trots dat hij het zover had gebracht. Zijn overtuiging was dat hard werken loonde, maar dat je vooral ook in je eigen succes moest geloven.

In de tussenliggende periode tot zijn benoeming moest hij Jackie tolereren en haar rustig zien te houden.

Op zaterdagmiddag stond Jackie in de open keuken met een kop koffie in haar hand. Ze glimlachte naar Victor. Hij maakte hieruit op dat ze een weekend zonder opstandige buien voor de boeg hadden.

'Ook een kopje koffie?'

'Lekker.'

Victor pakte een cracker uit het open pakje dat op de keukentafel lag.

'Victor, ik heb er over nagedacht, het lijkt me leuk.'

Victor keek Jackie vragend aan, hij had geen idee waar ze het over had.

'Van de buurvrouw heb ik leuke verhalen gehoord over de tennislessen die ze nu volgt. Het lijkt me wel wat.'

Victor gaf niet gelijk antwoord, hij vermoedde dat het weer een loze kreet om aandacht was. Jackie gedroeg zich altijd bij nieuwe ideeën en veranderingen wispelturig. Ze wekte de indruk dat ze iets leuk vond. Maar als het moment daar was, was ze weer opstandig en beschuldigde ze Victor ervan dat hij haar had gedwongen dingen te doen waar ze niet achter stond.

Victor maakte dankbaar gebruik van haar oprisping, liet het idee berusten, belde na het weekend de voorzitter van de tennisvereniging op die hij goed kende, over het voornemen van Jackie.

's Avonds vertelde Victor tijdens het eten op een neutrale toon dat hij per toeval de voorzitter van de tennisbaan had gesproken. Hij kon zich Jackie nog goed herinneren van de nieuwjaarsbijeenkomst bij Salutem. Hij had gezegd dat hij naar haar uitkeek.'

Jackie keek hem achterdochtig aan, ze twijfelde aan zijn bedoeling. Gelukkig zeurde ze deze keer niet en accepteerde ze de uitnodiging.

Een week later nam Victor Jackie in de auto mee naar de tennisbaan. Victor opende de kantinedeur en hij liet Jackie voorgaan. Ze keek hem vertwijfeld aan. Victor glimlachte zelfverzekerd, wat hij altijd deed als hij haar onzekere houding probeerde te omzeilen.
De voorzitter zat aan de bar en liep Victor en Jackie tegemoet.
    'Goedemorgen, leuk dat jullie zijn gekomen.'
Hij schudde enthousiast de handen.
    'Je ziet er goed uit Jackie. Je bent geen spat veranderd sinds we elkaar op de nieuwjaarsreceptie hebben gesproken.'
Victor zag dat ze gecharmeerd was van de voorzitter. Hij bood koffie aan en liet de kopjes op een tafeltje zetten. Victor hield het gesprekje luchtig en refereerde regelmatig aan de nieuwjaarsbijeenkomst. De voorzitter was iemand die het signaal snel oppikte en ging hierin mee. Langzaam stuurde Victor het gesprek naar de inschrijving van de tennislessen. Op het moment dat Jackie haar lege koffiekopje op het schoteltje zette ging de kantinedeur open, Mark de tennisleraar kwam binnenlopen.
Victor keek uit zijn ooghoek naar Jackie, die Mark met een gulzig blik gadesloeg. De voorzitter stond op, gebaarde naar Mark, die zijn tennisracket neerlegde en op hun afliep. Als een echte ladykiller keek hij naar Jackie toen hij haar een hand gaf. Ze was van hem gecharmeerd en dat was precies waar Victor op hoopte.
Haar norse buien bleven uit en Victor schreef haar bij Mark in voor de tennislessen.

Hoofdstuk 9

Eindelijk was het zover. Victor trad toe tot de Raad van Bestuur bij Salutem. De benoeming werd bezegeld met een exclusief diner, waarbij de voltallige directie en de divisiemanagers aanschoven. Victor keek trots over de lange tafel. Fred zat links en Lettie zat rechts van hem. Lettie had in de afgelopen jaren flinke stappen op de carrièreladder gemaakt en Fred had op zijn niveau ook promotie gemaakt. Victor wilde geen onderscheid maken en had ze alle twee uitgenodigd.

Lettie was een gedreven vrouw, haar carrière stond op de eerste plaats. Ze was ongehuwd gebleven, maar had wel de nodige relaties achter de rug. Victor had in het verleden tijdens bijeenkomsten stiekem haar partners geobserveerd. Het waren meestal kerels die zich interessanter voordeden dan ze in werkelijkheid waren. Toch was Lettie geen verdord vrouwtje, want ze zag er voor haar leeftijd goed geconserveerd uit.

Lettie had het door dat hij haar ongegeneerd bekeek en ze glimlachte ondeugend naar Victor. Hij beantwoordde haar blik, maar insinueerde niets. Hij wilde absoluut voorkomen dat Jackie lucht van zijn buitenechtelijke escapades zou krijgen.

Een paar dagen later liep Lettie in de vooravond zelfverzekerd zijn kantoor binnen. Giselle liep achter haar aan en zei met een bezwaard gezicht tegen Victor: 'Ik kon haar niet meer tegenhouden. Sorry.'

Ze bleef afwachtend in de deuropening staan.

Victor maakte een afwerend gebaar met zijn hand dat het geen probleem was. Giselle sloot de deur.

Lettie ging op de rand van zijn bureau zitten, in een pose die ze in het verleden wel eens meer had ingenomen.

Ze keek hem uitdagend aan.

'Ik zou graag de eerste directrice van Salutem willen worden. Hoe doe ik dat, maestro?'

Victor schoot in de lach en leunde achterover in zijn stoel.

'Er is al een benoeming in voorbereiding, maar ik kan je aan de procedure toevoegen. Zorg ervoor dat je curriculum vitae en motivatie morgenochtend bij Giselle in de mailbox zit.'

Lettie spreidde haar benen een stukje, de ogen van Victor volgden. Hij moest gelijk denken aan haar driftige kontje en bevallige mondje.

'Ik denk niet dat dit de ideale omgeving is,' zei Victor serieus. 'Morgenavond ben ik op mijn zeilboot in Scheveningen. Zullen we daar een hapje en een drankje doen?'

Lettie keek hem verleidelijk aan, duwde met haar tong op de binnenkant van haar wang, waarmee ze insinueerde dat ze hem afzoog.

Victor schudde zijn hoofd en stond op.

'Half acht ben ik daar.'

'Oké captain.'

Ze hipte van het bureau en verliet de kamer.

Op vrijdagavond zag Victor hoe Lettie haar imposante zwarte leaseauto aan de haven parkeerde. Hij kwam de kajuit uit om haar aan boord te helpen. Bij de eerste aanraking voelde hij naadloos aan dat Lettie op seks uit was. Ze droeg een doorschijnend bloesje zonder bustehouder. Haar lichaam straalde het uit met haar stijve tepels strak naar voren. Klaar om aan te zuigen. Hij leidde haar de kajuit binnen, maar voordat hij iets kon zeggen, kuste ze hem vol op de mond. Hij voelde haar tong hongerig tussen zijn lippen glippen. Ze ritste met glanzende ogen zijn broek open.

'Ho ho ho,' zei Victor en hij maakte zich los.

'Wat krijgen we nu juffrouw!' Hij leidde haar naar het witte ronde bed in de voorpunt. Hij schoof haar rokje omhoog, zag een mooie doorschijnende zwarte string, draaide Lettie op haar buik en gaf haar een paar flinke petsen op haar billen. Ze schreeuwde om meer.

'Op je knieën jij.'

Hij trok met een ruk de zwarte string over haar billen naar beneden en liet zijn vingers langzaam naar binnen glijden. Haar kont begon te schudden van genot. Victor had een behoefte, die hij door haar bevallige mondje ingelost wilde hebben. Hij ging naast het bed staan. Haar mond omsloot zijn eikel. Hij sloot zijn ogen. Dat voelde heerlijk aan en Victor liet het levenselixer uit zijn lichaam zuigen.

Die nacht lagen ze in elkaar verstrengeld. Hij rook haar lucht, die nog hetzelfde rook als die dag op kantoor, toen hij zich in het bijzijn van Giselle had laten gaan. Victor mocht Lettie wel. Ze was lustig, hield van seks zoals hij ervan hield, èn ze was discreet.

Pas de volgende middag lieten ze zich uit het bed glijden. Victor zette thee en maakte het ontbijt klaar. Lettie keek hem verliefd aan.

'Eigenlijk ben ik stik jaloers op die vrouw van je. Ze is knap, ziet er altijd goed verzorgd uit en ze heeft de mooiste en succesvolste man die ik ken. Ik heb spijt dat ik je ooit heb laten gaan,' zei Lettie, die vervolgens bevallig een hap van haar cracker nam.

Victor glimlachte geamuseerd: 'Ach, het leven loopt zoals het loopt en dat is niet altijd voorspelbaar.'

Maar Victor had geen zin om de hele dag de verliefde verhaaltjes van Lettie aan te horen. Hij wist dondersgoed wat haar ambitie was. Ze schuwde niet om Victor met seks voor haar karretje te spannen.

Victor dacht terug aan het exclusieve diner waar Lettie en Fred aanwezig waren. Fred was die avond erg stil geweest, misschien had Lettie informatie over hem, die hij zelf over het hoofd zag.

'Fred doet er erg goed. Hij zou wel eens een geduchte concurrent voor jouw directiedroom kunnen zijn,' opperde Victor om Lettie op scherp te zetten. Ze keek hem met een verveeld gezicht aan.

'Ik vind Fred de meest saaie man die ik ken. Hij is niet voor niets nog steeds vrijgezel. Een klein jaar geleden had ik met een vriendin in het Okura hotel in Amsterdam afgesproken. Tijdens de lunch zag ik Fred binnenlopen. Hij zag mij niet en wat me toen verbaasde, is dat Fred bijna onherkenbaar was. Hier op kantoor is hij altijd onopvallend gekleed in een sober pak. Een echte grijze muis. In het Okura hotel moest ik wel twee keer kijken. Hij droeg een maatpak en zag er als een echte zakenman uit. Hij had een afspraak met iemand die me bekend voorkwam, maar op dat moment niet kon plaatsen. Toen ik die avond in de auto op weg naar huis was schoot me de naam naar binnen.'

Victor had zijn oren gespitst, at ontspannen zijn ontbijt op en zei terloops: 'Paul Norton, die microbioloog.'

'Ja, die. Je hebt gelijk. Volgens mij hebben we verschillende publicaties van hem op kantoor liggen.'

Op maandagmorgen opende Victor bij Salutem zijn laptop, maar zijn gedachten werden afgeleid. Het verhaal van Lettie zat hem dwars. Er klopte iets niet. Op de een of andere manier was er een geheim verbond tussen Paul en Fred. Victor pakte de publicaties van Paul uit de kast, bekeek de publicaties nauwkeurig en constateerde dat het allemaal onderzoeken waren die een directe relatie met de productportfolio van Salutem hadden. Victor pakte een publicatie uit de stapel en bladerde er langzaam doorheen. Vreemd, alle onderzoeken waren op een positieve manier aan Salutem gelieerd.

Victor pakte een paar exemplaren en besloot om bij Willem Boom van de Security-afdeling langs te lopen. Willem was net op kantoor, opende zijn kast op het moment toen Victor binnenliep.

Willem nam de tijd voor Victor en ze filosofeerden over een mogelijke frauduleuze samenwerking tussen Paul en Fred. In het verleden had Willem periodiek een vinger aan de pols gehouden, maar hij had niets onrechtmatigs kunnen vinden. Omdat het onderzoek toen niets had opgeleverd waren ze gestopt met het observeren van Fred. Het gele post-it papiertje met de geheime tradingsformule schoot weer in zijn gedachten. Victor begon er over.

'Ik vraag me af hoe de aandelenportefeuille van Fred en Paul eruit ziet? In hoeverre kun je het bezit van een aandelenpakket van Salutem onder belangenverstrengeling scharen? Ik vermoed dat Paul Fred voor zijn een karretje spant of zou het juist andersom zijn?' peinsde Victor.

'Laten we eens de som op de proef nemen. Ik zal laten onderzoeken of ze een aandelenpakket hebben en wat de samenstelling is.'
Victor stemde in.

Nog dezelfde dag stond Willem onaangekondigd voor het bureau van Victor.

'Heb je even?'
Victor knikte en stuurde Giselle weg om koffie halen. Willem wachtte totdat ze de kamerdeur dichttrok en hij keek Victor met een triomfantelijke uitdrukking op zijn gezicht aan.

'Je hebt de spijker op zijn kop geslagen. Paul evenals Fred hebben een fors aandelenpakket bij Salutem, met een waarde die in de miljoenen loopt. De aan- en verkopen zijn over de afgelopen jaren synchroon verlopen. Ze hebben echt veel geld gemaakt. Waarvan Paul veel grotere risico's heeft genomen en enorme winsten heeft geboekt. Vermoedelijk hebben we in het verleden maar een klein stukje van hun samenwerking opgemerkt.'
Victor keek Willem aan. 'Wat kunnen we ermee?'
'We kunnen Fred ondervragen,' zei Willem.

Victor twijfelde.

'Wat kunnen we Fred ten laste leggen, als we geen bewijzen hebben? Iedereen kan aandelen kopen en verkopen. Paul is een oude studievriend van me. Ik heb er moeite mee om zijn reputatie in de openbaarheid negatief aanhangig te maken.'

'Jaren geleden hebben we ook om deze tafel gezeten, toen je dat papiertje met die geheime tradingsformule had gevonden. Ik denk dat ze toen al bezig waren met de beurs te bespelen. De vraag is of de buit nu of in het verleden is binnengehaald. Een ding is zeker, ze kunnen nooit alleen hebben geopereerd. Er moeten programmeurs bij betrokken zijn geweest om de code te onderhouden.'

Willem wreef weer langs zijn kin en hij overdacht de situatie.

'Wat nu gebeurt, is niet toelaatbaar. Het kan niet zo zijn dat Salutem wordt misbruikt door een stel gieren,' zei Victor abrupt.

'Laat het maar aan mij over,' zei Willem en hij stond op.

Een paar maanden later werd de microbioloog Paul Norton ontslagen bij het Academisch Ziekenhuis wegens belangenverstrengeling. Er was onderzoek gedaan naar zijn aandelenpositie bij Salutem in relatie tot zijn publicaties. Paul had op basis van het onderzoek het Academisch Ziekenhuis geadviseerd om grote getallen griepvaccins bij Salutem te bestellen. Zijn betoog was niet op een wetenschappelijke onderbouwing gebaseerd, maar op theoretische aannames en speculatieve berekeningen in het belang van commerciële beïnvloeding. Dat leidde tot zelfverrijking met zijn enorme aandelenportfolio, die Paul met grote zorg beheerde.

Paul was ervan uitgegaan dat Salutem het spel zou meespelen, omdat grote verkopen ook hun doel zou dienen.

In het begin ontkende Paul de belangenverstrengeling, maar na een confrontatie met de bewijzen dat hij nauwe contacten onderhield met een griep-productspecialist bij Salutem, was zijn ontslag een feit. Hij was door verschillende getuigen samen met Fred op de congressen gezien. Bovendien konden zijn onderzoeksresultaten direct aan de innovatieve ontwikkelingen bij Salutem worden gekoppeld.

Het had Victor een ongemakkelijk gevoel gegeven toen hij het nieuws in de media over Paul vernam. De volgende ochtend was hij eerst bij Willem langsgelopen.

'Bedankt voor het aanhangig maken van de zaak. Het probleem bleek toch groter dan ik vooraf had ingeschat. Ik vind het niet leuk voor Paul, maar we hadden geen keus. Heb je nog wat bij Fred ontdekt?'

'Nee, die is wat behendiger. We hebben een camera boven zijn bureau in het plafond geplaatst. Op deze manier konden we op zijn computer meekijken. Daarnaast hebben we bepaalde documenten van een onzichtbaar watermerk voorzien. We hebben Fred nergens op kunnen betrappen. Voor mij is hij clean,' zei Willem zelfverzekerd.

Giselle kwam naast het bureau van Victor staan en ze keek hem serieus aan. Victor zag aan haar gezicht dat er iets aan de hand was.

'Paul Norton staat beneden bij de receptie. Hij wil graag een gesprek met je.'

Victor leunde achterover in zijn stoel, sloot zijn ogen en dacht na.

'Ik wil niet met Paul Norton praten. Hij is een saboteur en hij zou me reputatieschade kunnen toebrengen. Zeg maar dat ik geen tijd voor een afspraak heb.'

'Ik zal het aan de receptie doorgeven.'

Giselle liep terug naar haar werkplek. Hij hoorde haar naar de receptie bellen en de boodschap overbrengen.

Hoofdstuk 10

Victor kwam 's avonds moe thuis. Het door hem afgewezen bezoek van Paul zat hem hoog, maar hij had geen keus gehad. Hij moest aan zijn reputatie denken. Geïrriteerd keek hij om zich heen. Het hele huis was in duisternis gehuld. Hij riep Jackie, die niet reageerde. Victor wist genoeg. Ze had weer last van haar chagrijnige buien en lag al de hele dag op bed. Straks ging ze weer één van haar toneelstukken opvoeren. Victor liep geërgerd de trap op naar boven. Hij stond in de deuropening van de slaapkamer, keek met lede ogen naar het bed waar Jackie haar theatrale act opvoerde. Victor was het zo zat, op deze manier wilde hij het weekend niet meer met Jackie doorbrengen. Hij had dit vandaag niet verwacht, omdat ze de laatste tijd goedgehumeurd was door de tennislessen van Mark. Hij gaf haar de aandacht waar ze naar snakte en van genoot.
Victor bekeek Jackie minachtend, zei niets, trok de slaapkamerdeur weer zachtjes dicht en verliet de woning. Eén ding was zeker, hij moest nu de voorbereidingen voor de echtscheiding gaan opstarten. Victor nam zich voor om na het weekend met een bevriende notaris contact op te nemen om het proces in kaart te brengen en inzicht in de financiële aderlating te krijgen. Die avond vertrok hij naar Gladys en Giselle, die hem met open armen ontvingen.

Na het weekend kwam Victor op maandagavond laat thuis. Jackie zat op de bank en ze keek star voor zich uit naar de televisie.
'Goedenavond.'
Jackie gaf geen antwoord, ze bleef stug voor zich uitkijken.
Victor liep boven en kleedde zich om. Daarna zette hij de computer in het studeerkamertje aan om de rekeningen te betalen. Snel scrolde hij door de mailbox, las de mail van de tennisvereniging en glimlachte toen zijn oog op het Skype-icoontje onderaan de statusbalk viel. Hij kon zich niet herinneren dat hij Skype op de huiscomputer had geïnstalleerd en klikte het aan. In de contacten zag hij Mark de tennisleraar staan en ene Chromosoom. Op de foto's stonden mooie jonge mannen. Jackie had er geen gras over laten groeien. Had ze twee minnaars? Dan zou een echtscheiding wel eens een gelopen race kunnen zijn. Victor klikte Mark aan en bekeek de logfile. Toen hij een meegestuurde foto aanklikte, baalde Victor dat hij geconfronteerd werd met een foto waarop Jackie

een man afzoog. Vermoedelijk Mark, omdat alleen het onderlichaam zichtbaar was. Met dit soort beelden wilde hij eigenlijk niet worden geconfronteerd, het voelde oncomfortabel aan. Als ze uit elkaar zouden gaan, zou het Victor een zorg zijn met wie Jackie seks had. Die persoon zou dan haar chagrijnige buien op de koop toe moeten nemen.

Toen alle updates waren gedownload sloot Victor de computer af en liep nonchalant naar beneden waar Jackie afgemeten vroeg of hij nog wat wilde drinken.

Victor had in zijn nieuwe rol bij de Raad van Bestuur zijn draai snel gevonden. Zijn aandachtsgebied was het beheersen van risico's op de ondernemingsactiviteiten van Salutem. Hij maakte lange dagen en had het naar zijn zin. Totdat er op kantoor een witte envelop met zijn naam erop werd bezorgd. Giselle had de envelop opengemaakt en was geschokt het kantoor van Victor binnengelopen. Ze had de deur achter zich dichtgedaan.

'Sorry,' zei ze, 'ik heb deze envelop opengemaakt. Er stond niet op dat het vertrouwelijk was.'

Ze overhandigde met een rood hoofd de envelop. Victor pakte hem aan en keek erin. Er zat een foto in waarop Jackie een man pijpte. Victor herkende de foto van Skype. Hij keek Giselle opzettelijk geschokt aan.

'Hoe kom je hieraan?'

'De envelop zat in de huispost en is door de interne dienst in het postbakje op mijn bureau gelegd.'

Victor vernauwde zijn ogen.

'Er zit geen postzegel op. Zat er een kaartje voor een portoboete op?'

'Nee, ik heb niets gezien, maar ik zal het bij de postkamer navragen.'

Navraag bij de postkamer leverde niets op. Victor zat achterover in zijn bureaustoel, overdacht de situatie en belde Willem Boom. Die maakte dezelfde middag nog tijd voor hem vrij.

In vertrouwen vertelde Victor over de witte envelop met inhoud. Alleen liet hij de afbeelding niet zien en vertelde dat het om een confronterende foto van zijn echtgenote ging. Waar de foto was genomen wist Victor niet. Hij vertelde dat hij kortgeleden dezelfde confronterende foto thuis op zijn computer had aangetroffen. Victor sprak zijn zorg uit, omdat hij bang was dat dit privéconflict in chantage zou kunnen ontaarden. Willem stelde voor om een gespecialiseerd bureau in de hand te nemen. Politieaangifte had geen zin, omdat er nog geen strafbaar feit was gepleegd. Willem beloofde om de zaak discreet tot op de bodem uit te zoeken, om te voorkomen dat het tot een escalatie zou leiden.

De opeenvolgende dagen inspecteerde Victor thuis onopvallend de computer. Op de Skype calls met Mark en Chromosoom na, had hij niets kunnen ontdekken. Hoe die witte envelop in de huispost bij Salutem terecht was gekomen, was Victor een raadsel. Hij verdacht Fred, maar zette die gedachte overboord. Hij kon geen motief bedenken waarom Fred dat zou doen.

In opdracht van Willem, zou een security-specialist bij Victor thuis langskomen om zijn computernetwerk te inspecteren. Victor had Jackie over het bezoek van een computerreparatiebedrijf verteld, met het argument dat hij inlogproblemen had met het wifi netwerk, die hij niet opgelost kreeg.

Nadat de computer van Victor thuis was geïnspecteerd en beveiligd, kwam Willem langs om de uitkomsten van het onderzoek te delen. Toen hij de kamer van Victor binnenliep, sloot hij de deur behoedzaam achter zich.

'Ik heb nieuws. De witte envelop moet 's morgens vroeg tussen de post in de postkamer zijn gestopt, want volgens de postmedewerkers wordt de postkamer 's avonds na zes uur afgesloten. De eerste medewerker haalt om acht uur in de morgen de deur van het slot. Dus we hebben met iemand te maken die vroeg op kantoor aanwezig was. Ter controle hebben we de lijst uitgedraaid van alle batches die voor half negen waren ingecheckt. Dat waren twaalf medewerkers.'

'Heb je de lijst daar?' vroeg Victor aan Willem. Hij knikte, haalde de lijst uit een plastic mapje en overhandigde deze aan Victor. De naam van Fred stond ertussen, maar Victor zei niets over zijn verdenking tegen Willem.

'Het security bedrijf dat jouw thuiscomputer thuis heeft onderzocht heeft het IP-adres kunnen achterhalen waarvandaan de foto op je huiscomputer is ge-upload. Dat bleek van Mark Lansschot te zijn, de tennisleraar van je vrouw.'

Victor knikte, voelde zich vernederd omdat hij wist dat Willem de foto van Jackie had gezien.

'Maar we hebben ook nog een andere ontdekking gedaan. Kortgeleden heeft er iemand via een speciale weblink in je thuiscomputer rondgesnuffeld. Dat soort linken, waarmee digitale inbraken worden gepleegd, worden door buitenlandse servers gefaciliteerd. Deze servers worden in landen met onbetrouwbare regimes gehost, waardoor het niet te achterhalen is wie hierachter zit. Het meest bizarre was, dat het moment waarop we de computer scande, er iemand via deze weblink probeerde in te loggen. De infiltrant had blijkbaar direct in de gaten dat we aan de computer bezig waren en verbrak gelijk de verbinding. Dit IP-adres hebben we ook kunnen achterhalen.'

Willem gaf een adres in de Haagse binnenstad door. Het adres zei Victor helemaal niets. Hij had wel eens van de straat gehoord, maar daar hield het op.

'We hebben de computer extra beveiligd en uw vrouw instructies gegeven. We hebben het volgens onze afspraak gedaan door haar te vertellen dat er vanwege de aangepaste software een nieuwe inlogprocedure is.'

Victor bedankte Willem voor de snelle oplevering. Nadat Willem de deur achter zich had gesloten, leunde Victor in zijn stoel achterover. Dat was stof tot nadenken. Het adres in de Haagse binnenstad intrigeerde Victor. Hij zocht het op Google Maps op en bekeek de woning op streetview. Het kwam hem onbekend voor. Het bleek een wijk in Den Haag te zijn waar hij nooit kwam.

Op zaterdag trok Victor er op uit om onderzoek naar het IP-adres in de Haagse binnenstad te doen. Hij stapte in zijn auto, reed naar het adres waar vandaan zijn computer gehackt moest zijn. Toen hij de auto een straat verder had geparkeerd en naar het pand was teruggewandeld, was hij enigszins verbaasd. Het bleek een luxe kledingwinkel te zijn. Boven de winkel was een bewoond appartement. De vitrage was gedeeltelijk opengeschoven. Victor kon zich niet voorstellen dat hier hackers woonden. In zijn beeldvorming waren dat van die pukkelige jonge kerels, die in een oud verwaarloosd pand in een achterkamer achter een computer bij elkaar zaten. Hij stond voor de etalage van de luxe kledingwinkel, bekeek het assortiment en besloot om naar binnen te gaan om polshoogte te nemen.

Een vriendelijke verkoopster begroette hem. Ze was bezig met een andere klant. Victor bekeek de kledingrekken, maar hij hield in de tussentijd de verkoopster nauwlettend in de gaten. Hij zag een mooie trui hangen. Victor maakte van de gelegenheid gebruik om met de verkoopster een praatje aan te gaan.

'Kan ik u helpen?

'Ja graag. Heeft u deze trui ook in het donkerblauw?'

'Niet in deze collectie.'

De verkoopster liep naar een ander rek.

'Dit merk heeft wel donkerblauwe truien,'

Ze pakte er één behendig uit het rek.

Victor vond deze blauwe kleur voldoen en pakte de trui aan.

'Waar kan ik hem passen?'

Victor keek om zich heen.

'Deze kant op.'

De verkoopster leidde Victor naar de kleedkamers achterin de zaak. Ze schoof het gordijn demonstratief opzij.

'Hij zit goed. Pakt u deze maar in.'

Victor gaf de trui aan de verkoopster, die naar de toonbank liep.

'Ik liep hier toevallig langs, bent u hier al lang gevestigd? Ik kende deze zaak niet.'

'We zitten hier nu bijna vijf jaar. Ik het begin had ik twijfels, omdat deze straat wat stiller is dat het stadshart. Achteraf gezien is deze plaats een goede keuze. We hebben hier veel vaste klanten.'

'Heeft u het magazijn hierboven?' vroeg Victor voor zijn neus langs.

'Nee hoor. We hebben bovenburen. Het is jammer want ik had graag zelf boven de zaak willen wonen. Niet zo lang geleden lag de bovenbuurvrouw in een echtscheiding, maar we vingen bot, want ze wilde het appartement niet verkopen. Overigens woont ze nu voor haar werk voor twee jaar in het buitenland,' zei de verkoopster met een zucht van ergernis.

'Staat het dan leeg?' vroeg Victor verbaasd.

'Nee, ze heeft het onderverhuurd. Er zit nu een alternatieve dokter in het appartement die een soort handopleggingen doet.'

Ze trok ongeïnteresseerd haar schouders op.

Victor rekende af, pakte het tasje aan en liep de winkel uit. Hij keek op de voordeur van het appartement boven de winkel, maar het had geen naambordje.

Thuisgekomen zette Victor de computer aan en logde in bij het Kadaster. Hij toetste het adres van het appartement in, kocht het kadastrale uittreksel en gelijk een kopie van de hypotheekakte op het pand. De eigenaresse heette Theodora Wielens. Ze bleek een advocate te zijn en had een hypothecaire lening van driehonderdvijftigduizend euro op het pand.
Victor bekeek de uittreksels die hij had uitgeprint. Volgens de verkoopster werkte deze vrouw in het buitenland en had ze haar woning aan de een of andere nepdokter verhuurd.

Jackie kwam de kamer binnenlopen met het tasje en de trui in haar hand.
   'Ben je naar de stad geweest? Ik wist niet dat je kleding ging kopen, dan had ik ook graag mee gewild.'
Jackie ging nooit alleen winkelen. Victor moest altijd mee. Niet zijn favoriete hobby, maar periodiek offerde hij zich hiervoor op. Victor was in gedachten verzonken thuisgekomen en had zich niet gerealiseerd dat Jackie zou gaan zeuren bij het zien van het tasje.
   'Ik had een afspraak in de stad. Er bleek geen parkeerruimte gereserveerd te zijn, waardoor ik mijn auto een paar straten verderop moest parkeren. In de etalage zag ik deze trui hangen, waarop ik naar binnen ben gelopen.'
Jackie luisterde, knikte begrijpelijk en bekeek de trui die ze uit het tasje had gehaald.
   'Dat is een mooie trui. Hadden ze ook dameskleding?'
   'Ja, ik zag binnen mooie kleding hangen. Ik zal je binnenkort meenemen.'
Victor vond het een uitgelezen kans om Jackie haar gang te laten gaan, waardoor hij de voordeur van het bovenliggende appartement in de gaten kon houden.

Op zaterdagmiddag reed Victor met Jackie naar de luxe modezaak. Terwijl hij de auto parkeerde, zag hij een slanke vrouw met bruin haar in de richting van het bovengelegen appartement lopen. De vrouw zag er zelfverzekerd uit. Zou dat Theodora Wielens zijn? De manier waarop ze gekleed was, zou die van een advocate kunnen zijn.

Tegen de tijd dat Victor en Jackie bij de etalage van de modezaak waren aangekomen was de voordeur van het appartement alweer gesloten.

De verkoopster herkende Victor, ze liep hem enthousiast tegemoet. Hij knipoogde naar haar en zei dat zijn vrouw graag advies wilde voor een mooie garderobe. Jackie schoof al geconcentreerd de hangertjes met kleding in de kledingrekken opzij. De verkoopster ontfermde zich over haar. Victor nam plaats in een stoel, waarbij hij door de etalage heen naar buiten kon kijken en de straat kon overzien.

Jackie nam de tijd, liep besluiteloos de kleedkamer in en uit. De verkoopster had een verrijdbaar kledingrek neergezet en alle kledingstukken klaargehangen die Jackie wilde passen Normaal zou Victor zich groen en geel hebben geërgerd, maar nu gaf het hem de tijd om de straat in de gaten te houden.

Zijn geduld werd beloond. Hij zag de slanke gedistingeerde vrouw met het bruine haar de straat oversteken, in een zwarte Prius stappen en wegrijden. De auto stond te ver weg om het kenteken te kunnen lezen.

De verkoopster pakte twee grote tassen met kleding in en overhandigde de tassen aan Victor. Jackie had een gelukzalige glimlach op haar gezicht. Ze was tevreden en Victor ook, want hij had zich voorgenomen om binnenkort bij Theodora Wielens aan te bellen.

Een paar dagen later trok Victor een oude spijkerbroek en een zwarte trui aan. Hij parkeerde zijn auto een paar straten verder, liep terug naar het appartement boven de modezaak. Het was buiten donker en stil op straat. Victor belde aan. Er werd niet opengedaan. Vlak voordat hij rechtsomkeer wilde maken werd de deur elektronisch geopend. Er brandde vaag licht in het trapgat. Victor liep langzaam de trap op naar boven en had zijn verhaal al klaar, als Theodora bovenaan de trap zou verschijnen. Hij zou net doen alsof hij bij het verkeerde huis had aangebeld. Zijn ogen waren op de overloop gericht, maar er verscheen niemand. Toen hij bovenaan de trap stond, keken drie naakte vrouwelijke paspoppen hem aan. Victor vond het er macaber uitzien. Het paste niet bij de gedistingeerde vrouw die hij een paar dagen eerder naar binnen had zien gaan. Hij keek om zich heen, zag niemand, maar had het gevoel dat hij niet alleen was. Victor twijfelde en wilde voorkomen om als inbreker opgepakt te worden.

'Hallo? Is hier iemand? Hallo?'

Niemand reageerde. Victor opende de eerste beste deur op de overloop, zag aan de contouren in het donker dat het de woonkamer was. Het voelde niet goed aan en hij sloot de deur weer. Daarna liep hij naar de deur waarvoor de drie naakte mannelijke paspoppen opgesteld stonden. Voorzichtig opende hij deze op een kier. In het kamertje brandde een diffuus lampje. Het rook naar bloemen. Victor priemde zijn ogen, maar zag nergens bloemen staan. In het midden van de kamer stond een massagetafel. Een vuile witte handdoek lag in een prop op de grond. Onder het afgeplakte raam stond een bureau, dat leeg was. Naast het bureau stond een lange tafel met een rij gesorteerde flesjes en potjes. In de hoek stond een gemakkelijke fauteuil. Terwijl Victor het kamertje verder binnenliep hield hij de deur achter zich nauwlettend in de gaten. Naast de fauteuil stond een klein tafeltje, wat pas opviel toen hij erlangs liep. Er stond een halfvol plastic bekertje met koffie. Hij pakte het bekertje op. Het voelde lauw aan. De rand van het bekertje was afgebeten, op een manier die Victor eerder had gezien.

Omdat de voordeur van binnenuit was opengemaakt, moest er iemand in het appartement zijn. Victor vond het genoeg, liep geruisloos terug naar de gang en opende een andere deur. Hij bleef in de deuropening staan. Dat was de slaapkamer. Het bed was beslapen, de lakens lagen naar het voeteneinde getrappeld. Victor sloot de deur en verliet de woning.

Hoofdstuk 11

Letty was de eerste directrice, die bij Salutem werd benoemd. Ze was trots en straalde dat uit toen ze een toespraak voor het management hield, waarin ze haar visie voor de komende jaren uiteenzette. Victor was tevreden. Hij wist dat Lettie de juiste vrouw was om Salutem de komende jaren succesvol het digitale tijdperk binnen te loodsen. In de afgelopen jaren had ze zich bewezen.

Na een lange werkdag liepen Lettie en Victor samen op naar de parkeergarage. Ze praatten over de uitdagingen die ze de komende tijd op hun pad zouden tegenkomen. Toen ze de auto van Lettie bereikten keek ze Victor bevallig aan.
'Zullen we nog ergens wat gaan drinken? We hebben nog veel te bepraten, ik verwacht een lawine van productinnovaties bij onze concurrenten.'
Victor wilde eerst haar aanbod afwimpelen, maar bedacht zich. Hij had net weer een lastige periode met Jackie achter de rug en had behoefte aan een verzetje.
'Wat heb je in gedachten?'
'Hotel Des Indes?' zei Lettie met een ondeugende glimlach rond haar mond.
'Je bent onverzadigbaar,' zei Victor en hij klopte bevestigend op haar achterwerk.

Lettie had er geen gras over laten groeien. Ze bleek onderweg de presidential suite bij Hotel Des Indes geboekt te hebben. Toen ze door de lange gang naar de kamer liepen, bedacht hij dat Lettie de juiste vrouw op het juiste moment was om zijn stoom af te blazen. Terwijl Victor de kamerdeur achter zich sloot, inspecteerde Lettie de suite.
'Dit moeten we vieren,' zei ze met een grimas op haar gezicht, pakte de telefoon en bestelde Champagne met kaviaar. Victor was perplex dat ze eerst een bestelling plaatste. Hij had gelijk onbesuisde seks met Lettie in gedachten. In plaats hiervan keek ze Victor bevallig aan en kuste hem teder op de mond. Hij voelde zich opgewonden, maar wist dat de bediening vroeg of laat voor de deur zou staan met de Champagne en kaviaar.

'Ik wil je uit de grond van mijn hart bedanken. Je hebt me een machtige vrouw gemaakt,' zei ze zelfverzekerd.

Victor keek haar serieus aan. 'Ik denk dat je het hebt verdiend. Je hebt er altijd hard voor gewerkt. Wij zijn de enige twee van het high potential programma die de eindstreep hebben gehaald.'

Hij trok Lettie naar zich toe, kuste haar, liet zijn handen over haar billen glijden en kneep er zachtjes in.

'Je bent lekker. Ik heb zin in je.' Hij begon haar borsten te masseren. Wat Victor vermoedde gebeurde; er werd op de deur geklopt. Roomservice. Er werd een tafeltje naar binnen gereden. De fles Champagne werd geopend en de glazen werden ingeschonken. Toen de roomservice de deur achter zich sloot, proostten ze lachend op de goede tijden die in het vooruitzicht lagen. Ze namen een paar slokjes, maar Victor had nog meer trek in Lettie. Zijn ogen keken hongerig naar haar lichaam. Ze liet haar lippen tegen zijn lippen rusten. Zijn tong drong haar warme sappige mond binnen. Victor had moeite om zich in bedwang te houden, liet zijn handen over haar heupen naar beneden glijden. Lettie liet alles toe, zonder zelf het initiatief te nemen. Iets wat ze in een ver verleden wel deed. Hij maakte de knoopjes van haar smetteloze witte blouse open, schoof deze over haar schouders naar beneden. Daarna zoog hij gulzig haar tepels op. Lettie had haar ogen gesloten. Haar mond stond open, ze begon te kreunen. Hij voelde dat ze zijn riem openmaakte en hij duwde haar voorzichtig naar het enorme donkerbruine hemelbed. Ze liet zich bevallig achterover vallen. Victor schoof haar rok omhoog, trok haar slipje met een ruk uit. Daarna duwde hij haar benen met de knieën tegen elkaar omhoog. Haar vagina was glimmend kaal en zag er zo mooi strak uit. Hij knielde, kon zich niet meer beheersen en drong tergend langzaam naar binnen. Hij voelde haar spieren strak om zijn penis sluiten. Lettie was onverzadigbaar.

Later die nacht bereed ze hem met haar driftige kontje als een amazone die koste wat het kost bevrucht wilde worden. Met een dierlijke schreeuw stootte Victor zijn zaad in haar. Hij had zijn ogen gesloten, dacht aan niets, maar genoot van het heerlijk ontspannende gevoel dat door zijn lichaam golfde.

Hij trok Lettie tegen zich aan, duwde haar hoofd tegen zijn borst, sloeg zijn armen beschermend om haar heen, alsof hij het magische gevoel wilde vasthouden. Hij gaf een kus op haar hoofd en kon nog net de woorden "ik hou van je", inslikken.

Zonder een hap van de kaviaar genomen te hebben of de glazen Champagne leeggedronken te hebben vielen ze uitgeput, maar voldaan tegen elkaar in slaap.

De kaarten waren geschud. Het moment was gekomen om van Jackie afscheid te nemen. Hoe doortastend Victor op zakelijk niveau was, hoe onzeker hij over zijn besluit met Jackie was. Maud en Colette studeerden, woonden op kamers in Rotterdam en ze waren op een leeftijd gekomen dat Victor een gesprek met ze wilde aangaan. Hij vond dat hij zijn dochters moest voorbereiden op zijn voorgenomen echtscheiding.

Op een doordeweekse avond had Victor zichzelf bij Maud uitgenodigd voor het avondeten. Hij had als excuus opgevoerd dat hij 's avonds in Rotterdam nog een bijeenkomst moest bijwonen en toch in de buurt was. Maud had gelachen en gezegd: 'Je bent brutaal pa, maar ik vind dat wel leuk. Ik zal aan Colette vragen of ze ook komt. Komt ma ook mee?'

Op deze vraag had Victor zijn antwoord al klaar. 'Je moeder heeft weer één van haar buien. Dat duurt nog wel een paar dagen. Laat haar maar.' Victor hoorde Maud grinniken en hij merkte op dat ze Jackie er liever niet bij wilde hebben.

Victor kwam die avond pas laat bij Maud aan, omdat het overleg bij Salutem was uitgelopen. Vlak voor vertrek had Giselle hem verzocht om een paar goedkeuringen in het systeem te valideren. Het was belangrijk, had ze met een serieus gezicht gezegd. Als Giselle dat zei, dan was dat ook zo.

Terwijl Victor zijn computer afsloot, liep Giselle zijn werkkamer binnen, legde een dossier op zijn bureau en vroeg discreet: 'Heb je nog plannen voor vanavond?'

Victor had wel zin Giselle en Gladys, maar het voorgenomen gesprek met zijn dochters ging voor.

'Ik eet vanavond bij mijn dochter.'

Giselle knikte begrijpelijk. 'Ik spreek je morgen,' draaide zich om en liep statig op haar hoge hakken de kamer uit.

Colette zat binnen met opgetrokken knieën op de bank in een tijdschrift te bladeren, toen Victor arriveerde. Maud liep gelijk door naar de keuken en mopperde dat hij laat was. Victor zag een gedekte tafel. Colette stond op en vroeg wat Victor wilde drinken.

'Doe maar een glas rode wijn. Ik moet straks nog rijden.'

Victor keek in de rondte. Het was een echte studentenwoning. Lekker rommelig. Achter in de lange woonkamer zag hij haar laptop op het bureau opengeklapt staan. De kaal gelopen houten vloer paste wel bij de witte Ikea kastjes. Het leek net of de vloer bewust als oud geprepareerd was. Het kon Maud blijkbaar niet schelen hoe haar kamer eruit zag, zolang het maar functioneel was. Zo kende hij zijn dochter ook.

Maud had gekookt en ze zette trots de warme gevulde schalen op de tafel neer. Tijdens het eten kwam het gesprek over Jackie op gang, waar Victor subtiel op aanstuurde. Hij begon over haar chagrijnige buien en dat hij op het punt was gekomen dat hij het zat was.

'Ik denk dat het goed is om met jullie hierover van gedachten te wisselen. Ik overweeg een einde aan ons huwelijk te maken.'

Beide dochters wilde net een hap in hun mond steken en ze keken Victor onthutst aan. Het flitste door zijn hoofd dat ze misschien meer van hun moeder hielden dan dat hij vooraf had ingeschat. Hij had spijt van zijn directe uitspraak. Tot zijn grote verbazing zei Maud met een volle mond: 'Ik snap niet dat je het zo lang hebt volgehouden met die trut. Je moet engelengeduld hebben, want ma is een kreng. De manier waarop ze je behandelt is belachelijk. Jij bent degene die haar een volmaakt leven heeft geschonken. Ze heeft zelf nog nooit iets gepresteerd.'

Victor was door haar boute uitspraak uit het veld geslagen, pakte zijn glas rode wijn, nam een slok om niet te laten blijken dat hij emotioneel was geraakt.

Colette had haar mond leeggegeten en nam het woord. 'Pa, je moest eens weten hoe blij ik was toen ik op mijn studentenkamer ging wonen. Eindelijk was ik van ma verlost. Jij bent altijd degene geweest die hard werkte om ons een goed leven te geven. Als je het ergens niet mee eens was, sprak je ons erop aan of kwam je voor ons op. Van ma moesten we altijd goed presteren. Als ik voor een werkstuk een acht haalde, was ze beledigd. Dan liet ze weten dat het voor haar onvoldoende was. Het moest minstens een tien zijn. Als kind kon ik het nooit goed doen. Als mijn prestaties onder de maat bleven, kreeg ik er altijd van langs. Vaak tot in het onredelijke. Toen ik nog op de gymnastiek zat en aan clubwedstrijden meedeed, zei ma altijd voor de wedstrijd dat ze wist dat ik een gouden medaille zou binnenslepen. Als ik een zilveren medaille haalde, trots was omdat het een lastige oefening was, was ma altijd ontevreden. Eigenlijk probeerde ik mezelf zo te gedragen dat ze niets te zeuren had, met als doel haar tirades te omzeilen. Hè Maud?'

'Ja, schei maar uit. Op het moment dat je verdrietig was, omdat je van de meester op school een standje had gekregen, verwachtte je thuis een arm om je schouders. In plaats hiervan kreeg je van ma te horen dat je stout was. Zij was degene die de aandacht opeiste. Ik leerde al snel dat mijn inbreng niet werd gewaardeerd. Pa, ik weet heus wel dat ik in mijn jeugd een lastig kind ben geweest. Nu ik colleges in psychologie volg, blijkt dat ik toen als kind mijn grenzen opzocht en op deze manier mijn behoefte aan aandacht opeiste. Dat dit niet werkte, besef ik nu pas. Als je de hele film terugdraait blijkt dat iedere conversatie over ma gaat met als doel haar ego te strelen,' zei Maud fel.

Victor keek geschokt voor zich uit.

'Als vader heb ik steken laten vallen. Ik voel me nu schuldig, maar ik ben wel blij dat jullie me dit nu vertellen. Hoe kan ik het goed maken?'

'Je hoeft niets goed te maken,' zei Colette. 'Jij bent degene die ervoor heeft gezorgd dat we een mooie studentenkamer hebben en de studie van onze wensen kunnen volgen. Jij bent degene die van ons houdt en naar ons luistert.'

Victor keek even voor zich uit, herpakte zich en nam het woord.

'Als vader merkte ik op een bepaald moment dat het gedrag van Jackie het hele huishouden en alles daaromheen manipuleerde. Ik vond het onverantwoordelijk om afscheid van je moeder te nemen en jullie bij haar achter te laten. Ik probeerde voor de buitenwereld een normaal beeld te schetsen, maar kon hierover niet met andere mensen praten. Ik denk wel dat er collega's waren die het door hadden dat er in ons gezin iets niet klopte,' zei Victor terneergeslagen.

'Pa, alles draait bij ma om haar denkbeeldige imago. Wij zijn het perfectionistische gezin naar de buitenwacht. Oh wee als je kritiek hebt, dan schiet ma weer direct in haar chagrijnige buien, die ze voor de buitenwereld keurig verborgen houdt. Sommige mensen dachten dat ma migraineaanvallen had,' zei Colette verontwaardigd.

'Komende week ben ik voor Salutem in Frankrijk. Als ik terug ben wil ik met Jackie een weekend ergens in een hotelletje in Nederland doorbrengen en kijken wat we ervan kunnen maken. Het is de allerlaatste poging die ik ga ondernemen. Als dat op een deceptie uitloopt, zet ik definitief een punt achter ons huwelijk.'

Victor keek somber naar zijn bord toen hij deze woorden uitsprak.

'Ik snap niet dat je ma nog na al die jaren een kans gunt,' zei Maud vrijuit. 'Waarom ga je een poging tot iets ondernemen, waarvan je vooraf al weet dat het niets toevoegt. We zijn oud genoeg en vinden onze eigen weg wel.'

Maud en Colette konden zich er wel iets bij voorstellen en ze steunden hun vader door dik en dun. Het deed Victor goed. Het was niet zijn bedoeling om zijn dochters bij hun moeder weg te houden. Zijn besluit om het huwelijk te beëindigen werd gesterkt door de verhalen die Maud en Colette vanavond aan tafel hadden verteld. Het ging om zaken die hij nog nooit eerder had gehoord. Het had Victor een verdrietig gevoel gegeven toen hij hoorde hoe vaak Maud en Colette elkaar in de ochtend naar school hadden geholpen, terwijl Jackie boos op bed lag en zich niets van hen aantrok. Alsof zijn kinderen niet bestonden. Hij had als vader gefaald.

De verhalen op de studentenkamer bij Maud gaven stof tot nadenken. Toen Victor voor Salutem in Frankrijk 's avonds alleen op zijn hotelkamer zat en de presentatie voor de volgende dag voorbereidde, dwaalden zijn gedachten continue af. Hij vroeg zich af of het ooit met Jackie goed zou komen. Victor besefte dat hij nooit van Jackie had gehouden. Het leven was nu een maal zo gelopen. Hij was te hebberig geweest om haar van Paul af te troeven. Het was geen echte liefde, maar jaloezie geweest waarvoor hij de hoofdprijs had betaald. Per saldo was Victor de mindere van Paul geweest. Dat was een gedachte waar hij na al die jaren nog steeds opstandig van kon worden.

Na zijn terugkomst voor Salutem uit Frankrijk was Victor zijn belofte nagekomen. Het weekend in Friesland voelde als vanouds aan, alsof er nooit fricties waren geweest. Jackie was in tegenstelling tot zijn verwachting, prettig in de omgang en had voor de verandering geen last van chagrijnige buien. Het bracht Victor weer aan het twijfelen. Jackie was kwetsbaar en niet zelfredzaam. Haar chagrijnige buien waren een uiting van onmacht. Was het fair om een geestelijk zwakke vrouw, de moeder van zijn dochters aan haar lot over te laten?

Eigenlijk was het wrang dat ze als echtpaar in de loop van de jaren ieder een eigen leven waren gaan leiden met een afgezonderd gevoelsleven. Met elkaar praten en discussiëren deden Victor en Jackie al lang niet meer. Victor realiseerde zich na het gesprek met zijn dochters dat hun opvoeding niet normaal was verlopen. Op de een of andere manier hadden ze het geaccepteerd. Ze hadden hun eigen leven ingericht, hun eigen weg gevonden en hadden een leuke vriendenkring opgebouwd.

Dat Jackie een relatie met Mark de tennisleraar had, vond Victor geen probleem, het gaf haar afleiding waardoor ze niet aan zijn hoofd zeurde. Victor keek weer naar Jackie, die tevreden naast hem lag en sliep. Hij vroeg zich af waarom hij het al die jaren met haar had volgehouden, terwijl Giselle en Gladys zijn seksuele behoeften inlosten. Wat was nu de nuance tussen verliefdheid, lust en geborgenheid?

Zijn achtergrond was zo anders als die van Jackie. Hij was liefdevol opgegroeid met veel warmte en veiligheid. Zijn moeder adoreerde hem, maar was ook realistisch en hield Victor in zijn jeugd regelmatig een spiegel voor. Zijn vader was een echte zakenman, met een groot netwerk dat hij benutte om de carrière van zijn zoon optimaal vorm te geven. Victor waardeerde het dat zijn ouders Jackie nooit negatief hadden beoordeeld. Natuurlijk zag Victor in de ogen van zijn moeder dat ze Jackie niet als schoondochter zag zitten, maar ze had haar met open armen ontvangen en in de familie opgenomen. Jackie had moeite met haar directheid en ontweek zijn moeder. Zijn vader was iets afstandelijker.

In haar rol als huisvrouw blonk Jackie niet uit. Victor had een drukke baan en vond het prettig als zijn eten 's avonds klaar stond. In huis was het vaak een rommel, omdat Jackie een ongestructureerd persoon was. Met de hulp van een werkster lukte het allemaal een beetje. Het voordeel van de huishoudelijke hulp was, dat zijn overhemden in ieder geval gestreken in de kast hingen.

Op zondagavond reden ze uit Friesland naar huis.

'Ik rijd zo langs de haven om een zeil op te halen wat moet gerepareerd worden.'

Jackie glimlachte. Ze vond het prima. Toen Victor zijn auto naar de afrit van de aanlegsteiger stuurde, zag hij zijn boot in de verte liggen. In een fractie van een seconde zag hij een man van zijn boot klauteren. De ogen van Victor verwijdden. Hij trapte op het gaspedaal en scheurde naar de kade. Toen hij daar aankwam zag hij nog net een zwarte auto met hoge snelheid wegrijden. Victor keek in de richting waar de auto was verdwenen. De inbrekers moesten met z'n tweeën zijn geweest, anders konden ze niet zo snel wegrijden.

Victor verbood Jackie om uit te stappen. Ze moest de portieren van de auto op slot doen toen hij uitstapte. Victor liep behoedzaam naar zijn boot, keek in de rondte, maar hij kon niets vreemds ontdekken. Het toegangsluik was op slot. Hij opende het. Victor keek binnen rond en alles leek in orde. Hij pakte de zware zak met het zeildoek wat in de hoek van de kajuit klaarstond, liep terug naar zijn auto en reed naar huis.

Victor parkeerde zijn auto thuis in de garage. Jackie stapte uit, pakte haar jas en tas, die ze op de achterbank had gelegd. Victor zette in de tussentijd de zware zak met het zeil in de garage en liep daarna naar de voordeur, die hij voor Jackie wilde openen. De deur bleek niet op slot te zijn en de alarminstallatie was uitgeschakeld.

'Ga naar de auto, blijf daar in zitten en doe de deuren op slot,' gebood Victor. Jackie liep gedienstig terug naar de auto. Victor pakte zijn telefoon en belde gelijk de politie.

Na de controle van de politie bleek dat er geen inbrekers in huis waren. Er was ook niets verdwenen. Victor was op zijn qui-vive. Blijkbaar was er iemand in zijn zaken geïnteresseerd. Misschien kwamen de inbrekers nog een keer terug.

Het duurde toch nog een paar weken voordat Victor definitief zijn besluit doorzette om de echtscheiding met Jackie vorm te geven. Hij maakte een afspraak bij de notaris om zijn akte met de huwelijkse voorwaarden voor de echtscheiding te bespreken. De afgelopen dagen had Victor weer de nodige chagrijnige buien van Jackie te verduren gehad. Het weekend in Friesland was alleen maar een kleine opleving geweest. De ruzies gingen nu weer over Giselle, die vanuit haar rol als secretaresse Jackie had gebeld om door te geven dat Victor onverwachts een paar dagen naar London moest voor een extra bijeenkomst.

Samen met de notaris doorliep Victor de akte, die voor hun huwelijk was opgemaakt. Het was koude uitsluiting. Jackie had niets en ze zou de woning moeten verlaten, Victor vond dat hij haar niet zo kon achterlaten. Ze had geen inkomen, was ook niet in staat om te gaan werken. Hij besprak met de notaris alle voor- en nadelen. De notaris zou de documenten voorbereiden. Ze spraken af dat Victor een nieuwe afspraak zou maken om de afwikkeling vorm te geven.

Dat was het absolute eindpunt van hun gemeenschappelijke leven. Victor was niet in staat geweest om aan zijn huwelijk met Jackie een bevredigde invulling te geven. Hij had verloren, maar droomde in de tussentijd van het moment dat hij van Jackie was verlost. Ondanks de enorme vrijheden die ze elkaar gunden, lagen hun werelden kilometers uit elkaar en botsten ze constant. Jackie droeg zijn naam, maar ze had nooit zijn hart gekregen. Victor had geprobeerd om haar kwetsbaarheid te beschermen, wat alleen maar tot meer jaloezie had geleid. Het moment was gekomen om zijn verlies te accepteren en te innen, de negatieve boodschap te brengen en financieel af te rekenen.

Giselle kwam zijn werkkamer binnenlopen met weer zo'n witte envelop in haar hand. Ze keek Victor angstig aan en overhandigde de dichte envelop. Hij pakte hem aan. Giselle verliet discreet de kamer en sloot de deur achter zich. Victor keek naar de envelop. Er zat een sticker met zijn naam opgeplakt. Wat zou hier nu weer voor confronterend materiaal in zitten? vroeg hij zich af.

Victor opende de envelop, haalde er twee vellen papier uit, vouwden ze open. Het waren afdrukken van foto's van hem met Gladys. Victor bekeek de foto minutieus, waarop een naakte Gladys hem op haar knieën voor de witte bank op zijn boot afzoog. Op de foto was hij helemaal naakt en hing genoeglijk met zijn hoofd achterover. Hij kon zich het moment nog goed herinneren. Het was een mooie zomerdag geweest, ze waren 's avonds laat de haven binnengelopen. Gladys had de hele dag topless rondgelopen. Victor was met een erectie op de bank gaan zitten. Ze had hem met haar grote bruine ogen aangekeken en haar mond geopend. Op de foto had ze een heerlijk kontje aan de achterkant. Daar was geen twijfel over. Wie had deze foto gemaakt? Hij had er niets van gemerkt dat er iemand op het dek was geweest en een foto door de poort had genomen. Victor bekeek de andere foto. Hierop liep hij naakt met een erectie door de kajuit van zijn boot. Victor vouwde de twee vellen papier dicht, stopte ze terug in de envelop en opende zijn koffer om ze op te bergen. Daarna ging hij met gesloten ogen achterover op zijn stoel zitten. Hij sloot uit dat Jackie de foto's had gemaakt. De beelden stonden op zijn netvlies gebrand. Wie had hier belang bij? Chantage van Gladys? Victor sloot deze gedachte gelijk uit. Misschien had Jackie deze foto's ook gehad, zoals hij de orale foto van Jackie eerder had ontvangen. Was hier iemand in hun huwelijk aan het stoken, die niet kon weten dat hij met de voorbereiding van een echtscheiding bezig was? Of zou er binnenkort een chantagebrief op de mat liggen?

In het weekend vertrok Victor naar zijn boot. Hij ging in het midden van de kuip staan en draaide langzaam in de rondte. Zijn ogen namen nauwkeurig de ruimte op. Hij pakte de envelop met fotoafdrukken en ontvouwde ze. Hij keek naar Gladys toen ze voor hem op haar knieën zat en reconstrueerde voor zichzelf waarvandaan de foto genomen moest zijn. De foto kon onmogelijk van buiten zijn genomen, anders zou Gladys meer van boven gefotografeerd moeten zijn.

Victor liep het dek op, ging voor het raampje staan en keek naar de witte bank waar ze hem had afgezogen. Nee, de hoek waarvandaan de foto was genomen, klopte niet. Hij liep weer naar binnen, ging op de witte bank zitten, tuurde voor zich uit. Victor begreep er niets van. Hij pakte de envelop en bekeek de andere foto, waarbij hij naakt door de kuip liep. De foto was vanuit dezelfde hoek geschoten. Zijn oog viel op de klok aan de muur. Victor haalde hem van de muur en bedacht dat de klok hier vanaf de aankoop van zijn boot hing. Hij wilde de klok terughangen toen zijn oog op de vier zwarte stippen viel, bij de afbeeldingen van drie, zes, negen en twaalf uur. Victor liep naar het licht en het leek of de bovenste zwarte stip iets meer glansde. Hij ging zitten, maakte de klok voorzichtig open. Hij vond een piepkleine camera. Victor sloot de klok en legde hem voor zich op de tafel neer. Hij was overvallen door zijn vondst. Dat was het laatste wat hij had verwacht. Hoeveel foto's zouden er nog meer van hem in omloop zijn?

De voorbereidingen voor de echtscheiding waren zo goed als afgerond. Ondanks haar negatieve gedrag, was Jackie toch de moeder van Maud en Colette. Ze zou altijd in zijn gedachten blijven, dat wist Victor zeker. Zijn intieme voorkeur lag bij Gladys en Giselle, hierdoor had Victor Jackie bewust verwaarloosd. Misschien had ze het onbewust aangevoeld dat hij nooit echt van haar had gehouden; een soort tweede keus. Hij had haar beter moeten behandelen. Daarnaast had zijn carrière ook veel van zijn vrije tijd gevergd, maar dat was nu te laat. De gevoelens die hij voor Jackie had waren lang geleden afgestorven en diep in zijn hart begraven. De kleine dingen die het verschil maakten, waren in de tijd vervlogen. De echtscheiding was nu het kruis op het graf.

Victor liep naar de studeerkamer, ging achter het bureau zitten, pakte een paar ordners, waar hij snel verschillende documenten tussenuit viste. Daarna trok Victor de lade van het bureau open om een envelop te pakken. Al zoekend in de lade viel zijn oog op een envelop die geadresseerd was aan Paul Norton. Victor knipperde met zijn ogen of hij het goed had gelezen. Hij pakte de witte envelop uit de lade en zag dat deze al was geopend. Er zat een document in. Victor twijfelde om het eruit te halen. Waarom lag er een brief van Paul in zijn bureau? Waarom had hij deze envelop niet eerder opgemerkt? Twijfelend opende hij de envelop en haalde het document eruit. Het was een DNA-vaderschapstest. De test was uitgevoerd op Maud Bosch en Paul Norton.
'Uit het onderzoek is gebleken dat er sprake is van vaderlijke verwantschap met een betrouwbaarheid van 99,9%.'
Victor legde de brief onthutst op het bureau, liet zijn hoofd achterover hangen en sloot zijn ogen. Paul was de biologische vader van zijn dochter Maud. Dat kon niet waar zijn. Victor kon de boodschap niet accepteren. Hij had Maud pasgeleden nog gesproken. Hij wist zeker dat ze niet van het bestaan van deze brief afwist, want Maud kennende, had ze dit ongetwijfeld verteld. Ze nam nooit een blad voor haar mond. Victor keek leeg langs de brief, allerlei gedachten sponnen door zijn hoofd. Maud leek helemaal niet op Paul, maar op Jackie. Ongelofelijk. Victor voelde woede in zijn geest en lichaam opkomen. Maud; ze zou altijd zijn dochter blijven. Jackie, die vuile hoer. Hij was gelijk klaar met haar. De pro forma afspraken die hij met de notaris had gemaakt zou hij herzien. Hij had geen medelijden meer het haar. De harde werkelijkheid van de koude uitsluiting van de huwelijkse voorwaarden was een feit.

Deel II – Voor wat het waard is

Hoofdstuk 12

'Ahhhh, ahhhh... Yeh baby... Fuck me... Harder!'
De ogen van Paul Norton waren op zijn laptop gefixeerd. Hij ritste zijn gulp open, haalde zijn stijve pik eruit en begon er stevig aan te trekken.
'Paul, kom je nog?' riep zijn vriendin Marloes van beneden. Het verstoorde zijn geile uitspatting. Hij riep met een geïrriteerde stem: 'Ik kom zo. Vijf minuten.'
Hij keek weer verlekkerd naar de pornofilm op zijn laptop, maar zijn opgewonden gevoel was weggeëbd. Met een zucht klikte hij het beeld weg. Zijn erectie was als sneeuw voor de zon verdwenen en hij frommelde zijn half slappe pik weer in zijn onderbroek.
Paul stond op, trok zijn blouse recht en liep naar het raam. Regen! Marloes wilde boodschappen met hem doen, maar daar hield Paul niet van. Ook niet van Marloes. Ze was voor hem een aantrekkelijke vrouw met kennis van zaken, die hij op het juiste moment had ontmoet.

Een half jaar geleden was Paul Norton nog een gewaardeerd microbioloog. Hij publiceerde wetenschappelijke stukken en stond in hoog aanzien bij zijn collega's. Zijn analyses, gebaseerd op de patiënt in samenhang met het laboratoriumonderzoek, waren van hoge kwaliteit. Op basis van zijn oordeel werd bepaald welke antimicrobiële middelen bij de patiënt toegediend moesten worden.
Paul had zich gespecialiseerd in epidemiologie van infectieziekten en hij onderhield hiervoor intensief contact met de farmaceutische industrie. Daar was het misgegaan. Van het ene op het andere moment viel het doek. Hij werd beschuldigd van belangenverstrengeling met Salutem; een farmaceutische multinational. Paul wist dat hij door één van zijn collega's verraden moest zijn. Hij had in de afgelopen jaren een fors aandelenpakket vergaard, waarbij grote bedragen op zijn bankrekening binnenstroomden. Na een grondig onderzoek door het Academisch Ziekenhuis volgde een negatief rapport en zijn ontslag was een feit.
Paul had een juriste in de hand genomen die door een goede kennis was aanbevolen. Ze had een eigen praktijk en bleek een parel in de juridische wereld te zijn om haar inhoudelijke kennis op het gebied van arbeidsrecht. Marloes was haar naam. Paul was direct van haar aanpak gecharmeerd. Het bewijs dat hij een fors aandelenpakket had bij één van

de belangrijkste leveranciers van het Academisch Ziekenhuis was een vaststaand feit. Zijn ontslag stond niet ter discussie, maar was een logisch gevolg. Marloes sleepte er voor hem een riante afkoopregeling uit, wat zijn ego enigszins had gestreeld.

Van de een op de andere dag stond Paul op straat. Zijn ontslag had vergaande gevolgen. Zijn vrouw, met wie hij tien jaar was getrouwd, vroeg direct een echtscheiding aan. Ze kon niet leven met een man die ontslagen was wegens belangenverstrengeling. Paul kon zich er nog kwaad over maken. De hele scheiding was een farce. Ze had een feministische advocate in de hand genomen en Paul had het gevoel gekregen dat hij letterlijk financieel werd uitgekleed.

Hij had zijn appartement in Marbella noodgedwongen moeten verkopen om de echtscheidingsprocedure te kunnen financieren. Toen het proces escaleerde, had hij Marloes gebeld. Ze had hem uitstekend bijgestaan en de eisen tot realistische proporties teruggebracht.

Nadat de echtscheiding was afgewikkeld had Paul met Marloes afgesproken om het glas te heffen op de goede afloop. Maar Paul had heimelijk een dubbele agenda, hij wilde Marloes te vriend houden vanwege haar juridische kennis voor zijn toekomstige zakelijke initiatieven. Tijdens hun eerste privéafspraak kreeg Paul het gevoel dat Marloes wel te versieren was. Ze was alleenstaand en hij merkte dat ze behoefte had aan aandacht. Paul liet er geen gras over groeien en meer afspraakjes volgden, totdat hij zeker wist dat er meer in het verschiet zat, ging hij een relatie met haar aan. Niet veel later trok hij bij Marloes in.

Paul liep de trap af. Marloes stond in de gang klaar, trok haar vest aan en vroeg belangstellend: 'Had je nog veel werk te doen?'

'Ja, ik heb net de laatste mailtjes verstuurd.'

Ze liep achter hem aan naar de auto en stapte in.

Behendig manoeuvreerde Paul de auto door het drukke zaterdagmiddagverkeer naar de supermarkt. Hij keek vanaf de zijkant naar Marloes. Ze had het door, glimlachte naar hem en richtte haar ogen weer op de weg.

Marloes was niet onknap, ze was slank, had halflang bruin haar en een regelmatig gezicht. Ze deed voor Paul dienst als opvulling naar een nieuwe relatie. Zijn ex-vrouw, die hem had verlaten, was een stuk knapper en aantrekkelijker.

's Avonds na het eten pakte Marloes haar laptop, mobiele telefoon en liep ze naar de studeerkamer om haar zakelijke e-mails te beantwoorden. Paul ging op de bank zitten, zette de televisie aan en zapte naar het journaal. Tot zijn grote ergernis zag hij zijn oude vriend Victor Bosch, die tot de Raad van Bestuur van Salutem was toegetreden. Hij voelde boosheid opkomen, want Victor was degene die hem zijn enige echte liefde had afgenomen. Paul was toen kansloos geweest toen Jackie door Victor werd ingepalmd.

Paul kon zich nog goed herinneren dat hij samen met Victor liftend in de zomervakanties, bepakt met een rugzak naar Benidorm ging. Het waren onbezorgde weken geweest. Soms maakten ze grote vorderingen tijdens het liften, op andere momenten duurde het een eeuwigheid voordat ze verder kwamen. Als Paul wel eens beelden van de Spaanse Costa's op de televisie voorbij zag komen, moest hij hier vaak aan terugdenken. De warme stranden, de lange nachten en veel bier. Ze streken meestal in een hostel neer, maar het gebeurde regelmatig dat ze op de kamer van vakantievriendinnen belandden. Het was zelfs voorgekomen dat ze met z'n vieren in één bed hadden gelegen.
In het begin had Paul Victor stiekem geobserveerd wanneer hij een minder interessante verovering had. Victor maakte vrouwen gek door zijn zogenaamde afstandelijke manier van benaderen. Paul adoreerde hem heimelijk en kopieerde zijn versiertrucks in een rap tempo.
Paul was onder de indruk van de vader van Victor. De manier waarop hij hem als zijn zoon behandelde, gaf hem onderhuids een geborgen emotioneel gevoel. Iets wat hij als kind had ontbeerd. Paul had het gewaardeerd dat hij voor de netwerkbijeenkomsten werd uitgenodigd, die periodiek door de vader van Victor werden georganiseerd. Hier had hij de contacten voor zijn toekomstige carrière gelegd, maar uiteindelijk ook zijn eigen ondergang bewerkstelligd.

Alles veranderde toen hij Jackie in zijn studententijd leerde kennen. Zijn wereld ging op zijn kop. Ze was de mooiste vrouw die Paul ooit had gezien en bemind. Ze had een mooi, blank, vol gezicht. Haar blonde haren waren altijd in een bolletje naar binnen geföhnd, haar grote blauwe ogen keken hem onschuldig aan. Ze oogde oerdegelijk in haar zachtroze angora vestje met parelknoopjes, maar ze had een aantrekkingskracht op hem die zijn weerga niet kende.

Zijn gedachten gingen terug naar hun eerste kennismaking. Hij zat met drie studiegenoten op zijn kamer te klaverjassen toen ze aanklopte. Ze keek hem onbevangen aan, vertelde dat ze een CD kwam terugbrengen voor een medestudent, waarvan ze de naam was vergeten. Paul had de CD aangepakt en lachend gezegd dat hij hem persoonlijk zou afgeven, als iemand zich zou melden. Paul was onmiddellijk ondersteboven van haar schoonheid. Maar het korte geruite rokje met de lange benen deed het bloed sneller door zijn aderen stromen.

'Lust je ook een glas witte wijn?'

Jackie had hem afwachtend aangekeken.

'We zijn bijna klaar met het potje kaarten, hè?'

Zijn studiegenoten begrepen de boodschap, schoven de kaarten bijeen en vertrokken.

Jackie was op de bank gaan zitten, met haar benen zedig tegen elkaar. Ze glimlachte ongemakkelijk. Uit de kleine koelkast pakte Paul een fles koude witte wijn, schonk twee glazen in en gaf een glas aan Jackie. Ze nam beschaafd een slokje en wachtte netjes op wat er ging gebeuren.

Paul was opgewonden over zijn vangst. Als een behendige charmeur stelde hij Jackie op haar gemak. In het begin oogde ze ingetogen, maar gaande de avond, na een paar glazen wijn werd haar houding wat losser. De biologische radar van Paul gaf aan dat ze wel wat in hem zag. Hij wilde zich niet opdringen, dit moest hij delicaat aanpakken.

Paul zette zoete achtergrondmuziek op, maakte luchtige grapjes en schoof langzaam op de bank naar Jackie toe. Ze keek hem met vragende ogen aan. Zijn arm gleed van de leuning zacht over haar schouder, voor Paul het middel om haar reactie te peilen. Alleen al de gedachten dat zijn vingers over haar volmaakte lichaam zouden glijden, deden zijn driften opspelen. Tot zijn genot liet ze zich langzaam tegen hem aanglijden en keek ze hem uitnodigend aan. Voordat hij haar kon kussen, likte ze al aan zijn lippen. Hij voelde tegelijkertijd haar hand over zijn gulp glijden, en hoorde hoe ze zijn rits opensnerpte. Hij sloot zijn ogen toen hij haar warme handen voelde.

'Ik vind je aantrekkelijk,' had ze gezegd. Tergend langzaam liet ze een voor een haar kledingstukken op de grond glijden. Paul kon zijn ogen niet van Jackie af houden.

Toen ze naakt op hem af kwam, wilde hij haar naar zich toe trekken, maar ze lachte geheimzinnig.

'Ik wil je diep in me voelen.'

Ze ging op haar knieën op de rand van het bed zitten, tuitte haar kont demonstratief naar achteren. Deze woorden hoefde ze niet te herhalen, want Paul stond al achter haar en liet zijn stijve pik in haar glijden.

Vroeg in de ochtend glipte ze ongemerkt uit bed, kleedde zich aan, kuste Paul en zei dat ze naar huis ging. Ze was al vertrokken voordat hij kon protesteren.

Vanaf dat moment beheerste Jackie zijn leven. Hij kon alleen nog maar aan haar denken. Ze was lastig te vangen en kwam alleen maar langs als het haar uitkwam. Ze wilde haar adres niet geven en ze zei dat hij haar als een verrassing moest zien. Hoe zedig ze overkwam, hoe geil ze in bed was.

Geen vrouw had Jackie kunnen evenaren, Marloes al helemaal niet. Met haar had Paul seks, maar haar vulva was niet zo warm en romig als die van Jackie. Bij Jackie moest hij zich vanaf de eerste penetratie al inhouden om niet klaar te komen. Aan Marloes had hij meer werk.

Paul had het niet kunnen verkroppen. Hij zou het Victor nooit kunnen vergeven dat hij Jackie van hem had afgetroefd. Nachten had hij ervan wakker gelegen. Als troost had hij een vuil slipje van haar bewaard. Alleen al de lucht van haar vulva dreef hem gek. Hoe vaak had hij niet aan het kruis gesnoven en zichzelf tegelijk afgetrokken. Na afloop voelde hij zich weer zielig en werd dan weer kwaad op zichzelf. Er waren nachten dat hij met haar slipje onder zijn neus in slaap was gevallen. Boos, heel boos was hij op Victor geweest. Hij kon hem wel vermoorden.

Om de pijn te verzachten had Paul zich op zijn werk gestort. Hij investeerde veel tijd in grote projecten in het Academisch Ziekenhuis waar hij werkte. Hij netwerkte intensief op congressen waar hij vakbroeders ontmoette, die hij in het verleden op de netwerkbijeenkomsten van de vader van Victor had ontmoet. Paul was een behendige netwerker, die niet vies was van illegale bijverdiensten. Hij onderhield buiten de formele trajecten contacten met interessante personen. Ongemerkt gleed Paul langzaam af in een duister circuit. Hij wisselde onderhands gevoelige informatie uit en in de tussentijd investeerde hij grof in de farmaceutische industrie. Via Fred, die hij als student had begeleid kreeg Paul toegang tot geheime informatie van Salutem waardoor hij tot grote transacties kon overgaan.

Na zijn ontslag bij het Academisch Ziekenhuis hakte de echtscheidingsprocedure met zijn echtgenote Marga er hard in. De dag dat zijn ontslag in het Academische Ziekenhuis werd bezegeld, had ze gezegd dat ze van hem wilde scheiden. Paul dacht eerst nog dat het om een oprisping ging, maar kort daarna ontving hij de officiële stukken via haar advocaat.

Hij had zijn vrouw Marga tijdens een farmaceutisch congres ontmoet, waar ze als gastvrouw aan het congres was verbonden. Hij was getroffen door haar gelijkenis met Jackie. Haar gezicht, de kleur van het haar, het kapsel, maar ook haar lichaamsbouw. Paul was even in verwarring toen hij haar in de menigte opmerkte. Een warme gloed stroomde door zijn lichaam en hij had haar gelijk aangesproken om contact te maken.

'Goedemiddag, ik ben op zoek naar de Koningszaal. Waar kan ik deze vinden?'

Paul had onopvallend haar hand bestudeerd toen ze hem de ruimte aan het einde van de gang aanwees. Hij zag geen trouwring. Op het kaartje op haar borst stond: Marga Schutte.

'Dank je Marga.'

Paul vervolgde zijn weg naar de Koningszaal. Tijdens de presentatie was hij er niet met zijn hoofd bij, hij moest steeds aan Marga denken. Haar gezicht stond in zijn gedachten gegrift. Dat beeld liet hem niet meer los.

Na afloop van de presentatie wilde Paul de Koningszaal verlaten. Hij trok de deur open, op het moment dat Marga aan de andere kant de deur openduwde. Ze raakte uit balans, Paul pakte haar arm vast om te voorkomen dat ze naar binnen viel. Ze bedankte hem onhandig en vroeg belangstellend wat hij van de presentatie vond. Dat was een uitgelezen moment om een praatje met haar aan te knopen.

'Zeer interessant. Het geeft weer een nieuw inzicht op de bestaande problematiek.'

Ze knikte begrijpend en wilde doorlopen.

'Ik ga een kopje koffie drinken. Kan ik je wat aanbieden?'

Marga keek op haar horloge en ze zei vriendelijk: 'Over een kwartiertje ben ik vrij. Ik kom wel naar de koffiecorner bij de ingang.'
Ze draaide zich om en liep koket naar de presentator. De ogen van Paul volgden detaillistisch het voortbewegen van haar mooie ranke benen.

Paul was in de koffiecorner aan een tafeltje gaan zitten en had koffie besteld. Na een half uur was Marga er nog niet. Hij voelde zich bij de neus genomen, maar hij had zijn oordeel iets te snel klaar, want ze kwam gehaast aanlopen.
'Sorry, dat ik wat later ben, ik werd opgehouden.'
Marga had zich omgekleed. Ze zag er aantrekkelijk uit in haar strakke spijkerbroek met witte blouse. Ze reikte hem haar hand.
'Ik zal me eerst eens voorstellen: ik ben Marga Schutte.'
'Paul Norton, aangenaam.'
Ze raakten aan de praat over de conferentie en de inhoud van het programma. Ondanks dat Marga de gastvrouw bij de conferentie was, was ze inhoudelijk goed op de hoogte en een prettige dame om mee te praten. De koffie was op en het was tijd om te gaan. Paul mocht haar en zocht een manier om Marga wat langer aan het lijntje te houden.
'Ik ga wat eten in het eethuisje aan de overkant van de straat. Heb je zin om mee te gaan?'
'Dat kan ik niet afslaan,' zei ze lachend.
Tot zijn volle verbazing liep ze met hem mee naar het eethuisje.

Marga was een gezellige prater, bleek vrijgezel te zijn en ze lustte wel een glas wijn. Paul had het voor het eerst sinds zijn nederlaag op Jackie weer naar zijn zin. Terwijl ze in gesprek waren, nam hij zich voor om het samenzijn elegant op te bouwen, met als doel Marga voor zich te winnen. Paul nam de leiding in het gesprek en hij creëerde een intieme sfeer. Hij vertelde serieus over zijn werk, maar ook over dingen waarvan hij genoot zoals het lezen van boeken, waar hij er veel van verslond. Hij had een voorliefde voor detectives.
Marga was een open persoonlijkheid, vertelde gepassioneerd over haar eigen paard en dat haar hobby dressuur was. Gedetailleerd vertelde ze hoe ze haar paard had gedresseerd. Paul had een grapje gemaakt en gevraagd of ze haar vrienden en kennissen ook hieraan onderwierp. Ze kon om zijn grapje lachen, had spontaan over de tafel gebogen en op een

zachte toon gezegd dat Paul iets had, wat voor dressuur in aanmerking zou komen.

'Als ik naar je enthousiasme kijk, de manier waarop je me van alles vertelt, kan ik me niet voorstellen dat je in je vrije tijd alleen maar detectives leest,' zei Marga provocerend.

Ze had spijker op zijn kop geslagen. Paul liep er niet mee te koop, want hij hield van gamen. Hij had regelmatig meegemaakt dat collega's hun oordeel al klaar hadden en het als een nutteloze hobby bestempelden. Marga reageerde positief.

'Wat voor soort games, want er is zoveel op de markt beschikbaar?'

'Ik hou van ingewikkelde puzzelgames, waarbij complexe vraagstukken opgelost moeten worden, voordat je naar het volgende level kan. Wat weet jij ervan?' vroeg Paul belangstellend.

'Mijn broertje is een verwoed gamer. Bij ons thuis worden grapjes gemaakt, dat de controller vroeg of laat aan zijn hand vergroeit. Hij houdt van snelle schietspellen en heeft een gigantisch reactievermogen.'

Paul glimlachte besmuikt. Marga keek hem vragend aan.

'Naast het oplossen van vraagstukken, ben ik ook een liefhebber van schietspellen. Misschien heb ik wel eens anoniem online met je broer gegamed, zonder dat we het van elkaar wisten.'

Na het eten namen ze afscheid.

'Ik heb een leuke avond gehad. Zullen we nog een keer afspreken?' vroeg Paul.

'Dat is dan wederzijds.'

Ze pakte haar mobiel uit haar tas. 'Mag ik je nummer? Dan zet ik het gelijk in mijn telefoon.' Ze liet er geen gras over groeien. Paul gaf met een tevreden glimlach zijn nummer.

Toen Paul thuiskwam gooide hij direct het slipje van Jackie weg. Marga was nu haar vervangster. Het was allemaal zo mooi. Te mooi voor woorden.

Een paar dagen later belde Marga hem op. Ze maakten hun eerste afspraakje. In tegenstelling tot het verleden, waarbij het enige doel van Paul was om een vrouw in bed te krijgen, nam hij zich nu voor om de tijd te nemen om Marga volledig voor zich te winnen.

Ze zag er schitterend uit toen Paul haar in zijn snelle Alfa Romeo ophaalde voor een intiem diner. Ze droeg een mooie klassieke jurk met een diep uitgesneden decolleté. Tijdens de rit bekeek hij Marga vanaf de zijkant. Ze had net zoals Jackie een lief gezicht, een paar mooi gevormde borsten, die gewelfd in haar jurk uitstaken. Tijdens de rit wist ze het gesprek soepel gaande te houden.

Paul had een intiem huiskamerarrangement geboekt in een klein restaurant in de binnenstad met slechts zes tafeltjes. De mooi opgemaakte gerechten werden in dezelfde ruimte door de kok klaargemaakt en smaakten uitstekend in de besloten ambiance. Ze namen de tijd en Paul voelde zich de koning te rijk. Hij had eindelijk de perfecte vrouw gevonden, die Jackie met alle egards kon vervangen.

Na het eten liepen ze in het donker naar de parkeerplaats. Onderweg had Paul zijn arm losjes over de schouder van Marga gelegd. Ze wees hem niet af. Hij opende galant het portier, maar Marga stapte niet in. Ze keek hem indringend aan, kwam met haar mond naar zijn mond. Hij kuste haar en de passievolle kus ging over in heftig vrijen. Paul liet zijn handen over haar lichaam glijden en had moeite om zich te beheersen. Met haar ogen dicht stond ze tegen de auto aangeleund. Paul wilde geen vluggertje achter in de auto en vroeg: 'Ga je met me mee?'
'Ja,' zuchtte ze en stapte in de auto.

Tijdens de rit schoof ze haar rok omhoog en trok ze haar slipje uit. Paul kon nog met moeite zijn aandacht op de weg houden. Erotisch masseerde ze haar onderlichaam. Paul zag haar vingers verdwijnen. Ze ritste onder het rijden zijn gulp open, boog voorover en hij voelde haar warme mond. Het dreef hem gek. Met hoge snelheid reed hij naar zijn nieuwe appartement, waar hij sinds een jaar woonde. Toen hij de auto onder het complex parkeerde, slaakte hij een oerkreet. Hij kwam klaar. Met zijn ogen dicht zat hij een paar minuten bewegingloos achter het stuur. Zijn bovenbenen trilden.
Marga trok haar rok naar beneden, pakte haar handtasje, zei met de normaalste stem van de wereld: 'Zullen we?'
Paul ritste zijn broek dicht en had een voldane grijns op zijn gezicht. Dat beloofde nog wat. In de lift trok hij Marga tegen zich aan en kuste haar voorhoofd.

De nacht was hemels. Paul voelde zich superieur. Van het een kwam het ander en binnen een jaar trouwden ze.

Hoofdstuk 13

Paul was een jaar met Marga getrouwd toen hij op één van de netwerkbijeenkomsten een man eenzaam in de hoek van de ruimte zag staan. Hij oogde introvert. Aan zijn gezichtsuitdrukking maakte Paul op dat hij zich op de netwerkbijeenkomst niet thuis voelde. De man nam kleine slokjes uit zijn glas bronwater. Hij intrigeerde hem, was naar de man toegelopen en had geprobeerd om een praatje met hem aan te knopen. De man had helblauwe ogen die Paul sluw opnamen. Hij was niet zo groot, had een rand dun grijs vlassig haar boven zijn oren en wat donshaartjes op de bovenkant van zijn schedel. Hij was casual gekleed met het logo van Ralph Lauren prominent zichtbaar op zijn lichtblauw gestreepte blouse. Paul stelde zich voor, maar de man gaf zijn naam niet en antwoordde ontwijkend op de vraag van Paul. Het leek wel of hij Paul probeerde af te schudden. Paul gaf niet op en knikte begripvol, terwijl hij de woorden uit de man probeerde te peuteren.

Uiteindelijk bleek dat de man een financiële achtergrond had en dat hij voor Diripio Medicum werkte. Hij was met zijn manager meegekomen, omdat ze eerder op de middag in hetzelfde pand een zakelijke afspraak hadden. Paul was nu helemaal een en al oor. De man intrigeerde Paul, maar vooral de organisatie waarvoor hij werkte. Diripio Medicum was een regelrechte concurrent van Salutem. Het kostte veel moeite, maar het lukte de sociaal behendige Paul om met deze man een afspraak te maken. De man, die zich MisterX liet noemen, was geruisloos verdwenen toen Paul van het toiletbezoek terugkwam.

Paul vermoedde dat de man meer wist over de complexe investeringsmodellen in de farmaceutische industrie. Dat was precies de informatie waar Paul naar op zoek was. Via Fred; zijn oud-leerling ontving hij vertrouwelijke informatie over Salutem, die hij onopvallend voor zijn eigen publicaties hergebruikte. Het combineren van deze twee bronnen zou een lucratieve business opleveren.

Paul had de gastenlijst van de netwerkbijeenkomst meegenomen. Via de administratie bij het Academisch Ziekenhuis had hij informatie over de gasten van Diripio Medicum achterhaald. Met deze informatie belde Paul naar Diripio Medicum, waar hij MisterX onder zijn eigen naam belde om een afspraak te maken. Een gestreste MisterX kapte het gesprek direct af en gaf een mobiel prepaidnummer door, waar hij 's avonds op te bereiken was. Via deze communicatielijn kwam een afspraak tot stand.

Een week later stapte Paul op een stille parkeerplaats langs de A12 over in de auto van MisterX. Het gesprek verliep stroef, MisterX tastte de situatie grondig af. Paul lichtte toe wie hij was en naar welke informatie hij op zoek was. Na een persoonlijke verkenning kwam er voorzichtig een gesprek op gang over het uitwisselen van informatie, waarvan ze beiden beter zouden worden.

MisterX was geïnteresseerd in specifieke informatie over Salutem. Paul had behoefte aan informatie over Diripio Medicum, die hij goed kon gebruiken om opzienbarende stukken te publiceren. Als toonaangevende microbioloog wilde hij niet alleen als perfectionist worden gezien, maar ook bejubeld worden. Hiervoor was het nodig om alternatieve bronnen aan te boren, waarmee hij ver boven zijn persoonlijke concurrenten kon uittornen.

MisterX had ook nog een ander verzoek.

'Ik ben nog op zoek naar een investeerder.

MisterX keek Paul strak aan.

'Wat bedoel je?'

'Investeren in de beurs kan zeer rendabel zijn.'

Nu was het Paul zijn beurt om MisterX scherp aan te kijken. Waar had hij het over? Iets lucratiefs? Waarom zou hij zijn transacties en aandelen door MisterX laten verzorgen?

'Wat kun je me bieden?' vroeg Paul behoedzaam.

'We beschikken over geheime codes waarmee we de beurs kunnen bespelen. Door op een slimme manier te beleggen, kunnen we een uitstekend rendement garanderen.

Paul gaf niet direct antwoord. Dit maakte MisterX zenuwachtig. Paul zag zijn fletse ogen schichtig heen en weer schieten. Zorgvuldig overwoog hij om met MisterX in zee te gaan. Aan de ene kant wist hij niet of hij hem kon vertrouwen, aan de andere kant was er de hebberigheid van Paul om te incasseren. Veel geld en roem, daar ging hij voor. Hij keek MisterX aan, die ongeduldig naar buiten keek om Paul onder druk te zetten.

'Oké, ik doe mee.'

MisterX glimlachte tevreden, startte de auto, waarop Paul uitstapte en naar zijn eigen auto terugliep.

Paul startte met een bescheiden inleg, wat binnen de kortste keren uitstekend rendeerde. Daarna had Paul zijn hebberigheid niet meer onder controle en zette hij met grof geld bij MisterX in. Het kon niet op. Bakken geld stroomden naar binnen. Paul maakte zich zorgen over waar en hoe hij zijn geld moest onderbrengen. Hij vroeg MisterX om advies voor een financiële constructie, om de geldstroom voor de belastingdienst onzichtbaar te houden. MisterX adviseerde een adres in Marbella in Spanje.

Paul en Marga leefden er goed van, maakten exclusieve reizen, droegen luxe kledingmerken en ze reden in snelle auto's. Kinderen wilde Marga niet, ze wilde genieten van wat het leven haar te bieden had.
Maar het leven kon wreed zijn. Na zijn ontslag bij het Academisch Ziekenhuis was het zorgeloze leven met Marga net zo snel weer over als het ooit was begonnen. Berooid bleef Paul achter. Vanwege zijn opgelopen reputatieschade bij het Academisch Ziekenhuis was hij ongeloofwaardig. Hij kwam nergens meer aan de bak. Bij elke sollicitatie kwam zijn integriteit ter sprake. Hoe Paul ook zijn best deed, hij stond aan de kant en bleef daar staan.

De enige reden om zijn huidige relatie met Marloes te handhaven was haar juridische kennis en expertise. Deze kon hij goed gebruiken voor zijn nieuwe initiatief: het opzetten van een alternatieve praktijk.
Paul was vastbesloten, hij was ervan overtuigd dat het mes aan twee kanten zou snijden. Hij kon zijn medische kennis en expertise benutten en het leverde geld op.
Zijn ultieme doel was om de patiënt met zichzelf in het reine te brengen en als herboren mens de wereld te laten betreden. Hij had een therapeutische behandeling voor ogen waarbij hij de patiënt zonder enige vorm van afleiding zou begeleiden. De afgelopen tijd had Paul verschillende low budget scenario's voor zijn alternatieve praktijk overwogen. Het inrichten van de virtuele behandelruimte was voor de ICT behendige Paul slechts een paar avonden digitaal klussen. Voor behandelingen aan huis, kon hij één van de lege kamers bij Marloes op de bovenverdieping gebruiken.

Paul was op het idee voor een virtuele praktijk gekomen toen hij in de manege op Marga wachtte. Ze was zoals gewoonlijk achter in de stal met haar paard bezig en het duurde oeverloos lang voordat ze weer tevoorschijn kwam. Paul kon zich hieraan mateloos ergeren. Hij was toen met een bezoeker in gesprek gekomen, die als alternatieve therapeut zijn boterham verdiende. Deze man had hem uit de losse pols voorgerekend hoeveel geld hij als Reiki Master kon verdienen. Dit had Paul verbaasd, maar hij was toen niet geïnteresseerd geweest, omdat hij nog in volle glorie als microbioloog aan het Academisch Ziekenhuis was verbonden. Hij had het idee geparkeerd voor iets in de verre toekomst.

Nu Paul berooid thuis zat, geen wetenschappelijke stukken meer publiceerde en zijn appartement in Marbella noodgedwongen had moeten verkopen, pakte hij de Reiki studie op. Als Reiki Master zou hij weer de status kunnen verwerven, die hij nu ontbeerde. In zijn beeldvorming was zuivere meditatie nodig om als expert ingewijd te worden. Paul was ervan overtuigd, wanneer hij zich kwetsbaar zou openstellen, zijn lichaam en geest de helende energie konden absorberen om deze vervolgens aan zijn cliënten door te kunnen geven. De webcam en een donkere stilteruimte zouden de ultieme elementen voor zijn behandellocatie zijn. Voordat hij dit project zou opstarten vond Paul dat hij eerst nog met zichzelf in het reine moest komen. Alle stress van het afgelopen half jaar moest worden verwerkt en geestelijk een plaats krijgen.

Zijn lichaam moest het helingsproces ervaren, doorstaan en verwerken. Zo konden zijn geest en lichaam metaforisch samensmelten. Paul besloot een voettocht te maken van zijn woonplaats Rotterdam naar Maastricht. Deze lichamelijke uitputtende tocht zou hem vermoeien. De vermoeidheid zou nieuwe energie scheppen, die hij aan zijn patiënten kon doorgeven. Paul besprak zijn plan met Marloes. Niet dat ze hem hiervan had kunnen weerhouden, maar hij betrok haar bewust bij zijn plannen, omdat hij straks haar kennis hard nodig had bij de oprichting van zijn alternatieve praktijk. Ze stond als een trouwe partner achter hem, bood zelfs aan om het eerste stuk met hem mee te lopen, maar dat wimpelde Paul resoluut af. Hij moest met zichzelf in het reine komen en had geen behoefte aan haar gezelschap. Meditatie was het sleutelwoord. Marloes begreep hem.

'Mijn tocht moet louterend zijn,' zei Paul tegen zichzelf toen hij voor de spiegel stond. 'Deze week ga ik de voorbereidingen voor mijn persoonlijke tocht treffen. Ik moet de juiste kleding, schoenen en wandelgidsen op de kop tikken.'
Op Google Maps zette hij de complete tocht uit en hij bepaalde de tijdsduur per dag. Om te overnachten zou hij gebruikmaken van couchsurfing. Dit was de manier om op een natuurlijke manier met mensen in contact te komen.

Toen het zover was, nam hij afscheid van Marloes en ze moest beloven dat ze hem alleen in geval van nood zou bellen. Anders zou het helingsproces worden verstoord.
De weersverwachtingen waren goed. Marloes zwaaide Paul uit. Hij liep als een nederige man, die naar zichzelf op zoek was de straat uit.

Paul startte rustig en had snel het juiste tempo te pakken. Hij had zijn route goed ingedeeld en vond dat hij moest afzien tijdens de tocht, maar hij keek wel uit dat hij blessures zou oplopen.
De eerste nacht overnachtte Paul bij een ouder echtpaar, die een klein logeerkamertje ter beschikking stelde. Het leek meer op een groot uitgevallen bergkast, maar het voldeed voor de nacht. Het echtpaar was vriendelijk, vroeg of hij wilde mee-eten, wat Paul accepteerde. Ze hadden een alternatieve levenswijze en kookten biologisch. Het was voor Paul een uitgelezen kans om over zijn missie te vertellen. Het echtpaar was oprecht geïnteresseerd, maar het leidde tot een vreemd afstandelijk gesprek. Ze zaten op een ander abstractieniveau en waren naar zijn mening obsessief bezig met wat er in het lichaam binnenkwam, terwijl Paul juist het reinigen van de geest predikte. Het gesprek gaf Paul geen voldoening.

Die nacht lag Paul in het logeerbed en keek hij omhoog naar het witte plafond. Een opstandig gevoel golfde door zijn lichaam.
Waar ben ik aan begonnen, vroeg hij zich af. Wat is het in godsnaam allemaal waard? Ik heb het iedereen altijd naar de zin gemaakt. Na mijn ontslag was wel duidelijk wie mijn echte vrienden waren. Ik heb toch

niets meer te verliezen, ik ben berooid op het absolute nulpunt beland. Als ik erachter kom wie me heeft verraden, vermoord ik hem. Het liefst zou ik de verrader door zijn hoofd onder water houden, langzaam laten verdrinken. Poeh, belangenverstrengeling! We leven in een kapitalistische maatschappij waar geld wordt verdiend. Ach, soms kun je met een gesloten beurs informatie uitwisselen waar beide partijen wijzer van worden.

Waar was het nu precies fout gelopen? Paul had geen idee, hij was ervan overtuigd dat hij het allemaal goed voor elkaar had. Zover hij wist, waren er geen lekken. Zijn twee insiders hadden er geen belang bij om hem te verraden, ze waren er ook financieel bij ingeschoten. Paul vermoedde dat degene die hem had verraden jaloers op zijn levensstijl geweest moest zijn. Een andere reden kon hij zich niet bedenken, of was er jaloezie geweest ten opzichte van Marga? Ze had uitstekende contactuele eigenschappen en ze was ook nog eens knap om te zien. Mannelijke collega's hadden meerdere keren hun mening niet onder stoelen en banken gestoken en gezegd dat hij een bofkont was. Paul was succesvol, rijk en had een knappe onafhankelijke vrouw. Alles leek perfect.

Die nacht in het logeerbed raakte Paul opgewonden als hij aan Marga dacht. Zodra hij zijn ogen sloot, zag hij haar naakte lichaam voor zich. Hij liet zijn hand naar zijn onderlichaam glijden, schoof zijn onderbroek omlaag, begon zich af te trekken.
 'Marga, ohh.'
Paul kon zich niet meer beheersen. In zijn lichaam heerste een groot vuur. Hij kwam klaar, waardoor er een flinke staal sperma aan zijn lichaam ontsnapte. Hij wreef met het schone laken het zaad van zijn buik. Paul ontspande. Marga domineerde de aangename tinteling in zijn onderlichaam. Heerlijk.

Met gesloten ogen praatte Paul zachtjes tegen zichzelf: 'Ja, Marga hield van status en liet het geld rollen. Ik weet nog goed toen ik haar ontmoette. Ze werkte voor een organisatie die toonaangevende congressen in de farmaceutische industrie organiseerde. Als commercieel medewerkster had Marga een goed salaris en haalde ze forse bonussen binnen, omdat ze grote bedrijven begeleidde. Toen ze me verliet, miste ik haar vanaf de eerste minuut. Het voelde aan alsof het leven uit me werd gezogen.

Marga had een uitgesproken mening. Ze had vanaf het begin van onze relatie al gezegd dat ze geen kinderwens had. Ze had haar eigen paard, spendeerde veel tijd op de manege waar ze regelmatig moe vandaan kwam. Eigenlijk was dat raar, want een hobby moet ontspannend zijn. Marga was een expert. Vanuit de manege was er veel vraag naar haar kennis en ervaring als dresseur. Als ze laat van de manege thuiskwam was ze 's nachts altijd afstandelijk en mocht ik haar niet aanraken. Wat een energie moet dat haar niet hebben gekost.

In onze beperkte vrije tijd bereisden we de hele wereld. Niet met een rugzak, maar in luxe hotels en exotische resorts. We lieten ons graag verwennen en dat kon ook.

De kennisuitwisseling met mijn informanten verliep soepel, de investeringen rendeerden goed. Het handgeld aan MisterX was slechts een fractie van het ingelegde geld.'

Paul dacht aan Marbella.

Het advies om een appartement in Marbella te kopen, was een handige zet geweest. Een contactpersoon bij Diripio Medicum had me voorgespiegeld hoe ik vanuit Marbella informeel mijn contacten kon onderhouden en anoniem mijn beleggingen kon regelen.

Ik ben toen samen met Marga naar Marbella gevlogen. We hebben verschillende appartementen bekeken. Er was veel te veel keus, de mogelijkheden waren divers, waardoor we nog een paar keer zijn teruggevlogen voordat we de knoop hebben doorgehakt. We hebben uiteindelijk gekozen voor een appartement op een toplocatie. Marga was in alle staten, want dat was het appartement waar ze haar zinnen op had gezet, ongeacht de kosten. Ik heb diep in de buidel moeten tasten, maar ik had het er graag voor over. Het gaf me status, een tevreden Marga en de golfbaan voor mijn onderhandse deals.

Ik had niet veel tijd nodig om me binnen het old-boys netwerk op het resort te nestelen. Als mijn agenda het toeliet vlogen we naar Marbella. Het enige probleem wat ik had, was het gebrek aan vrije tijd, want mijn ambitieniveau kende geen grenzen en de werkdruk in het Academisch Ziekenhuis was hoog.

Mijn huwelijk met Marga was goed, seks met haar was heerlijk. Mijn herinneringen aan de warme ongetemde gevoelens voor Jackie waren volledig verdwenen. Marga was oprecht gelukkig, ik wist wel van mezelf dat ik een vrouw kon behagen.

Alle avonden was het feest. We dineerden met onze nieuw vrienden, Champagne was er in overvloed. Het mooie lichaam van Marga wat ik continue tot mijn beschikking had. Ze was er altijd voor mij. Ze leek onbevredigbaar. Als man, was Marga de ultieme vervanging voor Jackie. Ik vond het altijd opwindend als Marga naakt op haar rug voor me op bed ging liggen en ze haar benen iets spreidde.

Paul grabbelde weer naar zijn penis, begon er weer aan te trekken.

Ze kon haar vingers sensueel over haar schaamlippen laten glijden, wat me altijd opwond. Zeker als ze me verbood om in bed te komen terwijl ze zichzelf heftig bevredigde. Ze dreef me gek. Marga was een expert en dat wist ze dondersgoed. Als ze zichzelf tot een orgasme had gevingerd, ging ze op haar zijde liggen, deed net alsof ze ging slapen. Als ik achter haar ging liggen en haar probeerde aan te raken, wees ze me resoluut af. Mijn lichaam stond dan in vuur en vlam. Ik was de controle volledig kwijt en moest dan mijn mannelijkheid laten gelden. De enige mogelijkheid die ik had, was mezelf aftrekken. Als ik bijna klaar was, draaide ze zich om zoog ze me op de valreep leeg. Ik leek wel een hysterisch wijf, dat alleen nog maar kon schreeuwen van genot. De ontlading van de opgestuwde gevoelens. Marga was er heer en meester in.

Maar er waren ook irritaties. Ze was knap, gaf haar ogen de kost en ze kreeg meer dan normale belangstelling van mijn zakenrelaties. Dat irriteerde me. Ze daagde ze uit. Ik heb er een paar keer iets van gezegd, want ze gaf daar aanleiding toe. Ze droeg als het warm weer was een topje zonder bustehouder. Ze had er een patent op om met haar stijve tepels een gesprekje met mijn vrienden aan te knopen. Verschillende keren heb ik gezien dat mannen hun handen niet thuis konden houden. Ze deed het altijd af door te zeggen dat ze onschuldig flirtte en dat ik me geen zorgen moest maken. Als ik met mijn vrienden aan het golven was, zat mijn hoofd bij Marga met haar stijve tepels. Soms zag ik een vriend niet meer op de golfbaan verschijnen.

Paul trok zuchtend door, maar tot een orgasme kwam het niet meer. Hij voelde dat de boosheid zijn lichaam beheerste. De echtscheiding.

'Ik was teleurgesteld dat ze van me af wilde. Ik had dat niet van Marga verwacht. Het interesseert me geen reet wat er van haar terecht is gekomen. Ze heeft me genoeg geld gekost. Zeker die zogenaamde vrienden, die ze voor de grap haar broers noemde. Hoe langer ik er over nadenk, hoe meer ik ervan overtuigd raak dat ze zich ook door die kerels liet naaien. Wat was het allemaal wel waard? Bitch!

Paul draaide zich nijdig in bed om. Hij kon niet meer in slaap komen.

'Ze noemde me tijdens de scheiding een loser. Hoe kon ze? Ik heb zoveel voor haar gedaan. Ik heb haar alles gegeven wat ze zich maar kon wensen.

Diep in de nacht viel Paul uitgeput in slaap. De storm in zijn hoofd was langzaam gaan liggen.

De volgende dag hervatte hij vol energie zijn tocht, ondanks dat hij zich brak voelde. Het onderwerp Marga was nu klaar en afgesloten.

Tijdens zijn voettocht naar Maastricht doorkruiste zijn jeugd zijn gedachten. Paul had geen goede herinneringen aan zijn jonge jaren.

Mijn biologische vader, de man die me heeft verwekt, heb ik een paar keer ontmoet. Het was een nare man die me afstandelijk bekeek en niets zei. Hij moest blijkbaar iets met mij, omdat het in een echtscheidingsconvenant was vastgelegd, maar er straalde niets plezierigs van hem af. Mijn gefrustreerde moeder, die door hem was gedumpt, stond er bij en keek er gelaten naar.

Als kind kwam ik altijd in een leeg huis. Ik had geen idee waar mijn moeder was. Er was nooit iets te eten of te drinken, de kraan met water was geduldig. Als ik wel eens met schoolvriendjes mee naar huis ging, kreeg ik een glas limonade met een snoepje. Hier keek ik als kind altijd naar uit.

Tijdens mijn studie ben ik mijn moeder uit het oog verloren, ik heb geen idee waar ze zich tegenwoordig ophoud, of dat ze überhaupt nog leeft. Na deze zelfreinigende tocht moet ik haar beslist opzoeken, dat is goed voor mijn helingsproces.

Paul pakte zijn notitieboekje uit zijn zak en maakte een aantekening.

Deze wandeltocht doet me goed. Mentaal moet ik nog een slag maken, maar ik maak vorderingen. Het positief denken moet de winnaar van mijn geest worden. Het zal me de kracht geven om mijn positieve energie met anderen te delen, anders kan ik mijn patiënten niet overtuigen en genezen.

Elke dag is vermoeiender, mijn voeten doen zeer, maar mijn geest voelt transparanter aan dan ooit. Ik voel de positieve energie door mijn lichaam stromen. De pijn transformeert langzaam tot het acceptatieniveau en krijgt een positieve plaats in mijn hart. In de tussentijd geniet ik van de idyllische landelijke weggetjes die ik volg en van de stilte om meheen. De lange rijen bomen aan de zijkant van de weg zijn de dienaren die in de wind gedienstig voor mij buigen. Een paar regenbuien heb ik getrotseerd, het gevoel blijft basaal. Het niet kunnen schuilen voor de regen en de volgende dag je natte schoenen aan je pijnlijke voeten vastknopen is niet prettig.

Onderweg liep Paul een klein koffiehuis binnen. Hij werd door de vriendelijke uitbaatster aangesproken. Ze was geïnteresseerd naar zijn motivatie voor deze wandeltocht. Ze verwende Paul, voelde met hem mee en ze stond erop om zijn kleding in de wasdroger te stoppen, wat hij accepteerde. De warme ontvangst van de eigenaresse was precies wat hij in zijn jeugd ontbeerde. Paul had graag in de verzorgende armen van zijn moeder gekoesterd willen worden en zich als kind laten verwennen. De uitbaatster was een robuuste vrouw met een grote neus. Niet echt aantrekkelijk om te zien, maar de warmte die ze uitstraalde gaf Paul een gevoel dat hij graag met haar in bed had willen verzilveren. Ze was niet ontvankelijk voor zijn aandacht. Na een heerlijke kop soep en een uitsmijter vervolgde Paul zijn weg. Bij het vertrek stopte ze hem een appel en een banaan in zijn hand. Vitaminen die hij nodig had. Wat een vrouw.

De laatste loodjes naar Maastricht waren zwaar, Paul was moe, zijn voeten deden zeer en hij had last van grote blaren. De kledingstukken in zijn rugzak stonken een uur in de wind. Nog een kleine tien kilometer had hij te gaan voordat hij zijn doel had bereikt. Paul liep nu over een oude dijk met aan weerszijden hoge statige populieren, die voor de verandering niet voor hem bogen. Of was dat een voorteken?
Tussen de bomen lag een hoeve verscholen. Het vee stond als een middeleeuws stilleven in de weide te grazen. In de verte torste een vrouw op een fiets door de wind. Toen Paul haar zag naderen kromp zijn hart ineen. Ze leek op Jackie. Verdorie, het was weer Jackie die zijn gedachten binnen tien seconden dominant beheerste. Haar volle gezicht, de blonde haren en de manier waarop ze voorovergebogen de wind trotseerde.
Paul sloot even zijn ogen, alsof hij het beeld uit zijn gedachten probeerde te wissen, maar dat lukte niet. Hij prevelde zachtjes: 'Marga had Jackie uit mijn hersenen vervaagd. Ik was er toch overheen? Jackie, ik voel weer een steek in mijn hart. Hoe kon ik zo dom zijn om haar door mijn vingers

te laten glippen. Ik heb er altijd luchtig over gedaan, alsof Jackie iemand was die ik oppervlakkig kende. We hadden een relatie, ze woonde nota bene bij mij in en ze had me meerdere malen verzekerd dat ik haar gelukkig maakte. Ik kan me nog goed een uitspraak van haar herinneren, nadat ik van haar romige vulva had geproefd. Ze zei dat ze zich in mijn armen gekoesterd voelde. Ik was de enige man van wie ze ooit echt had gehouden. Ik was tot op het bot gelukkig met haar, achteraf gezien waren het gemixte gevoelens. Eigenlijk voelde ik me altijd leeg in haar gezelschap. Alsof ze alle energie uit me zoog. Misschien was ik alleen maar verliefd op haar onderhuidse droefheid. We zijn uit elkaar gegaan, omdat we elkaar eigenlijk niets meer te bieden hadden, maar lieg ik nu niet tegen mezelf? Was dat zo? Victor, ik kan hem wel vermoorden. Hij heeft haar stiekem bespeeld. Ik weet het zeker. Jackie loog tegen me toen ik het aan haar vroeg. Ze dacht zeker dat ik ze niet voor het raam had gezien, toen Victor haar met de auto thuis afzette. Ik zag ze godverdomme zoenen in de auto. Hij heeft haar overgehaald om in Scheveningen op die zeilboot te stappen. Dat is iets wat ze nooit uit zichzelf gedaan zou hebben. Vuile hoer. Nota bene een sms-berichtje sturen en mij wijs maken dat ze bij een collega bleef slapen. Victor moet dat berichtje hebben opgesteld, want dat kon Jackie niet en dat heb ik haar wel laten voelen toen ze thuiskwam.'

De ontspannen wandelgang van Paul was verdwenen. Zijn passen werden agressief, alsof hij vanuit de loopgraven regelrecht op de vijand afliep.

'Ik moet stoppen met die onzin,' en hij probeerde zijn opgefokte ademhaling te reguleren.

'Eerlijk gezegd was ik opgelucht toen het over was. Terwijl Jackie naar de buitenwereld toe deed voorkomen alsof onze relatie in de afgelopen jaren niets had voorgesteld. Ik zat niet op haar zogenaamde liefde te wachten, maar genoot alleen van haar heerlijke lichaam. Ze behandelde me na haar escapade met Victor als een vreemde. Dat had ik toch niet verdiend? Ze had zelfs een nieuw telefoonnummer genomen. Als ik er nog aan terugdenk, staat alles me weer helder voor de geest. Ik heb te lang krampachtig aan deze herinneringen vastgehouden en ik ben tegen beter weten in blijven hopen dat ze op hangende pootjes terug zou komen, wanneer ze door Victor afgedankt zou worden.

Hoe lang was Victor al in het spel geweest? Die avond wist ik het zeker. Ik had al langere tijd mijn twijfels, omdat Jackie op woensdagavond nooit vrij was. Ze sportte niet en ze had geen andere excuses voor haar afwezigheid. Ze loog permanent dat ze moest overwerken. Teringwijf.

Ik moet stoppen met mezelf op te fokken. Mijn bedevaarttocht is bijna volbracht, maar geestelijk degradeer ik me weer tot het startpunt.'

Paul stopte, leunde tegen een hek en keek leeg voor zich uit.

Hij was de uitputting nabij. Maastricht lag aan zijn voeten. De tocht was bijna volbracht. Zijn geest en lichaam waren nu met elkaar in gevecht. De storm in zijn lichaam was een orkaan op volle snelheid. Hij moest het obsessieve gevoel de pas afsnijden om met zichzelf in het reine te komen. Dat zou de ultieme zalving zijn.

Het eindpunt van zijn helende wandeltocht was bereikt, zijn besluit stond ook vast. Paul ging Jackie na twintig jaar huwelijk op Victor terugwinnen.

Hoofdstuk 14

Paul had zijn bedevaartstocht voor zijn toekomstige doel op aarde afgerond. Twee belangrijke opdrachten stonden op zijn lijstje. Ten eerste zijn moeder opzoeken om met haar in het reine komen en als tweede Jackie op Victor terugwinnen. Het moest Victor duidelijk worden gemaakt waar zijn plaats was. En dat was niet bij Jackie.

Paul had zijn handpalmen geopend en hij had langdurig de fijne lijnen aan de binnenkant van zijn handen bestudeerd. Handhypnose. Deze stabiele handen konden patiënten in hun zoektocht begeleiden. Ze vormden de balans tussen de geest en het lichaam. Paul was ervan overtuigd dat hij op deze manier pure liefde en levensenergie aan zijn cliënten kon doorgeven, zonder dat het hem lichamelijk zou uitputten. Cliënten, die voor de lichamelijke handoplegging kozen had Paul een compleet nieuw concept bedacht, de Darkness therapie. Hij wilde zijn patiënten in een absolute stilte en volledige duisternis geconcentreerd behandelen. Zijn handen hadden een voedende en harmoniserende werking op de energiebanen. Op deze manier kon hij ongestoord liefde en energie op de patiënt overdragen.
Paul vond dat hij een gave had om zijn patiënten te kunnen verlossen van ongecontroleerde emoties, woede-uitbarstingen, angstaanvallen, verdriet en slapeloosheid. Hij speelde met de gedachte om ook iets met huisdieren te doen, want mensen waren bereid hiervoor hun portemonnee te trekken, maar dat had nu geen prioriteit.

Met Marloes voerde Paul lange gesprekken over de voor- en nadelen van een virtuele praktijk. Op verzoek van Paul werkte Marloes een bedrijfsplan uit en beschreef ze hoe alle juridische valkuilen afgevangen moesten worden. Paul werkte in de tussentijd met volle overgave aan zijn Darkness concept.
Voor zijn virtuele praktijk zocht Paul betaalbare software. De woning van Marloes, waar hij woonde, wilde hij met een camera beveiligen, voor het geval hij patiënten thuis zou behandelen. Hij zocht contact met MisterX. Paul had behoefte aan onzichtbare camera's voor het vastleggen van de beelden in en rondom de woning.

MisterX was in het begin niet bereid om Paul te ondersteunen, vanwege de financiële deuk die hij in de tijd van de ontmaskering van Paul bij het Academisch Ziekenhuis had opgelopen. Paul had nederig zijn excuses aangeboden en MisterX gegarandeerd dat hij nu alles onder controle had. Ze spraken op een geheime plaats af en kwamen tot een lucratieve deal voor de levering van onzichtbare camera's in combinatie met een financieel verdienmodel. MisterX zou de benodigde apparatuur illegaal vanuit China importeren. Deze apparatuur was goedkoop, niet geregistreerd en simpel te installeren. Marloes was hiervan niet op de hoogte.

'Paul, ik heb goed nieuws.'
Marloes kwam 's avonds enthousiast binnenlopen, zette haar handtas en laptoptas in de gang neer.
'Een vriendin van me wordt voor twee jaar naar het buitenland uitgezonden. Thea wil haar appartement in de binnenstad van Den Haag niet opgeven, maar ze zoekt iemand die de planten water kan geven. Ik heb beloofd dat wij dat gaan doen.'
'Hoezo wij?' zei Paul verontwaardigd.
'Luister nu eens, doe niet zo snibbig. Ze woont op een mooie locatie in de binnenstad van Den Haag. Een half jaar geleden is ze gescheiden. Het appartement is veel te groot voor haar. Ik denk dat dit een mooie plaats is om je praktijk op te tuigen,' zei Marloes vol overgave. 'Het is echt de meest ideale locatie die je kunt bedenken. Ze heeft lege kamers en één hiervan kunnen we voor het Darkness project inrichten. Als Thea eerder terugkomt, kunnen we altijd nog naar een andere plaats uitwijken. Dan houden we in ieder geval de patiënten hier buiten de deur.'
Paul zag aan haar gezicht dat ze er niet aan moest denken dat hij overdag vreemde mensen in haar woning zou ontvangen. Het idee van Marloes had hem overvallen. Toch, hoe langer hij er over nadacht, hoe meer het idee hem aanstond.
'Bel Thea maar. Ik vind het een goed idee van je,' zei Paul ineens. 'Wanneer vertrekt ze naar het buitenland?'
'Over een maand is ze weg. In de tussentijd kun je de virtuele praktijk opstarten, dan kunnen we het Darkness concept hierop laten aansluiten.'

Paul en Marloes gingen bij de Thea op visite om kennis met haar te maken en om de woning te bekijken. Thea was aardig, ze gaf een uitgebreide rondleiding door haar huis. De oude woning had een statige uitstraling en was representatief voor een praktijk aan huis. Tijdens de rondleiding sponnen allerlei ideeën door het hoofd van Paul. Hij had zijn oog op het lege kamertje naast de trap laten vallen, maar hij kreeg hij ook nog een andere inval, die hij voor zich hield. De slaapkamer naast de behandelkamer zou een uitstekende uitvalsbasis zijn om te overnachten, wanneer een avondbehandeling uitliep. Paul kreeg al een warm gevoel van de gedachte. Patiënten die hier behoefte aan hadden, konden bij hem overnachten. Als Thea in het buitenland was, zou ze toch niet zien wie er in haar bed lagen. Paul was in zijn nopjes toen hij de sleutelbos in zijn jaszak liet glijden.

Paul was druk bezig met de voorbereidingen van zijn virtuele praktijk. Niet alleen de digitale inrichting, maar ook met het ontwikkelen van de storyline, hoe hij zijn klanten voor de webcam te woord ging staan. Hij onderzocht verschillende cameraopstellingen om zo natuurlijk mogelijk over te komen, maar wel op zo'n manier dat hij autoriteit uitstraalde. Zijn deskundigheid moest prominent in beeld komen. Er moest een achtergrond worden ontworpen, die op de webcam zichtbaar moest zijn. Hij koos voor een mooie blauwe lucht met witte wolken. Uit de hemel daalde een witte gloed naar beneden, die door twee opengevouwen handen werd opgevangen. Dat was de metafoor voor zijn gave, waarmee hij zijn patiënten behandelde. Het licht in de duisternis. Herboren worden.

Het kon voor Paul niet snel genoeg gaan. Na een paar weken was Thea eindelijk naar het buitenland vertrokken. Hij had ernaar uitgekeken. Samen met Marloes richtte hij het kamertje naast de slaapkamer in. Minimalistisch, de patiënten mochten niet afgeleid worden als ze in het schemerlicht de behandelkamer binnenliepen. Om de kosten laag te houden, haalden ze de meubels en accessoires bij Ikea.
Nadat Marloes naar huis was gegaan, ging Paul op eigen kracht verder. Hij blindeerde het raam met plakplastic. In de slaapkamer had hij tijdens de rondleiding een rustieke fauteuil zien staan. Hij sleepte deze naar zijn behandelkamer, schoof hem in de hoek. Achter de fauteuil monteerde hij de poster met de blauwe lucht en de witte gloed aan de muur. Paul richtte de camera op de stoel en via de laptop controleerde hij de beelden. De

opstelling stond gelijk goed. Daarna ging hij in de stoel zitten en maakte de eerste proefopnamen. Hij bekeek deze en verschoof de camera iets naar achteren. Paul was tot diep in de nacht bezig met de proefopnames voor de webcam. Toen hij alles goed had afgesteld, belde hij Marloes en zei dat hij vannacht in de praktijk bleef slapen. Ze begreep hem.

Paul stond in de deuropening van de slaapkamer van Thea, keek nieuwsgierig in de rondte en kreeg een valse glimlach om zijn mond. De slaapkamer van een vrijgezelle dame, die tijdens de rondleiding zelfverzekerd was overgekomen. Voor het voeteneinde van het bed lag een enorm vloerkleed in de vorm van een zebra. Paul bukte en betaste het kleed. Het was gelukkig niet echt, maar hij had ook niet anders verwacht. Hij liep naar het raam en liet de witte rolgordijnen zakken. Het bed was zeker twee meter breed. Het hoofdeinde was een stilleven van tientallen kussentjes. Op het voeteneinde lag een mooie donkerrode draperie met abstracte afbeeldingen, zoals Paul in een ver verleden tijdens een vakantie in het Midden-Oosten had gezien. Daarna schoof hij de panelen van de enorme wandkast open en snuffelde ongegeneerd tussen haar kledingstukken. Aan de lege plekken kon hij zien dat Thea zomerkleding had meegenomen. Er lagen stapels met netjes opgevouwen winterkleding boven in de kast. Paul ging op zoek naar het ondergoed. Hij vond vrouwenondergoed fascinerend. Het zei veel over de draagster. Wat hij verwachtte vond hij: erotische lingerie. Paul pakte een zwart doorschijnend slipje uit de lade, alsof het een vrouw betrof. Hij rook eraan en kleedde zich uit. Hij ging naakt in het midden van het grote bed liggen met het slipje om zijn linkerhand gewikkeld en drukte het tegen zijn neus, inhaleerde diep en trok zich met zijn rechterhand af.

Paul had twee rekeningen te vereffenen. De eerste was met zijn moeder. Hij had geen idee of ze na al die jaren nog leefde. Hij moest haar eerst opsporen en ging op zoek in het Westland waar hij als kind was opgegroeid. Hij vond in Naaldwijk de kleine arbeiderswoning waar hij zijn jeugd had doorgebracht. Achteloos liep Paul door de straat, in de hoop dat hij bekenden tegen het lijf zou lopen. Zouden de buren hem na twintig jaar nog herkennen? Het was stil in de straat, op een passerende auto na. Paul besloot bij de buurvrouw aan te bellen. Op het naambordje stond dezelfde naam als twintig jaar geleden.

De buurvrouw opende de deur en ze keek Paul onderzoekend aan. Langzaam zag hij de herkenning in haar ogen.

'Paul, wat leuk na al die jaren,' zei ze met een oude kraakstem. 'Kom binnen jongen. Hoe is het met je?'

Hij voelde zich overvallen door haar vriendelijkheid en liep gedwee achter haar aan de woonkamer binnen.

'Lust je een kopje thee? Ik heb net ingeschonken.'

Paul accepteerde haar aanbod en hij ging op de bank zitten. Voor zover hij zich kon herinneren, oogde alles nog hetzelfde. De vergeelde woonkamer met de penetrante rooklucht.

De buurvrouw zette zijn kopje thee op het salontafeltje neer en ze wilde weten hoe het met hem ging. Vroeger had ze wel eens op hem gepast toen zijn moeder een paar dagen weg was. Paul hield het kort, vertelde dat het goed met hem ging en dat hij met een lieve vriendin samenwoonde. Voordat hij de lastige vraag had kunnen stellen waar zijn moeder nu woonde, brandde de buurvrouw los.

'Ik ben zo blij voor je moeder dat ze haar, ondanks de lange wachtlijst, in De Zonneweelde hebben opgenomen. Het ging niet langer. Ze was volledig de kluts kwijt. Dement noemen ze dat.'

Ze schudde mistroostig haar hoofd. 'Wees blij dat ze achter gesloten deuren zit. Ze liep op het laatst hele nachten buiten en werd door de politie naar huis gebracht. Hoe gaat het nu met haar?'

'Ze zorgen goed voor haar,' loog Paul. Hij zag een geruststellende uitdrukking op het gezicht van de buurvrouw.

'Doe haar de groeten van me, als je haar ziet.'

Paul beloofde dat te doen. Nadat hij zijn thee had opgedronken, bedankte hij haar vriendelijk voor de gastvrijheid en vertrok.

De Zonneweelde. Paul had er wel eens van gehoord en zocht het adres op. Hij had geen idee wat hij daar zou aantreffen. Hij had net van de buurvrouw vernomen dat zijn moeder achter gesloten deuren zat.

Toen Paul bij De Zonneweelde aanbelde en zich voorstelde, werd hij door een vriendelijke gastvrouw ontvangen die met hem meeliep naar de kamer van zijn moeder. Onderweg vertelde ze, dat ze blij was dat Paul was langsgekomen, mevrouw Norton kreeg nooit bezoek.

In de kamer trof hij een fragiel oud vrouwtje aan. Ze hing meer in haar stoel, dan dat ze zat. Haar lichtblauwe ogen keken emotieloos voor zich uit. Haar huid was bleek en broos als perkament.

'Mevrouw Norton... Uw zoon is hier.'

De gastvrouw keek Paul zorgelijk aan. 'Het geheugen heeft haar in de steek gelaten. Als u iets nodig heeft, kunt u me aan het einde van de gang vinden.'

Paul bedankte de vrouw, pakte een stoel en zette deze tegenover zijn moeder.

Had ik mijn moeder moeten kussen? vroeg Paul zich af. Ik voel helemaal geen affiniteit. Ze ziet er nog precies hetzelfde uit als vroeger, wel fragieler en ouder.

Paul ging zitten en keek haar aan. 'Mam, hoe is het met je? Ik ben het Paul.'

Ze richtte traag haar lege ogen op hem en zei emotieloos: 'Wouw?' Daarna zweeg ze weer.

Hij legde zijn handen op haar knieën. 'Ik ben het Paul, je zoon.'

Maar ze reageerde niet en bleef leeg voor zich uitkijken.

'Waarom heb je me toen ik je als kind nodig had aan mijn lot overgelaten? Zoals je er nu bij zit, denk ik niet dat je me antwoord zult geven. Nu moet ik mijn leven verder leven zonder dat ik antwoord op mijn vragen krijg. Wilde je me wel of was ik een ongelukje van een seksuele uitspatting?'

Paul keek naar buiten, waar het begon te regenen. Grote druppels kaatsten ruw op het raam. Hij voelde zich weer aan zijn lot overgelaten en wendde zich tot zijn moeder.

'Je doet net of je me niet begrijpt, maar ik denk dat je heel goed weet wat je me hebt aangedaan. Ik kom je nu opzoeken om met mezelf in het reine te komen. Je hebt nooit enige poging gedaan om me te zoeken. Je hebt zelfs nooit de moeite genomen om me op te bellen en te vragen hoe het met me ging, of me te ondersteunen tijdens mijn studie.'

Paul stond op, ging voor het raam staan. Zijn moeder zat bewegingsloos in haar stoel. Haar fletsblauwe ogen staarden onverstoorbaar voor zich uit. Abrupt draaide hij zich om. 'Je bent een teringwijf. Je hebt me kapotgemaakt. Ik heb in mijn leven alles alleen moeten doen!' sprak Paul met stemverheffing.

'Affiniteit is een woord wat jij niet kent. Je hebt me als kind nooit in je armen genomen en gekoesterd.'

Paul hoorde vluchtige stappen op de gang naderen, de gastvrouw kwam verschrikt binnenlopen.

'Kom,' zei ze en leidde Paul mee naar een andere ruimte. Ze schonk een glas water in, reikte het aan en stelde hem gerust. Ze had begrip voor zijn emotionele uitbarsting en adviseerde Paul om naar huis te gaan. Het advies volgde hij op.

Door het bezoek aan zijn moeder was Paul een paar dagen van slag en chagrijnig. Hij had Marloes niets over het bezoek verteld. Ze voelde Paul naadloos aan, was zorgzaam en stelde geen vragen. Hij trok zich terug en verzette zijn zinnen door de laatste hand te leggen aan zijn website waar hij zijn diensten als therapeut zou gaan aanbieden.
Toen hij het bezoek aan zijn moeder een plaats in zijn lichaam en geest had gegeven, besloot Paul zich op het internet te presenteren. Die avond vertrok hij naar zijn praktijkruimte in de binnenstad van Den Haag, trok zijn witte doktersjas aan en zette een hoornen bril op. Hij nam plaats in de fauteuil voor de mooie poster met de blauwe lucht, de witte wolken en de opengevouwen handen.

'Dag dokter?' een oudere dame meldde zich. Paul zat met een serieus gezicht voor de camera en vroeg wat hij voor haar kon betekenen.
'Er luistert toch niemand mee?'
'Nee, we zitten op een aparte lijn. Ons gesprek is vertrouwelijk.' Hij stelde de dame op haar gemak.
'Ik heb last van pijnlijk plekken op mijn lichaam. Het rare is dat ik me niet heb gestoten. Waar zou die pijn vandaan komen dokter?'
Paul stelde verschillende vragen. De dame gaf af en toe vertwijfeld antwoord. Hij merkte dat hij haar vertrouwen kreeg.
'Heeft u een partner, die u begrijpt?'
'Nee, ik ben weduwe.'
Paul stelde de diagnose dat de dame lichamelijke aanrakingen miste en dat haar pijn, een roep om menselijk contact was. Feitelijk was het probleem, het ontbreken van persoonlijke aandacht. Hij stelde de dame voor om naar zijn praktijk te komen voor een behandeling. Ze zou er over nadenken.
Die avond had Paul nog een paar gesprekken over de webcam. Ondanks dat hij nog geen klant had binnengehaald, was hij tevreden over het verloop van de avond.

De dame in kwestie meldde zich weer een paar dagen later. Ze had erover nagedacht en wilde graag een afspraak maken voor een Darkness behandeling.

Paul had er naar uitgekeken toen zijn eerste patiënte bij de praktijk aanbelde. In zijn witte jas wachtte hij haar boven aan de trap op en begeleidde haar naar de behandelkamer. Een diffuus lampje brandde in de hoek van de kamer.

De dame voelde zich op haar gemak en kleedde zich uit. Toen ze op de behandeltafel lag drapeerde Paul een witte handdoek over haar lichaam en knipte het lampje uit. Het was aardedonker en doodstil. Paul legde zijn handen op haar hoofd, startte de behandeling en liet zijn positieve energie via haar geest, haar lichaam binnenstromen.

Na verloop van tijd hoorde Paul snurken en was verbaasd. Hij liep naar het lampje, draaide het licht minutieus aan. De dame lag volledig ontspannen te slapen. De duisternis, de stilte en zijn Reiki handopleggingen hadden haar gedachten gezuiverd.

Paul twijfelde. Zou hij deze dame hier laten overnachten? Of zou hij haar met de taxi naar huis sturen? Als hij de dame wakker maakte, zouden haar gezuiverde gedachten verstoord raken.

Hij bekeek haar in het vage licht. Ze lag naakt onder het witte badlaken. Paul schoof het laken een stukje naar beneden. Haar slappe borsten lagen als platte pannenkoeken op haar borstkas. Hij schatte de vrouw rond de zestig jaar oud. Ze zag er voor haar leeftijd goed gesoigneerd uit. Niet het type waarvan hij opgewonden raakte. Hij wilde haar vannacht niet in zijn bed, deed het licht uit en begon haar hals teder te masseren waarop ze haar ogen opende.

'Waar ben ik?' Paul voelde dat ze op de behandeltafel omhoog schoot.

'Rustig maar. U bent bij Dokter Norton in de praktijk.'

Paul deed het schemerlampje aan waardoor de kamer vaag werd verlicht.

'U was zo ontspannen door mijn behandeling dat u in slaap bent gevallen.'

De dame zat nu rechtop en ze drukte het witte badlaken tegen haar hals aan. Toen ze zich had georiënteerd keek ze Paul aan. 'Ik voel me vreemd. De pijn in mijn lichaam is weg. Ik ben nog nooit op een behandeltafel in slaap gevallen. Ze schoof haar benen over de rand om te gaan staan. Paul reikte haar een glas water aan.

'U moet het glas water drinken leegdrinken, uw lichaam heeft een megaprestatie achter de rug. Ik laat u even alleen zodat u zich kunt aankleden. Paul verliet discreet de behandelruimte.

Hoofdstuk 15

'Ga je zo nog naar de praktijk?' vroeg Marloes, terwijl ze met twee bekers koffie de kamer kwam binnenlopen.

'Ja, ik ga zo.'

Paul pakte de afstandsbediening van het tafeltje en klikte de televisie aan. Voordat hij een slok uit zijn beker had genomen, zette hij deze bruusk terug op tafel. Marloes keek hem verschrikt aan.

'Victor Bosch,' snoof Paul verontwaardigd en zei verder niets meer. Hij zapte de televisiezender niet weg, maar bleef kijken. Salutem was breed in het nieuws. Ze hadden een nieuw medicijn geïntroduceerd, een geneesmiddel waar de medische wereld lang op had moeten wachten. De beelden op de televisie waren de opnamen van het liefdadigheidsgala dat jaarlijks door Salutem werd georganiseerd. Paul keek gebiologeerd naar de vrouw naast Victor. De camera draaide en Jackie kwam volop in beeld. Ze zag er schitterend uit in haar rode zijden avondjurk met een diep decolleté. Nu wist Paul het zeker, Jackie was voor hem. Hij voelde een emotionele golf door zijn lichaam stromen, extra gevoed door een intense haat voor Victor. Ineens had hij door dat Marloes hem bekeek en hij keek haar dreigend aan. Ze schrok van hem. De haat in zijn ogen, brandde als een onbeheersbare inferno.

Na de koffie zei Paul afgemeten gedag en vertrok hij naar zijn praktijk. Marloes bleef geschokt achter.

Zijn gevoelens waren van slag. Paul vond het onprofessioneel om nu potentiële patiënten voor de webcam van medisch advies te voorzien. Paul zette zijn computer aan, logde in op een sekssite onder zijn pseudoniem Chromosoom. Hij had behoefte aan communicatie met een gastvrouw om zijn stoom af te blazen. Al snel kwam hij in contact met een bevallige dame in een zwart leren pakje, die hem maar al te graag wilde verwennen. Paul had niet genoeg cash beschikbaar om haar naar zijn praktijk te laten komen, waar hij nogal van baalde. Zijn aandrang werd alleen maar verder aangewakkerd. Hij liep onrustig tussen zijn behandelkamer en de slaapkamer heen en weer. Hij had behoefte aan een vrouw en ging uiteindelijk opgefokt achter de webcam zitten. Misschien was er een patiënte die voor een bredere behandeling openstond. Hij trok zijn witte doktersjas aan, maande zichzelf tot rust en nam plaats in zijn stoel. Het zat niet mee. De bezoeksters zeurden, wilde gratis advies en waren niet ontvankelijk voor zijn Darkness therapie. Paul keek op zijn horloge en besloot om rond middernacht de sessie af te sluiten. Twee minuten voor twaalf meldde zich een vrouw. Ze had geen camera op haar computer, maar Paul dacht dat hij gek werd. Haar stem klonk als die van Jackie. Ze noemde zichzelf Roos en op de webcam zag hij een afbeelding van een rode roos.

'Dokter ik ben alleen en worstel met gevoelens in mijn lichaam waar ik geen raad mee weet,' zuchtte ze.

'Heb je pijn?'

'Nee, het prikt onder mijn huid, misschien kunt u mij vannacht nog helpen?'

Paul twijfelde, hij had geen idee hoe deze dame eruitzag, hoe oud ze was, maar hij liet haar komen. Als het niets was, zou hij serieus blijven en haar avances negeren. Hij gaf het adres van zijn praktijk door. Ze bezwoer dat ze er binnen tien minuten zou zijn.

Na precies tien minuten ging de bel. Paul zat in het donker in zijn behandelkamer klaar. Roos kwam de behandelkamer binnenlopen, ze sloot direct de deur achter zich. Hij had haar in het schemerlicht niet goed kunnen zien en lichtte op een professionele toon zijn Darkness therapie toe. Daarna reikte hij haar een wit badlaken aan en verliet discreet de ruimte zodat Roos zich ongestoord kon uitkleden. Toen hij kort daarna naar binnenliep lag ze op de behandeltafel klaar, met het badlaken netjes over haar naakte lichaam gedrapeerd.

'Waar heeft Roos last van prikkels?' vroeg Paul bloedserieus en sprak haar bewust met haar Internetnaam aan.

'Op mijn onderlichaam, dokter.'

Het was muisstil en pikdonker in de ruimte. Alleen de ademhaling van Roos was nog te horen. Paul haalde het badlaken weg, startte zijn Reiki handoplegging en voelde dat de vrouw volledig onder zijn magische handen ontspande. Ze bleef doodstil liggen. Hij kwam nu op een cruciaal punt. Wilde ze nu seks of niet. Op internet had ze dit wel gesuggereerd. Hij twijfelde en begon haar benen te masseren. Toen hij haar liezen naderde, spreidde ze haar benen.

'Ja, daar dokter, u komt nu in de buurt.'

Nog was Paul onzeker of Roos het serieus bedoelde of dat ze op seks uit was. Hij legde zijn ene hand in haar lies, de andere over haar schaamlippen en vroeg, terwijl hij eerst zijn linker en daarna zijn rechterhand aanduwde: 'Voelt Roos de prikkels aan deze kant of juist aan die kant?'

'Aan die kant dokter.'

Ze benoemde de hand, die op haar schaamlippen lag.

Dat was voor Paul het sein dat ze wat meer wilde. Paul had moeite om zijn libido onder controle te houden. Alleen al het horen van haar stem, deed hem fantaseren over Jackie. Hij masseerde haar onderlichaam op de manier zoals hij Jackie in het verleden opgeilde en hij hoorde Roos ongegeneerd zuchten.

'Worden de prikkels nu minder?' vroeg Paul luchtig.

'Ga door!' gebood ze met een diepe dominante stem. Paul was even door de toonzetting uit het veld geslagen, liet er geen gras over groeien en liet zijn vingers naar binnen glijden.

Met een diepe lage stem zei ze: 'Dokter, heeft u iets groters, uw vingers zijn niet lang genoeg.'

Paul kon zich niet meer beheersen. Hij schoof haar voorover over de behandeltafel, ritste zijn broek open en nam haar gelijk.

Ze gilde het uit.

'Dokter, dokter. Ga door.'

Een lange schreeuw volgde. Paul was nu door het dolle heen. Hij pakte Roos om haar middel, nam haar mee naar de slaapkamer, gooide haar ruw op het bed neer. Hij liet het licht bewust uit, want in zijn beleving lag hij nu op Jackie. Hij kreeg geen genoeg van Roos, ze bleef maar om meer schreeuwen.

In de ochtend werd Paul in het grote bed wakker. Hij lag alleen, keek verdwaasd om zich heen. Roos was al vertrokken. Of had hij dit gedroomd? Hij liep naar de behandelkamer. Toen hij het licht aandeed zag hij de rommel op de grond liggen. Roos was hier wel geweest. Hij schudde zijn hoofd en liep naar de douche. Hij bleef hier extra lang onder staan om zijn gedachten te ordenen. Roos had de stem van Jackie en dat zette hem op een idee. Zou hij Jackie via de webcam naar zijn praktijk kunnen lokken? Paul pakte de fles doucheschuim, spoot de roze substantie op zijn hand, smeerde het sensueel over zijn lichaam uit. Hij kreeg een inval. MisterX, hij had connecties.

'Hi, met Paul. Ik heb een verzoek. Ik zou graag in een bepaalde computer

willen rondsnuffelen en meekijken als de gebruikers erop bezig zijn. Heb jij connecties die een computer kunnen hacken?'
Het was even stil.

'Dat is geen probleem, maar er hangt wel een prijskaartje aan.'
Paul zuchtte toen MisterX het bedrag noemde. Waar moest hij dat nu weer vandaan halen. MisterX had ook een verzoek aan Paul en ze kwamen vrij snel tot een deal. Paul beloofde om geclassificeerde productinformatie van Salutem te verzamelen om deze aan MisterX door te spelen.

Paul stond al zwaar in het rood bij de bank. Fred benaderen was de simpelste optie, omdat Fred niet om geld verlegen zat, maar naar aandacht en aanzien hunkerde. Paul wist hoe hij Fred voor zijn karretje kon spannen, door hem listig te bewerken om de geheime data van Salutem voor hem te verzamelen.

Paul sprak met Fred af bij een exclusief restaurant. Tijdens het eten schoof Paul Fred honderd euro toe. Fred wilde het bedrag eerst niet aannemen, maar stak het toch in zijn zak. Die avond regisseerde Paul als een ervaren coach Fred en gaf hem alle aandacht waar hij naar snakte.

Het duurde toch nog een paar weken voordat Paul via Fred de vertrouwelijke informatie van Salutem aan MisterX kon doorleveren.
Paul maakte op een parkeerplaats langs de A12 een afspraak met MisterX. Hier wisselden ze de gestolen informatie van Salutem uit voor de weblink, waarmee Paul ongemerkt in de thuiscomputer van Victor kon meekijken, zonder dat dit voor de familie Bosch zichtbaar was. MisterX gaf toelichting hoe het allemaal in zijn werk ging.

'We kunnen op afstand de software op de computer installeren, mits ze online zijn. De komende week hebben we nodig om alles in gereedheid te brengen. Na de installatie, ontvang je een email van Chantal9009 met de instructies.'
Daarna namen ze afscheid.

Na een week ontving Paul inderdaad een email van Chantal9009. Hierin stond de weblink die hij moest aanklikken. De tweede email met het wachtwoord volgde kort erna. Paul werd naar een onbekende server geleid, kon inloggen en was perplex wat hij zag. Als de computer bij de familie Bosch online was kon hij in de hele computer rondsnuffelen.

Paul scrolde lukraak door de archiefmappen. Het viel hem op dat Victor deze computer weinig gebruikte. Er waren bijna geen sporen van hem te traceren en over Salutem kon hij niets terugvinden Vermoedelijk gebruikte Victor een beveiligde bedrijfslaptop. Paul vond wel activiteiten van Jackie en haar dochters. Terwijl hij door de mappen snuffelde, versprong ineens zijn beeld.

Van schrik knipperde Paul met zijn ogen. Hij keek real-time mee op het beeldscherm. Alleen kon hij niet zien wie erachter zat, want de camera stond af. Het werd Paul snel duidelijk dat hij met Jackie meekeek. Ze opende de binnengekomen email, websites over mode, tennis en ze deed een betaling. Paul kon zien dat ze dit blijkbaar weinig deed, het duurde lang voordat ze alle gegevens had ingevuld. Hij was met stomheid geslagen, over wat hij zag.

Daarna gebeurde er niet veel meer. De screensaver sprong op het beeldscherm. Jackie was blijkbaar iets anders gaan doen. Paul klikte de archiefmappen weer aan, opende een paar documenten en bekeek verschillende foto's. Het bleken mappen met oude bestanden te zijn. Er stonden studieverslagen in van haar dochters Maud en Colette. De foto's intrigeerden hem. Hij zag Jackie tussen haar beeldschone dochters in staan. Ze lachten uitbundig naar de fotograaf. Dat moest Victor geweest zijn. Paul keek met grote belangstelling naar haar dochters. Ze waren knap en geslachtsrijp. Hij liet zijn wijsvinger subtiel over zijn muis glijden, klikte door naar de volgende foto. Die blonde dochter, van wie hij vermoedde dat ze de oudste was, leek hem wel wat. Ze zou een sappig alternatief voor Jackie kunnen zijn. Aan de ondeugende uitdrukking op haar gezicht, moest ze ook over zo'n romige vulva beschikken.

De volgende morgen werd Paul in zijn praktijk wakker en keek hij verstoord naar de wekker. Het was tien uur. Er kwam lawaai van beneden, alsof er iets werd versleept.

Onder zijn praktijk was een grote luxueuze kledingboetiek gevestigd. Paul kleedde zich aan, liep de trap af en opende de benedendeur. De eigenaresse, een kordate maar ook een mondige vrouw, was druk bezig om verschillende paspoppen naar buiten te slepen.

'Ah, de bovenbuurman. Kunt u even helpen? Het grofvuil komt ze zo ophalen.'

Paul bekeek de mannen- en vrouwenpoppen en kreeg een ingeving.

'Mag ik ze hebben?'

Ze keek hem verbaasd aan en vroeg wat hij in hemelsnaam met die oude paspoppen moest.

'Kunst buurvrouw,' zei Paul lachend en hij pakte gelijk een pop om hem weer naar binnen te slepen.

'Wil je ze alle zes?' vroeg ze ongelovig. Paul knikte en hij ging verder met het naar binnen slepen van de zware poppen.

'Als je ze allemaal meeneemt zal ik het grofvuil afbellen, anders komen ze voor niets.'

Ze keerde zich om en liep de boetiek binnen.

Toen Paul de zes poppen naar boven had gesleept, liep hij terug naar de benedenbuurvrouw, die nu bezig was om haar nieuwe poppen in de etalage te rangschikken. Op de stoel ernaast lag een stapel kleding van de laatste collectie klaar.

'Hé poppendokter,' zei ze. 'Lust je koffie of heb je het te druk?'

Paul schudde zijn hoofd en ging op een stoeltje in de kledingboetiek zitten. Ze reikte hem een mok koffie aan.

'Wat ben je eigenlijk voor dokter?'

Ze keek hem belangstellend aan. Paul vertelde over zijn Darkness therapie en de buurvrouw schoot in de lach.

'Wie wil er nu niet in het donker een paar warme handen op zijn naakte lichaam voelen?'

Ze keek met een ondeugende glimlach naar zijn handen. 'Je hebt mooie slanke handen. Misschien moet ik ook maar eens na een lange dag hard werken op die behandeltafel van je kruipen.'

Ze gaf hem een knipoog. Paul wist maar al te goed dat ze hier niets van meende. Hij bleef serieus uitleggen wat Reiki inhield en hoe hij het toepaste. Tijdens de tweede mok met koffie zei ze lachend: 'Je hebt me overtuigd meneer de dokter.'

Na de koffie vertrok Paul naar boven en bekeek hij zijn verzameling paspoppen. Hij had het idee opgevat om de poppen op de overloop neer te zetten om een menselijke uitstraling te scheppen. Zijn patiënten zouden dan bij binnenkomst met het volmaakte menselijk lichaam worden geconfronteerd. De drie mannelijke paspoppen hadden verschillende gezichten, maar waren helaas kaal. Misschien zou hij een paar pruikjes op de kop moeten tikken. Ze hadden wel mooie strakke lichamen. Paul liet zijn hand over één van de mannelijke poppen glijden. Hij stelde ze als een groepje naast de deur van zijn behandelkamer op.

De drie vrouwelijke paspoppen verschilden van kapsel en pose. Ze droegen in ieder geval pruiken en zagen er representatief uit. Eén paspop zat op haar hurken met haar handen op haar schoot, terwijl de andere naar haar keek. De derde vrouwelijke pop was volslank met lang bruin haar en ze keek in het luchtledige voor zich uit. Alle drie hadden mooie borsten met tepels. Paul kon het niet laten, raakte ze aan. Het gaf hem een kick, want de poppen zagen er levensecht uit. De drie vrouwelijke paspoppen plaatste hij op de overloop bij het trapgat. Als zijn patiënten naar boven kwamen zouden ze eerst met de vrouwelijke zachtheid worden geconfronteerd. Hij besloot om de poppen voorlopig naakt te laten.

Paul waste de poppen schoon en poetste ze netjes op met een droge theedoek. Daarna bekeek Paul de verlichting op de overloop en verving de gloeilamp voor diffuse licht. Terwijl de bezoekers de trap opliepen, zouden ze het idee krijgen dat ze door mensen werden opgewacht. Een vreemde, maar ook spannende ambiance.

De virtuele praktijk van Paul begon te lopen en langzaam maar zeker genereerde hij zijn welverdiende inkomsten. In het begin hield het niet over. Paul werkte hard, maakte zijn praktijk en expertise goed zichtbaar op het Internet. Het merendeel van zijn patiënten was vrouw. Het kwam regelmatig voor dat vrouwelijke patiënten een nachtje overbleven, waarbij Reiki verder ging dan alleen handopleggingen.

Paul zat weer achter zijn laptop, logde in op de computer van Jackie en hij bekeek de recente logbestanden. Er was gegoogeld op tennis, tennislessen en tennisleraar Mark. Victor zag dat de zoekopdrachten tien minuten geleden hadden plaatsgevonden. Nu bekeek Jackie foto's van Mark de tennisleraar. Paul keek mee en was gefascineerd.

Ineens zag hij dat Jackie een Skype oproep kreeg, die ze beantwoordde. De camera sprong aan.

In beeld kwam een man. Het was Mark.

'Je hebt me verrast. Je hebt een lekker poesje.'

Mark likte voor de camera rond zijn mond. Jackie keek hem uitdagend aan, trok haar shirtje naar beneden.

'Lager, laat je tepeltjes eens zien?'

Mark tuitte zijn lippen, alsof hij klaar zat om eraan te zuigen. Jackie glimlachte bevallig, ging niet op zijn verzoek in, trok haar shirtje strak, waarop haar borsten sexy naar voren staken.

'Vrijdag. Bij mij thuis? Mijn vinger jeukt.'

Mark stak zijn middelvinger in zijn mond.

Paul vermoedde dat Mark met zijn laptop op bed zat. Hij herkende de achterwand van een bed.

'Ik heb zin in die vinger van je. Vrijdagmorgen tien uur?' zei Jackie zwoel. Ze deed net of ze Mark op het beeldscherm zoende.

'Dat is goed. Ik stuur je alvast een fotootje om in de goede modus te komen,' zei Mark ondeugend.

Er kwam een bijlage met een foto binnen. Jackie opende hem op het scherm en ze begon hard te lachen. Paul keek mee. Mark moest de foto in een onbewaakt moment genomen hebben. Hij zag de gulzige mond van Jackie een stijve pik omspannen. Paul herkende ontegenzeggelijk haar getuite mond uit duizenden. Hij bedacht zich geen moment en downloadde de foto.

'Ik sluit af, de bel gaat,' zei Mark. De verbinding werd verbroken.

Paul keek nijdig naar de foto. Jackie was in het verleden al door Victor weggekaapt, nu werd ze door ene Mark genaaid. Hij klikte abrupt de foto weg, hij kon het beeld niet langer zien. Het korte Skypegesprek intrigeerde hem. Hij opende de foto opnieuw, bekeek hem. Zijn geliefde pijpte een tennisleraar. Het werd tijd dat hij er werk van ging maken. Het was de schuld van Victor, hij verwaarloosde Jackie, waardoor ze nu door een tennisleraar werd misbruikt. Hij kon haar veel beter verwennen dan die uitslover. Poeh.

Paul zocht op het Internet uit wie Mark was en op welke tennisbaan hij lesgaf. Ze moest desperaat zijn. Ervaring, daar ging het om en dat had Paul, vond hij van zichzelf.

Hij besloot om Jackie op vrijdagmorgen op weg naar Mark te volgen. Voor de zekerheid stak hij gereedschap in zijn zak. Op het moment dat ze bij Mark was, kon hij een kijkje in haar woning nemen.

Paul wist waar Jackie woonde. Hij parkeerde zijn auto verderop in de straat. Onopvallend hield hij haar voordeur in de gaten.

Even voor tien uur sloot Jackie de voordeur af en stapte ze tegen de verwachting in, niet in haar eigen auto, maar ze liep de straat uit. Paul volgde haar te voet, omdat hij vermoedde dat deze Mark vlakbij moest wonen. Jackie kennende, pakte voor elk wissewasje de auto. Zijn vermoeden klopte, een straat verder zag hij haar bij een kleine villa aanbellen. De deur werd een klein stukje geopend en Jackie glipte behendig naar binnen.

Paul liep terug naar het huis van Jackie, liep achterom, pakte het gereedschap uit zijn zak, opende het slot van de keukendeur binnen 30 seconden en schakelde routineus de alarminstallatie uit. Hij sloot de deur achter zich, stond doodstil op de keukenmat en luisterde geconcentreerd. Hij kon niets aan het toeval overlaten. Langzaam sloop Paul de gang in, bekeek door de deuropening de woonkamer. Het was een grote L-vormige woonkamer met een plavuizen vloer. Hij vond de kamer te minimalistisch ingericht waardoor het onpersoonlijk en koud oogde. Paul liep de trap op naar boven. Hij was op zoek naar de slaapkamer van Jackie en opende lukraak een deur. Het was de studeerkamer. Paul kreeg een grijns op zijn gezicht, nam plaats in de statige bureaustoel van Victor, legde zijn voeten op het bureau en keek vrijpostig in de rondte. Boven het bureau stonden een aantal ordners. Paul pakte er één en sloeg hem open. Hij zag netjes gearchiveerde hypotheekaflossingen, pakte een andere ordner waarin de afschriften van de creditcards opgeborgen waren. Paul bekeek ze, maar het interesseerde hem eigenlijk geen ene moer waar Victor zijn geld aan uitgaf. Tot zijn oog viel op een dun mapje tussen twee ordners. Hij trok het ertussen uit en opende het. Het was de aandelenportefeuille van Victor. Wat hij zag, was niet mis. Victor zat goed in de slappe was. Paul bedacht wrang: "Hij wel en ik niet". Paul haalde het laatste overzicht eruit, frommelde het in zijn zak, zette de map terug op de plank boven het bureau en ging op zoek naar de slaapkamer van Jackie.
In tegenstelling tot de koude onpersoonlijke inrichting van de woonkamer was de slaapkamer klassiek ingericht en oogde comfortabel. Het bed was van donkerbruin hout met aan het voeteneinde een opstaande rand van klassiek houdsnijwerk. Op de grond lang een dieprood Perzisch kleed met een mooi klassiek patroon. Hij liep naar de make-up tafel van Jackie, opende een paar laatjes. In de bovenste laatjes lagen make-up doosjes, lippenstiften, goedkope sieraden en shawltjes.

Het kastje ernaast sprak hem meer aan, daarin lag het ondergoed van Jackie. Hij snuffelde ertussen, pakte een witte kanten string en rook eraan. Hij sloot zijn ogen, rook er nog een keer aan en propte de string in zijn broekzak. Heerlijk. Daarna schoof hij de deuren van de inbouwkasten open, scande snel de inhoud. Hij liet zijn hand langs de jurken van Jackie glijden en schoof de deuren weer dicht.

Vervolgens liep hij naar het nachtkastje van Victor, bekeek de inhoud. Boeken, horloges, een adresboekje, een stapel 50-eurobiljetten en een oud Zwitsers knipmesje. Paul pakte het mesje voorzichtig op. Dat was van hem geweest. Hoe kwam Victor hieraan? Paul was het in verleden kwijtgeraakt, had zich suf gezocht en nooit teruggevonden. Het was één van de weinige bezittingen uit zijn jeugd die hij had gekoesterd. Paul knipte het mesje open, keek er gebiologeerd naar. De krassen op het lemmet kon hij met dichte ogen uittekenen. Hij had het mesje van een oude overbuurman gekregen. De man woonde alleen en Paul hielp hem wel eens wanneer de aardappelboer met zijn kar voor de deur stond. Hij droeg de zak met aardappelen voor de buurman naar binnen, schudde de zak onderin de kast in een mand leeg. De oude buurman had het mesje in zijn hand gedrukt en gezegd dat het voor hem was. Hij had de man stamelend bedankt. Kort daarna was de man overleden. Het was een geheime schat van Paul, die hij angstvallig voor zijn moeder verborgen had gehouden. Hoe kwam Victor hieraan?

Paul probeerde zich te herinneren wanneer hij de laatste keer het mesje in zijn handen had gehad. Dat was toen hij samen met Victor op de studentenkamer leefde. Hij had toen zijn geheim met Victor gedeeld en verteld dat het een trofee uit zijn jeugd was.

Paul kuste het mesje en liet het in zijn zak glijden. Voordat hij het laatje dichtschoof pakte hij twee 50-eurobiljetten en propte ze in zijn zak. Daarna borrelde een enorme boosheid naar boven. Hij moest zich beheersen om niet alles kort en klein te slaan.

Die middag opende Paul op Skype een fake account onder de naam Chromosoom. Hij koppelde er een foto van een knappe man aan, die enigszins op Mark leek en stuurde Jackie een uitnodiging.

Hij trok zijn witte doktersjas aan en ging als een autoriteit achter de webcam zitten. Die avond onderhield hij interessante sessies en tegen middernacht had hij een patiënte gescoord die behoefte had aan een uitgebreide Reiki-behandeling. De vrouw in kwestie bleef de hele nacht en hielp Paul van zijn opgekropte seksuele driften af.

De business was goed op gang gekomen en begon steeds beter draaien. Paul kreeg naamsbekendheid op alternatieve medische blogs. Hij was tevreden. Alles verliep volgens plan, behalve zijn relatie met Marloes, die lag onder druk vanwege zijn overvolle agenda. Ze klaagde dat hij bijna nooit meer thuis was. Paul bivakkeerde alleen nog maar in zijn praktijkruimte. De slaapkamer van Thea was nu zijn slaapkamer. Marloes had hem al meerdere keren gewaarschuwd dat dit niet de bedoeling was. Ze zouden de planten water geven, op het huis passen, maar er niet permanent gaan wonen.

Paul zat er anders in. Marloes was voor hem een leuke dame met kennis van zaken. Hij had maar één droom die hij op dit moment najaagde en dat was Jackie.

Paul pakte door en hij zocht weer contact met MisterX. Hij beschikte nu over ruim voldoende cash, omdat hij in de tussentijd ook zijn beleggingen via Fred weer had geactiveerd. Een deel van het geld wat hij in zijn praktijk verdiende, had hij geïnvesteerd in het manipulatieproces van transactiecodes op de beurs. Hij maakte weer als vanouds grote sommen geld.

Nu hij ruim in de slappe was zat, kon Paul gemakkelijk in de volgende fase investeren. Hij gaf MisterX de opdracht om camera's bij de familie Bosch in huis te plaatsen. Eén camera wilde hij achter de spiegel van de make-up tafel van Jackie. De tweede camera was complexer, die wilde Paul op de zeilboot van Victor hebben. Hiervoor had MisterX een identieke klok zoals in de zeilboot hing, laten namaken met een ingebouwde camera. Eén van zijn handlangers had het interieur van de boot bekeken en foto's gemaakt. Ze hadden voor hun leven moeten vluchten, omdat Victor die avond onverwachts naar zijn boot was gekomen.

Na een paar weken accepteerde Jackie de Skype-uitnodiging van Chromosoom. Het spel kon nu beginnen. Die avond ging Paul er voor zitten, opende zijn laptop, logde in op de computer van Jackie. Hij zag dat ze online was en druk bezig was met het schrijven van een mailtje naar één van haar dochters.

Paul zocht via Skype contact, maar het duurde een week voordat Jackie zijn oproep accepteerde.

'Hallo?'

Paul sprak met een zakdoek voor zijn mond. Zodat zijn stem onherkenbaar klonk. Hij had voor een gewone oproep gekozen in plaats van een videogesprek. Aarzelend vroeg Jackie opnieuw: 'Hallo?'

'Jackie, ik ben blij dat je vanavond beschikbaar bent, er is nog veel te bespreken.'

'Huh? Wat bedoel je?'

'Vorige week, tijdens het overleg had je toegezegd dat je het voorstel zou uitwerken,' zei Paul op een autoritaire toon.

Jackie was hierdoor overvallen.

'Ik weet niet wie u bent. Ik denk dat u de verkeerde voor zich heeft.' Bezorgdheid klonk in haar stem door.

Paul liet bewust een stiltemoment vallen, waardoor ze nog onzekerder werd.

'Ik weet niet waarover het gaat.'

'Je bent toch Jackie van Dijk? Niet dan?' zei Paul dominant.

'Nee, ik ben Jackie Bosch. U heeft de verkeerde Jackie. Ik vond het al vreemd dat u mij een uitnodiging stuurde, ik ken geen Chromosoom.'

Paul verontschuldigde zich, liet in het midden waar het nu over ging, hevelde het gesprek behendig over op een ander onderwerp. Op een natuurlijke manier kreeg hij Jackie aan praten. Ze vertelde na verloop van tijd spontaan tegen een wildvreemde man over haar tennislessen en haar dochters.

Paul wreef zachtjes in zijn handen, zei op een vriendelijk toon dat hij in geen tijden zo'n leuk gesprek met een intelligente vrouw had gevoerd. Ze hapte en Paul kreeg haar zover dat ze binnenkort nog een keer met hem zou Skypen.

Paul wachtte bewust een paar weken voordat hij weer met Jackie op Skype contact zocht. In de tussentijd was hij stiekem getuige geweest van de erotische Skype-gesprekken met Mark.

Als Chromosoom hield Paul de Skype-gesprekken met Jackie gezellig en oppervlakkig. Hij gedroeg zich belangstellend en had het gevoel dat

Jackie zijn aandacht waardeerde. Ze stond in ieder geval open voor contact als hij haar via Skype benaderde.

In de gesprekken die volgden probeerde Paul voorzichtig het gesprek in de richting van Victor te manoeuvreren. Hij had informatie over hem nodig.

'We praten veel met elkaar, hoe vind je man dat?' vroeg Paul lachend.

Het was even stil, maar Jackie antwoordde sportief: 'Mijn man is veel in het buitenland, die heeft het altijd druk. Ben je getrouwd?'

'Niet getrouwd, ik heb wel een leuke vriendin,' loog Paul.

'Het is jammer dat ik geen camera op mijn laptop heb, anders zou ik je kunnen zien,' loog Paul weer. Hij had voor de zekerheid zijn camera afgeplakt.

'Maar ik heb wel een camera.'

Jackie zette haar camera aan. Paul zag de foto van Jackie verdwijnen en haar live verschijnen. Hij slikte onhoorbaar van emotie.

'Zo, wat ben jij een knappe dame. Ik zat nog met die andere Jackie in gedachten, die is niet zo knap als jij. Zullen we een keer afspreken?'

Jackie was overvallen door zijn verzoek en krabbelde gelijk terug. Paul baalde van zijn ondoordachte uitspraak. Verder was hij tevreden, want Jackie had tussen neus en lippen verteld dat ze het komend weekend weg waren. Dat zou voor MisterX een uitgelezen moment zijn om de camera's te plaatsen.

Hoofdstuk 16

Paul was tevreden met de ingebouwde camera's. MisterX had goed werk afgeleverd. Hij kon nu ongelimiteerd in de slaapkamer van Jackie meekijken. Haar bed stond volledig in het zicht van zijn camera. Het viel Paul op dat Jackie regelmatig alleen in bed lag. Victor was blijkbaar voor Salutem veel op reis. Hij was getuige geweest van seks tussen Jackie en Victor, dat naar zijn mening meer een werktuiglijk kunstje was dan dat er passie bij kwam kijken. Ze hadden regelmatig ruzie en vertelden elkaar ongezouten de waarheid. Meestal was Victor boos, waardoor hij Jackie stelselmatig negeerde, wat haar mateloos irriteerde, waardoor de ruzies weer oplaaien.

Jackie had aandacht nodig. Paul was ervan overtuigd dat Mark de tennisleraar niet de persoon was, die Jackie van een goed en stabiel leven kon voorzien, maar haar alleen als zijn seksuele uitlaatklep zag. Met knarsende tanden was hij getuige van haar seksuele uitspattingen met Mark. Jackie liet zich ongeremd door hem nemen, in het bed waar Victor nog geen twee uur ervoor had geslapen. Na deze beelden verschillende malen bekeken te hebben was Paul opstandig geworden en had plotseling zijn whiskyglas in de gootsteen gesmeten. De glassplinters spatten ruw in de rondte. Woest werd Paul als hij naar de opname keek. Een andere man die van haar romige vulva smulde.
Naast zijn ergernissen, genoot Paul ervan om Jackie te bespieden als ze naakt door de slaapkamer liep. Hij vond het geweldig wanneer Jackie zich voor de spiegel opmaakte. Ze keek hem dan recht in zijn ogen aan, zonder dat ze het wist. Haar mooie blauwe ogen die ze zorgvuldig opmaakte. De getuite lippen als ze de lippenstift uitsmeerde. Gisteren, toen hij haar ongegeneerd begluurde, zat Paul in het donker in zijn behandelkamer in zijn luie stoel onderuitgezakt. Hij kon zich niet meer beheersen, had zich afgetrokken op het moment toen ze haar lippen sensueel over elkaar ronddraaide. Het voelde aan alsof zijn eikel ertussen gleed.

Waar Paul heimelijk naar uitkeek waren de beelden op de zeilboot van Victor. Het nadeel was dat Paul alleen maar kon meekijken als de boot voor de kant lag, anders had hij geen netwerkbereik. Paul had die bruine slet al verschillende malen in de kuip zien rondlopen. De camera stond statisch opgesteld, waardoor hij haar alleen kon zien wanneer ze voorbij liep of op de hagelwitte leren bank zat. Victor had smaak, dat moest Paul toegeven. De dame in kwestie was al op leeftijd, maar ze had een goddelijk lichaam. Hij had haar regelmatig naakt door de kuip zien rondlopen en hij moest toegeven dat de manier waarop ze zich bewoog uitdagend en onweerstaanbaar was. Paul snapte wel dat Victor zijn handen niet van haar af kon houden. Victor trok de vrouw regelmatig sensueel tegen zich aan en betastte haar erotisch. Paul fantaseerde met zijn ogen dicht hoe hij die tante in bed zou verwennen.

Op een avond was Paul verrast geweest, toen in plaats van die bruine slet, er een andere verovering op de boot van Victor rondliep. Hij was op de punt van zijn stoel gaan zitten. Victor maakte helemaal geen aanstalten om te gaan zeilen. De vrouw in kwestie had een soort controle over Victor. Paul was getuige geweest van ongeremde seks met deze blonde vrouw. Paul bekeek de beelden nauwlettend. De vrouw had een mooi vol gezicht en blond gesoigneerde haren. Ze was niet zo groot, maar oogde energiek. Ze kwam Paul bekend voor, maar hij kon haar niet direct plaatsen. Hij maakte snel een paar afdrukken van de camerabeelden, omdat hij het voorgevoel had dat ze een belangrijke functie bekleedde. Misschien was ze chantabel of kon hij Victor in een later stadium onder druk zetten. Het materiaal had Paul veiliggesteld.

Paul sprak met Fred op een geheime plaats af en hij liet hem de afdrukken van Victor op zijn zeilboot zien. Fred kreeg een zuinige glimlach rond zijn mond, legde de foto's demonstratief voor zich op tafel neer en schudde langzaam met zijn hoofd. Paul keek hem vragend aan.

'Dat is Lettie, mijn evenknie in het managementteam. We zijn allebei in de race voor een directiefunctie bij Salutem. Zo te zien heeft ze de titel al in haar zak. Ik ga haar hiermee confronteren!' zei Fred met een rood hoofd.

'Hou je in. Dat kunnen we nu niet gebruiken Fred.'

Fred reageerde geagiteerd: 'Zullen we de confronterende afdrukken via de huispost bij Lettie en Victor afleveren? Chantage?'

'Dat lijkt me een uitstekend idee. Voordat we dat doen is het handig om een microfoon onder het bureau van Lettie te plaatsen. Zo kunnen we meeluisteren, weten we welke stappen ze onderneemt en kunnen we op haar plannetjes anticiperen. Een gewaarschuwd mens telt voor twee.

Ik ga wat regelen met MisterX. Wil jij morgenochtend vroeg, voordat iedereen binnen is een microfoon onder haar bureau bevestigen? Daarna moet je de foto's in de huispost stoppen.'

Fred werkte maar al te graag mee, hij wilde tot directeur Salutem Nederland benoemd worden en had er wel wat voor over om Lettie ruw van het toneel te duwen.

Fred was vroeg binnen en hij monteerde gelijk de microfoon onder het bureau van Lettie. Daarna stopte hij de envelop met de confronterende afdrukken van Victor en Lettie ongezien tussen de huispost.

Fred ging achter zijn bureau zitten en hij was op zijn hoede. Paul zou de gesprekken op de kamer van Lettie opnemen, analyseren en hem op de hoogte houden. Als Paul iets beloofde, dan kwam hij dat altijd na. Fred had alle vertrouwen in zijn leermeester.

Binnen de kortste keren hing Paul aan de telefoon en eiste van Fred dat hij 's avonds naar zijn praktijk kwam.

'Vanmorgen was het direct al raak. Ik zal je de opname laten horen. Interessante informatie. Ene Willem van Security zat op de kamer bij Lettie. Ze deed haar verhaal, maar die Willem deed ook een duit in het zakje.'

Fred ging ervoor zitten en Paul speelde de opname af.

'Ik ben blij dat je kon komen. Via de huispost heb ik vanmorgen een envelop ontvangen met een confronterende foto. Deze laat ik je niet zien. Het irriteert me, omdat er hier iemand binnen Salutem bezig is om mijn imago te beschadigen en mijn carrière kapot te maken. Ik sta op het punt om als directeur Saluten benoemd te worden en tolereer geen onsportieve of haatdragende collega's.'

Lettie nam een slok van haar koffie, want ze hoorden dat ze het kopje hardhandig op het schoteltje terugzette.

'Je bent niet de eerste, want er is nog iemand binnen de organisatie die me met hetzelfde probleem heeft benaderd. Tot nu toe hebben we niet kunnen achterhalen hoe die witte anonieme enveloppen in de huispost terecht zijn gekomen. We hebben wel een lijst met medewerkers die vroeg zijn binnenkomen en in de gelegenheid waren om de enveloppen tussen de huispost te stoppen.'

'Ik denk dat ik wel weet wie die andere persoon is, die ook een witte envelop heeft ontvangen. Victor Bosch,' zei Lettie. 'We hebben met een keiharde machtsstrijd te maken. Er is hier iemand binnen Salutem die over lijken gaat.'

'Klopt,' zei Willem. 'Victor verdenkt Fred. We hebben hem een tijd lang geobserveerd, maar we hebben niets kunnen vinden. Dus hij is voor mij schoon,' zei Willem.

'Dat is ook toevallig. Ik had pasgeleden een gesprek met Victor toen Fred ter sprake kwam,' zei Lettie. 'Ik heb Fred kortgeleden in een totaal andere setting in het Okura hotel gezien met die microbioloog Paul Norton. Dat is die specialist die wegens belangenverstrengeling bij het Academisch Ziekenhuis is afgeserveerd. Ze wisselden documenten uit. Ik had toen met een vriendin afgesproken en ben er zeker van dat Fred me niet heeft gezien.'

'Dat is wel een belastende observatie die je me nu vertelt. We hadden ook onze verdenkingen. Victor had alle publicaties van Paul Norton opgevraagd en doorgenomen. Hij vond het opmerkelijk dat deze overeenkwamen met de ontwikkelingen die bij Salutem plaatsvonden. Daar kwam bij dat er ook vermoedens waren dat de beurs werd bespeeld. We hebben onderzoek laten doen. Het bleek te koppen. Paul Norton moet over geheime informatie beschikken, want hij bleek een onevenredig groot aandelenpakket van Salutem te hebben. We hebben het rapport bij het Academisch Ziekenhuis gepresenteerd, de rest is uitgebreid in de media uitgekauwd.'

'Fred is ook een kandidaat voor de directie positie, maar hij zal het niet worden,' zei Lettie. 'Wat je me nu vertelt, vind ik verontrustend. We moeten hem opnieuw observeren en screenen. Willem, ik wil graag schoon schip maken voordat ik word benoemd. Hoe kunnen we dit het beste aanvliegen?'

'Laat dat maar aan mij over. Ik zal dit coördineren en ik zal tussentijds verslag uitbrengen.'
Daarna hoorden ze de kamerdeur dichttrekken.

Paul zette de opnamen stil, keek Fred aan, die een scheve mond trok.

'Dat had ik niet verwacht. Ik heb er nooit iets van gemerkt dat ik in de gaten werd gehouden.'
Ineens sloeg Paul hardhandig met zijn vuist op tafel.

'Verdomme, die Victor heeft er geen gras over laten groeien. Ik word woest als ik eraan denk. Hij is degene die me heeft verraden. Klootzak. Weet je,' brieste hij, 'ik zou hem zo kunnen vermoorden. Een pistool recht op zijn hoofd en dan overhalen. Pats! Dood. Daarna begraaf ik hem in de ijskoude grond en stamp de aarde vast.'

Het hoofd van Paul was vuurrood.

'Paul, rustig. Dat lost niet op. We zijn zelf onzorgvuldig geweest. Laten we het als een goede les beschouwen.'

'Ik snap niet dat jij zo rustig kunt blijven. Die vuile hoer heeft het voor elkaar. Ze laat zich naaien door Victor en wordt ook nog eens als directeur benoemd. We moeten ons wreken.'

'Denk je dat ik het leuk vind?' zei Fred beheerst. 'Mijn plan is om Lettie en Victor onder handen te nemen op het moment, wanneer ze het niet meer verwachten. Laat Willem zijn werk maar doen. Hij zal na verloop van tijd rapporteren dat ik clean ben, daarna slaan we toe.

Alle interessante video-opnamen op de zeilboot van Victor en in de slaapkamer van Jackie sloeg Paul op. Hij had in de tussentijd een aanzienlijke collectie op een externe harde schijf verzameld, in combinatie met alle bestanden van de computer van Jackie. Het was tijd om in actie te komen.

Voor Jackie had Paul ook wat in petto. Paul had zijn huiswerk goed gedaan en hij had achterhaald dat Jackie een hondenfreak was. Hij had het plan opgevat om haar via Skype naar zijn praktijk te lokken en was tijdens een Skype-call over puppy's begonnen. Hij liet een foto van een puppy zien. Voordat hij er erg in had praatte Jackie honderduit over de honden in de buurt. Paul vertelde dat hij volgende week een dagje op een puppy moest oppassen. Jackie snakte ernaar om het hondje te zien, maar Paul deed geen toezeggingen en liet haar smachtend achter.

Niet alles verliep gesmeerd. Marloes was boos en geïrriteerd, omdat Paul dag en nacht in zijn praktijk doorbracht. Het was zijn tweede woning geworden. Toen hij op een avond bij Marloes thuiskwam wachtte ze hem in de deuropening op.

'Wat dacht je? Laat ik eens naar huis komen?'

'Marloes, waarom zo boos. Ik ben bezig om een business op te bouwen en dat kost tijd. Veel van mijn contacten doe ik juist in de avond op. Je weet als geen ander dat als mensen 's avonds thuiskomen, na wat gegeten te hebben, ze hun teleurstelling van de dag overdenken. Ze zetten hun laptop aan en dan pas kom ik in beeld.'

Paul liep naar Marloes, die een begrijpelijke blik in haar ogen had. Hij kuste haar op de mond. 'Ik heb je gemist,' en hij liet zijn hand over haar bil glijden. Ze keek hem serieus aan, 'ik vind dat we in onze relatie moeten investeren. Ik begrijp dat je veel tijd steekt in je praktijk. Ik hou van je en kan niet zonder je.'

Paul gaf geen antwoord, trok Marloes tegen zich aan, kuste haar teder, liet zijn handen onder haar truitje glijden en zei zwoel: 'Ik ben geil, ik kan niet meer van je afblijven.'

Marloes glimlachte tevreden en ze liet zich door Paul uitkleden.

De zaken liepen goed, de Darkness therapie bracht geld in het laatje. Paul hield vol dat hij zijn tijd hard nodig had met de voorbereidingen van zijn patiënten en zat dag en nacht in zijn praktijk. Hij behandelde echte patiënten, maar ook vrouwen die behoefte hadden aan persoonlijke aandacht. Soms was Paul moe en had hij als hij bij Marloes thuiskwam geen zin meer in haar. Marloes was niet dom en ze trok dan van leer.

'Ik weet niet waar jij in die praktijk allemaal me bezig bent, maar ik vind het niet normaal. We hebben betere tijden gekend. Werk je niet te veel? Ik krijg nu het idee dat jouw drive ten koste gaat van onze relatie.'

'Marloes, lieverd van me. Ik ben gewoon op. Sommige patiënten zuigen me letterlijk leeg, maar als deze cliënten herboren de deur uitlopen, ben ik als therapeut geslaagd.'

Marloes keek hem geërgerd aan.

'Als ik naar de toekomst kijk, vraag ik me af wat me dit me als vrouw gaat brengen? Ben je straks ook de helft van het jaar niet aanspreekbaar?' Paul hield er niet van om de les gelezen te worden. In principe had hij nu genoeg geld om op eigen kracht verder te kunnen. Marloes had hij nu niet meer nodig. Als hij nu zijn relatie met haar zou verbreken, zou ze hem toch niet uit het appartement van Thea kunnen verdrijven.

Zover was het nog niet, want Paul wilde eerst zijn business consolideren. Daar kwam bij dat het moment nog niet was aangebroken om de juridische kennis van Marloes overboord te gooien.

Het klantenbestand van Paul groeide, hij had een goedgevulde agenda tot Marloes op een middag ongevraagd de behandelkamer binnenstormde.

Ze knipte het licht aan, waardoor de patiënte uit haar ontspannende modus wakker schrok en een gil gaf. Paul dekte de dame discreet af met een witte handdoek, sloot de deur achter zich en liep de gang in.

'Wie denk jij wel niet wie je bent,' fluisterde Paul boos.

'Mijn patiënte schrikt zich dood. Heb je enig idee wat het negatieve effect hiervan is?'

'Ik ben het zat. Ik zie je nooit meer. Ik vertrouw het niet. Volgens mij ben je met hele andere zaken bezig,' zei ze verontwaardigd.

Paul herpakte zich, nam Marloes bij de hand, leidde haar naar de slaapkamer die er gelukkig netjes uitzag. Hij scande snel de ruimte, zag niets liggen wat hem aan de afgelopen nacht met een hitsige patiënte herinnerde.

'Er is niets aan de hand, zoals je zelf kunt zien. De afgelopen weken ben je al meer onverwachts langsgekomen, ik waardeer je belangstelling voor mijn praktijk. Ik ben nu eenmaal hard bezig om een zaak op te bouwen en dat kost tijd,' zei Paul op een rustige therapeutische toon. Hij zag in haar ogen dat ze twijfelde, pakte Marloes om haar middel, trok haar tegen zich aan. Haar boosheid zakte, ze was ontvankelijk voor zijn aandacht en accepteerde zijn kus. Ze had gewoon aandacht nodig. Paul besloot om Marloes nog even tevreden te stellen, om op een later tijdstip afscheid van haar te nemen. Hij had het nu te druk met zijn praktijk om er ook nog eens een juridisch gevecht met Marloes op na te houden over zijn verblijf in de woning van Thea.

'Ik ga nu terug naar mijn patiënte, die heeft nu mijn zorg hard nodig. Daarna kom ik bij je terug.'

Ze knikte met een tevreden glimlach op haar gezicht en ze ging op het bed zitten.

Paul liep terug naar de behandelkamer, zijn patiënte had zich al aangekleed en stond op het punt om te vertrekken. Hij stelde haar gerust en ze maakten een nieuwe afspraak om de behandeling voort te zetten.

'Was dat uw vrouw, die net de behandelkamer binnenliep?' vroeg de patiënte.

'Nee, dat is een patiënte, die een spoedbehandeling nodig heeft. Ze zit midden in het verwerkingsproces van haar overleden echtgenoot. In de therapie ben ik haar echtgenoot. Op deze manier vormt zich langzaam het acceptatieproces in haar lichaam en geest.'

De patiënte knikte begrijpelijk met een serieus gezicht en ze verliet de praktijk.

Paul wilde vannacht geen gezeur met Marloes, pakte de fles warme massageolie. Hij opende de deur van de slaapkamer waar Marloes in een luie stoel in een medisch tijdschrift bladerde. Ze keek hem aan.
Paul glimlachte geheimzinnig. 'Kleed je eens uit. Ik zal je eens goed masseren,' en hij zette de fles met warme massageolie op het tafeltje in het zicht neer. Marloes keek hem verwachtingsvol aan en ze kleedde zich gewillig uit.
'Op je buik,' gebood Paul en hij begon haar erotisch te masseren, wat zich kort daarna ontaarde in seks. Paul zat met zijn gedachten heel ergens anders en werkte Marloes werktuiglijk af. Zo ervoer Marloes het niet, ze voelde zich door Paul begrepen en verwend.

Paul zat in zijn praktijkkamer en hij bekeek alle gekopieerde documenten van de computer van Jackie. Tot nu toe had hij niet veel bijzonders gevonden. Het enige wat hem aansprak was het materiaal van haar dochters. Vooral Maud, die blonde. Voor hem, de jongere uitgave van Jackie. De jongste Colette leek veel te veel op Victor en dat beviel Paul niet. Paul maakt uit het mailverkeer op, dat Jackie niet veel contact met haar dochters had.
Daarna begon Paul de collectie foto's te ordenen, die hij met de verborgen camera in de slaapkamer van Jackie had genomen en op de zeilboot bij Victor.
Hij nam kleine slokjes koffie uit zijn plastic bekertje, beet een stukje uit de rand. Onhebbelijk gedrag wat hij nooit had afgeleerd, dat nu de kop opstak, omdat hij zich ergerde.
Hij vond in de Skypeberichten met Mark een videofilmpje wat hem schokte. Van ergernis beet hij nog een stukje plastic uit het bekertje, dat hij op de grond uitspuugde. Jackie lag naakt op haar rug met haar ogen dicht en haar benen wijd op een bed. Er sijpelde langzaam sperma uit haar vagina dat langs haar bilspleet op het laken druppelde. Zijn ogen vernauwde zich. Van wie was dat sperma? Van Victor of van die tennisleraar. Paul downloadde het filmpje, bekeek het nog een keer. Het schokkende gevoel maakte plaats voor lust. Lust voor Jackie. Hij bekeek het filmpje nog drie keer minutieus. De warme erotisch uitstraling van haar lichaam deed zijn lichaam sidderen. Hij kende dat beeld maar al te goed. Ze moest net zijn klaargekomen. Het leek wel of er nog damp van

haar bevallige lichaam opsteeg. Haar vagina. Hoe vaak had hij van haar romige vulva geproefd. Wie had deze nu bevuild? Die spermadruppels hoorden daar niet. De vieze witte slijmerige slierten die langzaam op het laken druppelden. Paul kon zijn emoties niet meer de baas, kleedde zich uit en liep naar de slaapkamer. Onder zijn hoofdkussen pakte hij het witte kanten slipje wat hij uit de slaapkamer van Jackie had meegenomen, nam het mee naar zijn praktijkkamer en ging in zijn fauteuil zitten. Hij wikkelde het slipje om zijn linkerhand en drukte het tegen zijn neus. Daarna bekeek het filmpje opnieuw, snoof aan het slipje en hij trok zich af bij het aanzicht van haar dampende vulva.

Het was Paul nog niet gelukt om Jackie naar zijn praktijk te lokken. Dat was een kwestie van tijd. Nu hij het onderwerp van de puppy's had aangeboord irriteerde het hem dat ze nog steeds twijfelde. Paul had behoefte aan seks met Jackie. Uit ervaring wist hij hoe hij vrouwen echt kon behagen in tegenstelling tot Victor, die alleen maar voorrang gaf aan zijn carrière.

Paul besloot om een paar afdrukken van zijn geheime opnamen uit de slaapkamer van Jackie op de huiscomputer van Victor te plaatsen. Paul wilde actie en was nieuwsgierig wat er zou gebeuren als Jackie de foto's zou vinden.

Hij plaatste twee foto's van Jackie met Mark, die seks hadden in haar slaapkamer, op het bureaublad van haar computer. Vol in het zicht. Nu hij toch bezig was om alles op de spits wilde drijven, plaatste hij ook twee afdrukken van Victor met die bruine slet aan boord van zijn zeilboot op de computer in een directory waar Jackie haar documenten bewaarde. Hij vroeg zich af hoelang het zou duren voordat ze de foto's zou ontdekken.

In de namiddag was het al raak. Paul zag dat die tennisleraar op Skype contact zocht met Jackie. Het was een hitsig mannetje, want Paul zag dat hij naakt voor zijn camera zat. Hij wilde blijkbaar een erotisch toneelstukje opvoeren, toen Jackie ontplofte van boosheid.

'Waarom heb jij foto's op mijn computer gezet!'

Mark keek verbaasd in de camera. Zijn erotische uitstraling had plaatsgemaakt voor een karakterloos naakt lichaam.

'Ik heb helemaal niets op jouw computer gezet. Hoe kom je daarbij?'

'Ik open net mijn computer, er staan twee foto's op mijn bureaublad. Die komen er niet vanzelf.'

Mark pakte zijn badjas, sloeg deze al zittend om.

'Ik weet echt niet waar je het over hebt. Wat zijn dat dan voor foto's?'

'Nou, die heb je gisteren bij mij thuis in de slaapkamer gemaakt,' zei ze snibbig. Ze klikte de foto's aan en stuurde ze via Skype naar Mark. Daarna keek ze hautain in de camera met een gezicht van, "ontken het nu maar niet".

Mark zei hoogst verbaasd: 'Ik weet niet wie deze foto's heeft gemaakt, maar ik niet. Misschien heeft Victor ze met een geheime camera opgenomen.'

'Denk je?' vroeg Jackie onzeker.

'Wie anders?'

'Maar Victor was op zakenreis. Ik zou niet weten wanneer hij dat gedaan moet hebben?'

'Laten we in het vervolg bij mij afspreken. OK?'

Paul baalde, ze kregen geen ruzie, maar gingen nu in het vervolg bij Mark afspreken waar hij geen geïnstalleerde camera had. De foto's van Victor op zijn boot had ze nog niet gevonden. Paul sloot de verbinding af en besloot om morgenochtend de foto's van Victor ook op haar bureaublad te plaatsen.

De volgende ochtend logde Paul in op de computer van Jackie om de afbeeldingen te verplaatsen, maar dat lukte niet meer. De link was geblokkeerd. Hij logde gelijk uit. Paul pakte zijn telefoon en belde MisterX om verhaal te halen.

'Ik laat het uitzoeken en bel je zo terug,' zei MisterX zakelijk.

Na een uurtje belde MisterX terug met de boodschap dat de computer extra was beveiligd en dat hij geen toegang meer kon bieden.

Paul baalde, trapte nijdig de keukendeur dicht, waardoor er nu een deuk in het antieke houten paneel zat. Paul had nu nog alleen de camera's achter de spiegel in Jackie's slaapkamer en in de klok aan boord van Victor's zeilboot.

Paul was opstandig, nam zijn laptop mee naar zijn slaapkamer om een sekssite te bezoeken. Zijn emoties waren opgelopen, hij had behoefte aan ongeremde seks. Hij liep naakt met een erectie rond en deze moest eerst opgelost worden voordat hij vanavond zijn patiënten kon behandelen. In bed opende hij zijn laptop en ging ervoor zitten.

Maar de bel van de voordeur ging. Paul had geen afspraken in zijn agenda staan, keek achteloos op zijn laptop naar de camerabeelden bij de voordeur en verstijfde van schrik. Victor stond voor de deur. Wat kwam die hier in godsnaam doen? Verhaal halen voor de geplaatste naaktfoto's met die bruine slet? Misschien had Victor ze in de tussentijd in de directory van de huiscomputer gevonden. Kon hij daarom niet meer inloggen op de huiscomputer van Jackie? Hoe wist Victor dat hij hier zijn praktijk hield? Paul herpakte zich, sprong als een haas uit bed, schoot zijn badjas aan, opende met één druk op de knop de benedendeur. Daarna sloot hij zich op in de slaapkamer, bleef pal achter de deur staan en luisterde geconcentreerd. Hij hoorde Victor langzaam over de krakende trap naar boven komen. Op de overloop riep hij, 'hallo'. Toen was het stil. Het hart van Paul bonkte als een gong. Het zweet druppelde over zijn naakte lichaam wat geabsorbeerd werd door zijn dikke badstof badjas. Hij hoorde de deur naast de slaapkamer openen, kort daarna weer sluiten. Uit het aantal stappen in de gang maakte Paul op dat Victor nu naar de behandelkamer was gelopen. Het was lang stil. Te lang naar de zin van Paul. Hij leunde tegen de muur, voelde het bloed als een waterval door zijn aderen kletsen. Hij twijfelde of Victor nog binnen was, maar hij had hem nog niet over de trap naar beneden horen lopen. Toen Paul de deur op een kier wilde openen, opende Victor de slaapkamerdeur een stukje. Paul stond tussen de muur en de openslaande deur ingeklemd. Victor stond roerloos in de deuropening. Paul hield zijn adem in, maar had het gevoel dat zijn hartslag op een kilometer afstand te horen was. Wat moest hij doen als Victor nu de slaapkamer in zou lopen? Voordat hij een uitvlucht had kunnen bedenken, sloot Victor de slaapkamerdeur. Paul hoorde hem langzaam de trap aflopen. Hij durfde de deur niet te openen, omdat hij niet wist waar Victor precies was. Misschien was Victor weer naar boven geslopen en wachtte hij hem op. Langzaam sloop Paul terug naar bed, pakte zijn laptop, opende deze. Hij bekeek gejaagd door de camerabeelden van de voordeur, hier was niets te zien. Ook op de beelden in de praktijkkamer was Victor niet te zien. Toen hij de laptop weer neerlegde voelde zijn lichaam ijskoud aan. Hij haalde diep adem, opende de slaapkamerdeur. Victor was vertrokken.

Hoofdstuk 17

Paul zat obsessief achter zijn laptop en bekeek continue de camerabeelden van de slaapkamer van Jackie. Hij werd opgewonden van haar naakte lichaam dat ze regelmatig voor de spiegel inspecteerde. Ze had de gewoonte om genoeglijk over haar huid te wrijven voordat ze zich aankleedde. De herinnering aan haar lichaamsgeur stroomde zijn geest binnen en het maakte overheersend meester van hem.

Deze middag zat Paul op het puntje van zijn stoel. Haar oudste dochter Maud, die sprekend op Jackie leek kwam de slaapkamer binnenlopen. Ze legde een stapeltje opgevouwen handdoeken op het bed neer. Daarna liep ze naar de spiegel, ging ervoor staan, wreef over haar wenkbrauw en likte over haar lippen. Paul keek haar recht door de camera aan. Het was overweldigd, ze was zelfs nog mooier dan Jackie. Fris en fruitig. Ze draaide zich om voor de spiegel, trok haar truitje strak, precies zoals Jackie dat ook altijd deed. Zijn hand beefde van emotie toen hij het beeld uitvergrootte, waardoor hij Maud op detailniveau volgde totdat ze de slaapkamer verliet. Zijn ogen waren op het scherm gefixeerd in de hoop dat ze de slaapkamer weer zou binnenlopen, maar dat gebeurde niet.

Paul was nieuwsgierig waar Maud woonde. Ze was voor hem de hoofdprijs. Hij speelde de opname met Maud verschillende keren af en voelde een hevig verlangen naar haar onbedorven lichaam.

Opgefokt belde Paul MisterX en vroeg hij hem om een analyse over Maud Bosch. Er hing een stevig prijskaartje aan zijn verzoek, wat Paul maar al te gretig neerlegde. Geld speelde geen rol. Zijn lust moest bevredigd worden.

Na een week ontving Paul via MisterX een anonieme email met haar persoonlijke gegevens. Maud bleek te wonen in een appartement in de Rotterdamse binnenstad. Haar vader Victor maakte periodiek geld over. Haar telefoonnota's waren torenhoog. Als een moderne vrijgevochten studente nam ze het niet zo nauw met welke jongemannen ze het bed deelde. Als Paul zich goed voorbereidde, zou hij wel eens een kans kunnen maken.

Paul bekeek voor de zoveelste keer de geheime opname die hij van Maud had gemaakt. Ze was opwindend en hij meende in haar ogen te zien dat ze voor zijn aandacht ontvankelijk was. Hij moest een plan bedenken om haar onopvallend te benaderen met als doel zijn lust te bevredigen.

Die nacht scoorde hij een patiënte die behoefte had aan een uitgebreide Reiki-behandeling. De vrouw was niet aantrekkelijk om te zien, haar lichaam voelde slap aan, maar Paul was zo opgewonden dat hij haar nodig had om van zijn opgekropte gevoelens af te komen. In het donker voelde hij haar lichaam, maar hij zag haar gelukkig niet. Toen hij zijn zaad dominant in haar lichaam spoot, was het voor Paul dan ook klaar.

Naast zijn verkenning naar Maud was Paul ook met Jackie bezig. Hij wedde op twee paarden, want nooit geschoten was altijd mis.
Jackie liet zich moeilijk vangen. Paul piekerde zich suf hoe hij haar op een natuurlijke manier naar zijn praktijk kon lokken. De webcam was uitgesloten, ze zou hem gelijk herkennen. Het dilemma hield hem bezig tot hij een geniale inval kreeg. Op internet vond hij iemand die puppy's te koop had. Paul nam contact op met de fokker en maakte de afspraak om de puppy voor een dag op zicht te nemen. Hij diste een verhaal op dat zijn vrouw allergisch was en dat hij eerst de situatie wilde aankijken.
Nog dezelfde avond zocht hij op Skype als Chromosoom contact met Jackie, die zijn oproep accepteerde. Paul praatte over koetjes en kalfjes en merkte dat ze zijn aandacht op prijs stelde. Uit het niets vroeg hij gekunsteld: 'Morgenmiddag moet ik op een puppy van een kennis passen. Hoe moet ik dat aanpakken?'
Het was stil. Het bracht Paul even in vertwijfeling, maar Jackie reageerde enthousiast. 'Wat is het ras en hoeveel weken is de puppy?'
De afgevuurde vragen overvielen Paul. 'Het is een vuilnisbakje van twaalf weken oud. Zou je me kunnen helpen, ik heb hier geen verstand van.'
Jackie stemde gelijk in. Paul gaf zijn praktijkadres in de binnenstad op. Nu moest hij het vertrouwen van Jackie terugwinnen, zodra ze ontdekte dat hij Chromosoom was. Zich nu al onthullen zou te confronterend zijn. Jackie zou boos kunnen worden en hem abrupt afwijzen.

Paul haalde de puppy bij de fokker op, onder de voorwaarde dat als zijn vrouw niesbuien zou krijgen, hij de puppy de volgende dag zou terugbrengen. De eigenaar wilde graag van het nest met bastaards af, stemde in en hoopte heimelijk dat Paul het hondje niet meer zou terugbrengen.

Het plan van Chromosoom was niet zo eenvoudig als vooraf ingeschat. Het bleek een gehannes te zijn. Het hondje was niet zindelijk, had verzorging nodig en hier had Paul geen ervaring mee.

De drang om Jackie voor zijn behoeften te vangen beheerste zijn lichaam op zo'n dominante manier, dat hij het gezeur van de puppy voor lief nam. Het lieve zwart-wit gevlekte hondje keek Paul verwachtingsvol aan met zijn bruine oogjes. Paul was geraakt door de zachtheid en de afhankelijkheid van het beestje. Hij wreef het hondje liefdevol over zijn kopje, maar Paul realiseerde zich al te goed dat hij de puppy niet kon houden. Het zou te arbeidsintensief zijn. Een dier heeft verzorging nodig en dat kon hij niet bieden.

Paul had provisorisch een grote plank voor het trapgat gezet, zodat de puppy niet naar beneden kon vallen. De puppy huppelde speels door de gang, was niet zindelijk, plaste en poepte waar hij stond. Paul liep zuchtend met een stoffer, blik en een keukenrol door de gang om alles schoon te maken. Tot zijn grote ergernis beet de puppy speels in de benen van zijn strategisch opgestelde paspoppen, die op de overloop stonden.

De bel ging. Paul liep naar zijn laptop en bekeek de camerabeelden. Jackie stond voor de deur. Een warme golf gutste door zijn lichaam. Hij drukte op de knop. De deur opende. Paul ging in het donker in zijn praktijkkamer achter de deur staan, die op een kier openstond. Hij hoorde Jackie de trap oplopen. De puppy liep los over de overloop. Jackie praatte lief tegen het beestje: 'Hallo lieverd. Waar is het baasje?'

Het was stil. Paul had het moeilijk, hij zou nu het liefste de behandelkamer uitlopen en Jackie in zijn armen nemen, maar dat zou te abrupt zijn.

Hij hoorde Jackie roepen: 'Hallo? Is er iemand thuis? Hallo?'

Paul stond met ingehouden adem achter de deur, hij verzamelde de moed om haar tegemoet te treden. Hij hoorde Jackie over de overloop lopen, maar niet in zijn richting. Vermoedelijk had Jackie de deur van de woonkamer geopend. Hier was niemand. Daarna hoorde hij haar weer met zoete woordjes tegen de puppy praten. Diep in zijn hart hoopte Paul dat ze deur van de behandelkamer zou openen, maar dat deed Jackie niet. Ze nam afscheid van de puppy. Nu was het punt gekomen om in actie te komen. Paul opende de deur van de behandelkamer.

Ze hoorde het, draaide zich om en ze keek Paul ongelovig aan. Hij glimlachte bevallig, maar voordat hij iets kon zeggen zei Jackie verbaasd: 'Paul? Wat doe jij hier?'

Ze bleef vertwijfeld in de gang staan, keek om zich heen alsof ze haar vluchtweg lokaliseerde. Paul keek haar vriendelijk aan en zei op een rustige toon: 'Ik ben blij je weer te zien na al die jaren. Je ziet er goed uit.' Hij liep langzaam naar haar toe. Jackie schoof ongemakkelijk naar achteren, stootte met haar rug tegen muur.

'Waarom ben je bang voor me? Ik doe je niets. Ik ben blij je weer te zien. Lust je thee?'

Ze keek hem angstig aan, maar Paul zei niets meer. Ze was vrij om te gaan en staan waar ze wilde, want hij was ervan overtuigd dat zijn gave, haar aan hem zou binden. De rust die hij uitstraalde zou langzaam door haar geest worden geabsorbeerd. Het was een kwestie van tijd en volhouden. De puppy sprong tegen Jackie op, krabbelde met zijn nageltjes over haar benen. Ze bukte, aaide hem, waardoor haar onderhuidse spanning werd onderbroken, door de liefde voor het hondje. Jackie ontspande. Vlak voordat ze de puppy wilde oppakken, zakte hij door zijn enkels en plaste hij op de grond. Jackie keek hulpeloos naar Paul, die zich omdraaide en naar de behandelkamer liep. Het hondje volgde hem kwispelend.

'Zo gaat dat met puppy's.'

Hij kwam terug met een doos tissues om de grond af te doen. Daarna liep Paul naar de keuken om de vieze tissues weg te gooien. Hij draaide zich bewust niet om. Toen hij terugliep stond ze met de puppy in haar armen. Ze kuste hem op zijn kopje.

'Lust je nu wel thee?'

Ze glimlachte: 'Eentje dan.'

Paul schoof een extra stoel in zijn behandelkamer erbij en ze raakten aan de praat. Jackie was eerst gereserveerd, maar ze sprak Paul er vervolgens verbolgen op aan, dat hij haar als Chromosoom onder valse voorwendselen naar dit adres had gelokt. Paul vertelde dat hij haar per toeval op Skype was tegengekomen en dat hij weer graag met haar in contact wilde komen. Hij had spijt dat hij haar in het verleden pijn had gedaan. Hij bood zijn excuses aan. Jackie zei dat ze ook spijt van haar emotionele beslissing had gehad.

'Maar hoe gaat het nu met je? We hebben elkaar zo'n twintig jaar niet meer gesproken,' zei Paul luchtig.

'Waarom heb je me niet gewoon gebeld, in plaats me op Skype als Chromosoom te benaderen?'

'Ik heb je als een hork behandeld en was bang dat je me zou afwijzen,' loog Paul. Hij vertelde dat hij kortgeleden een mapje met oude foto's had gevonden waar Jackie opstond en zei schijnheilig: 'Ik bekeek ze samen met mijn vriendin Marloes. Ze vond je een knappe verschijning.'

Hij zag dat Jackie gecharmeerd was van zijn compliment. Daarna vertelde Paul dat hij samen met Marloes een alternatieve praktijk had opgericht. Hij speldde Jackie op de mouw dat hij altijd al interesse had gehad in alternatieve genezing. Met zijn medische achtergrond was dit de ideale combinatie.

De puppy lag lief op de schoot van Jackie te slapen. Ze nam slokjes thee uit haar beker en luisterde naar Paul. Haar argwanende houding was verdwenen. Paul zag dat ze nu op haar gemak zat. Hij vertelde Jackie over zijn succesvolle behandelingen op de webcam en over de Darkness therapie. Omdat ze in de behandelkamer zaten vertelde Paul hoe hij zijn patiënten naar volle tevredenheid weer op de rit kreeg. Hij lichtte toe hoe de Reiki handopleggingen op een natuurlijke manier zijn werk deden. Jackie luisterde geïnteresseerd, stelde ook een paar vragen, want het verhaal van Paul had haar nieuwsgierigheid gewekt.

'Vindt je vriendin het niet vervelend als je vrouwen naakt behandeld?'

'Nee, Marloes kan heel goed zakelijke- en privébelangen scheiden. Ze weet als geen ander dat tevreden kanten terugkomen en geld in het laatje brengen. Marloes werkt zelf in een omgeving met voornamelijk mannelijke business cliënten, waarmee ze regelmatig buiten werktijd overleg heeft. Dat brengt haar ook weer nieuwe opdrachten. Het mes snijdt zo aan twee kanten.'

Jackie knikte begrijpend.

Voordat Jackie de praktijk verliet, beloofde ze om over een paar dagen weer langs te komen. Paul zei dat hij aan Marloes zou vragen of ze ook kon komen, dan konden ze met elkaar kennismaken, maar dat hing wel van haar drukke agenda af.

Helaas liet Jackie via Skype weten dat ze de komende week geen tijd had om langs te komen. Ze was te druk met andere zaken bezig. Paul was nijdig, heel nijdig, omdat hij vermoedde dat ze weer met die tennisleraar in bed lag.

Paul achtervolgde Jackie op vrijdagmorgen, zag dat ze bij Mark aanbelde en werd binnengelaten. Woest was Paul. Hij moest zijn obsessie onderdrukken. Het eerste positieve contact was nu met Jackie gelegd en dat moest nu stap-voor-stap worden opgebouwd.

Na het weekend zag Paul dat Jackie op Skype was en hij stuurde haar een berichtje met de link van zijn webcam. Het duurde nog een half uur voordat Jackie zich op de webcam meldde. Paul zat in zijn praktijkkamer als arts verkleed in zijn witte doktersjas met een hoornen bril op zijn neus.
Hij sprak haar serieus aan: 'Hallo Jackie. Hoe gaat het met je?'
Ze gaf hem geen antwoord, maar had een grijns op haar gezicht.
   'Goh, je ziet er anders uit. Behandel je zo je patiënten?'
   'Ja, op deze manier begeleid ik patiënten die mijn professionele hulp inroepen.'
Er kwam een gesprek op gang. Paul zat met een zelfverzekerde houding op zijn stoel. Jackie kreeg er plezier in. Hij kon zien dat ze zijn aandacht prettig vond. Ze maakten een nieuwe afspraak en Paul beloofde om een kleine demonstratie te geven hoe Reiki handopleggingen werkten.

Toen Jackie een paar dagen later de trap naar de behandelkamer opliep zag ze dat de plank boven aan de trap verdwenen was. Ze vroeg aan Paul hoe het met de puppy ging.
   'Het gaat goed met hem. Hij is weer terug bij zijn baasje. Ik was maar voor een dag de oppas. Koffie?'
Paul haalde de bekers met koffie uit de keuken. In de praktijkkamer stond een doosje luxe bonbons open. Jackie glimlachte tevreden.
   'Je weet precies wat ik lekker vind.'
Zorgvuldig koos ze voor een extra bittere bonbon, stak deze in haar mond, liet hem zachtjes smelten terwijl ze hem verwachtingsvol aankeek. Paul had het goed aangevoeld, alles verliep volgens plan. Het was hem gelukt om Jackie in zijn web trekken. Hij was nu bezig om haar op een charmante manier in te palmen. Als een hyena rook hij haar lichaamsgeur, die hij vol genot opsnoof. Hij herkende deze uit duizenden en Paul kon het weten. De afgelopen maanden had hij veel vrouwen in zijn bed gehad, maar niet één vrouw rook en smaakte als Jackie. Haar schoonheid was een universum op zich.

Na twintig jaar hunkerde zijn lichaam naar het ultieme moment waarop hij weer van haar kon proeven en zich kon bevredigen, zoals hij in het verleden had gedaan. Haar lucht; een zweem doorkliefde zijn neus. De emotionele drang die nu ontstond kon binnen een mum van tijd transformeren tot een hevige seksuele ontlading. Een verslaving waar Paul zich maar al te graag aan overgaf. In de tussentijd zat hij met een vriendelijk gezicht over koetjes en kalfjes te praten, terwijl zijn lichaam in vuur en vlam stond.

Paul zei tegen zichzelf: Ik moet sterk zijn, ik moet volhouden, ik moet de controle houden. Het leven in mijn universum is teruggekeerd. Als ik mijn lusten beheers, zal de beloning zoet zijn.

Hij voelde dat zijn lichamelijke lust dwangmatig de overmacht kreeg op zijn geestelijke voornemens. Waar moet ik nu aan gehoorzamen? vroeg hij zich af. De emoties in mijn brein of de seksuele driften in mijn lichaam?

De werkelijkheid was onvoorspelbaar. Om Jackie op de behandeltafel te krijgen vroeg hij of ze het leuk vond om te ervaren wat een Reiki-behandeling inhield. Ze keek hem aan en vroeg voorzichtig wat hij dan ging doen. Paul vertelde dat een Reiki-handoplegging een absolute rust in haar hoofd en lichaam zou brengen.

'Ik garandeer jedat je als een herboren mens de praktijkruimte verlaat.' Paul keek haar met een serieus gezicht aan, trok zijn witte jas aan en zette zijn hoornen bril op.

'Moet ik me dan uitkleden?' vroeg ze met een argwanend blik in haar ogen.

'Nee, dat hoeft niet. Dat doen alleen patiënten.'

Jackie was even stil, stak een nog bonbon in haar mond om tijd te rekken en ze zoog deze bedenkelijk op.

'Oké. Zal ik dan op de behandeltafel gaan liggen?'

'Alleen als je er een goed gevoel bij hebt. Niets moet,' zei Paul op een rustige manier zoals een arts betaamt, maar zijn lichaam stond in vuur en vlam.

'Ga je me in het donker behandelen?'

'Alleen als je het wilt. Het kan ook met het licht aan, maar dat geeft minder resultaat.'

Hij zag haar twijfelen. Ze ging op de zijkant van de behandeltafel zitten, schopte haar schoenen uit.

'Waar wil je Reiki handopleggingen?' vroeg Paul. 'Mijn voorkeur heeft je bovenlichaam, specifiek je rug.'

Paul pakte een schone witte handdoek, reikte deze aan.

'Ontkleed je bovenlichaam en ga ontspannen op de behandeltafel liggen. Ik wacht op de gang. Als je klaar bent geef dan een seintje. Daarna maak ik het donker en start ik de behandeling.'

Paul had Jackie op haar gemak gesteld en overgehaald. Hij verliet discreet de ruimte.

Na een korte pauze riep ze hem. Ze lag op haar buik op de behandeltafel en had de witte handdoek over haar heupen gelegd. Bij het binnenvallende licht zag Paul de zachte roze huid van haar blote rug. Hij knipte het lampje uit en het was donker. Als een roofdier werd hij door haar lichaamsgeur aangetrokken. Heerlijk.

De aanraking van zijn therapeutische handen op haar huid was magisch. De ultieme stilte, de duisternis en zachtheid van haar huid deden zijn fantasieën ongecontroleerd door zijn hoofd stuwen.

Hij schoof de witte handdoek iets omlaag waardoor ze opveerde, maar Paul zei op een therapeutische toon: 'Alleen dit stukje, verder niets.'

Jackie ontspande weer. Toen hij zijn magische handen op haar rug legde en de behandeling startte zei hij tegen zichzelf: Red me van het vuur in de hel! Zijn onderlichaam gloeide. Hij startte in absolute stilte zijn handopleggingen. Paul voelde dat Jackie onderhuids gespannen was. Na verloop van tijd voelde hij haar lichaam langzaam maar zeker onder zijn handen ontspannen. Paul had het zelf moeilijk. Hoe kon hij haar de perfecte behandeling geven als hij zelf niet ontspannen was?

Toen hij met zijn lichaam iets naar voren kwam, voelde hij zijn erectie tegen de behandeltafel. Het dreef hem gek. Wat zou hij er niet voor over hebben om van haar romige vulva te smullen. Hij probeerde deze gedachten uit zijn hoofd te bannen. Het was tevergeefs. De drang werd alleen maar heviger.

'Dit voelt echt heerlijk,' zei ze slaperig.

Paul vroeg of hij verder kon gaan met zijn behandeling. Ze kwam tergend langzaam omhoog en zei dat het goed was.

'Zal ik me omdraaien?' vroeg ze.

'Ja, graag,' zei Paul op een zakelijke toon.

Haar lichaam voelde heerlijk warm aan. Paul vocht tegen zijn lust. Langzaam naderden zijn handen haar borsten. In het donker kwam hij met zijn hoofd dichtbij en rook aan haar warme borsten. Tijdens het verplaatsen van zijn handen raakte hij een stijve tepel aan. Waarom waren ze stijf? Jackie zou onder zijn Reiki handopleggingen volledig ontspannen moeten zijn. Hij liet zijn handen over haar buik naar beneden glijden in de richting van haar heupen. In de absolute stilte luisterde Paul geconcentreerd, het leek wel of Jackie nu sneller ademhaalde. Vond ze het lekker? Was ze opgewonden?

Paul pakte in het donker op goed gevoel een flesje warme massageolie. Hij liet wat warme olie in zijn handen lopen. Daarna zette hij zijn handen op haar schouders, begon langzaam haar schouders en nek te masseren. Jackie zuchtte, waarop hij zijn handen langzaam over haar borsten liet glijden. De warme olie deed zijn werk. Ze begon harder te zuchten.

'Paul, dit is goddelijk.'

Hij merkte dat ze de handdoek van haar heupen af schoof. Dat was het signaal dat ze er klaar voor was. Paul kon niet meer terug, raakte in trance, trok haar slipje uit, liet zijn warme in de massageolie gedrenkte vingers tussen haar benen glijden. Ze spreidde haar benen een stukje. Paul was alle controle over zijn lichaam en geest kwijt en stak zijn vingers langzaam in haar warme vulva.

'Wat doe je nu? Dat is niet de bedoeling,' zei ze hijgend.

Paul hoorde dat niet meer, liet zijn broek op de grond glijden, trok Jackie naar de rand van de behandeltafel zodat hij haar kon penetreren.

Zijn hele lichaam sidderde. Hij gaf een ongecontroleerde gil, die als een ontsnapping klonk.

Toen hij bij zijn positieven kwam, pakte hij de handdoek van de grond, legde deze behoedzaam over haar naakte lichaam. Paul pakte Jackie op, droeg haar als zijn trofee naar zijn slaapkamer, waar hij haar ongelimiteerd kon liefhebben.

Hoofdstuk 18

'Paul!' Marloes was woest. 'Paul!'

Hij keek verbaasd toen hij de slaapkamer naast de behandelkamer binnenliep. Marloes wees naar een wit slipje op het bed. Paul gaf geen antwoord. Het was het slipje van Jackie, wat permanent onder zijn hoofdkussen lag. Alleen al de lucht van haar romige vulva dreef hem tot erotische hoogten. Hij kon zijn fantasie niet meer beteugelen.

'Je gaat vreemd. Ik kan dit niet tolereren. Paul, hoe lang al?' vroeg ze bazig en ze keek hem verontwaardigd aan.

Paul had hier geen zin in, keek Marloes bars aan, maar hij gaf haar geen antwoord.

'Paul, ik eis een verklaring.'

Hij haalde diep adem en zei ingehouden: 'Ik ben jou helemaal niets verschuldigd,' en hij liep de slaapkamer uit. Marloes liep achter hem aan, bleef in de deuropening van de behandelkamer staan.

'Paul, waarom ontloop je me? Ik wil antwoord op mijn vraag.'

Paul negeerde Marloes en hij ging onverstoorbaar door met opvouwen van een stapel handdoeken op de behandeltafel.

'Paul verdomme, geef me antwoord, ja!'

Paul draaide zich om, wierp Marloes een dodelijk blik toe. 'Ik ben niet met je getrouwd, ik neuk met wie ik wil. Nu oprotten.'

Paul ging achter de tafel zitten en hij klapte zijn laptop open. Marloes stond verbouwereerd in de deuropening en slikte. Hij was gekwetst door haar vondst. Het was gezichtsverlies voor hem. Hij wist dat Marloes dit niet zou accepteren, stond op, negeerde haar en passeerde Marloes op weg naar de slaapkamer om zijn telefoon te pakken. Ze draaide zich ineens om, alsof er iets in haar gedachten schoot, liep naar het trapgat en verliet de woning.

Paul nam de tijd om zich in Maud te verdiepen. Nu hij zijn persoonlijke overwinning op Jackie had binnengehaald, was haar dochter aan de beurt. Hij pakte de gegevens erbij die hij van MisterX had gekregen en besloot om Maud eerst ongemerkt te observeren voordat hij contact met haar zou maken.

In de namiddag vertrok Paul naar Rotterdam. Hij had de tijdelijke studentenwoning waar Maud woonde in de wijk Kralingen snel gevonden. Hij parkeerde zijn auto een paar straten verderop en wachtte geduldig af in een koffiehuis in de straat. Na een uur kwam er een goedlachse jonge vrouw de straat in fietsen. Ze zette haar fiets tegen de gevel op slot. Ze gooide haar lange blonde haren over haar schouders naar achteren, pakte haar tas uit het fietsmandje en liep bevallig naar de voordeur. Paul kon zijn ogen niet van haar afhouden. Wat een gelijkenis met Jackie. Hij voelde het bloed agressief door zijn lichaam pompen.

Maar hoe nu verder? Hij kon niet urenlang met een kopje koffie voor het raam blijven zitten of in een geparkeerde auto achter het stuur wachten. Een man alleen in een geparkeerde auto was verdacht. Dat zou opvallen en Paul moest voorkomen dat buurbewoners de politie zouden bellen. Hij liep langs de woning, keek in het voorbijlopen naar binnen. Door de halfgesloten bamboe-rolgordijnen kon hij niet veel zien en hij wandelde vervolgens rond het blok woningen naar het achterpad. Maud woonde op de begane grond, dus wellicht was er iets aan de achterkant van de woning te zien.

Paul telde de woningen op het achterpad. Hij zag met lede ogen de hoge schuttingen, wat zijn verwachting intoomde. Halverwege het blok stond een schuttingdeur open. Het bleek de tuindeur van de woning naast Maud te zijn. Een lage ligusterheg scheidde de tuinen van de woningen. Paul zag twee klapdeuren met daarachter de contouren van een bed. Toen hij een man met een fiets de andere kant van het pad zag binnenrijden sloot hij snel de schuttingdeur en verdween van het achterpad.

In het weekend ondernam Paul weer een poging om Maud te begluren. Nu was hij met het openbaar vervoer gekomen in de hoop dat ze ging stappen, zodat hij haar kon volgen. Rond negen uur liep hij langs haar woning. Het rolgordijn aan de straatkant was hermetisch gesloten. Hij besloot om in een klein café op de hoek van de straat plaats te nemen met uitzicht op het blok huizen.

Zijn geduld werd beloond, toen hij later op de avond Maud met twee vriendinnen langs de gevel zag lopen. Onopvallend zette hij de achtervolging in.

Ze liepen druk kletsend een paar straten verder een drukke buurtkroeg binnen. Paul volgde. Het was benauwd binnen. Paul scande snel de ruimte en zag een gevarieerd publiek met jongelui, maar ook mensen van zijn eigen leeftijd. Achter in de zaak werd gedart. Uit de geluidspeakers klonk André Hazes, waarop een deel van de bezoekers luid meezong.

Maud sloot zich aan bij een groepje vrouwen. Paul bestelde een biertje aan de bar. Hij wilde net een slok nemen toen een wildvreemde man hem aansprak.

'Gezellig hè. Ik heb je hier nog niet eerder gezien. Met wie ben je?'

'Ik was toevallig in de buurt en had trek in een biertje. Het zag er door het raam gezellig uit waarop ik naar binnen ben gelopen,' zei Paul schijnheilig met een brede glimlach op zijn gezicht. 'Biertje?'

De man accepteerde gul en ze raakten aan de praat. Het was voor Paul prietpraat om de tijd te doden. In de tussentijd had hij zicht op het vriendinnenclubje van Maud.

Een van de vriendinnen bestelde bier aan de bar en de man met wie Paul in gesprek was, sprak haar aan: 'Hallo hoe gaat tie?'

'Alles onder controle,' grapte ze terug.

Het vrouwengroepje kwam iets dichterbij om de glazen aan te pakken. Paul had de situatie niet beter kunnen inschatten. De man met wie hij in gesprek was, zocht continue de aandacht van de jonge vrouwen en kreeg die ook. Paul liet zich hier slinks in meeslepen. Het was een kwestie van tijd totdat hij met Maud in gesprek kwam.

Paul kreeg er kippenvel van. De mimiek op haar gezicht, de manier van praten en het goedlachse. Ze leek als twee druppels water op Jackie. Ze dronk bier als een bootwerker en ze had al aardig wat achter haar kiezen toen ze Paul uitdaagde bij een sexy dansnummer, waarbij het volume werd opgestuwd.

Paul twijfelde, maar ze pakte hem om zijn middel en begon met haar heupen te wiegen. De man en haar vriendinnen begonnen te joelen, waarop Paul Maud ook om haar heupen pakte en meedanste. Paul voelde zich gezien zijn leeftijd een beetje belachelijk. Tegen het einde van het nummer trok hij haar jongensachtig tegen zich aan en lachte ontspannen. Hij rook haar lichaamsgeur en voelde sterke emoties in zijn lichaam opkomen.

'Ik heb je hier nog nooit eerder gezien. Hoe heet je?' vroeg ze brutaal.

Paul was overvallen en was hier niet op voorbereid.

'Fred,' loog Paul en vroeg belangstellend: 'Hoe heet jij?'

'Maud.'

Ze kwam met haar mond vlak bij zijn gezicht, vanwege de harde muziek. Paul kon zich inhouden om haar mond met zijn mond te beroeren.

'Woon je hier?' vroeg Paul.

'Ja, dit is mijn stamkroeg. En jij?'

'Ik was hier toevallig in de buurt en had dorst.'

Paul liet langzaam zijn arm langs haar heup glijden. Ze reageerde niet afkeurend. Maud was aangeschoten door de hoeveelheid bier die ze had achterovergeslagen.

De man met wie Paul aan de bar had gezeten was nu het middelpunt van haar vriendinnen. Hij vertelde sterke verhalen waar hard om werd gelachen. De man kreeg de aandacht die hij zocht.

Maud ging tegen Paul aanstaan, keek hem ondeugend aan. Zijn libido speelde op. Hij wilde haar, maar hij was bang om zich in dit gezelschap belachelijk te maken door Maud te zoenen.

Hij voelde dat ze met haar mond naar hem toe kwam, hij kuste haar vluchtig. Maar Maud kuste hem opnieuw en Paul voelde haar jonge gewillige tong tussen zijn lippen naar binnen dringen. Dat smaakte goddelijk. Maar nu?

Eén van de vriendinnen tikte op haar schouder.

'Hé, we gaan. Ga je mee?' Ze reikte Maud haar jas aan. Maud keek Paul aan, gaf hem een snelle kus op de mond, pakte haar jas aan en vertrok. Paul bleef ontgoocheld achter.

Paul had het te kwaad toen hij thuiskwam. Zijn opgekropte gevoelens moest hij ontladen. Maud was door zijn vingers geglipt. Hij had haar bijna gehad. Hij trok zijn witte jas aan, zette zijn hoornen bril op, ging achter de webcam zitten in de hoop een patiënte te scoren, die behoefte had aan een uitgebreide Reiki-behandeling.

De nood was te hoog. Paul had zichzelf niet meer onder controle en hij vertrok de volgende ochtend dwangmatig naar de straat waar Maud woonde.

Hij zag haar met een flinke tas op haar fiets vertrekken en hij vermoedde dat ze op weg was naar een sportvereniging.

Toen ze uit het zicht was, wandelde Paul rustig naar haar woning, keek om zich heen en opende het slot van de deur in een oogwenk. Paul trok de deur snel achter zich dicht, stond stil en luisterde. Hij hoorde niets. Vervolgens liep hij langzaam door de lange gang naar de woonkamer. De lucht in de woning rook hetzelfde als de lucht toen Jackie nog bij hem inwoonde.

Aan het einde van de gang stond de kamerdeur open. Voorzichtig liep Paul de ruimte binnen en keek spiedend in de rondte. Het was een slaapkamer met twee openstaande deuren naar de achterplaats. De gordijnen waren voor de helft opengeschoven. Op de grond lag een hoopje gedragen kleding. Het beddengoed op het witte bed was opgemaakt. Er lag een patchwork deken over het voeteneinde.

Paul sloeg het bed open, rook aan het kussen en onderlaken. Hij raakte in een soort trance, doorzocht de kledingstukken op de grond naast het bed. Er lag een vuil rood slipje tussen. Paul viste het uit de gedragen spijkerbroek en rook eraan. Zijn hersenen verweekten. Hij was de controle kwijt, ging op bed liggen, opende zijn gulp, pakte zijn stijve penis, duwde het rode slipje tegen zijn neus en trok zich met een paar grote halen af. Het zaad veegde hij met haar bustehouder van zijn buik. Hij lag een tijd op zijn rug op het bed en kwam langzaam tot rust. Het lustige gevoel was weggeëbd.

Hier kon Paul niet blijven. Hij stond op en trok het beddengoed strak. Haar bustehouder frommelde hij weer tussen het vuile wasgoed op de grond, maar het rode slipje stak hij in zijn broekzak. Paul besloot om niet verder rond te snuffelen, maar naar huis te gaan. Hij had zijn portie voor vandaag gehad.

Op weg naar huis realiseerde hij zich dat hij nog een probleem had te managen. Marloes. Haar kennende zou ze het er niet bij laten zitten. Vroeg of laat zou ze hem uit de woning van Thea gooien, want Marloes was boos en dat had consequenties. Paul had zijn zinnen op het appartement van Thea gezet. Het lag centraal in de stad, het was praktisch ingericht en zijn bezoeksters voelden zich er op hun gemak. De uitbaatster van de kledingboetiek beneden had eerder gezegd dat ze het pand graag had willen kopen, maar Thea had geweigerd.

Misschien moest Paul Thea gewoon een uitstekend aanbod doen en haar uitkopen. Hij had nu weer een goed gevulde bankrekening sinds hij bij MisterX zijn beleggingen weer had geactiveerd. Marloes had in het verleden wel eens laten vallen dat Thea voor de organisatie Vestibulum in Singapore werkte.

Paul ging op zoek op het Internet, vond de internationale organisatie, rekende het tijdverschil met Nederland uit en belde Thea op. Hij werd doorverbonden met een afdelingssecretaresse die de boot afhield. Een echte gatekeeper, maar Paul hield vol en werd uiteindelijk met Thea doorverbonden.

'Hallo, met Paul Norton, spreek ik met Thea?'

'Ja, maar wie bent u?'

'Ik ben een goede kennis van Marloes. We hebben met elkaar kennis gemaakt voordat je naar Singapore vertrok.'

'Ja, ik herinner het me weer.'

Ze zweeg, in afwachting wat Paul zou gaan zeggen.

'Ik bel voor een ongewoon verzoek. De woning in de Haagse binnenstad vind ik schitterend en zou het graag van je willen kopen. Ik bied er vier ton voor.'

Het was stil. Thea was blijkbaar overvallen door zijn aanbod. Dat was gunstig, omdat ze zijn aanbod niet direct afwees.

'Je overvalt me, ik ben niet van plan om de woning te verkopen. Ik wil hem aanhouden voor als ik terugkom. Zoals het er nu uitziet, overweeg ik om langer in Singapore te blijven dan voorzien was. De verkoop van het appartement in Den Haag zou een optie kunnen zijn. Laat me erover nadenken, want het huis moet dan wel leeggehaald worden en Singapore ligt niet om de hoek.'

'Ik ben bereid om alles over te nemen, op je persoonlijke zaken na,' bood Paul gretig aan.

'Goh, dat is een aanbod dat ik bijna niet kan afslaan. Is het goed als ik er volgende week bij je op terug kom?'

'Prima.'

De verbinding werd verbroken.

Het korte gesprek met Thea deed Paul goed. Hij schatte in dat haar oordeel positief zou uitvallen. De enige stoorzender in het geheel zou Marloes kunnen zijn, als ze Thea tegen hem zou opstoken om haar gram te halen.

Die avond zat Paul ontspannen achter zijn webcam en deed hij goede zaken. Hij zat goed in zijn vel en tot zijn grote genoegen logde Jackie tegen middernacht in. Ze was vrolijk en zei dat zijn Reiki-behandeling haar goed had gedaan.

'Ik moet het toegeven. Je handen zijn magisch, de behandeling heeft me tot rust gebracht. Rust, die ik in mijn hoofd hard nodig had. Weet je, Victor veroorzaakt de laatste tijd veel onrust. Hij is dominant en gunt me niets.'

Paul moest zijn lip ervan afbijten, want hij had op de geheime opnamen in de slaapkamer van Jackie de laatste tijd genoeg gezien.

Jackie vervolgde en zei: 'Hij is gelukkig deze week in het buitenland.'

Via de webcam keek ze hem gelukzalig aan.

Paul ging over tot het volgende niveau, complimenteerde Jackie door te zeggen dat ze een voorbeeldige patiënte was geweest en hij maakte een grapje. In de tussentijd zette hij zijn bril af en knoopje hij zijn jas open.

Jackie begon te giechelen. 'Ga je strippen?'

'Voor jou altijd,' zei Paul.

Hij ontblootte zijn bovenlichaam.

'Moet mijn broek ook uit mevrouw?'

Zonder haar antwoord af te wachten, kleedde Paul zich helemaal uit, maar hij bleef met zijn onderlichaam net buiten het beeld. Hij pakte een flesje massageolie, begon zichzelf sensueel in te smeren. Hij liet zijn handen naar zijn onderlichaam glijden en zuchtte. De camera stond zo opgesteld dat er niets te zien was, maar de erotische spanning was voelbaar.

'Kleed je eens uit schatje?'

Jackie ging voor de camera staan en gaf spontaan een striptease. Ze draaide zich om, trok haar billen uit elkaar, zodat haar anus als een gerimpelde vijg prominent in beeld kwam.

Paul begon te zuchten. 'Kijk eens?'

Hij liet zijn enorme erectie zien, die hij gelijk weer uit beeld haalde.

'Kom, mijn handen willen je verwennen.'

'Kom naar mij toe, want Victor is toch weg. Ik wacht in bed op je,' zei ze zwoel.

Dat liet Paul zich geen twee keer zeggen en hij schoot zijn broek en shirt aan. Binnen een half uur stond hij bij Jackie op de stoep. De voordeur stond al op een kier. Paul duwde hem verwachtingsvol open. Hij kende de weg naar de slaapkamer van zijn insluiping.

Jackie lag boven naakt in bed en wachtte op hem. Haar zoette lucht wakkerde zijn driften ongecontroleerd aan. Paul liet er geen gras over groeien en dreef Jackie tot seksuele hoogten. Niet alleen zijn opgekropte gevoelens werden bevredigd, maar ook zijn snode plan voor chantage. Hij had Jackie met haar gezicht naar de spiegel op haar knieën op het bed neergezet. Voorzichtig had hij haar haren vastgepakt, haar hoofd naar achteren getrokken zodat haar gezicht goed op de camera zichtbaar was.

Ze was prominent in beeld. Paul had haar lekker laten schreeuwen en een extra beurt gegeven, die nu was vastgelegd.

Met zijn ogen dicht lag Paul nog na te genieten. Hij kickte erop dat hij in het bed van Victor heerlijke seks met Jackie had gehad en ook nog eens prachtige opnamen had gemaakt.
Het was nu tijd om Jackie over Victor uit te horen.
 'Waar is Victor nu?'
 'In Frankrijk met die bitch van hem.'
Paul keek haar verbaasd aan, Jackie zag het. 'Dat is Giselle, zijn secretaresse. Ze werkt al meer dan twintig jaar voor hem en ze is nog steeds vrijgezel. Dat zegt genoeg hè. Ze schijnt lesbisch te zijn en met een vriendin samen te wonen. Volgens mij neukt hij ze allebei.'
Jackie wendde verontwaardigd haar gezicht van Paul af.
Dat was interessante informatie. Vermoedelijk was dat die getinte dame, die hij regelmatig naakt aan boord bij Victor had zien rondlopen. Het zette Paul aan het denken.

Thea belde uit Singapore en ze gaf aan dat ze openstond voor de verkoop van het appartement. Ze ging niet zomaar akkoord met het aanbod van Paul en een harde onderhandeling volgde, want Thea stond haar mannetje. Ze kwamen eruit. Op de persoonlijke bezittingen na, zou Thea alles in de woning achterlaten. Volgende maand zou ze naar Nederland komen. Ze spraken af dat Paul de afspraak bij de notaris voor de overdracht zou regelen. Thea vond het prima dat Paul alvast in haar appartement ging wonen en ze gaf hiervoor haar toestemming. Via de email had Thea een lijst met persoonlijke bezittingen opgestuurd. Paul had beloofd dat hij haar spullen in dozen zou opbergen en in een lege kamer zou opslaan. Hij had het vertrouwen van Thea.

Het zat allemaal mee en Paul ging op zaterdagavond weer naar de kroeg waar hij Maud had ontmoet. Hij trof haar aan met een vriendin. Toen ze Paul zag, kwam ze gelijk naar hem toe, terwijl hij achteloos een slok bier uit zijn glas nam. Het verbaasde Paul dat hij aantrekkingskracht had op zo'n jonge vrouw. Ze raakten aan de praat. Maud vertelde over haar studie, maar ook dat ze de ambitie had om net als haar vader de directeur van een internationale organisatie te worden.

Paul had zich de vorige keer als Fred gepresenteerd, hield deze naam aan en vertelde dat hij arts was. Maud was geïnteresseerd in zijn kennis en ze vroeg hem het hemd van het lijf. Paul genoot van haar aandacht, maar hij was ook behoedzaam, want onder zijn fictieve naam stond hij niet in het BIG-register vermeld. Paul moest er niet aan denken dat ze de artikelen over zijn ontslag bij het Academisch Ziekenhuis zou vinden, die breeduit in de media waren gepubliceerd.

Maud was oprecht in zijn alternatieve geneeskunst geïnteresseerd en dat kwam onder jonge mensen niet veel voor. Paul wilde de avond verzilveren en richtte zijn persoonlijke aandacht op haar. Hij vertelde over het effect van zijn Reiki-behandelingen, liet zijn hand over haar schouder glijden zonder zijn ogen van haar af te wenden.

'Ik val op oudere mannen. Ik vind je aantrekkelijk,' zei ze uit het niets.

Maud kwam steeds dichter naar hem toe. Paul rook haar heerlijke geur, waarop zijn lichaam gelijk reageerde.

'Ik ga naar huis. Ga je met me mee?'

Paul kon zich inhouden, maar ongeloof beheerste zijn gevoelens. Vannacht zou hij ook van haar romige vulva proeven. Alleen al de gedachten dreven hem gek van opwinding.

Paul had zijn arm om de schouders van Maud geslagen toen ze naar haar woning liepen. Hij wist waar deze was, maar liet dat niet blijken. Bij binnenkomst knipte ze niet het licht aan, maar leidde Paul in het donker direct naar haar slaapkamer, waar haar bed nog opengeslagen lag. Midden in de slaapkamer kuste ze Paul vol tederheid. De tintelingen stroomden door zijn onderlichaam. Hij trok haar shirtje uit en kuste haar strakke jonge borsten. Ze smaakten naar vers fruit. Hij pakte Maud op, legde haar op haar rug op het bed neer en trok met een snelle beweging haar jeans en string uit. Paul was door het dolle heen. Hij wilde zijn broek laten zakken om zijn opgekropte gevoelens tot een explosie te laten komen. Zijn oog viel op een wit draadje dat uit haar vagina hing. Ongesteld. Paul was radeloos, want hij wilde haar penetreren. Anaal? Nee, ze was te jong en te onervaren.

Maud had zijn dilemma door, trok Paul naar zich toe en verwende hem met haar warme handen.

Hij moest even bijkomen. Zijn hele lichaam sidderde van genot. Daarna schoof hij Maud naar het midden van het bed en wreef haar erotisch met zijn therapeutische handen tot een orgasme. Ze wilde meer, wat Paul haar maar al te graag gaf.

Die nacht viel hij met Maud in zijn armen in slaap en hield hij haar tot in de ochtend beschermend vast. Bij de eerste lichtinval door de grote tuindeuren keek hij naar haar onschuldige gezicht. Zo jong, zo mooi. De blonde haren die als zonnestralen rond haar hoofd tooiden. Hij schoof het laken iets naar beneden, zag haar mooie jonge borsten met de zachtroze tepels. Ongeschonden sieraden.

Hij kon zijn ogen niet van haar afhouden. Ze draaide zich in haar slaap met haar hoofd van hem af. Hij keek nu naar de zijkant van haar gezicht. Als ze zo lag, leek haar gezicht een beetje op dat van zijn eigen moeder toen ze nog jong was. Vroeger had er een foto van zijn moeder op de dressoirkast gestaan. Maud deed hem hieraan denken. De vorm van haar gezicht, maar ook haar huidskleur was gelijk aan die van zijn moeder. Grappig, nu hij haar oor van dichtbij zag, bleek ze dezelfde vastgegroeide oorlellen als zijn moeder te hebben. Zelfs de verdikking aan de bovenkant van het oor was hetzelfde.

Zijn lustgevoelens voor Maud verdwenen. Paul observeerde haar nauwlettend. Hoe oud was ze precies?

Maud werd wakker, kuste Paul liefkozend als een geoefende minnares die een heerlijke nacht achter de rug had. Toen ze uit bed stapte en Paul haar schitterende lichaam gadesloeg, moest hij in zijn eigen arm knijpen op te beseffen dat hij niet droomde.

Onder de douche spoelde hij zijn euforische gevoel weg en gepieker kwam hiervoor in de plaats. De vorm van haar oor liet hem niet meer los. Hij stapte uit de douche en pakte een handdoek. Zijn oog viel op het afvalbakje naast het toilet. Hij opende het klepje en zag bebloede tampons liggen. Hij pakte een paar tissues, viste de bovenste uit het bakje. Daarna pakte hij haar haarborstel van de wastafel, plukte er een bos lange blonde haren uit, stopte deze ook tussen een paar tissues en nam alles mee naar huis.

Thuis aangekomen pakte Paul het dossier van MisterX over Maud en zocht haar geboortedatum op. Hij rekende negen maanden terug en kreeg een valse glimlach rond zijn mond. De tampon en de haren zond Paul voor DNA-onderzoek op.

Deel III – Laat los om te bereiken

Hoofdstuk 19

'Nee, aanstaande vrijdag kan ik niet,' fluisterde Jackie. 'Mijn man experimenteert met het nieuwe werken.'
Mark liet zijn vingers teder over haar lichaam glijden, boog voorover, kuste haar borsten en duwde haar armen omhoog. Ze voelde zijn tanden zachtjes in haar tepels bijten en ze sloot haar ogen van genot.
Jackie had er geen spijt van dat ze op aanraden van de buurvrouw tennislessen bij Mark had genomen. Eerst had ze getwijfeld, maar toen Mark de kantine binnenliep was ze om.

Na de geboorte van haar dochters Maud en Colette had Jackie geen baan geambieerd. De zorg voor haar dochters wilde Jackie niet aan anderen overlaten. Ze vond dat ze haar moederinstinct de ruimte moest geven en dat ventileerde ze te pas en te onpas. Na de geboorte van haar eerste dochter had ze het huishouden redelijk onder controle, omdat Maud een rustige baby was. Na de geboorte van haar tweede dochter Colette begonnen de problemen. Colette was een actieve baby die weinig slaap nodig had. Jackie was inflexibel en kon hier niet mee omgaan. Als Victor 's avonds laat thuiskwam stond ze verdrietig met Colette in haar armen achter de voordeur te snikken.
Victor had er slapeloze nachten van gehad. Hij had verschillende pogingen ondernomen om een huishoudelijke hulp voor meerdere dagen per week in te huren, maar dat weigerde Jackie resoluut.
Ze probeerde voor de buitenwereld zelfverzekerd over te komen en toonde zich ongevoelig voor de suggesties van anderen. Jackie regelde alles met haar mond, maar het was Victor die achteraf al haar stoere praatjes in goede banen leidde en de puntjes op de i zette.
Jackie had behoefte aan aandacht, kleedde haar dochters altijd mooi aan en ze genoot ervan als mensen haar hierop aanspraken. Toen haar dochters naar school gingen kon Jackie soms arrogante uitspraken doen over hoe andere kinderen werden opgevoed. Ze ging er prat op dat ze kennis had van de hedendaagse literatuur. Toen Maud en Colette op school leerden lezen werden ze wekelijks meegenomen naar de bibliotheek waar ze onder het toeziend oog van Jackie de gelezen boeken

inleverden, die ze vooraf had overhoord. Daarna mochten ze nieuwe boeken uitzoeken.

Toen Maud en Colette pubers waren, leende Jackie wel eens hun skinny spijkerbroeken. Jackie was slank en ze zag er jong en aantrekkelijk uit. Wat Jackie vervelend vond, was dat haar dochters het gerommel in hun kledingkasten niet op prijs stelden en haar leengedrag ter discussie stelden. Het irriteerde Jackie als Victor zich in dit soort discussies mengde en hun dochters gelijk gaf. Ze hield niet van winkelen en al helemaal niet met haar dochters in haar kielzog. Jackie gaf ze liever geld mee om zelf kleding te kopen, maar ze gaf altijd bewust weinig geld mee. Ze moesten leren omgaan met een beperkt budget.
Als Maud en Colette verdriet hadden om een verkering die was uitgegaan, moesten ze niet zeuren. Iedereen maakte dat wel eens mee. Jackie stuurde haar dochters dan naar hun kamer. Ze was dan van het gezeur af.

Jackie vond van zichzelf dat ze geslaagd was in het leven en dat ze op het niveau van Victor acteerde. Deze conclusie had ze snel getrokken tijdens de bedrijfsdiners bij Salutem, waar ze als echtgenote aanschoof. Jackie luisterde altijd goed naar Victor, kopieerde zijn uitspraken en wist de gesprekken met zijn collega's soepel gaande te houden. Met hun echtgenotes had ze minder affiniteit, zeker als die over hun kinderen zeurden. Deze vrouwen lieten non-verbaal blijken dat ze de beeldvorming van Jackie niet omarmden.

Jackie beschuldigde haar dochters ervan, dat als ze echt om hun moeder gaven, meer respect voor haar zouden moeten hebben. In het dagelijks leven hadden Maud en Colette niet veel met hun moeder van doen en hingen ze aan hun vader, waar Jackie zich weer mateloos aan ergerde. De meiden trokken steeds meer samen op en namen gaandeweg emotioneel afstand van hun moeder.

Vanaf het moment dat haar dochters gingen studeren en op kamers woonden, verveelde Jackie zich, ondanks dat ze zich bij elke gelegenheid naar de buitenwereld toe presenteerde als druk, druk, druk. Dat was alleen maar de buitenkant om zich interessanter voor te doen dan dat ze in werkelijkheid was. Uit verveling liet Jackie regelmatig de honden van bevriende kennissen uit. In tegenstelling tot haar chagrijnige buien binnenshuis stond ze in de buurt bekend als een spontane goedlachse vrouw.

Vorig jaar had Jackie nieuwe buren gekregen. Het was haar opgevallen dat de buurvrouw regelmatig met een tennisracket in haar fietsmandje over het achterpad fietste. Jackie was in het verleden, toen de kinderen nog klein waren, wel eens op een tennisbaan geweest, maar ze had nooit de ambitie gehad om zelf te gaan tennissen. Het beeld van de voorbij fietsende buurvrouw intrigeerde haar. Tennissen in de zomer, met mooi weer op het kleinschalige tennispark leek haar wel wat, alleen nam Jackie niet de moeite om zich aan te melden.

Op een dag liep de buurvrouw met een puppy in haar armen over het achterpad. Jackie was direct naar haar toe gelopen. Ze vond het een lief hondje en had moeite om hem met rust te laten. De buurvrouw was beleefd en ze had jackie voor een de koffie uitgenodigd. Jackie twijfelde om het aanbod te accepteren. Ze voelde zich in andermans huis altijd ongemakkelijk, maar de puppy had een onweerstaanbare aantrekkingskracht op haar en ze stemde in.
Tijdens de koffie, toen Jackie de puppy eindelijk met rust liet, vroeg ze naar de tennisactiviteiten van de buurvrouw. Die vertelde vol enthousiasme over Mark de tennisleraar die haar de eerste kneepjes van het tennissen had bijgebracht. De frisse buitenlucht die haar weer van nieuwe energie voorzag en het gezellige koffiedrinken in de kantine na afloop. Jackie luisterde belangstellend totdat de buurvrouw van mening was dat ze er ook eens tussenuit moest. Ze probeerde Jackie over te halen om mee te gaan naar het tennispark, maar Jackie liet zich niet strikken en vertrok snel naar huis.

Jackie was door het enthousiaste van de buurvrouw overvallen. Ze had een paar dagen nodig om het idee van de tennislessen te laten landen. Ze ontliep de buurvrouw bewust, omdat ze bang was dat ze haar hierop zou aanspreken.
Na lang wikken en wegen besprak Jackie het idee met Victor. Hij moedigde haar juist aan om lekker in de buitenlucht te gaan sporten. Samen waren ze in het weekend naar de tennisbaan gereden. In de kantine ontmoette Victor de voorzitter van de tennisclub, die hij uit het bedrijfsleven kende. Ze hadden gezellig koffie gedronken, maar voordat

Jackie er erg in had, vulde Victor haar aanmeldingsformulier in. Ze keek hem onzeker aan. Victor knikte bemoedigend en dat was de voorzitter niet ontgaan.

'Mark is over tien minuten met zijn lessen klaar. Hij is de beste tennisleraar die we hebben. Ik zal je aan hem voorstellen.'

Kort daarna opende een niet onknappe man de kantinedeur. Hij plaatste zijn tennisracket in een vak bij de deur en liep naar de bar. De voorzitter riep hem. Mark draaide zich om en liep naar hen toe. Jackie keek haar ogen uit. Ze vond Mark een aantrekkelijke man, die ze halverwege de dertig schatte. In zijn gezicht leek hij een beetje op Victor.

Victor nam het woord: 'Mijn vrouw heeft interesse in tennislessen. We zijn op zoek naar iemand die haar hierin kan begeleiden.'
Mark had een zakelijke uitdrukking op zijn gezicht en zei hoffelijk: 'Ik heb nog een paar uur per week beschikbaar.'
Voordat Jackie bezwaar kon maken liet Victor haar op maandag- en vrijdagmorgen in de agenda van Mark opnemen.
De voorzitter nam afscheid en hij gaf Mark en Victor een vriendschappelijk klopje op de schouder.

In de auto naar huis had Jackie een ontevreden uitdrukking op haar gezicht en ze keek strak voor zich uit.

'Wat is er nu weer aan de hand?' vroeg Victor geërgerd.

'Waarom beslis je voor mij dat ik tennislessen moet nemen?' reageerde ze boos.

'Als ik moet wachten totdat je zelf een beslissing neemt, zijn we een paar jaar verder. Je vertelde me dat je tennissen in de buitenlucht wel leuk vond. Ga de komende weken lekker met Mark aan de slag. Als het je niet bevalt, dan stop je er gewoon mee. Je kunt op de fiets, want de tennisbaan is hier vlakbij. Verder heb je toch niets te doen.'
Victor zweeg, wist uit ervaring dat het haar machteloosheid was waardoor ze zich chagrijnig opstelde, omdat hij de beslissing voor haar had genomen. Hij wist als geen ander hoe hij Jackie kon paaien. Zonder iets te zeggen reed hij door naar een sportzaak in het centrum en parkeerde de auto voor de deur. Hij keek haar aan en zei: 'Kom, we gaan een mooi setje uitzoeken,' en hij gaf Jackie een vriendschappelijke tik op haar dij.

Jackie klaarde op toen ze uit de auto stapte. In de sportzaak keek Victor niet op een cent. Hij gaf de verkoopster ruim baan die alle registers opentrok om Jackie op haar wenken te bedienen.

Maud en Colette waren thuis toen Jackie met de tasjes tenniskleding binnenliep. Ze kenden hun moeder van haver tot gort en zagen aan de ogen van Victor dat dit weer zo'n moment was.
'Mam, wat zit er in die tasjes?' vroeg Maud belangstellend. Ze pakte een gevulde plastic tas over en opende deze.
'Hé, tenniskleding. Ga je tennissen?'
Victor keek trots naar Jackie.
'Je moeder is vandaag op de tennisbaan geweest. We hebben met Mark kennisgemaakt. De voorzitter adviseerde hem, want hij is geduldig met lastige vrouwen.'
Victor knipoogde naar Jackie, die nu niet meer het lef had om tegengas te geven.

Victor wist dat hij nog een horde moest nemen: Jackie begeleiden naar de tennisbaan voor haar eerste les.
Op vrijdagmorgen reden Victor en Jackie op de fiets naar de tennisbaan. Mark stond al in de kantine klaar. Hij verwelkomde hen hartelijk en stelde Jackie op een natuurlijke manier op haar gemak.
Ze liep naast Mark de tennisbaan op. Het was buiten heerlijk weer. Niet te koud, niet te warm. Victor bestelde koffie en hij ging in het zitje zitten. Vanuit de kantine zag hij aan de bewegingen van Mark dat hij haar uitlegde hoe ze het tennisracket moest vasthouden. Daarna pakte Victor zijn smartphone, belde eerst Giselle en vroeg of er nog zaken waren waarop hij moest reageren. Vervolgens scrolde hij door zijn e-mails en beantwoordde deze.
Toen hij opkeek zag hij Mark achter Jackie staan. Met zijn ene hand hield hij haar gestrekte arm naar voren, met zijn andere hand pakte hij haar hand op het racket vast. Een glimlach sierde het gezicht van Jackie. Een teken dat ze het naar haar zin had.

Het liefst was Jackie thuis. Als ze op vakantie gingen wilde ze altijd naar dezelfde bestemming waar Victor niet intrapte. Dat leidde weer tot ruzies en Victor kreeg dan de schuld. Hij negeerde haar, duwde regelmatig zijn zin door, liet Jackie uitrazen en vertrok dan in het weekend met zijn zeilboot naar de open zee. Maud en Colette wisten van kinds af aan dat Jackie niet aanspreekbaar was en ze bleven dan zo ver mogelijk uit haar buurt. Bij het minste of geringste barstte ze in razernij uit.

Maud en Colette werden door Jackie onterecht verweten, dat ze geen eindcijfers met de score tien op hun schoolrapport hadden staan. Ze zei er dan bij, dat ze twijfelde aan hun hoogbegaafdheid. Victor had zijn dochters al verschillende malen gerustgesteld en verteld dat Jackie een soort orkaan in haar hoofd had, waardoor dat ze rare uitspraken deed. Hij bood Maud en Colette de stabiliteit die ze nodig hadden en vond een voldoende op het rapport ook goed. Stiekem gaf hij ze voor elke voldoende een euro. De meisjes vonden het geheime verbond met hun vader spannend.

Toen Maud en Colette op de middelbare school zaten worstelden ze met een schuldgevoel, omdat ze het gevoel hadden dat ze iets fout hadden gedaan. Er was geen echte band met hun moeder Jackie. Het vreemde was, als ze een tijdje van huis waren, ze alleen hun vader Victor miste. De chagrijnige buien van Jackie waren altijd te herleiden aan het acceptatieproces op een besluit van Victor. Ze had haar zin dan niet kunnen doordrammen, stak haar ongenoegen niet onder stoelen of banken en liet dat blijken door de gezinsleden te terroriseren met haar naargeestige buien. Het kwam regelmatig voor dat ze zo nijdig was, dat ze zich dagenlang in de slaapkamer verschanste. Maud en Colette waren zelfstandige kinderen, gingen zelf aan de slag in huis en hielpen elkaar naar school.

Eigenlijk was Jackie niet zo charmant zoals zij zich aan de buitenwereld presenteerde. De ellende zat binnenkamers. Haar dochters waren getuige geweest van de tirades die Victor over zich heen kreeg. Het meest belastend vonden ze wanneer Jackie tegen de familie en bekenden de werkelijkheid in haar voordeel verdraaide.
Toch durfden ze hun moeder niet tegen te spreken als ze Victor weer eens achter zijn rug om zwart maakte. Op een dag hoorden ze Jackie door de telefoon zeggen dat Victor andere vrouwen meenam naar zijn zeilboot. Iets wat Maud en Colette niet geloofden, want ze hadden hun vader nog nooit op leugens betrapt. Maud had wel eens aan Victor

gevraagd waarom hij de boze buien van Jackie voor lief nam. Hij had zoals een vader betaamd geantwoord dat dit iets tussen volwassenen was. Hij was graag bij zijn dochters en daar was het bij gebleven. Ze dachten vaak aan de wijze woorden van Victor, legden zich erbij neer dat er een tornado door het hoofd van Jackie raasde.

Jackie had Victor nodig om haar eigen status naar de buitenwereld toe te positioneren. Ze gedroeg zich alsof ze de directeur was. Victor liet het maar zo voor de lieve vrede. Maud en Colette beseften dat ze deel uitmaakten van één groot toneelstuk en dat hun moeder in de werkelijkheid geen pepernoot klaarmaakte.

Beide dochters waren totaal verschillende typen. Maud, de oudste leek qua uiterlijk het meeste op Jackie. Het volle ronde gezicht, de blonde haren, de mooie mond. Ze hield ervan om uitgedaagd te worden en ging graag de competitie aan. Op de lagere school wilde ze nog wel eens met jongens op de vuist gaan om te laten zien dat ze haar mannetje stond. Toen ze naar de middelbare school ging was het onbehouwen gedrag getemperd en ging ze graag de discussie aan. Als er ergens geld verdiend kon worden of iets te onderhandelen viel, stond ze vooraan in de rij. In tegenstelling tot Colette. Ze leek meer op haar vader Victor met haar bruine haren en aristocratische uitstraling. Ze was rustig, overwoog eerst wat ze ging doen en genoot dan stilletjes van de dingen die gingen komen. Eigenlijk had Jackie geen klagen met zulke zelfstandige dochters die ook nog eens goed konden leren.

De frustratie van Jackie zat op een ander vlak. Het was haar eigen afkomst die onder de oppervlakte frustreerde. Ze was opgegroeid driehoog-achter in een volkswijk in Rotterdam. Haar vader was een arbeider die de instelling had: Doe maar normaal, dan doe je al gek genoeg. Zijn wekelijkse uitje was naar het voetbalveld van de plaatselijke voetbalvereniging. Hij had geen belangstelling voor de schoolprestaties van zijn dochter, die alles in het werk stelde om de aandacht van haar vader op te eisen.

Jackie had zich thuis de status van de kleine prinses aangemeten. Van haar moeder kreeg ze alles wat haar hartje begeerde en ze vond dat vanzelfsprekend. Als Jackie buiten speelde en tijdens het spel haar zin niet kreeg, waardoor er ruzie ontstond, praatte haar moeder het weer goed. Meestal kreeg ze een aai over haar bol en een snoepje voor het verdriet. Haar ouders hadden een schuldgevoel dat ze Jackie geen broertje of zusje konden schenken. Verjaardagfeestjes werden altijd uitbundig gevierd. De moeder van Jackie stond de hele dag in de keuken om cakejes te bakken. Geluk, daar ging het om. Tot Claire werd geboren, toen ging ineens alle aandacht naar haar uit.

Jackie had dit niet kunnen verkroppen. Haar vader en moeder waren continue met Claire in de weer. Jackie had behoefte aan aandacht en ze probeerde dit op school te vinden. Deed ze haar best, dan kreeg ze schouderklopjes van de juffrouw. Reden genoeg voor Jackie om alle registers open te trekken en het lievelingetje van de juffrouw te worden. Wat haar de macht over haar klasgenootjes gaf.

Waar Jackie het meeste verdriet van had, was dat haar vader zich na de geboorte van Claire steeds meer terugtrok. Hij had zich wel eens laten ontvallen dat hij liever een zoon had gehad om mee te voetballen. Ze was als kind diep teleurgesteld geweest, terwijl zij degene was die het meeste op haar vader leek. Haar moeder had zich na de geboorte van Claire op een obsessieve manier op het huishouden gestort, waardoor Jackie de aandacht ontbeerde, die ze al die jaren ervoor wel kreeg.

Claire; kort na haar geboorte bleek dat er iets niet klopte. Er werd thuis krampachtig gezwegen. Jackie werd tijdelijk bij een oom en tante ondergebracht. Ze kon de mededeling over de geboorte van Claire nog als de dag van gisteren herinneren. Toen ze na een paar weken thuiskwam had haar moeder geen aandacht voor haar, ze had het veel te druk met Claire. Haar vader hield zich afzijdig, trok zich terug in de kelder waar hij opging in het onderhoud van zijn miniatuurtreinbaan. Er heerste een vreemde sfeer in huis, één van een diepe verslagenheid, in plaats van een uitbundig geboortefeest waar iedereen naar had uitgekeken. Haar vader en moeder spraken niet met elkaar. Ze verrichtten werktuiglijk de nodige handelingen.

Vanaf nu werd alles anders. Alle beschikbare aandacht ging uit naar Claire. Jackie ervoer het als een koude winter. Ze miste de warmte van haar ouders uit het verleden. Haar moeder verstopte zich onder haar schil en probeerde de buitenwereld zoveel mogelijk te ontlopen. Ze had er moeite mee als er vrouwen in haar kinderwagen keken en zeiden dat Claire een lieve baby was. Jackie zag in hun ogen dat ze moeite hadden om naar de gehandicapte baby te glimlachen, zoals ze wel bij andere baby's deden. Jackie werd aan haar lot overgelaten, niemand nam notie van haar. Diep in haar geheugen had ze deze herinneringen categorisch opgeslagen, inclusief de pijn en het verdriet. Ze was standvastig en was van plan om dit niet met anderen te delen.

Jackie sloot zich op in haar eigen wereld en droomde hoe ze later als ze volwassen was haar leven zou inrichten. Ze zette al haar energie in op school en hengelde naar schouderklopjes van de juffrouw. Haar ultieme droom was om naar het gymnasium te gaan, maar haar inspanningen mochten niet baten. Ze kreeg het VMBO schooladvies. Haar vader vond het prima, was niet geïnteresseerd in studies en vond dat Jackie na het behalen van haar diploma moest gaan werken. Jackie was diep in haar hart geraakt, wat ze voor de buitenwacht ver wegstopte. Ze deed nog harder haar best om uit te blinken.

Hoofdstuk 20

Vanaf de eerste tennisles vond Jackie Mark aardig, want hij had aandacht voor haar. Ze had het gevoel dat hij haar begreep. Na afloop dronken ze een kopje koffie in de kantine.

Mark, met zijn mooie donkere ogen intrigeerde Jackie. Ze was nieuwsgierig naar zijn privéleven. Zou hij een vriendin hebben? Waar woonde hij? Geraffineerd probeerde ze hem na afloop van een tennisles uit te horen, maar Mark had haar door. Als een volleerd charmeur, met een ondeugende grijns op zijn gezicht keek hij haar aan. Nee, Mark had geen relatie en hij bleek ook nog eens vlakbij Jackie te wonen.

Jackie vond het prettig wanneer Mark tijdens zijn tennisinstructies achter haar stond om de slag met het racket voor te doen. Met haar armen wijd gestrekt en haar borsten strak naar voren oefenden ze samen de slag van het tennisracket. Mark beroerde het bovenlichaam van Jackie met zijn sterke lichaam.

Totdat Jackie tijdens een partijtje tennis snel naar voren rende om de bal te slaan, missloeg en op de tennisbal stapte. Ze viel ongelukkig op de grond en lag languit op haar rug. Mark snelde toe en hij inspecteerde haar pijnlijke enkel. Hij pakte Jackie voorzichtig op, liep naar de kantine waar op dat moment niemand binnen was en bracht Jackie naar de massageruimte. Hij legde haar behoedzaam op de massagetafel neer en trok voorzichtig haar tennisschoenen uit.

'Ik ga de EHBO-doos pakken. Wil je wat drinken, ik loop toch die kant op?' vroeg Mark bezorgd.

'Een glas water is prima,' zei ze.

Toen Mark de ruimte verliet, voelde ze aan haar enkel. De pijn viel wel mee, het was meer de schrik van het vallen geweest. Jackie kon de aandacht van Mark wel waarderen. Een euforisch gevoel dat ze wilde vasthouden. Hij kwam terug met een glas koud water. Daarna sloot hij de deur behoedzaam achter zich, opende de EHBO-doos en haalde er iets uit wat Jackie niet kon zien. Met zijn warme hand pakte hij voorzichtig haar enkel vast en wreef er zachtjes overheen. Zijn hand voelde heerlijk warm aan.

'Waar doet het pijn?'

'Daar, waar je nu met je duim zit.'

'Doet het erg pijn?'

'Het is gevoelig, maar volgens mij niet ernstig,' zei Jackie luchtig.

Mark liet zijn handen over haar benen glijden, keek Jackie serieus aan en zei: 'Je benen voelen verkrampt aan. Ik zal ze eerst los masseren.'

Mark spoot massageolie op zijn handen.

Tijdens het masseren van haar onderbenen oefende hij niet te veel druk uit. Het voelde relaxed aan. Ontspannen liet ze haar hoofd achterover hangen en sloot haar ogen. Mark masseerde haar onderbenen in de richting van haar knieën.

'Kun je je tennisrokje iets omhoog doen?' vroeg Mark. 'Want massageolie geeft vlekken, die lastig te verwijderen zijn.'

Jackie schoof haar korte tennisrokje omhoog.

Bij het masseren van haar bovenbenen drukte Mark met de muis van zijn duim stevig naar boven toe. Hij wisselde zijn handen af. Jackie vond het heerlijk en ze gaf zich aan zijn massage over.

'Je spieren zitten behoorlijk vast,' zei Mark en hij duwde iets harder.

'Auw, dat doet pijn.'

'Til je rechterknie eens op.'

Jackie gehoorzaamde. Mark spoot wat massageolie op zijn handpalmen, wreef het warm en ging weer verder met masseren. Ze hadden oogcontact. De ogen van Mark hadden grote pupillen met een erotische uitstraling. De ambiance was verwarrend. Mark zat nu met zijn hand vlak bij de rand van haar slipje. Hij duwde de rand iets omhoog.

Ahh, dat was lekker: zijn warme gladde handen. Jackie spreidde haar dijen een klein stukje in de hoop dat hij het elastiek aan de binnenkant opzij zou schuiven.

Mark masseerde rustig door. Met lange halen kneedde hij haar hele bovenbeen. Hij liet zijn hand op haar slipje rusten, boog met zijn hoofd naar haar toe.

Jackie voelde zijn warme lippen op haar lippen drukken. Op hetzelfde moment schoof hij haar slipje met zijn warme geoliede vingers opzij. Tegelijk met zijn warme tong drongen zijn gladde vingers naar binnen.

Na afloop kon Jackie niet meer helder denken. Haar hele lichaam tintelde na van genot.

'Zal ik aanstaande vrijdagmorgen vrij maken om je eens goed los te masseren,' stelde Mark voor. 'Ik heb thuis ook een massagebank. Vind je het wat?'

Hij keek haar verlangend aan. Jackie die emotioneel nog in andere sferen zat, knikte afwezig dat ze akkoord was.

Voor het eerst sinds een lange tijd kwam Jackie opgewekt thuis. Haar ontevredenheid was geparkeerd. Ze liep naar boven, liet het bad vollopen, spoot er extra badolie in, schonk een groot glas koude witte wijn in, pakte uit de kast een doos kersenbonbons en ging in bad liggen. Dit was een moment voor haarzelf. Ze had het voor elkaar en Mark, die proefde naar meer terwijl ze een kersenbonbon langzaam met haar speeksel liet versmelten en doorslikte.

Dit euforische gevoel had ze lang geleden voor het laatst ervaren, om precies te zijn twintig jaar geleden tijdens haar eerste ontmoeting met Paul. Ze had toen een CD bij hem afgegeven.
Het was toen een uitdagende, maar ook een complexe periode geweest. Jackie had Paul al een tijdje in het vizier en was hem naar zijn studentenflat gevolgd. Ze had via kennissen in de kroeg achterhaald dat hij medicijnen studeerde. Jackie had de ambitie om de echtgenote van een arts te worden. Dat was de status waar ze naar op zoek was en hiermee bevestigde naar de buitenwereld, dat ze meer in haar mars had

Een week later had ze in de kroeg Paul samen met een andere knappe man gezien. Deze man, die Victor heette vond ze nog aantrekkelijker. Helaas pikte hij die avond een andere vrouw op. Ze had Victor ook een keer gevolgd en wist dat hij samen met Paul een studentenkamer deelde. Die avond op de kamer bij Paul had ze gelijk haar kans gegrepen toen hij avances maakte. Jackie zag aan zijn houding dat ze aan zijn ideaalbeeld voldeed. Seks met Paul was prima.
Jackie had achteloos aan Paul gevraagd van wie dat andere bed op de studentenkamer was.

'Dat bed is van mijn maat Victor. We wonen en studeren hier samen.'

'Is dat niet krap met z'n tweeën zo dicht op elkaars lip. Hoe doe je dat dan met een vriendin?'

'Er is voldoende ruimte voor ons tweeën. We volgen totaal verschillende studies, hebben compleet andere roosters en lopen verschillende colleges af, dus we zijn weinig samen op de kamer. Als we een vriendin hebben, bivakkeert ze hier ook.'

'Ook als je in bed ligt?' vroeg Jackie meewarig.

'Ja, ook als we seks hebben.'
Hij had het hoofd van Jackie naar beneden geduwd.
'Zuig hem eens af.'

Jackie had Victor ook op haar lijstje staan om uit te proberen en ze hoopte dat hij vannacht niet onverwachts zou binnenlopen. Ze verliet Paul vroeg in de ochtend toen hij nog lag te slapen. Beide vrienden moest ze gescheiden zien te houden voordat ze definitief haar keuze zou maken.

Het was een kwestie van tijd, voordat ze haar slag kon slaan. Op een avond zag ze Victor met zijn vrienden in de kroeg staan. Ze had hem benaderd onder het mom dat hij haar bekend voorkwam. Paul was nergens te bekennen, wat Jackie goed uitkwam.
Victor had Jackie wat te drinken aangeboden en dat was het startpunt van haar spel geweest. Hij moest er moeite voor doen om met haar naar bed te gaan. Ze merkte dat zijn trots hem in de weg stond. Na lang aandringen had hij zijn telefoonnummer gegeven. Jackie vond dat mannen naar haar moesten hunkeren en ze had haar nummer niet aan Victor gegeven. Na de tweede zogenaamde onverwachte ontmoeting in de kroeg ging Jackie over naar het volgende niveau en had ze Victor vrij spel gegeven. Ondanks zijn enorme ego, wond ze hem om haar kleine vingers.

Het was een ingewikkelde periode, want Jackie onderhield met beide mannen tegelijk een relatie, wat ze niet van elkaar wisten. De keuze was lastig, want ze waren allebei aantrekkelijk en ze hadden status. Paul kwam uit een arme familie, maar studeerde medicijnen. Victor kwam uit een vooraanstaande familie en hij wilde het bedrijfsleven in. Jackie vond zakenlieden onbetrouwbaar. Beide mannen waren hopeloos verliefd op haar en in de tussentijd streepte ze heimelijk haar verlanglijstje af met wie ze uiteindelijk verder wilde.

Nadat Jackie haar diploma op het VMBO had behaald, vond ze een baan als administratief medewerkster bij Velamina, een fabrikant van zonnewering. Het hoofdkantoor was gevestigd in de Verenigde Staten, waarvan het onderdeel in Nederland de Europese markt voor zijn rekening nam. Jackie had zich in de administratieve hiërarchie opgewerkt en ze werd door het afdelingshoofd gewaardeerd, omdat ze goede resultaten boekte. Op kantoor onderhield ze oppervlakkige contacten met haar collega's en daar hield ze het bij.

In de afgelopen jaren had Jackie op kantoor haar ogen goed de kost gegeven en besloten dat haar toekomstige echtgenoot hier niet werkte. Er waren wel leuke mannelijke collega's, maar die voldeden niet aan haar ideaalbeeld. Geld en status, daar ging ze voor. Victor en Paul waren voor Jackie de uitverkorenen. Ze had beide mannen onder controle en moest continue alert zijn dat ze niet doorkregen dat ze aan het lijntje werden gehouden. Paul had ze het liefst in haar eigen woonruimte.

Jackie woonde op een bovenkamer met een gedeelde keuken, douche en toilet. Paul had geen statusgevoelige achtergrond, dus hij zou hier niet op neerkijken. Terwijl haar ontmoetingen met Victor op de studentenkamer plaatsvonden, wanneer Paul er niet was. Alleen bleef Victor zeuren om een keer bij haar thuis af te spreken. Uiteindelijk had ze ingestemd en hier had Jackie een steek laten vallen. Toen Victor de kamer binnenliep zag ze het jack van Paul achter de deur hangen. Ze hoopte dat Victor deze niet had gezien.

Jackie koos uiteindelijk voor Victor, ondanks dat hij geen artsenstudie volgde. Zijn afkomst gaf de doorslag. Hij zou haar meer kunnen bieden. Als ze beide mannen goed observeerde, vond ze Victor ook iets knapper. Jackie schatte in dat Victor hoffelijker zou zijn als haar chagrijnige buien de kop op staken. Paul was meer een straatvechter en harder in zijn oordeel. Hij zou korte metten met haar narrige buien maken. Paul was naar haar zin iets te zelfverzekerd en liftte mee op de succesvolle achtergrond van Victor. Paul kon haar boeiende verhalen vertellen over wat hij wilde en hoe hij het allemaal zou doen, maar de financiën ontbraken simpelweg. Het waren verhalen over mooie appartementen of snelle auto's, waar hij zijn imago in de toekomst aan wilde ontlenen. Hoe meer Jackie dit soort verhalen aanhoorde, hoe meer ze Paul een meeloper vond. Waarom zou ze nog tijd in Paul steken? Hij zat op de bijrijdersplaats van een exclusieve auto, waarin hij zichzelf graag als de eigenaar zag, maar het simpelweg niet was. Paul was niet degene die de route bepaalde, dat was Victor.

Maar alles pakte anders uit. Jackie had zich voorgenomen om eerst haar relatie met Victor goed te borgen voordat ze Paul de bons zou geven.

Victor was als high potential een glansrijk carrièrepad bij Salutem gestart en bezig met de verhuizing naar zijn eigen appartement, op een toplocatie in Amsterdam. Hij had het druk en Jackie kreeg geen grip op hem. Zijn ouders waren vermogend, hadden het appartement en de verhuizing geregeld, zodat Victor al zijn energie in zijn nieuwe baan kon steken. Jackie baalde dat ze tijdelijk naar de tweede plaats was gerangeerd. Ze had twijfels of ze Victor volledig voor zich zou winnen.

Toen het nieuwe appartement van Victor klaar was om in te gaan wonen, had hij Jackie officieel uitgenodigd. Ze was sprakeloos geweest toen ze het schitterende designer appartement met het riante uitzicht over de stad binnenliep. Er was niet op een cent gekeken. Heimelijk dagdroomde ze dat haar toekomst met Victor hier lag. Ze was van plan om haar eigen armoedige kamer direct op te zeggen.

Jackie stond voor het raam van het weidse uitzicht te genieten toen Victor naast haar kwam staan en haar serieus aankeek.

'Ik wil je niet met Paul delen.'

Jackie keek hem verschikt aan, maar ze herstelde zich snel. 'Hoe kom je daar nu weer bij?'

'Laten we er niet omheen draaien. Van twee walletjes eten werkt niet.'

Jackie was door zijn opmerking overvallen. Victor had hier vanavond bewust op aangestuurd toen hij zijn splinternieuwe appartement showde.

De enige manier om de situatie te redden was huilen. Jackie wekte de tranen in haar ogen op, keek hem liefdevol aan. Ze zag dat Victor een zachte uitdrukking in zijn ogen kreeg.

'Waarom ga je nu huilen? Je werd toch door ons allebei verwend. Je koos toch zelf voor een complexe benadering?'

Victor trok Jackie tegen zich aan, klopte zachtjes op haar rug.

'Je hoeft je niet te schamen. Ik begrijp het allemaal wel. Je kon niet kiezen, maar eerlijk duurt het langst juffrouw. Opbiechten is een lastig proces.'

Jackie perste nog een paar tranen uit haar ogen, keek Victor verlangend aan, maar hij trapte er niet in.

'Ik heb jullie samen in bed gezien.'

Ze keek hem verbaasd aan want hier had ze niets van gemerkt.

'Ik kwam mijn persoonlijke spullen ophalen. Toen ik de deur opende, zag ik jullie door het bed kronkelen wat niets te wensen overliet.'

Victor wendde zijn blik af en keek naar buiten. Alsof hij het beeld op zijn netvlies niet aan Jackie wilde koppelen.

Jackie voelde woede opkomen. Haar tranen werden ingewisseld voor een opstandige houding. Impulsief wilde ze Victor een klap in zijn gezicht geven, die hij afving door haar hand stevig vast te pakken.

'Hé, hé, kwaad worden? Ik ben degene die teleurgesteld is en kwaad zou moeten zijn. Gooi het er maar uit, alleen niet bij mij. Wat heb je nog meer te verbergen? Je maakt me nu heel boos.'

Jackie bond in, keek Victor achterdochtig aan, maar ze hield haar kaken stijf op elkaar.

'We staan allemaal wel eens op een kruispunt in ons leven en moeten afwegingen maken. Alleen heb ik hem nu voor jou gemaakt en dat staat je niet aan. Of heb ik ongelijk?'

Victor keek haar hautain aan.

Jackie zei niets.

'Je voelt je nu hopeloos verdrietig en in de steek gelaten, maar dat heb je allemaal aan jezelf te wijten. Je betekent niets voor mij.'

Victor liep met een zelfverzekerde uitdrukking op zijn gezicht naar de gang, pakte zijn jack en trok hem aan.

'Ik zal je naar huis brengen, zo kan ik je niet laten gaan.'

Jackie liep als een geslagen hond achter Victor aan.

Toen ze thuis voor de deur uit de auto stapte zei ze: 'Zo had ik het niet bedoeld. Ik hou van je.'

Ze gooide het portier met een harde klap dicht. Victor was ze kwijt. Ze had het spel niet goed gespeeld.

Hoofdstuk 21

Vrijdagmorgen klokslag tien uur stond Jackie bij Mark voor de deur. Ze verheugde zich op zijn privé massage. Hij opende de voordeur op een kier, droeg een hagelwitte badjas over zijn gebronsde lichaam en hij keek Jackie verlangend aan. Ze smolt voor hem. Hij sloot de deur en liet meteen de badjas van zijn lichaam glijden. Zijn zongebruinde, getrainde lichaam glom van de massageolie. In een oogwenk tilde hij Jackie op en bracht haar naar zijn slaapkamer. Ze raakte in een erotische roes, Mark was onuitputtelijk. Dat had ze nog niet eerder in haar liefdesleven meegemaakt.

Tegen het middaguur lag Jackie comfortabel in de armen van Mark.
  'Ik vind je een mooie vrouw.'
Hij wreef liefdevol over haar lichaam en kuste haar teder.
  'Ik kan maar geen genoeg van je krijgen.'
Mark duwde haar benen uit elkaar. Jackie voelde zijn geoefende handen, ze liet alles toe en had maling aan Victor.
Die bleef regelmatig 's nachts weg. Hij belde dan steevast op met de boodschap dat het te laat was om naar huis te komen. Die Giselle vertrouwde ze niet, ze kleefde als een klit aan hem, dus ze moesten wel bij elkaar in bed liggen. Ze had Victor regelmatig met haar complottheorie geconfronteerd. Hij werd dan steevast kwaad en zei dat ze haar mond moest houden. Mark maakte op zijn manier alles weer goed. Zelfs haar frustraties over de buitenechtelijke escapades van Victor waren als sneeuw voor de zon verdwenen.

Jackie kampte regelmatig met slapeloosheid. Ze lag zich 's nachts kwaad te maken over Victor, omdat ze geen grip op hem had. Hierdoor kreeg ze een onrustig gevoel op haar borst en was ze naar de dokter gegaan. Hij had haar grondig onderzocht en gevraagd waar ze zich druk over maakte. Jackie was in huilen uitgebarsten en had gezegd dat ze het zelf ook niet wist. Het ging de dokter geen snars aan dat ze geen controle over Victor had. De dokter had bètablokkers voorgeschreven. Met deze medicatie knapte ze zienderogen op. In het begin had ze last van koude handen en voeten gehad. Victor had afkeurend gekeken toen hij het medicijndoosje in de keuken op het aanrechtblad had zien liggen. Hij had gezegd dat ze zich niet moest aanstellen. Zijn uitspraak had haar boos gemaakt, omdat ze juist naar zijn empathie snakte.

Het herinnerde Jackie aan haar eigen verleden, maar ook aan die keer toen Victor haar in zijn nieuwe appartement had afgedankt. Victor had Jackie verteld dat hij getuige was geweest van haar seksuele uitspattingen met Paul. Zijn afwijzing had haar toen regelrecht in de armen van Paul gedreven.

Ze zat voorovergebogen met haar hoofd in haar handen. Herinneringen kwamen weer naar boven. Was het niet altijd ingewikkeld geweest? In het verleden had Jackie beide mannen in haar macht gehad. Ze had toen met volle overtuiging op Victor ingezet, maar dat was een verkeerde keuze geweest. Ze had het spel verloren. Het voorval kon ze zich nog goed voor de geest halen.

'Ik heb niets, ben niets en ik zal ook niets worden,' had Jackie toen tegen zichzelf gezegd. Vanaf dat moment besloot ze om al haar energie in een relatie met Paul te steken. Van deze relatie moest ze iets zien te maken, want wat Victor wist, wist Paul niet.

Paul was uit ander hout gesneden. Het lukte Jackie niet om hem volledig voor zich te winnen. Hij was niet elk weekend exclusief voor haar beschikbaar. Ze had het vermoeden dat hij er ook wel eens andere vrouwen op nahield. Dit dreef haar tot wanhoop en ze bedacht dat een verloving meer vastigheid kon bieden, maar Paul hield de boot af.

'Schatje, als ik met mijn studie klaar ben en een baan heb, wil ik pas over een verloving nadenken.'

'Paul, ik hou van je. Kunnen we dan niet gaan samenwonen? Ik zou bij je op de kamer kunnen wonen?'

'Nee, dat zie ik niet zitten. Ik zit nu in het laatste deel van mijn studie en heb absolute stilte nodig om geconcentreerd aan mijn projecten te kunnen werken.'

'Je hebt toch ook enkele jaren samen met een medestudent op de kamer geleefd. Dan moet het ons toch ook lukken?' zei Jackie geagiteerd.

'Als ik samen met Victor studeerde, was het hier altijd doodstil op de kamer.'

'Volgens mij heb je een ander!' beschuldigde ze hem.

'Laten we maar stoppen met deze zinloze discussie, want dat gaat niet werken.'

Paul draaide zich om. Altijd dat jaloerse gedoe, het irriteerde hem.

De vriendschap tussen Jackie en Paul kon bestempeld worden als een knipperlichtrelatie. Ze konden niet buiten elkaar, maar ze konden elkaar ook regelmatig missen als kiespijn. Paul zei dat dan ook, zonder een blad voor zijn mond te nemen, maar het was haar heerlijke lichaam waar hij naar hunkerde.

Ondanks dat Paul na zijn studie zijn droombaan als microbioloog bij het Academisch Ziekenhuis in de wacht sleepte, stond hij niet open voor een verloving met Jackie. Hij had zijn studentenkamer ingewisseld voor een appartement. Jackie mocht bij hem komen wonen, iets wat ze zich geen twee keer liet zeggen. Maar daar bleef het bij.

Het leven kabbelde voort. Jackie had niet de moed om afscheid van Paul te nemen, een alternatief was er gewoon niet. Haar ambitie was om "de vrouw" van een vooraanstaand arts te worden. Op deze manier kon ze zich in welgestelde kringen begeven en zou ze over genoeg geld beschikken voor de leuke dingen die het leven te bieden had. De enige verplichting die ze had, was om een kind voor Paul te baren.

Op een middag had Paul haar gebeld en gevraagd of ze 's avonds naar La Cuisine kon komen om een hapje te eten. Zijn volgeling Fred was er ook om zaken te bespreken, iemand waar Jackie zich nooit mee bemoeide. Ze had niet veel op met Fred en vond hem een gluiperd, maar ze deed het voor Paul.

Toen ze kwam aanrijden stonden Fred en Paul al buiten op haar te wachten. Nadat Jackie de auto had geparkeerd, liep ze met beide mannen La Cuisine binnen. Toen kreeg Jackie een steek in haar hart. Aan de zijkant van de zaak zat Victor met een knappe vrouw te dineren. Haar ogen waren gefixeerd in de richting van Victor. De ober leidde ze nota bene naar het tafeltje naast Victor.

Tijdens het eten werden haar ogen continue naar de tafel van Victor gezogen. Deze vrouw moest zijn geliefde zijn, ze herkende de liefdevolle blik in zijn ogen. Jackie zou er veel voor over hebben wanneer Victor haar zo zou aankijken. Een opstandig gevoel maakte zich meester van haar lichaam. Ze classificeerde de vrouw bij Victor als een bitch. Jackie wist het zeker, als Victor alleen was geweest zou hij al zijn aandacht aan haar besteden. Victor pakte de hand van de vrouw vast en bekeek deze. Jackie zag een mooie ring aan haar ringvinger schitteren. Dit moest hun verlovingsring zijn. Gek werd ze. Ze at, maar proefde niets. Met haar hoofd zat bij het tafeltje naast haar. Ze had totaal geen interesse in het medische gekwaak van Paul en Fred.

Toen ze 's nachts in bed had Jackie het besluit genomen om de stoute schoenen aan te trekken en Victor onverwachts op zijn kantoor te bezoeken. Alleen had deze actie niets opgeleverd. Victor had haar vriendelijk ontvangen en was een kort gesprekje met Jackie aangegaan. Na afloop had hij haar thuis afgezet. Bij de voordeur had Victor haar afscheidskus in de auto toegelaten, maar niet beantwoord.
Toen ze de voordeur opende kreeg ze onmiddellijk van Paul de wind van voren.
'Vuile hoer. Waarom zit je met die lul in de auto te zoenen? Ik heb het wel gezien hoor!'
Haar mond viel open van verbazing, en ze stotterde: 'Ik liep Victor per toeval tegen het lijf, hij heeft me hier voor de deur afgezet. We hebben alleen afscheid genomen.'
Ze liep opstandig de kamer uit en gooide de kamerdeur nijdig achter zich dicht. Paul liep haar achterna naar de slaapkamer en ging demonstratief in de deuropening staan,
'Ik ken je langer dan vandaag. Je bent jaloers, omdat je Victor met die mooie dame hebt gezien. Zet hem maar uit je hoofd. Hij is verloofd met haar.'
Jackie wierp zich op bed, begroef haar gezicht in het kussen. Ze wilde niet meer met Paul praten. Ze was diep beledigd.

Na de ontmoeting met Victor was Jackie onrustig. Haar lichaam hunkerde naar hem. Ze stuurde Victor een sms-berichtje, maar kreeg pas na een paar weken een reactie met het verzoek om naar de haven van Scheveningen te komen voor een zeiltochtje. Ze had een smoes verzonnen om Paul niet argwanend te maken. Die ochtend kleedde ze zich sexy aan. Vlak voordat ze deur uitliep kwam Paul naar haar toe.
'Waar ga je naartoe? We zouden vandaag toch samen iets leuks gaan doen. Ik heb nog eens nagedacht over onze relatie. Misschien moeten we dit weekend gebruiken om onze toekomst gestalte te geven.'
Dat was iets waar Jackie al jaren op hoopte, maar nu was er Victor. Ze had haar aanpak aangepast en haar zinnen weer op Victor gezet.

'Ik heb vandaag met een collega in de stad afgesproken om te gaan winkelen.'

'Ben je daar dan niet te mooi voor uitgedost in die strakke witte pantalon?' vroeg Paul sarcastisch.

Jackie snoof en vertrok.

Jackie had de zeiltocht op zee een spannende ervaring gevonden, vooral als de boot scheef door het water scheerde.

In de namiddag bleek dat ze niet naar Scheveningen teruggingen, maar in Oudeschild op Texel zouden overnachten. Het had Jackie in verwarring gebracht, want Paul wist niet beter dan dat ze met een collega aan het winkelen was. Uiteindelijk na twee sms-berichtjes met leugens kwam Jackie zondagavond laat thuis. Een knallende ruzie met Paul volgde.

'Je bent een vuile leugenaar. Teringwijf. Je bent helemaal niet met een collega in de stad geweest.'

Paul keek haar met samengeknepen ogen aan. 'Ik denk dat jij met een kerel op stap bent geweest. Ik zie het aan je gezicht.'

'Hoe kom je daar nu weer bij,' zei ze afwerend.

'Aan je hele uitstraling zie ik dat je bent geneukt.'

Paul begon de ruzie op te stuwen.

'Ik vermoed dat je door Victor op zijn zeilboot bent genaaid. Is het niet?'

Jackie keek Paul verschrikt aan.

'Ja, daar schrik je van. Ik weet heus wel dat hij op je uit is en jij trapt erin. Stomme koe. Ik kan je verzekeren dat hij je dumpt voor die mooie donkere dame, want die heeft klasse. Jij niet.'

Jackie werd furieus, gaf Paul een klap midden in zijn gezicht, waarop hij gelijk uithaalde. Een harde vuistslag kwam op haar rechteroog terecht. Ze kromp ineen, rende de kamer uit en sloot zich in de slaapkamer op. Hier kon ze niet blijven, impulsief pakte ze haar koffer, verliet het huis en vertrok regelrecht naar Victor.

Victor onthaalde haar met open armen, was zorgzaam en nu na twintig jaar was ze nog steeds bij hem.

Hoofdstuk 22

De vrijdagochtend bij Mark thuis nam meer tijd in beslag dan voorzien. Hij was onverzadigbaar. Jackie liet zich door hem verwennen en ze genoot met volle teugen van zijn onuitputtelijke libido.

Na een heerlijke ochtend in bed nam Jackie een douche en dronk ze samen met Mark een glas wijn na afloop. Toen ze de voordeur opende om naar huis te gaan gaf Mark haar met een ondeugende grijns op zijn gezicht een tik op haar kont.

Vrijdagavond laat kwam Victor thuis. Met een klap sloeg hij de voordeur dicht en kwam hij met haastige stappen de kamer binnenlopen. Jackie zat aangenaam onderuitgezakt op de bank. Ze voelde zich heerlijk ontspannen door alle aandacht die ze vanmorgen van Mark had gekregen.

'Ik ben laat. Is er nog wat te eten?'

'Ja, je eten staat in de koelkast.'

Jackie stond op, liep naar de keuken om het schaaltje voor Victor in de magnetron te zetten.

'Komende week ben ik voor Salutem in Frankrijk. Kun jij de betalingen regelen?' Victor stak een hap in zijn mond.

Jackie keek moeilijk.

'Je zult het toch een keer moeten leren om je bankzaken via de computer te regelen,' zei Victor en hij legde zijn vork demonstratief neer. Hij keek Jackie dwingend aan.

'Laten we straks nog een keer achter de computer gaan zitten en het proberen. Als ik langer in Frankrijk moet blijven, vind ik het fijn wanneer je ook dit soort zaken zelf kan regelen.'

Schoorvoetend liep Jackie mee naar de studeerkamer om samen met Victor achter de computer plaats te nemen.

Hij legde stap voor stap uit hoe ze de betaling moest doen en schreef de stappen demonstratief op papier uit. Het was niet de eerste keer dat Victor het hele proces tot in detail uitlegde. Hij vond het belangrijk dat Jackie het zelf ook kon. Ze deed haar best, maar het ging niet van harte.

Nadat de computer was afgesloten ontstonden er weer irritaties. Jackie vroeg demonstratief of Giselle ook meeging naar Frankrijk. Victor was het gezeur meer dan zat. Giselle was al meer dan twintig jaar zijn assistente en ze ging nu eenmaal regelmatig mee op reis. Jackie was nog steeds jaloers op haar, maakte regelmatig insinuaties over het feit dat Giselle nooit was getrouwd en dat ze overdreven loyaal was aan Victor. Daarna eiste ze dat Victor haar ook volgende week zou meenemen naar Frankrijk.

'Je moet eens stoppen met dat gezeur. Ik heb je al honderd keer verteld dat Giselle een vriendin heeft. Ze heeft geen interesse in mannen. Volgende week kun je niet mee, want dan ik ben aan het werk. Als je in staat bent om alleen te gaan winkelen, vind ik het geen probleem, maar je hebt nog nooit alleen gewinkeld in het buitenland. Weet je nog in Rome? Ik heb je toen meegenomen. Je bent drie dagen niet van de hotelkamer af geweest. Als ik 's avonds op de hotelkamer kwam, zat je met een lange smoel in de stoel bij de televisie. Je kunt zelf werkelijk helemaal niets.'

Jackie was razend, kreeg een rood gezicht en brieste: 'Je denkt dat ik het gemakkelijk heb. Ik ben degene die de kinderen heeft grootgebracht. Jij was er nooit. Je doet wel zo zedig, maar als ik zie hoe hongerig je naar Giselle kijkt, zegt me dat genoeg. Je belazert de boel. Alleen voor de kinderen blijf je bij mij.'

Jackie stond op, liep de kamer uit en gooide de deur met een harde klap dicht. Hij hoorde haar demonstratief met harde stappen op de trap naar boven lopen.

Victor verloor zijn geduld, stond op, pakte zijn jas en vertrok. Jackie stond boven voor het raam, keek naar buiten en ze zag met lede ogen aan dat Victor zijn auto startte en wegreed. Waar haalde hij het lef vandaan om haar zo af te snauwen? Ze voelde zich verdrietig, pakte haar doosje pillen en stopte er een paar in haar mond. Daarna ging ze op het bed liggen, pakte de afstandsbediening en zette de televisie aan. Een stomme spelshow was bezig. Jackie zette de televisie uit en ze gooide emotioneel de afstandsbediening op de grond. Wat een gezeik.

Verdrietig stond Jackie op, liep naar de studeerkamer en zette de computer weer aan. Niet voor die irritante betalingen van Victor, maar om te kijken of ze informatie over Mark kon vinden. Ze googelde zijn naam, zag een aantal hits en opende er een paar. Ze kreeg er schik in en vond zelfs een foto van Mark als tennisleraar.

Op de foto had hij een serieuze gezichtsuitdrukking. Ze keek ernaar met een glimlach rond haar mond. Ze dacht aan vanmorgen toen hij haar had bevredigd op een manier die ze nog niet eerder had ervaren. Mark begreep haar en hij wist wat ze lekker vond.

Jackie had de smaak van het googelen te pakken en ze stuitte op een forum, waar Mark de tennisleraar verschillende malen werd genoemd. Vrouwen die hem ophemelden als de lekkerste tennisleraar die ze ooit hadden meegemaakt, maar ook vrouwen die zich afgedankt voelden. Jackie was haar boosheid op Victor vergeten en ze las gretig alle berichtjes twee keer.

Die nacht sliep Jackie slecht. Haar hoofd liep vol met erotische gevoelens voor Mark. Het forum waar vrouwen over zijn libido correspondeerden gonsde door haar hoofd, maar de irritatie over het plotselinge vertrek van Victor maakte haar weer boos.

Vroeg in de morgen kleedde Jackie zich aan. Daarna stapte ze in de auto en reed ze opgefokt naar Scheveningen Haven om te kijken wat Victor op zijn zeilboot uitspookte. Zou Giselle bij hem aan boord zitten? Ze parkeerde haar auto onopvallend tussen de andere auto's aan de haven. Vanuit deze positie kon ze zijn zeilschip aan de overkant van de haven observeren. De auto van Victor stond op de kade geparkeerd. Alles oogde vredig aan boord. Misschien sliep Victor nog. Hoe langer ze erover nadacht, hoe belachelijker ze zichzelf vond. Ze overwoog om terug naar huis te gaan. Totdat een zwarte sportauto vlakbij de zeilboot parkeerde. Met lede ogen zag ze Victor met een knappe vrouw uit de zwarte sportauto stappen en in de richting van de zeilboot lopen. Jackie sperde haar ogen open en ze herkende de dame, die ze in het verleden samen met Victor in La Cuisine had gezien. Dus toch. Ze was toen ziekelijk jaloers op de knappe vrouw geweest met wie Victor intiem aan tafel had zitten praten. Victor had Jackie verschillende malen op het hart gedrukt dat hij nooit een relatie met haar had gehad, maar Jackie had altijd getwijfeld. Ze schatte de vrouw op gelijke leeftijd, maar ze zag er voor haar leeftijd onweerstaanbaar uit. Ze had een elegante houding en ze droeg een weekendtas over haar schouder. Victor hielp de vrouw aan boord. Ze verdwenen in de kajuit. Jackie zat in haar auto met een rood hoofd van kwaadheid.

Opstandig startte Jackie haar auto en ze reed woest naar huis. Toen ze thuiskwam, nam ze eerst drie aspirines tegen de hoofdpijn en schonk daarna een groot glas met whisky in. Ze was woedend op Victor.

Jackie belde impulsief Mark op en ze vroeg of hij wilde langskomen. Ze begon aan de telefoon te huilen.

'Rustig, liefje. Rustig. Wat is er aan de hand?'

'Ik mis je Mark. Kun je straks bij me langskomen?'

'Lieverd, ik ben nu druk bezig met wat andere zaken, maar na twaalf uur heb ik tijd en kom ik naar je toe. Is dat goed?'

'Ja,' snikte Jackie verdrietig.

Klokslag twaalf uur belde Mark aan. Jackie sloot de deur achter hem en kopieerde de truck van Mark met de witte badjas. Ze liet haar badjas op de grond glijden en keek hem spiernaakt hoopvol aan. Hij keek haar ondeugend aan en vroeg zwoel: 'Waar is je slaapkamer?'

Jackie nam Mark aan de hand mee naar boven en ze voelde terloops zijn hand over haar billen glijden. Hier had ze naar uitgekeken, ging op bed liggen en keek hem smachtend aan. Hij kroop over het bed naar haar toe en trok Jackie mee in een erotische belevenis die zijn grenzen niet kende.

In de ochtend ontwaakte Jackie. Het bed naast haar was leeg, maar ze hoorde de douche lopen en liep ernaartoe.

'Je was goddelijk vannacht. Dat moeten we nog een keer overdoen. Heb je een skype account?' vroeg Mark.

'Nee, wat is dat?'

'Waar staat je computer? Dan maak ik een account voor je aan.'

Jackie keek Mark vertwijfeld aan, want ze wist niet waar hij het over had, maar ze deed wat Mark haar opdroeg en zette de computer in het studeerkamertje aan.

Mark ging achter de computer zitten, maakte een Skype-account aan en maakte Jackie wegwijs op Skype. Hij belde via zijn smartphone naar zijn eigen account om haar te laten zien hoe het werkte. Ze knikte en volgde Mark nauwlettend.

'Aha, je hebt ook een camera op de computer. Dan kunnen we via de webcam met elkaar praten.'

Na het vertrek van Mark kreeg Jackie last van opstandige gevoelens. Victor met de mooie vrouw dreven haar gedachten weer binnen. Ze pakte de auto, reed naar Scheveningen Haven en zag dat de zeilboot van Victor nog niet aangemeerd lag. De zwarte sportauto stond naast de auto van Victor aan de haven geparkeerd. Jackie voelde weer een ontembare boosheid opkomen.

Ze keerde om, reed naar huis en zette de computer aan. Ze opende het Skype-account dat Mark voor haar had geïnstalleerd, maar ze zag dat Mark niet online was. Onrustig liep Jackie naar beneden, schonk een glas rode wijn in en dronk het met kleine teugjes leeg. Daarna ging ze weer achter de computer zitten en zocht naar informatie over Mark. Ze vond niet veel meer, dan dat ze al eerder op internet had gevonden. Ineens lichtte het icoontje van Mark groen op en Jackie klikte op zijn naam. Hij accepteerde haar oproep en Jackie was gefascineerd door wat ze zag. Mark zat op zijn bed, maakte grapjes, draaide zijn laptop in de rondte zodat Jackie in zijn slaapkamer kon meekijken. Mark was ondeugend en provoceerde haar. Hij had zijn laptop weer op bed gezet, trok zijn shirt uit, wreef sensueel over zijn borst en kneep in zijn eigen tepels.

'Nu jij?'

'Ik,' vroeg Jackie verschrikt.

'Ja, laat je tepels eens zien?'

Jackie twijfelde en ze keek controlerend om zich heen, alsof er iemand achter haar stond. Daarna ging ze voor de camera staan, deed haar truitje en bh uit.

'Ja, lekker. Knijp er is in, dan worden je tepels stijf.'

Jackie liet zich meeslepen in het spel van Mark en ze vond Skype leuk.

Na deze nieuwe ontdekking had Jackie regelmatig op Skype contact met Mark, tot ze een foto van hem ontving, waarop ze hem pijpte. Ze was verbaasd, omdat ze nooit had gemerkt dat Mark foto's maakte tijdens de seks. Waar Jackie zich nog meer over verbaasde, was dat Mark kort daarna ook nog een video-opname opstuurde. Ze keek verschrikt op het grote beeldscherm naar zichzelf. Ze lag op haar rug na te genieten van de hevige seks met Mark. Hij was net in haar klaargekomen. Het sperma sijpelde langzaam uit haar vagina en druppelde door haar bilspleet op het laken.

Jackie was geschokt en klikte de video abrupt dicht.

Hoofdstuk 23

Op zondagavond sloeg de voordeur met een smak dicht. Jackie zag door het raam, dat de auto van Victor op de oprijlaan geparkeerd stond.

'Ha Jackie,' zei Victor, die met een grijns op zijn gezicht de kamer binnenliep. Hij gaf haar een kus op haar wang alsof er niets aan de hand was. Ze wendde haar hoofd af.

'Nog steeds boos?'

Victor liep door naar de keuken, maar voordat hij de keuken had bereikt barstte ze los.

'Vuile huichelaar. Ik heb je wel door, hoor. Je hebt het hele weekend met die snol op je boot gezeten!' schreeuwde ze met overslaande stem.

Victor reageerde niet, schonk stoïcijns een glas water in en nam een slok. Aan de manier waarop hij het water doorslikte was zichtbaar dat hij zijn emoties onder controle hield.

'Ik heb zelf gezien dat ze haar zwarte sportautootje naast onze auto parkeerde en dat jullie samen aan boord gingen. Ontken het nu maar niet!'

De halsspieren van Victor waren opgezet en ze klopten zichtbaar.

'Dat heb je goed gezien, alleen ben ik dat jaloerse gedoe van jou meer dan zat. Dat je me stiekem volgt vind ik sneu. Ik had behoefte aan een goed gesprek. Ik had Gladys voor een zeiltochtje uitgenodigd, want met jou kan ik tegenwoordig niet meer praten. Je bent constant hysterisch over andere vrouwen. Trouwens, je hebt nooit van zeilen gehouden. Gladys wel.'

Victor liep zonder het antwoord van Jackie af te wachten de keuken uit.

Jackie was woest op Victor. Hij ontkende niet eens dat hij vreemdging. De onderste steen moest bovenkomen, want ze was er al jaren van overtuigd dat Victor ook een relatie met zijn secretaresse moest hebben. Ze besloot om Giselle op de korrel te nemen en haar uit kantoor te volgen om iets meer over haar te weten te komen. Ze vermoedde dat Giselle in Den Haag woonde.

De volgende middag nam Jackie plaats in een koffiehuis aan de overkant van Salutem en ze hield de voordeur in de gaten. Het duurde verrekte lang. Pas even na half zeven kwam Giselle door de grote glazen entree naar buiten. Ze was gekleed in een strakke kokerrok en een zwart getailleerd colbertjasje. Ze liep bevallig op haar hoge pumps naar de tramhalte, waar ze uit de wind in het wachthokje ging staan. Jackie haastte zich onopvallend naar buiten en ze was net op tijd bij de halte toen de tram kwam aanrijden.

Ze ging op gepaste afstand in de tram zitten en stapte uit toen Giselle uitstapte. Ze volgde Giselle op afstand, totdat ze een portiek binnenliep. Jackie liep een stukje door en stak de straat over. Ze zag het licht boven het portiek aanschieten en ze wist nu waar Giselle woonde. Jackie liep terug naar het portiek en bekeek de naambordjes. Bergman & Lopes. Hier moest het zijn. Ze wist dat Bergman de achternaam van Giselle was. Dan moest ze met ene Lopes samenwonen. Terwijl de namen door haar gedachten sponnen hoorde ze achter zich een auto stoppen. Jackie schrok, want ze zag uit haar ooghoek de zwarte sportauto van Gladys. Ze deed net alsof ze iets in een postbus stopte en liep snel in de tegengestelde richting weg. Haar hart bonsde. Zou ze betrapt zijn door Gladys? Jackie begreep er niets meer van. Gladys die haar auto bij Giselle voor de deur parkeerde? Waren het dan toch vriendinnen?

Die avond kwam Jackie laat thuis. Victor zei niets. Hij was druk bezig met het pakken van zijn koffer. Komende week had hij flink wat zaken te regelen voor Salutem in Frankrijk.

'Heb je een volle agenda?' vroeg Jackie vriendelijk.

Victor keek haar achterdochtig aan en hij ging onverstoorbaar door met het pakken van zijn koffer.

'Ik heb nog wat eten in de koelkast staan, of heb je al gegeten?'

'Ik heb al op de zaak gegeten,' zei Victor afgemeten.

Toen Victor de volgende dag was vertrokken, zette Jackie de computer aan en ging ze op zoek naar informatie over Giselle en Gladys. Ze vond verschillende foto's van beide dames. Gladys bleek het creatieve brein op een reclamebureau te zijn. Totdat Jackie op een foto stuitte, waarop beide dames elkaar kusten. Op het bijschrift stond dat ze hun twintigjarige jubileum vierden. Het waren lesbiennes. Jackie was verbijsterd. Ze voelde zich schuldig, omdat ze Victor jarenlang ten onrechte had beschuldigd voor het vreemdgaan met zijn secretaresse.

Jackie had een uitnodiging van ene Chromosoom op Skype ontvangen. Op de foto stond een aantrekkelijke man. Het type zoals Mark. Ze twijfelde om zijn uitnodiging te accepteren. Als Jackie met Mark op Skype contact had, keek ze stiekem naar het footootje van Chromosoom. Na lang wikken en wegen klikte ze het aan.

Achteraf bleek het een vergissing te zijn. Chromosoom dacht dat Jackie iemand anders was. Toen duidelijk was dat zij niet de Jackie was, die hij zocht kwam er een leuk gesprek op gang. Het was een vriendelijke man die begrip had voor haar situatie. Jackie had trots over Victor en haar dochters verteld. Ze liet wel eens de honden van kennissen uit als die op vakantie waren en daar zat nu juist de klik. Chromosoom had veel kennis van honden, hij vertelde haar leuke verhalen over lieve puppy's.

Jackie keek uit naar het Skype-contact met Chromosoom. Hij vertelde een verhaal over de liefde van zijn leven die was weggekaapt door zijn boezemvriend. Het verhaal greep Jackie aan. Ze vond het vreselijk voor Chromosoom en ze had hem gevraagd hoe hij hiermee had kunnen leven.

'Voor alles is er een oplossing, maar het verwerken van verdriet kost tijd. Ik heb al jaren een lieve vriendin die me begrijpt. We zijn gelukkig in het leven.'

'Heb je kinderen?' vroeg Jackie.

'Nee, dat was mijn hartenwens bij mijn enige echte liefde.'

Chromosoom nam het gesprek over en vroeg: 'Ben je gelukkig getrouwd of heb je ook wel eens de liefde van je leven verloren?'

'Ik ben getrouwd, maar als zo veel zaken wordt het vroeg of laat toch een sleur. Wat is nu eigenlijk echte liefde?' vroeg Jackie zich hardop af, terwijl ze de aantrekkelijke foto van Chromosoom bekeek en vervolgde: 'Ik heb in het verleden toen ik jong was, samengewoond met een vriend. Ik heb spijt dat ik deze relatie heb verbroken voor mijn huidige man. Het was een pijnlijk proces, omdat de man van wie ik afscheid nam, vriendelijk en knap was, maar geen klasse en charisma had. Hij paste niet in mijn wereld.'

'Was geld dan zo belangrijk voor je?' vroeg Chromosoom zakelijk.

Het duurde even voor Jackie antwoordde.

'Vanuit mijn achtergrond was ik gewend om niet op een cent te kijken. Bij ons thuis werd er veel over kunst en cultuur gesproken en dat zijn toch de onderdelen die je in zo'n relatie mist.'

'Maar je zei eerder dat de man vriendelijk en knap was. Dat moet je als vrouw toch bevredigen?'

'Als we in bed lagen moest ik er niet aan denken om mijn hele leven met hem te delen. Nee, hij was niet de liefde van mijn leven, maar iemand die ik kende. Hij behandelde me als een vreemdeling, wat me een leeg gevoel gaf. Zeker toen hij me vertelde hoe succesvol hij later zou worden, dan ging bij mij de knop al om.'

Chromosoom was even sprakeloos, maar hij herpakte zich.

'Als ik goed naar je luister, ben je ook niet tevreden met je huidige relatie. Misschien moeten we eens verder praten. Ik heb een alternatieve praktijk en ik kan je weer op de rit helpen, zodat je huwelijk weer een nieuwe impuls krijgt,' zei Chromosoom op een overtuigende toon. Jackie raakte in verwarring over zijn aanbod en zei dat ze de gesprekjes over Skype prettig vond, maar hier nog over moest nadenken.

Nadat Victor was teruggekomen voor zijn werk uit Frankrijk had Jackie geen last meer van chagrijnige buien. De gesprekken met Chromosoom en de ontdekking dat Giselle lesbisch was, hadden haar rust gegeven.

'Zullen we er samen een weekend tussenuit gaan. Ik heb je veel te veel alleen gelaten,' zei Victor gemoedelijk. 'Ik heb een klein hotelletje in Friesland geboekt, waar we samen tot rust kunnen komen. Vind je het wat?' Hij keek haar hoopvol aan.

Jackie knikte en ze zei dat ze ernaar uitkeek.

Het weekend met Victor deed haar goed. Ze kwamen weer tot elkaar en voerden na een uitgebreid diner weer gesprekken zoals ze in het verleden ook hadden gedaan. Na een paar glazen wijn vroeg Jackie uit het niets:

'Is Giselle een lesbienne?'

Victor keek haar verbaasd aan.

'Hoe kom je daar nu weer bij?'

'Ik had haar naam gegoogeld en zag dat die Gladys haar vriendin is.'

Victor schoot in de lach: 'Sinds wanneer ben jij aan het googelen? Tot voor kort weigerde je de betalingen via het internet te doen en nu googel je Giselle.'

Jackie keek hem verontwaardigd aan, maar voordat ze iets kon zeggen zei Victor: 'Ik ben blij dat je het doet. Zo wil ik het graag zien. Op deze manier blijf je bij met de digitale ontwikkelingen.'

Hij prees Jackie voor haar actie.

'Maar hoe zit dat nu met Giselle?'

'Zover ik weet, had ze al voordat ik bij Salutem kwam werken een relatie met Gladys. Ik denk nu zo'n twintig jaar.'

'Maar wat deed je dan met Gladys in La Cuisine? Je bekeek haar de hele avond met een verliefde uitdrukking op je gezicht.'

'Dat is jouw interpretatie. De enige relatie die ik met Gladys heb, is een zakelijke relatie. Ze adviseert me bij creatieve communicatieprojecten.'

'Je bewonderde haar ring, dus ik dacht dat het jullie verlovingsring was.'

'Je conclusie klopt gedeeltelijk. Het was de verlovingsring van Giselle.

Jackie en Victor genoten sinds een lange tijd van een heerlijk ontspannen weekend. Op zondagavond reden ze naar huis. Jackie had haar hand op de dij van Victor gelegd. Ze keek hem liefdevol aan. Hij glimlachte en zei: 'Ik rij zo even langs de jachthaven. Er ligt een zeil aan boord dat ik wil laten repareren. Anders komt er weer niets van terecht.'

Victor reed de kade op in de richting zijn zeilboot. Ineens zag hij een man van boord springen en naar een zwarte auto met een draaiende motor rennen. Victor gaf gas, maar het mocht niet baten, de zwarte auto scheurde weg. Victor twijfelde; de auto volgen of zijn boot bekijken. De zwarte auto was al uit het zicht verdwenen om het kenteken te kunnen noteren. Jackie zat stijf van de schrik op de bijrijdersplaats van de auto.

Na een grondige inspectie op zijn boot stelde Victor haar gerust.

'Ik begrijp er niets van. Zover ik kan zien, is er niets weg. Het kluisje onder de bank was nog netjes afgesloten.'

Victor zat achter het stuur, keek voor zich uit alsof hij het beeld van de vluchtende man in de zwarte auto weer voor zijn ogen haalde.

'Waarom wist die vent dat wij eraan kwamen. Stond er iemand op de uitkijk die hem waarschuwde, of was het puur toeval? Het slot was niet geforceerd. Hoe zijn ze aan mijn sleutel gekomen of waren het professionele zeilboot-rovers die speciale apparatuur bij zich hadden?'

Jackie zag dat Victor gejaagd was en dat zijn hoofd overstroomde met vragen waarop hij zelf geen antwoord had. Ze trok haar schouders op en zei bemoedigend: 'Het belangrijkste is, dat er niets weg is.'

Ze reden thuis de oprijlaan op en Victor parkeerde de auto. Hij wilde de deur openmaken en was verbaasd.

'De voordeur zit niet op slot.' Hij pakte zijn telefoon en belde de politie.

Hoofdstuk 24

Na de commotie van de vorige avond liep Jackie de keuken in en zette ze de waterkoker aan. Ze was onder de indruk van de manier waarop Victor het heft in handen had genomen. Hij had geen risico genomen en had direct de politie gebeld. Gelukkig was er niets gestolen, maar Jackie had het wel een akelig idee gevonden dat er iemand in haar huis had rondgelopen.

Vandaag was het maandag en gedachten aan Mark stroomden haar gedachten binnen. Ze had zin in hem en keek al naar hem uit. Terwijl de waterkoker met het kokende water afsloeg, ging haar mobiel. Het was Mark.

'Hallo Jackie. Ik vind het vervelend, maar ik ben straks verhinderd. Ons afspraakje gaat helaas niet door.'

'Heb je het druk?' vroeg ze teleurgesteld.

'Ja, ik moet nog wat zaken voor het nieuwe seizoen op de tennisbaan voorbereiden.'

Jackie hoorde geluiden op de achtergrond.

'Wie is er bij je?'

'Niemand, je hoort de radio.'

Jackie twijfelde. Zou Mark een nieuwe vriendin hebben? Ze had op de internetblogs gelezen dat Mark door veel vrouwen werd geadoreerd en bemind. Het telefoongesprek werd beëindigd. Het irriteerde Jackie. Ze hield er niet van om op het tweede plan weggezet te worden, dus besloot ze om persoonlijk polshoogte te gaan nemen.

Ze kleedde zich sexy aan en liep naar de woning van Mark, die in dezelfde wijk woonde. Ze belde aan. Het duurde lang voordat de deur werd geopend. Jackie stond al op het punt om terug naar huis te gaan toen Mark de voordeur van het slot haalde. Hij zag er woest aantrekkelijk uit, alsof hij net uit zijn bed kwam rollen en snel een korte broek had aangetrokken.

Jackie keek hem bevallig aan.

'Ik was in de buurt en dacht ik loop even bij je langs.'

Mark wreef langs zijn kin. 'Weet je, ik heb nu niet veel tijd. We spreken elkaar nog.'

Voordat Mark nog iets kon zeggen hoorde Jackie een zwoele vrouwenstem op de achtergrond: 'Mark, kom je?'

Jackie keek Mark teleurgesteld aan en ze wilde nog iets zeggen, toen Mark zei: 'Ik spreek je nog,' en de deur plompverloren voor haar neus sloot. Verdrietig liep Jackie terug naar huis. Ze was boos op Mark, omdat hij haar had afgedankt.

Thuisgekomen schopte ze haar schoenen uit, liep naar boven en plofte nijdig op het bed neer. Het was jammer voor Victor, maar ze nam zich voor om haar verdriet de komende dagen in bed te verwerken.

Toen ze naar de badkamer liep, viel haar oog op de computer in het studeerkamertje. Impulsief zette Jackie de computer aan en logde ze op Skype in. Waar ze op hoopte gebeurde ook, Chromosoom was online. Ze klikte hem aan en keek verwachtingsvol naar het scherm. Een gesprek kwam op een gang, waardoor haar verlies van Mark naar de achtergrond verschoof. Chromosoom vertelde enthousiast over een puppy die bij hem kwam logeren. Jackie ergerde zich aan zijn verhaal, want ze had in de gaten dat Chromosoom niets van honden afwist en beslist niet in staat was om zo'n beestje te verzorgen. Ze gaf allerlei tips die Chromosoom ter harte nam.

'Je vertelt me een heleboel, maar ik weet niet of ik dat allemaal kan onthouden,' zei Chromosoom twijfelachtig.

Jackie oreerde weer verder en een regen van tips over het verzorgen van puppy's volgde.

'Kun je me een plezier doen en morgen langskomen, want ik heb het druk en ik weet niet hoe ik het allemaal moet bolwerken.'

Jackie draalde. Om haar over te halen zei Chromosoom: 'Misschien moet ik de puppy bij een hondenasiel onderbrengen, daar kunnen ze hem wel goed verzorgen. Welk asiel adviseer je?'

'Je brengt een hondje toch niet voor een dag weg, als je je vriend hebt beloofd om op te passen,' zei Jackie verontwaardigd.

'Wat is je praktijkadres, dan kom ik morgen langs om hem te verzorgen.' Paul gaf zijn adres door en wreef genoegzaam in zijn handen.

Toen Jackie aanbelde en de trap opliep had ze al een paar keer "hallo" geroepen. Haar aandacht werd volledig geabsorbeerd door de lieve puppy die op de overloop huppelde. Het had even geduurd, maar ineens stond Chromosoom als Paul op de overloop. In eerste instantie was Jackie geschrokken toen Paul achter de deur vandaan kwam. Ze had zich ongemakkelijk gevoeld, maar hij stelde Jackie op haar gemak.

Hij stelde voor om thee te drinken, wat ze twijfelend accepteerde.

Nippend van haar warme thee had ze Paul bekeken en vond dat hij geen spat was veranderd. Hij was wel ouder geworden, maar ze herkende de twinkeling in zijn ogen die haar aan een onstuimig verleden herinnerde. Paul was een veroveraar en Jackie schoot weer in haar oude rol door zich bewust gereserveerd op te stellen, want dat prikkelde hem. Paul vertelde trots over zijn praktijk, waar Jackie allerlei vragen over stelde.

'Paul, waarom ben je een alternatieve praktijk begonnen? Je bent toch als arts afgestudeerd en in het Academisch Ziekenhuis heb je toch naam gemaakt? Hier toch niet?'

'Jackie, dit is mijn hobby, een echte levensvervulling. Mijn werk in het Academisch Ziekenhuis is interessant, maar de belangen liggen daar anders. Er zijn twee zaken die je moet scheiden. Er is een commerciële wereld, waar de farmaceutische industrie artsen dwingt zich aan koude innovatietrajecten te conformeren en er is een wereld waarin je als arts je kennis en ervaring kunt inzetten ten behoeve van warme menselijke doelen. Je kunt ervoor kiezen om je te laten uitzenden naar derdewereldlanden, waar je als individu een goed gevoel van krijgt of je kunt, zoals ik heb gedaan, een alternatieve praktijk oprichten. Ik laat me door niemand beïnvloeden en behandel mijn cliënten zonder enige vorm van belangenverstrengeling.'

Jackie was onder de indruk van het betoog van Paul. Dat was een nobele gedachte van hem. Hij ging niet voor het geld, maar zou zijn werkwijze wel status brengen, vroeg ze zich af. Ze had bewondering voor Paul op de manier hoe hij twee intensieve carrières combineerde.

'Als je het leuk vindt en tijd hebt kan ik je een keer een behandeling geven. Dan kun je ervaren wat mijn therapie in je lichaam en je geest teweeg brengt.'

Jackie vond het een mooi aanbod, maar ze beloofde hier een andere keer op terug te komen. Paul had een mooi verhaal over zijn praktijk verteld en ook over zijn vriendin Marloes, toen ze hiernaar had gevraagd. Marloes bleek een top advocate te zijn, waar Paul veel van hield. Dat laatste stak Jackie. Hij had nu een vrouw die carrière maakte en dat was iets, wat ze zelf nooit voor elkaar had gekregen. Ze had het ook niet gekund, omdat ze Victor als echtgenote altijd had moeten volgen en ondersteunen. Jackie verliet de praktijk en ze beloofde om binnenkort nog een keer langs te komen.

Het bezoek aan Paul had Jackie goed gedaan. Dat kwam omdat Paul haar de aandacht gaf, die ze van Victor niet kreeg. Het gekke was dat Paul in haar optiek de man was die ze ondergeschikt aan Victor had gevonden. Hij had wel de status van een arts en hij bleek nu zelfs twee carrières te doorlopen. Jackie had Paul onderschat. Ze had toen ze jong was haar oordeel te snel klaar gehad. Hij hoefde het blijkbaar niet voor het geld te doen. Jackie moest het voor zichzelf bekennen dat Paul haar na al die jaren intrigeerde. Misschien had ze in het verleden voor hem moeten kiezen.

Jackie had Paul nog een keer op Skype gesproken en ze had besloten om bij hem langs te gaan. Nu haar relatie met Mark was bekoeld, zou Paul een prettig alternatief zijn.
Hij had haar boven aan de trap opgewacht. Ze hadden koffie gedronken en oude herinneringen opgehaald. Het leek wel of Paul nooit uit haar leven was weggeweest. Tijdens het koffiedrinken had ze zijn handen bekeken en ze wist hoe opzwepend deze konden zijn. Hoe meer ze naar Paul keek, hoe meer ze zich tot hem aangetrokken voelde. Alleen liet Jackie dit niet blijken, want Paul wilde als man overheersen, dus nam ze haar onzekere houding aan. Af en toe wreef ze met haar vlakke hand over haar nek, alsof deze stijf was, maar ze suggereerde niets.

In de tussentijd, toen Jackie haar koffie opdronk had Paul gepassioneerd over zijn Darkness therapie verteld.
'Zal ik straks je nek en rug behandelen. Volgens mij heb je een stijve nek.'
'Wat ga je dan precies doen?
'De Reiki handopleggingen brengen absolute rust in je hoofd en lichaam. Ik kan je garanderen dat je als een herboren mens de praktijk verlaat,' zei Paul bloedserieus.
Jackie was veel liever direct naar de slaapkamer gegaan om zijn dominante seksuele uitspattingen te ondergaan, maar in plaats hiervan knikte ze geïnteresseerd. Hij pakte zijn witte jas, trok deze aan en zette zijn hoornen bril op.
Jackie schoot in de lach: 'Je ziet er compleet anders uit wanneer je die doktersjas aantrekt.

'Kom,' zei Paul met een lichte dominante stem: 'Als je wilt, kan ik je laten ervaren wat Reiki inhoudt.'

'Moet ik me dan uitkleden,' vroeg Jackie onzeker.

'Nee, dat hoeft niet. Dat doen alleen de patiënten.'

Jackie keek belangstellend in de rondte, stelde vragen over de potjes met ecologische etiketten, maar maakte geen aanstalten om zijn behandeling te ondergaan.

'Hoelang duurt die behandeling dan?'

'Jackie, niets moet. Alleen als je het leuk vind zal ik je laten ervaren wat een Darkness behandeling inhoud. We kunnen ook nog een kopje koffiedrinken. Het is me om het even.'

'Oké, maar ga je me dan in het donker masseren?' vroeg ze.

'Wat je wilt. Het beste resultaat krijg je in het donker.'

Toen Paul de behandeling in het donker startte en zijn handen over haar zachte huid liet glijden, raakte ze al opgewonden. Eigenlijk vond ze het vervelend dat ze ingestemd had om een behandeling te ondergaan, terwijl ze liever gelijk met Paul in bed was gedoken. Ze liep te snel van stapel. Paul woonde notabene met Marloes samen en ze moest stoppen met deze onzin, omdat de behandeling niets met seks te maken had.

Jackie kreeg het te kwaad toen ze zich op de behandeltafel omdraaide. Ze lag op haar rug met een handdoek over haar heupen. Zijn zachte handen wekte innerlijke lust op en heimelijk dacht Jackie aan het verleden toen ze moeite had gehad om van zijn seksuele uitspattingen af te kicken. Ze miste zijn heftige seks, die ze vroeger heerlijk had gevonden. Nu was er Marloes, waar hij zijn driften op los liet. Deze gedachte wekte irritaties op, die ze weer snel verdrong door te genieten van zijn warme erotische handen.

Ze voelde zijn hand langs haar stijve tepel schuren en ze hoopte stilletjes dat hij haar borsten zou masseren. De warme geoliede handen van Paul gleden nu naar haar heupen. Ze voelde de handdoek er vanaf glijden. Voordat ze iets had kunnen zeggen drongen zijn warme vingers haar lichaam binnen. Als een soort reflex hijgde ze: 'Wat doe je nou?' Maar voordat ze er erg in had drong Paul diep in haar.

Maud had gebeld. Ze vroeg of Jackie tijd had om langs te komen. Ze had een afspraak met de verwarmingsmonteur, terwijl ze colleges moest volgen. Jackie had een bloedhekel aan dit soort verzoeken, maar ze besloot om deze keer aan het verzoek van haar dochter tegemoet te komen.

Vroeg in de morgen belde ze bij Maud aan, die de deur opende met een handdoek om haar hoofd, waarin haar lange natte haren waren gewikkeld.

'Ik ben laat.' Ze liep gelijk terug naar de badkamer.

'Ma, kun je koffiezetten? Ik lust nog wel een bakje voordat ik vertrek.'

Jackie liep naar de keuken en ze keek hulpeloos in de rondte. Ze hield er niet van wanneer ze aan het werk werd gezet. Het lampje van de Senseo brandde nog. Jackie pakte het lege kopje wat naast het apparaat stond, opende een paar kastjes voordat ze de schone kopjes had gevonden. Daarna stopte ze er twee padjes in, zette er twee kopjes onder en drukte op het knopje.

Maud kwam de keuken binnenlopen, pakte haar volle kopje en gaf het andere kopje aan Jackie.

'Ma, ik ben blij dat je vandaag kon komen, anders wordt de verwarming nooit gerepareerd. Je weet wel die woningbouwverenigingen, ze kunnen alleen maar een monteur langssturen wanneer het je niet uitkomt.' Ze nam een slokje van haar warme koffie.

Jackie stond er gelaten bij. Maud zag het.

'De monteur komt tussen tien en twaalf uur. Ik ben rond twaalf uur weer terug. Ik zal de televisie aanzetten, dan kun je Koffietijd kijken.'

Jackie knikte en ze ging op de bank zitten. Maud vertrok gehaast, want ze was al laat.

Toen Jackie haar koffie had opgedronken, stond ze op en snuffelde ze in de kamer rond. Eigenlijk wist ze niet veel van haar eigen dochter, behalve dat Maud studeerde en succesvol moest zijn. Ze was een sloddervos want het bed was niet opgemaakt en het dekbed lag als een drol aan het voeteneinde van het bed. Jackie had de indruk dat ze niet alleen in bed had gelegen. Ze zag twee lege glazen op het nachtkastje staan. Jackie had in het verleden wel eens vriendjes van Maud ontmoet, maar de laatste jaren had ze niemand meer gezien. Jackie liep terug naar de woonkamer, ging weer op de bank zitten, pakte een tijdschrift van het kastje en ze bladerde er ongeïnteresseerd doorheen.

De bel ging. Jackie liep naar de voordeur om de monteur binnen te laten. De man ging aan het werk en Jackie ging weer op de bank zitten, pakte het tijdschrift weer op toen haar oog op een donkergroene brillenkoker viel met een chinees logo. Hetzelfde logo dat ze op de deur van de praktijkkamer van Paul had gezien. Ze opende de brillenkoker. Er zat een aftands Kruitvat-brilletje in. Jackie keerde de koker om, maar ze kon verder niets ontdekken. Ze vroeg zich af van wie deze brillenkoker was en besloot dat aan Maud te vragen als ze terug was.

Kort nadat de monteur was vertrokken kwam Maud binnenlopen.

'Hoi ma, is het allemaal nog gelukt?'

'Ja, de monteur is net weg. Ik ga er weer vandoor, want ik heb nog zaken te regelen.'

Maud trok een bedenkelijk gezicht. Ze wist dat haar moeder helemaal niets te doen had.

Uit het niets vroeg Jackie: 'Van wie is die brillenkoker? Je draagt toch geen bril?'

Maud verschoot van kleur en stamelde: 'Oh, die is van een kennis die hier laatst was. Hum, ik wist niet dat die daar lag.'

Ze pakte de brillenkoker van Jackie aan.

'Doet die kennis van je aan Reiki?'

'Hoezo?' vroeg Maud verwonderd.

Jackie gaf geen antwoord, pakte haar handtasje en vertrok naar huis.

Hoofdstuk 25

Jackie opende de voordeur. Ze pakte de post van de deurmat en legde deze op het kastje in de gang neer. Haar oog viel op een grote witte enveloppe, die uit de stapel stak. De brief was aan Paul Norton geadresseerd, was al geopend geweest en weer met plakband dichtgeplakt. Met haar jas nog aan bekeek ze de envelop, opende hem en haalde er voorzichtig een document uit. Het bleek een DNA-vaderschapstest te zijn die op haar dochter Maud en Paul Norton was uitgevoerd.

Uit het onderzoek is gebleken dat er sprake is van vaderlijke verwantschap met een betrouwbaarheid van 99,9%.

Jackie stopte het document terug in de envelop en ze liep in gedachten naar boven. Dit was geen nieuwe informatie. Jackie wist dat Paul de biologische vader van Maud was. Ze had het Paul nooit verteld. Waarom dit officiële onderzoek? Jackie begreep het niet, Maud leek niet eens op Paul. Impulsief besloot ze om via Skype met Paul contact te zoeken. Op het laatste moment bedacht ze zich. Misschien moest ze Paul persoonlijk in zijn praktijk op de vaderschapstest aanspreken. Ze gooide nonchalant de brief in de bovenste lade van het bureau en schoof deze dicht.

Jackie wist heel goed hoe de vork in de steel zat. Ze had Victor van begin af aan een zorgzamer type gevonden dan Paul. Paul kon hard zijn, maar seks met hem was verslavend. Dat waren de momenten waarop haar zwakte voor hem prevaleerde.

In het begin, toen Jackie bij Victor inwoonde lukte het haar om van Paul af te kicken. Af en toe kwam er een dwangmatige behoefte bovendrijven en dan had Jackie zichzelf niet meer onder controle. Dat uitte zich in chagrijnige buien, waarin ze onredelijk was tegen Victor, die zijn best deed om de sfeer gezellig te houden. Het leven kabbelde voort, maar gelukkig was Jackie niet bij Victor. Het enige wat haar leven met hem waard maakte was zijn status. Ze verkeerde nu in de kringen waar ze zichzelf een superieure rol had toegeëigend. Door buitenstaanders werd er naar haar opgekeken als de partner van Victor Bosch, een telg uit een invloedrijke familie.

Af en toe trok Jackie er stiekem tussenuit en viel ze als een verslaafde in de open armen van Paul, die haar vol begrip koesterde, maar ook seksueel beheerste.

'Lekkertje, ik ben blij dat je er weer bent.'

Dan pakte hij Jackie gelijk bij de voordeur op en droeg hij haar hebberig linea recta naar zijn bed. Binnen een mum van tijd drong hij diep in haar en gilde ze het uit. Dit was de ultieme belevenis die Victor haar niet kon bieden. Het orgasme, afgewisseld door de lieve strelingen en harde kletsen op haar billen die Jackie weer naar het volgende hoogtepunt leidde.

Als Jackie na haar bezoek aan Paul naar huis ging, wist ze zich geen houding te geven en ging ze in de slaapkamer op bed liggen. Ze kon dan niemand om zich heen verdragen.

Schuldgevoel had Jackie niet, omdat ze zeker wist dat Victor iets met die slet had, die ze ooit in La Cuisine had gezien. Hier waren al de nodige discussies over geweest, waar Victor continu had volgehouden dat hij geen relatie met Gladys had.

Er was een einde aan de geheime ontmoetingen met Paul gekomen toen haar menstruatie wegbleef. Eén ding wist Jackie zeker, de zwangerschap was van Paul, want ze had een paar woeste nachten met hem achter de rug terwijl Victor voor zijn werk in Frankrijk zat. Jackie had het hele weekend met Paul in bed gelegen, waar Paul haar had geslagen, als een hyena gepenetreerd en als een volleerd charmeur had bevredigd. Als Jackie nog aan dit weekend dacht, smachtte ze naar Paul.

Jackie was haar baan zat en ze wilde graag een baby. De uitdaging was hoe ze haar geheime zwangerschap van Paul aan Victor moest verkopen. Na een zeilweekend was Victor thuisgekomen, maar had hij vervolgens gefrustreerd de woning weer verlaten. Jackie hoopte dat zijn boze bui gezakt zou zijn. Ze was ervan overtuigd dat zijn narrige buien door de hoge werkdruk op kantoor werden veroorzaakt. Victor had kortgeleden verteld dat hij promotie zou gaan maken. Hier lag een rol voor Jackie om hem hierin te ondersteunen, die ze maar al te graag oppakte. Ze begreep Victor maar al te goed en ze zou ervoor zorgen dat hij die belangrijke stap in zijn carrière ook zou kunnen maken.

Jackie zat met een nors gezicht op de bank televisie te kijken toen Victor op zondagavond thuiskwam.

'Waar was je nou?'

'Op mijn zeilboot. Waar anders?' zei Victor geïrriteerd.

Jackie beschuldigde hem ervan dat bij Gladys had gezeten. Hij was boos geworden en had gezegd dat ze eens moesten praten.

'Jackie, ik wil niet meer op deze manier verder. Ik heb besloten om onze relatie te beëindigen.'

Jackie was met stomheid geslagen en ze dacht verschrikt aan haar zwangerschap. Hoe zou ze deze nu moeten goedpraten bij Victor? Huilen en medelijden opwekken zou de enige optie zijn om Victor te behouden en ze barstte in snikken uit. Ze beschuldigde Victor ervan dat hij nooit van haar had gehouden. Jackie zag een koude uitdrukking op het gezicht van Victor en ze wist dat haar kansen waren verkeken. Zeker toen hij over alternatieve huisvesting was begonnen, die ze vanuit Salutem voor haar konden regelen.

Toen Victor de volgende avond niet thuiskwam was Jackie midden in de nacht naar Paul gereden. Ze had zich voorgenomen om hem over haar zwangerschap te vertellen, maar Paul had de voordeur geopend en gezegd dat hij andere plannen had. Teleurgesteld, met de tranen in haar ogen was ze terug naar huis gereden.

Een paar dagen later was Victor weer over het beëindigen van hun relatie begonnen en bij zijn standpunt gebleven over het vertrek van Jackie uit de woning. Uit het niets had ze gezegd dat ze zwanger was en dat ze samen een kindje kregen. Dat had alles in één klap veranderd. Victor had weloverwogen Jackie ten huwelijk gevraagd. Na het huwelijksaanzoek van Victor had ze definitief afscheid van Paul genomen. Een buitenechtelijke relatie met Paul onderhouden en als moeder aan het hoofd van het gezin staan was te veel van het goede.

Maud werd geboren en Jackie had gelijk op een tweede zwangerschap aangestuurd om haar comfortabele positie te borgen.

Het was Jackie gelukt om haar huwelijk met Victor in de afgelopen twintig jaar gestalte te geven. Het was letterlijk vallen en opstaan geweest. Als de vrouw van Victor Bosch stond ze als een blok achter hem in het belang van zijn carrière.

Alles veranderde toen ze op Skype met Paul in contact was gekomen. In het begin had ze geprobeerd om hem op afstand te houden, maar toen ze eenmaal op zijn behandeltafel lag en zijn goddelijke handen over haar lichaam voelde strelen, had ze zich als een nat vloeitje aan hem overgeleverd. Eigenlijk had Jackie spijt dat ze niet eerder met Paul contact had gezocht.

Victor was compleet uit haar hersenpan verdwenen toen Paul haar had liefgehad in zijn behandelkamer. Ze had gegild toen ze klaarkwam. Maar Paul was nog niet klaar en had haar naar zijn slaapkamer meegenomen, waar ze adem te kort kwam van het hijgen. Totaal uitgeput was ze die nacht in zijn armen in slaap gevallen.

De volgende ochtend toen Jackie thuiskwam was ze in de war. Paul had een oude snaar geraakt. Haar hart was in tweeën gespleten. Vlak voordat Victor 's avonds de voordeur opende was ze boven in bed gaan liggen en had ze een chagrijnige bui opgespeeld. Zo hoefde ze Victor in ieder geval niet onder ogen te komen.

Victor was pas tegen middernacht naar de slaapkamer gekomen.

'Blijf je hier de hele week weer liggen?' had hij op een boze toon gezegd. Jackie had geen antwoord gegeven en ze had het dekbed over haar hoofd getrokken. Ze wilde alleen gelaten worden en over Paul dagdromen.

Ze had haar chagrijnige bui een paar dagen volgehouden tot er een onverwachte confrontatie in de keuken plaatsvond.

'Jackie, ik wil met je praten.'

Achterdochtig had ze Victor aangekeken.

'We zijn nu twintig jaar getrouwd. Ik heb de indruk dat je niet meer gelukkig bent. De afgelopen dagen heb je weer in bed gelegen en was je zoals gewoonlijk niet aanspreekbaar. Zo wil ik niet verder. Ik heb besloten om ons huwelijk te beëindigen.'

Jackie was overvallen door de boodschap van Victor. Ze had een discussie verwacht en keek Victor verdwaasd aan. Dit stond niet in haar scenario, ze moest improviseren om de nodige emoties op te wekken. Victor moest de ultieme prikkel krijgen om haar te troosten. Ze wilde zijn comfortabele armen om haar schouders voelen en zijn excuus horen dat hij het allemaal niet zo had bedoeld.

De kunst van het huilen was één van de talenten van Jackie. De emoties wekte ze snel en vakkundig op door met afgunst herinneringen over haar eigen jeugd op te rakelen. Zoals haar vader vroeger botweg had gezegd dat hij liever een zoon had gehad in plaats van een dochter. Alleen al de herinnering aan het lege blik zijn ogen deed het vocht in haar traanbuizen ophopen. Toen ze Victor wanhopig aankeek, druppelden langzaam de eerste tranen uit haar ogen. Hoofdschuddend liep hij de kamer uit.

Voordat Victor naar de logeerkamer liep, betrad hij de gemeenschappelijke slaapkamer en ging demonstratief naast het bed staan.
'Hoe lang denk je dit toneelstuk nog vol te houden?
Jackie had vuurrode ogen van het huilen. Diep in zijn hart had Victor medelijden met wat hij nu zag. Hij moest ferm zijn en doorzetten.
'Morgen ga ik naar mijn advocaat en laat ik een voorstel uitwerken. Maud en Colette heb ik al geïnformeerd.'
Als een razende kwam Jackie overeind en gilde: 'Je hebt nooit van me gehouden!'
Daarna klauterde ze uit het bed, liet zich vlak voor de voeten van Victor op de grond vallen en begon ze weer onbedaarlijk te snikken.
Victor slikte, twijfelde, maar zette toch door, deed een stap naar achteren en zei: 'Stop met die onzin, dit circus heb ik de afgelopen twintig jaar al zo vaak meegemaakt.'
Daarna ontstak Jackie weer in woede en gilde: 'Het is die snol hè, ik weet het wel. Je laat je inpakken door mooie praatjes. Ik ben altijd degene geweest die je hebt gesteund. Door mij heb je carrière kunnen maken.'
Victor draaide zich om en liep zuchtend de trap af naar beneden. Niet veel later hoorde Jackie de voordeur met een harde klap dichtslaan.

Jackie ging op de rand van het bed zitten, veegde haar natte ogen droog en ze keek leeg voor zich uit. Dat was het laatste was ze had verwacht. Ze was ervan uitgegaan dat ze haar hele leven met Victor zou delen. Nu moest ze in actie komen, voordat Victor de echtscheidingsprocedure in werking zou zetten. Ze was op huwelijkse voorwaarden met Victor getrouwd. Hij zou haar niet met lege handen achterlaten, maar haar grootste zorg was dat ze haar status als de vrouw van Victor Bosch zou kwijtraken.

Victor was degene die altijd tot 's avonds laat aan het werk was en niet in het gezin had geparticipeerd toen Maud en Colette nog jong waren. Jackie was ervan overtuigd dat ze als vrouw aan al de wensen van Victor had voldaan. Ze had zich altijd mooi en representatief gekleed. Als hij seks wilde, was ze altijd voor hem beschikbaar geweest.

Haar tranen hadden niet de emoties bij Victor opgeroepen die Jackie had ingecalculeerd. Alle registers moesten nu open om hem te kunnen behouden. Jackie ging voor de spiegel staan en ze kreeg een zoete glimlach rond haar mond. Paul.
Jackie wist dat Victor op zijn vroegst pas morgen boven water zou komen. Ze liep naar haar kast, pakte er een mooi jurkje uit en trok het aan. Daarna maakte ze zich op en bekeek zichzelf uitgebreid voor de spiegel. Het resultaat beviel haar. Ze liep naar het studeerkamertje en zette de computer aan.
Jackie trof het. Paul zat achter zijn webcam.
    'Ha Paul, heb je het druk?'
    'Het is net wat rustiger. Ik kan wel tijd voor je vrijmaken.'
    'Zal ik zo naar de praktijk komen?' vroeg Jackie hoopvol.
    'Je kunt wel naar de praktijk komen, maar Marloes komt ook zo. We hebben plannen voor vanavond.'
Het gezicht van Jackie beteuterde.
    'We hebben een paar leuke ontmoetingen gehad, maar ik moet ook eerlijk zijn in mijn relatie. Je ziet er mooi uit. Je creatie siert je lichaam. Je benen komen goed tot zijn recht.'
Jackie keek verbaasd. 'Hoe kun je die nu achter de Skype webcam zien?'
    'Uh, dat kun je aan de keurcombinatie van het model zien,' zei Paul haastig. 'Is alles goed? Ik zie verdriet op je gezicht.'
Jackie keek heel even naar beneden en ze zei treurig: 'Paul, ik mis je. Kunnen we vandaag niet ergens afspreken?'
Paul keek bloedserieus en vroeg op een zalvende toon: 'Heb je problemen? Zo ken ik je niet, je bent altijd opgewekt.'
    'Ik heb net woorden met Victor gehad. Je weet dat hij heel dominant kan zijn en mij als zijn ondergeschikte ziet.'
    'Jackie, dat vind ik vervelend voor je. Ik ga je helpen. Wacht, ik kijk even naar de afspraken in mijn agenda.'
Jackie hoorde ritselen. Paul keek naar beneden, alsof hij zijn agenda raadpleegde.

'Vanavond om tien uur heb ik de laatste afspraak. Om elf uur kun je langskomen. Een goed moment om gelijk met Marloes kennis te maken.'

'Dat is wel erg laat Paul. Kan het niet eerder?'

'Jackie, mijn patiënten gaan voor.'

'Ja ja,' zei ze begripvol.

Klokslag elf uur belde Jackie bij de praktijk van Paul aan. De deur sprong open. In een spaarzaam verlicht trapgat liep ze de trap op naar boven. Die rare paspoppen op de overloop gaven een macabere indruk.

'Hallo Paul, ben je daar?'

Door een kier van de slaapkamerdeur hoorde ze Paul zwoel roepen: 'Hier lieverd.'

Jackie duwde de deur open. Paul lag in een romantische met kaarslicht verlichte slaapkamer naakt op bed. Ze liet haar tas op de grond vallen en ze haastte zich naar het bed waar Paul haar gelijk introk.

Seks met Paul was heftig. Hij sloeg Jackie hard op haar billen en dwong haar op de knieën te gaan zitten om hem te bevredigen. Ze genoot van Paul en had zelfs naar hem uitgekeken.

Toen ze in zijn armen lag vroeg ze: 'Waar is je vriendin? Ze zou hier toch ook zijn?'

'Vlak voordat je kwam is ze naar huis vertrokken. Marloes zit op een zware juridische zaak en ze had nog het nodige voor te bereiden.'

Jackie keek Paul serieus aan. 'Geeft dat geen zware druk op jullie relatie?'

'Ja, dat wel, maar we hebben samen een goed leven. Marloes is een uitstekende advocate, die in haar werk investeert. Met goede afspraken is alles te behappen. Hoe ben je gekomen?'

'Met de auto,' zei Jackie. 'Waarom?'

'Ik vind het vervelend, maar ik moet je straks naar huis sturen. Morgenochtend moet ik vroeg in het Academisch Ziekenhuis aan de slag. Momenteel stuur ik een team met onderzoekers aan, die de resultaten van een groot onderzoek gaan opleveren,' loog Paul.

Jackie knikte en ze vond het jammer dat er een einde kwam aan haar gekoesterde avond met Paul.

Nadat Jackie de praktijk had verlaten, liep Paul naar zijn behandelkamer, zette de computer aan en logde in op de slaapkamer van Jackie. Na een half uur kwam ze haar slaapkamer binnenlopen, kleedde zich uit en ze wreef met haar handen over haar naakte lichaam. Een opwindend gevoel maakte zich meester van zijn lichaam. Paul zocht naar het slipje van Jackie, wat hij vanavond stiekem had achtergehouden. Ze had ernaar lopen zoeken en was zonder naar huis vertrokken.

Met het vuile kruis tegen zijn neus aangedrukt snoof Paul de lucht van haar warme vulva op, fantaseerde hij over de seks die hij met Jackie had gehad en trok zich af. Toen hij klaarkwam voelde hij een druppel kwijl uit zijn mondhoek lopen.

Hoofdstuk 26

Paul was in control. Alles viel op zijn plaats. Zijn seksuele driften kon hij lozen in de warme vulva van Jackie. De juridische kennis van Marloes, die alles tot in de kleinste details overzag, was zakelijk gezien onontbeerlijk. In zijn werk waren er de patiëntes, die naar zijn handopleggingen snakten.

Paul ontkende het voor zichzelf, maar zijn leven werd beheerst door zijn seksverslaving. Toch lukte het Paul niet om Jackie ongelimiteerd naar zijn praktijk te lokken om hem van zijn opgekropte gevoelens af te helpen. Om interessant te doen had hij Jackie wijsgemaakt dat hij zijn beperkte tijd hard nodig had om als microbioloog aan zijn projecten in het Academisch Ziekenhuis te werken en tegelijkertijd zijn eigen alternatieve praktijk draaiende te houden.

Paul moest in zichzelf lachen, omdat Jackie er geen besef van had dat het spel om haar nu echt was begonnen. Eén ding wist Paul zeker, hij zou een wig drijven in het huwelijk van Victor. Paul wist al op voorhand dat hij de strijd zou winnen. Jackie had hem altijd als een soort side-kick van Victor beschouwd. Nu zou het duidelijk worden wie hier de bijrijder was. Victor!

Tijdens één van hun ontmoetingen was Jackie loslippig geweest. Paul had het nodige beeldmateriaal in de slaapkamer van Jackie bestudeerd en hij had gevraagd hoe het nu met Victor zat. Terwijl hij wist dat ze om de haverklap ruzie hadden.

'Paul, we hebben een vrij huwelijk. We geven hier zelf onze invulling aan. De kinderen zijn volwassen, die gaan hun eigen weg.'

'Heeft Victor ook een vriendin?'

Jackie zuchtte: 'Ja die snol.'

Paul keek haar nieuwsgierig aan.

'Hij heeft een secretaresse die hem al vanaf de eerste dag bij Salutem door dik en dun steunt en hem op de voet volgt. Het klopt gewoon niet. Weet je nog dat etentje wat we lang geleden in La Cuisine hadden toen Victor de hele avond met die vrouw zat te slijmen?'

Paul raakte geïrriteerd. 'Ja, dat weet ik nog goed, want je zat de hele avond als een jaloerse trut naar dat tafeltje te kijken.'

'Laten we het hier maar niet meer over hebben', zei Jackie en ze wendde haar hoofd af.

'Wat wilde je me over deze dame vertellen?'

Jackie keek Paul weer aan en taxeerde zijn blik.

'Gladys, zo heet ze, heeft een relatie met die secretaresse. Ze blijken een stel te zijn. Ik denk dat Victor al jaren in het midden ligt. De klootzak,' zei Jackie boos.

'Je moet je niet zo druk maken lieverd,' zei Paul zoet en hij liet zijn hand over haar lichaam glijden. Het gesprek verstomde. Jackie liet zich maar al te graag verwennen door haar persoonlijke dokter, zoals ze Paul noemde.

Nadat Jackie naar huis was vertrokken liep Paul naar zijn praktijkkamer. Hij zette de computer aan en verzamelde informatie over Gladys en Giselle. Hij stroopte hun Facebook-accounts af, die volledig toegankelijk waren.

Het waren twee aantrekkelijke dames en Paul kreeg een ondeugend trekje rond zijn mond. Hij pakte zijn mobiel, belde MisterX en plaatste de opdracht om hun IP-adres te laten aftappen.

Toen Paul de envelop met geld had afgegeven op de door MisterX genoemde plaats, ontving hij kort daarna een weblink waarmee hij de bestanden van de computer van Gladys en Giselle kon inzien.

Paul vond beide dames lastig, want ze maakten weinig gebruik van hun huiscomputer. Blijkbaar verwerkten ze veel privézaken op hun bedrijfscomputers. Paul wist als geen ander dat echte pikante zaken zelden op zakelijke laptops worden opgeslagen, dus het was een kwestie van afwachten totdat hij kon toeslaan.

Het duurde toch nog een week, voordat Giselle tegen middernacht inlogde. Paul was op hetzelfde moment via de webcam met een mooie dame in gesprek voor een Darkness behandeling. Ze had interesse in zijn therapie. Hij moest nu geconcentreerd blijven om haar vannacht te kunnen scoren. Tegelijkertijd zag hij boven in het scherm dat Giselle achter de computer zat en in haar bestanden aan het zoeken was.

'Dokter, ik heb verschillende klachten waarbij de gewone dokter mij niet kan helpen. Ik heb al medicijnen voorgeschreven gekregen, maar de ongemakken gaan niet weg. Mijn vriend klaagt dat ik in bed niet meer zo vurig ben. De fut is eruit. Ik vind mijn vriend heel lief, hij heeft gelijk. Kunt u me helpen om de energie in mijn lichaam terug te brengen?'

Paul moest moeite doen om geconcentreerd te blijven, maar zijn aandacht werd afgeleid door de zoektocht van de bloedmooie Giselle. Toch klikte hij het beeld van Giselle dicht en gaf hij voorrang aan zijn cliënte die om hulp vroeg.

Paul ging serieus in gesprek met zijn potentiële cliënte en vroeg of deze klachten in de familie voorkwamen. Hij was op zoek naar achtergrondinformatie over haar levensomstandigheden.

'Ik zou u toch graag een keer persoonlijk willen ontmoeten om een oordeel te kunnen vellen. Ik zou ook uw medicatie willen inzien. De medicijnen waarmee u bent gestopt, maar ook datgene dat u nu nog slikt. Om de balans in uw lichaam te herstellen zal ik u moeten onderzoeken, daarna kan ik een diagnose stellen en de behandeling inzetten.'

Paul zweeg en keek de dame serieus aan door zijn zwarte bril.

Het duurde even voor ze reageerde.

'Wanneer kan ik bij u terecht voor een afspraak?'

Paul pakte demonstratief zijn agenda en bladerde er doorheen.

'Het is nu al laat. Voor een spoedgeval kan ik vanavond nog tijd vrijmaken.'

De vrouw keek bedenkelijk en vroeg: 'Ik ga nu de deur niet meer uit dokter, kan het morgen?'

'Ik heb het erg druk op dit moment, maar aha, deze afspraak is verzet. Morgenochtend om elf uur?'

'Hoelang duurt de behandeling?'

'Ik neem een uur de tijd om goed inzicht in uw probleem te krijgen. Daarna zal ik een analyse maken waarop ik de behandeling aan uw voorleg.'

De dame bevestigde dat ze om elf uur aanwezig zou zijn.

Toen Paul de verbinding verbrak wreef hij over zijn gulp en schudde zijn ballen op.

Tot zijn grote ergernis stond de computer van Giselle en Gladys inmiddels weer uit. Nu moest hij weer afwachten tot ze online waren om erin te kunnen rondsnuffelen.

Paul had de dame voor vannacht niet kunnen scoren. Hij had het slipje van Jackie uit zijn slaapkamer gehaald, rook eraan en scrolde in Skype naar het account van Jackie. Hij had behoefte aan haar warme vulva, maar ze was niet online. In Marloes had hij vannacht geen trek, dus besloot Paul om via een dating site een escort girl voor vannacht in te huren.

Het duurde veel te lang naar de zin van Paul om in de computer van Giselle en Gladys te kunnen rondsnuffelen. Ze waren sporadisch online. Paul nam contact op met MisterX en bestelde een volledige scan van de computer. Aan deze opdracht hing een behoorlijk prijskaartje, wat Paul er graag voor over had. Hij wist als geen ander dat er altijd documenten of afbeeldingen waren die voor chantage in aanmerking kwamen.

Dat had Paul uitstekend ingeschat. Toen hij het USB-stickje van de handlanger van MisterX had ontvangen, was hij ervoor gaan zitten. Vrij snel had hij de vakantiefoto's gevonden, scrolde er belangstellend doorheen. Wat Paul zocht, vond hij; pikante foto's van Gladys. Hij bekeek ze nauwgezet, pikte er een erotische foto uit, die voor haar confronterend zou zijn. Hierop stond Gladys naakt onder de douche en smeerde ze zich met doucheschuim in. Met getuite lippen kuste ze in het luchtledige naar de fotograaf. Paul raakte opgewonden van de afbeeldingen, snuffelde verder in de bestanden en dacht aan de woorden van Jackie. Ze kon wel zeggen dat Gladys en Giselle een stel waren, maar Paul wist wel beter. Hij had de opnamen op de zeilboot van Victor regelmatig bekeken en zich er zelfs bij afgetrokken als Gladys een erotische show voor Victor opvoerde. Met de foto, die hij nu op de computer van Giselle en Gladys had gevonden kon hij voorlopig uit de voeten. Paul vond het een aantrekkelijk idee om eens een nachtje met deze tante door te brengen, maar dan wel op een manier, waar vrouwen echt van houden en niet zo halfslachtig als Victor dat deed.

Paul begaf zich naar het huisadres van Gladys dat hij op het stickje had gevonden. Hij parkeerde op verschillende tijdstippen en parkeerplaatsen in de straat. Vrij snel had Paul een goed inzicht in het levenspatroon van beide dames. Giselle vertrok doordeweeks vroeg en ze kwam rond etenstijd thuis. Gladys vertrok later in de ochtend, maar regelmatig rond tien uur in de avond thuis. Het gebeurde ook wel dat Gladys op dinsdag- en donderdagmorgen thuiswerkte.

Om enige vorm van verdenking te voorkomen liet Paul de handlanger van MisterX 's nachts een witte envelop met de afdruk van de erotische foto onder de douche in de brievenbus van Gladys stoppen. Alleen de foto in een witte envelop. Hij had er bewust geen boodschap bijgevoegd. Hij had zich voorgenomen om langzaam in haar leven binnen te dringen.

Paul had in de tussentijd het complete USB-stickje doorlopen en had ook een paar interessante e-mailberichtjes gevonden. Het waren berichtjes waarin Giselle in de cc stond. Het waren bedrijfsopdrachten van Victor om informatie over Paul, maar ook om informatie over Fred te achterhalen. Het was vertrouwelijke informatie met een officiële afzender. Paul grinnikte in zichzelf. Deze e-mailberichten hield Paul achter de hand voor het geval hij meer ammunitie nodig had om beide dames onder druk te zetten.

Waar Paul op hoopte, gebeurde ook. Hij had de witte envelop op maandagnacht in de brievenbus laten gooien. Gladys moest de envelop de volgende ochtend hebben gevonden, want ze logde in op de huiscomputer. Via de camera op het beeldscherm kon Paul haar getergde gezicht zien. Ondanks haar gefronste voorhoofd zag ze er heerlijk uit. Hij zag dat ze een mobiel aan haar oor zette en geërgerd een telefoongesprek voerde. Dat moest ongetwijfeld met Giselle zijn.

Gladys stopte met het zoeken op de computer toen op het scherm de afbeelding voorbij kwam die Paul in de envelop had gestopt.

'Nee, we hebben afgesproken dat de investeringen alleen op preventie ingezet zouden worden. De bezuinigingen worden nu op services toegepast. Morgen hebben we overleg met de Raad van Bestuur. Al moet je de hele nacht doorwerken, de cijfers moeten kloppen,' zei Lettie bits.

Fred keek Paul betekenisvol aan. Ze luisterden mee via de verborgen microfoon onder het bureau op de kamer van Lettie, die één van haar medewerkers op een lompe manier van haar kamer wegstuurde.

Daarna waren ze getuige van een telefoongesprek.

'Met mij. Hoe gaat het? Heb je het druk?'

'Waar ik voor bel is het overleg morgen met de Raad van Bestuur. De cijfers voor Nederland in het kader van de beursnotering van Salutem verdienen niet de schoonheidsprijs. Ik ga je van achtergrondinformatie voorzien zodat je weet wat we opgepimpt hebben.'

Lettie ging diep in op het cijfermateriaal dat morgen gepresenteerd zou worden.

Fred en Paul hadden door dat Salutem Nederland onderpresteerde en dat Lettie het voor haar kiezen zou krijgen. Ze vermoedden dat Lettie het telefoongesprek met Victor voerde, om hem voor morgen in haar kamp te trekken. Het viel op dat ze zakelijk en formeel bleef. Fred pakte snel een kladblok en maakte aantekeningen over haar uitspraken, ondanks ze het gesprek opnamen.

Nadat Lettie het telefoongesprek had beëindigd hoorden ze haar tikken op een toetsenbord.

'Fred, we moeten actie ondernemen, want wat Lettie net vertelde heeft ongetwijfeld consequenties voor de aandelenkoers.'

'Ik ga nu bellen,' zei Fred.

Op het moment dat hij opstond om zijn telefoon te pakken, hoorden ze door de microfoon dat er iemand de kamer van Lettie binnenliep.

'Ha Giselle, dat is snel.'

'Victor vroeg of ik dit document bij je kon afgeven. Het geeft je de inhoudelijke achtergrondinformatie die je morgen nodig hebt. Het document is vertrouwelijk en is niet gedigitaliseerd.'

'Mijn dank, dat kun je wel aan Victor overlaten.'

Ze hoorden de kamerdeur weer zachtjes sluiten.

Fred opende zijn laptop, bekeek de waarde van zijn aandelen, belde zijn contactpersoon, die met de geheime trading codes aan de slag ging.

Paul en Fred gaven elkaar een high-five.

Paul had een euforisch gevoel. Hij had weer flink geld gemaakt, zijn praktijk liep goed en hij had toegang tot uitstekende informatiebronnen. Toch kon hij het niet laten en besloot hij om overdag wanneer Giselle en Gladys aan het werk waren in hun woning rond te neuzen.

Op een maandagmorgen had Paul Gladys als laatste zien vertrekken. Onopvallend liep hij naar het portiek en had hij het geluk dat de buitendeur niet in het slot was gevallen. Paul glipte snel het portiek binnen en met een simpele handeling opende hij de voordeur van Gladys. Hij sloot de deur snel achter zich.

Hoe geconcentreerd Paul ook was, hij schrok van de rode kater die ineens voor zijn voeten liep en hem hautain aankeek. Het irriteerde Paul. Kut kat. Vertwijfeld keek Paul in de rondte. Eerst de woonkamer of de slaapkamer? Hij besloot als eerste de woonkamer te inspecteren. Behoedzaam opende hij de deur en liep de kamer binnen. Hij bekeek de kasten en een ladeblok, maar hij kon niets van zijn gading vinden.

In het studeerkamertje, waar de computer stond, zag Paul in een open kast een aantal ordners staan. Hij viste de mappen met de bankrekeningen eruit en bekeek ze. Geen bijzondere zaken. Beide dames kwamen bij Paul als betrouwbaar over. Hij zag op de afschriften dat de hypotheekaflossingen altijd op tijd plaatsvonden. Op het bureau vond hij zijn witte envelop met de pikante fotoafdruk. In een opwelling pakte hij zijn pen uit zijn binnenzak en schreef op de afdruk: 'Voor mijn liefste Gladys,' en legde de afbeelding weer terug.

Geërgerd keek Paul weer naar de rode kater die rond zijn voeten liep. Paul haatte katten en schopte ernaar. De kater blies in zijn richting, maar het deerde hem niet.

Paul had de deur van de slaapkamer geopend en hij bleef in de deuropening staan. Hij was overweldigd door de mooie afbeelding van Giselle boven het bed. De erotische manier waarop ze op haar rug lag deed Paul sidderen. Hij begreep nu maar al te goed waarom Victor deze twee dames naaide. Gebiologeerd liep hij de slaapkamer binnen. Het bed lag nog opengeslagen, hij liet zijn vingers over het onderlaken glijden. Paul kon het niet laten, ging languit op het bed liggen en snoof aan het onderlaken. Het rook naar geile vrouwen waarvan hij opgewonden raakte. Hij ging op zoek ging naar de wasmand, die hij in de badkamer vond. Hij trok er een paar kledingstukken uit. Onderin de mand lag een string. Van wie wist hij niet, maar dat maakte voor Paul niets uit. Hij drukte het vuile kruisje tegen zijn neus en snoof eraan. Opgewonden liep Paul terug naar de slaapkamer, ging in het midden van het bed liggen en trok zich af met de vuile string tegen zijn neus gedrukt.

Na afloop voelde Paul zich hebberig. Hij had een dwangmatige behoefte aan een trofee. Hij trok alle laatjes in de slaapkamer open. Buiten een lading aan make-up, haarspelden en parfum vond hij uiteindelijk in het nachtkastje een doos met vibrators. Gebiologeerd bekeek hij de doos, die zijn verbazing wekte. Hij had nog nooit zo'n grote verzameling gezien. Hij hield de doos onder zijn neus en rook eraan. Het stonk zuur en hij zette de doos weer snel onderin het kastje.

Ondertussen was het zover. In overleg met Thea had Paul een afspraak bij de notaris gemaakt voor de overdracht van het appartement in de Haagse binnenstad. Paul had hierover niets tegen Marloes gezegd. Er was ook niet veel meer om met haar te bespreken. De ene ruzie volgde de andere op, sinds hij met stemverheffing tegen Marloes had gezegd dat het haar niets aanging met wie hij neukte. Ze spraken elkaar nog af ten toe en Paul zorgde er wel voor dat er geen fricties waren totdat het appartement op zijn naam stond.

Paul had de door Thea opgestuurde lijst gebruikt om haar persoonlijke spullen apart te zetten. Thea had opslagruimte gehuurd, een verhuizer ingeschakeld om bepaalde stukken op te halen en tijdelijk op te slaan voor de tijd ze in Singapore woonde.
Paul had het hele huis opgeruimd, het zag er keurig netjes uit. Op het nachtkastje had hij een bijbel neergelegd en keek heel zedig toen Thea haar woning binnenliep.
   'Ha Paul, is Marloes er nog niet?'
   'Nee, die had het vandaag druk, je moet de groeten van haar hebben.'
Thea keek nieuwsgierig in haar eigen woning rond.
   'Het ziet er allemaal netjes uit. Ik ben blij dat ik de sleutels aan jullie heb gegeven.'
Ze opende de deur van de behandelkamer en zei opgetogen: 'Je hebt het kamertje netjes opgeknapt zeg.
Wat doen die rare paspoppen op de overloop,' zei Thea verbolgen.
   'Oh, die zijn van de kledingwinkel beneden. Een kennis van me wil ze voor zijn startende onderneming gebruiken,' loog Paul.
Daarna ging Thea aan de slag, pakte haar persoonlijke spullen in de lege dozen die de verhuizers een paar dagen ervoor hadden afgegeven.

   'Morgenochtend om acht uur staan de verhuizers voor de deur,' zuchtte Thea vermoeid. 'Omdat de meubels blijven staan is het niet zoveel. Ik denk dat ik nu alles wel te pakken heb.'
Paul hielp Thea om de gepakte spullen bij elkaar te zetten, zodat de verhuizers alle dozen snel konden afvoeren.
   'Tot morgenmiddag bij de notaris,' zei Thea en ze liep de trap af naar beneden.

Die avond hoorde Paul iemand de trap naar boven oplopen. Hij zette zijn hoornen bril af en opende zijn behandelkamer. Het was Marloes.

'We moeten praten Paul.'

Paul knikte en hij ging Marloes voor, de woonkamer binnen.

'Ik ga nu geen ruzie maken, maar je hebt me tot op het bot gekrenkt. Thea was bij mij thuis, ze vertelde me over de overdracht die morgen gaat plaatsvinden. Waarom heb je niets tegen me gezegd? Waarom vertrouw je me niet? Ik heb je altijd gesteund. Ik hou nog steeds van je, maar ik kom tot het besef dat onze relatie definitief over is. Met deze leugens kan ik en wil ik niet meer leven. Je hoeft me ook geen verklaring voor je gedrag te geven. Ik weet wat je hebt doorgemaakt in de tijd van het ontslag bij het Academisch Ziekenhuis en ik denk dat je dit niet hebt kunnen verwerken. Je hebt je heil gezocht in je alternatieve praktijk, maar je bent een beetje doorgeslagen. Kortgeleden heb ik op het internet de nodige blogs gelezen waar allerlei vrouwen zonder een blad voor de mond te nemen, je seksuele behoeften ventileerden. Ik krijg tranen van medelijden in mijn ogen nu ik je hier zie zitten. Je stelt niets voor, je bent niet anders dan een mannelijke prostituee, die zich voor zijn zogenaamde alternatieve behandeling laat betalen.'

Marloes stond op en verliet met een opgeheven hoofd de woning.

Paul was overrompeld door haar rustige manier van praten, stond op en gaf een harde trap tegen de muur.

Hoofdstuk 27

Vroeg in de ochtend stond Willem Boom van Security aan het bureau van Victor.

'We hebben beet.'

Victor keek hem verbaasd aan, maar zijn verbazing transformeerde in een grijns.

'Heb je hem?'

'Ja, ik heb de afgelopen weken alle camerabeelden van het kantoorpand stuk voor stuk doorgenomen. Jouw voorgevoel klopte. Fred is inderdaad degene die de witte enveloppen in de postkar heeft gestopt. Loop even mee naar mijn kantoor, dan laat ik je de beelden zien.'

Zwijgend liepen ze door de gang naar de kamer van Willem die achter zijn bureau ging zitten. Razendsnel toetste hij zijn wachtwoord in en een logisch opgebouwd beeld van verschillende foto's verscheen op het scherm. De foto's lieten stap voor stap zien dat een man kwam aanlopen, om zich heen keek en een witte envelop in de postkar stopte.

'Kijk,' zei Willem en hij vergrootte het beeld. 'Onze vriend Fred. Dit shot is boven op de vierde verdieping genomen. We hebben ons blindgestaard op wat er in en rond de postkamer gebeurde, maar het blijkt nu op een andere plaats te hebben plaatsgevonden. Ik ga formeel aangifte doen. Hiervoor heb ik wel bewijsmateriaal nodig. Ik vind het vervelend om het opnieuw aan je te vragen, maar kun je het materiaal uit de witte envelop, die je persoonlijk hebt ontvangen, vrijgeven?'

Victor spreidde de vingers van zijn handen, drukte de toppen tegen elkaar en zei weloverwogen: 'Nee Willem. Het is zo confronterend dat ik het niet kan vrijgeven. Ik sta niet alleen op de foto. De andere persoon is hiervan niet op de hoogte. Gezien de carrière van deze persoon kan het gewoon niet.'

Willem keek teleurgesteld. 'Ik heb begrip voor de situatie. Het is jouw beslissing, maar hier lossen we het probleem niet mee op. Fred is onbetrouwbaar. Salutem heeft nu geen gronden om hem te lozen en op deze manier houden we wel een manipulator in ons midden.'

'Willem, laten we alert blijven want ik ben er ook niet gerust op,' zei Victor op een aflatende toon om het onderwerp af te sluiten.

'Ik respecteer je besluit, maar ik zal niet rusten voordat ik Fred op legale gronden te pakken heb,' zei Willem geërgerd.

'Victor, kun je vanavond bij ons thuis langskomen?'
Victor keek vanachter zijn bureau op naar Giselle, wilde iets zeggen maar Giselle vervolgde: 'Het is iets serieus, waarover ik hier op kantoor niet kan praten.'
Hij zag haar ernstige gezicht en knikte bevestigend.

Victor maakte zich zorgen, omdat Giselle hem bij haar thuis had ontboden. Wat zou er aan de hand zijn? Ze kenden elkaar al zo lang. Beide dames waren de veertig jaar al gepasseerd, dus het leek hem stug dat er één zwanger was. Enigszins gereserveerd liep hij die avond de woning van Giselle en Gladys binnen.
  'Ik ben blij dat je kon komen,' zei Gladys met een serieus gezicht.
  'Ik heb vorige week een witte envelop ontvangen. Hierin zat een foto, die Giselle tijdens onze laatste vakantie onder de douche had genomen. Hoe iemand aan deze foto heeft kunnen komen is ons een raadsel. Er zat geen briefje bij. We waren verbaasd dat de afdruk van deze foto in onze brievenbus lag. Het bestand stond op onze huiscomputer, maar hiervan hebben we nooit een afdruk gemaakt. Hoe kan deze nu in een onbekende witte envelop terecht zijn gekomen?' voegde Giselle er geïrriteerd aan toe.
Victor pakt de envelop aan en bekeek deze nauwkeurig.
  'Deze is door iemand beneden in de postbus gestopt. Er zit geen postzegel of strafport op.'
Victor haalde de afbeelding eruit. Hij glimlachte ondeugend naar Gladys. 'Mooie foto, zo zie ik je graag,' en hij liet het document tussen zijn vingers ronddraaien. Giselle keek hem verwachtingsvol aan.
  'Ik heb ook dezelfde enveloppen ontvangen, alleen met andere foto's,' zei Victor.
Giselle sloeg haar ogen zedig neer en zei: 'De eerste envelop had ik per ongeluk op kantoor opengemaakt.'
Victor nam het woord over en zei: 'Ik weet niet waartoe dit leidt, omdat ik nog geen eisen heb ontvangen. We kennen elkaar nu al jaren en we vertrouwen elkaar. Ik zal open zijn, maar wat ik nu ga zeggen, moet wel tussen deze vier muren blijven.'
Giselle en Gladys knikten.

'Er zijn op mijn zeilboot foto's gemaakt met een geheime camera.' Hij pauzeerde even. 'Ik was natuurlijk onaangenaam verrast toen ik de foto's zag waarop we intiem stonden,' en Victor knikte naar Gladys. 'De foto was vanuit een bepaalde hoek gemaakt, wat me aan het denken zette. Na inspectie van de kajuit vond ik een camera die in mijn klok was gemonteerd. Daarnaast waren er bij mij thuis ook foto's van de computer gehaald, die net zoals bij jullie confronterend waren. Ik heb Willem Boom van Security erop gezet. Hij heeft onze computer thuis gescreend en heeft software gevonden waarmee onze computer op een externe locatie gescand kon worden. Daarna heb ik onze huiscomputer extra laten beveiligen.'

'Victor, alles leuk en aardig, maar ik vrees dat er vroeg of laat een chantagebrief op de mat zal liggen of dat de foto's gepubliceerd zullen worden wat weer gevolgen kan hebben voor mijn carrière. Het meest nare komt nog. Zie je die handgeschreven tekst op de foto? Die stond er niet op toen we de envelop ontvingen. Dat is er door iemand op een later tijdstip opgeschreven. Ik kan je verzekeren dat het document niet buiten deze woning is geweest.'

Gladys keek geïrriteerd voor zich uit. Giselle legde haar hand als vorm van saamhorigheid op haar dij en ze keek Victor hoopvol aan.

'Ik word hier niet gelukkig van. Er heeft vermoedelijk iemand in ons huis rondgescharreld.'

Victor liet het document weer door zijn vingers draaien en zei: 'Ik zal met Willem van Security contact opnemen.'

Victor liep de volgende ochtend op kantoor direct door naar de kamer van Willem Boom van Security. Ze bespraken de situatie.

'Willem, ik denk dat er toch meer aan de hand is, want er zijn vorige week behoorlijke fluctuaties op de aandelenkoers van Salutem geweest. Tot overmaat van ramp worden er verschillende mensen met confronterende foto's belaagd. Alleen de eisen zijn nog steeds niet neergelegd.'

Victor vouwde de foto open die hij van Gladys had meegenomen. Dit is de foto waarvoor de dader bij Giselle thuis heeft ingebroken en er ook nog eens een tekstje bij de foto heeft geschreven. We weten dat Fred eerdere foto's hier op de vierde verdieping in de postkar heeft gestopt. Ik heb een reconstructie gemaakt en Fred kan onmogelijk de foto bij Giselle en

Gladys in de bus hebben gestopt, omdat hij op dat moment voor Salutem in Frankrijk was. Ter controle hebben verschillende mensen bevestigd dat hij alle bijeenkomsten heeft bijgewoond. Hij kon onmogelijk op dat tijdstip in Nederland zijn geweest. Blijft voor mij Paul Norton over. Waarom? Ik herken zijn handschrift op de afbeelding. Dan kom ik ook weer terug over het manipuleren van de beurskoers. Kun je laten onderzoeken hoe de portfolio van Fred en Paul zich heeft ontwikkeld na het debacle van de beurskoers van Salutem vorige week?'

Willem luisterde ingespannen naar Victor en hij maakte aantekeningen.

'Die twee zijn zo uitgekookt. We kunnen ze feitelijk alleen maar aanpakken op het manipuleren van de beurskoers. Ze zijn zo slim dat ze nog geen eisen bij de foto's hebben neergelegd. Wat we wel kunnen doen is de huiscomputer van Giselle en Gladys op dezelfde manier beveiligen als jouw desktop. Ik kan geen garanties afgeven, want als ze in de woning van Giselle hebben rondgesnuffeld, kunnen ze met een USB-stick alle bestanden van de computer hebben gedownload,' zei Willem. 'Maar we zijn er nog niet, Lettie heeft ook confronterende foto's ontvangen. Ik denk dat je eens met haar moet praten. Zij wil ook het materiaal niet vrijgeven.'

Victor knikte en hij pakte gelijk door. 'Als jij de computer van Giselle door een gecertificeerd bedrijf laat beveiligen, dan ga ik met Lettie praten.'

Later op de dag liep Victor het kantoor van Lettie binnen. Ze glimlachte zelfverzekerd naar hem vanachter haar bureau.

'Doe de deur even dicht,' zei Lettie en ze drukte op de intercom naar haar secretaresse terwijl ze naar Victor keek.

'Twee koffie met water.'

Victor ging zitten, wachtte tot de secretaresse de twee bekers met koffie en de glazen met water had neergezet. Toen ze de ruimte had verlaten hervatte Lettie: 'Victor, ik wil je bedanken voor je advies vorige week. Het was een lastige bijeenkomst, er stond veel op het spel. Ik ben er redelijk goed mee weggekomen, onder andere door jouw informatie. Om eerlijk te zijn had ik niet alles onder controle, maar dat is nu opgelost. Het was voor mij een leerpunt. Ik ontvang graag jouw advies om dit soort miskleunen in de toekomst te voorkomen.'

Lettie keek verleidelijk naar Victor en zei: 'Een positie in de Raad van Bestuur staat op mijn verlanglijstje.'

Victor keek Lettie ondeugend aan. 'Ik denk dat we nog eens in Hotel des Indes moeten afspreken om de details goed op een rijtje te zetten.'

Lettie pakte demonstratief haar telefoon en zei lachend: 'Zal ik de reservering nu gelijk maken?'

Terwijl ze in de lach schoten stootte Lettie haar beker koffie om. De koffie droop over het bureau heen op de schoot van Victor, die direct opsprong.

'Shit, ook dat nog.'

Lettie opende haar bureaulade, pakte een pakje papieren zakdoekjes, gaf er een paar aan Victor, die zijn broek afdepte.

'Jakkes, ook op mijn suède schoenen,' waarop Victor bukte en voorzichtig met een zakdoekje over de neus van zijn schoen wreef.

Terwijl hij stiekem naar haar dijen keek viel zijn oog op een knopje onder het bureau.

'Wat doe je?' vroeg Lettie, die Victor onder het bureau zag schuiven.

Victor kwam omhoog met zijn vinger tegen zijn mond, pakte een pen en schreef op een papiertje: een microfoontje onder je bureau. Je wordt afgeluisterd.

Hij gebaarde dat hij naar Willem Boom zou lopen. Lettie knikte en bleef met opengesperde ogen roerloos achter haar bureau zitten.

Terwijl Lettie haar secretaresse de opdracht gaf om iemand van de schoonmaakdienst te bellen om haar bureau en de grond te laten reinigen, kwam Willem met Victor teruglopen. Willem ging op zijn knieën zitten, bekeek het microfoontje nauwgezet, gebaarde daarna dat Lettie moest meekomen. Met z'n drieën liepen ze naar de ruimte van Willem en ze gingen in het zitje zitten.

'Dat gaat niet goed,' zei Willem. 'Ik laat door experts uitzoeken wat hieraan de hand is. Misschien zijn er in dit pand op meer plaatsen microfoons verborgen.

'Het zal me niets verbazen als Fred en Paul hierachter zitten,' zei Victor, terwijl hij verbeten voor zich uit keek.

Victor keek behoedzaam voor zich uit en vroeg aan Lettie: 'Wat heb jij voor confronterend materiaal ontvangen?'

Lettie draaide haar hoofd om en ze keek naar buiten, alsof ze nadacht wat ze zou zeggen.

'Ik heb een foto ontvangen toen ik die dag bij je aan boord zat. Het was mooi weer, ik droeg niet veel kleding. Iemand heeft hier op een misselijke manier misbruik van gemaakt. De foto heb ik mee naar huis genomen.'

Victor zei: 'Ik heb kortgeleden ontdekt, dat er in de klok op mijn zeilboot een geheime camera was gemonteerd, waarmee foto's aan boord zijn gemaakt. Deze zijn niet alleen van jou, maar ook van een andere kennis gemaakt die zich omkleedde in de kajuit.'

Victor hield het bewust neutraal.

'Ik snap jullie penibele situatie, maar zonder bewijs kan ik niets,' zei Willem geërgerd. Ik zal, zoals eerder gezegd, onderzoek laten doen naar de aandelenportfolio van Fred en Paul.'

Willem keek even bedenkelijk en hervatte zijn betoog: 'Victor, zal ik een geheime camera bij je aan boord laten monteren, want misschien denken ze dat de camera stuk is en komen ze hem vervangen. Dan hebben we ze te pakken.'

Victor zat hier niet op de wachten, maar hij zag wel de ernst hiervan in.

'Lettie, ik stel voor om de microfoon in jouw kamer gewoon intact te laten. Als je gesprekken voert die risicovol zijn, voer die dan in een gecontroleerde en hiervoor vrijgegeven ruimte. Mijn bedoeling is om de afluisteraars niet argwanend te maken. We moeten een plan bedenken waardoor we de afluisteraars tot actie kunnen aanzetten, zoals een grote aandelentransactie, die haaks staat op de werkelijkheid. Dan hebben we een goed motief om ze te laten oppakken.'

Lettie en Victor moesten glimlachen.

Victor zei: 'Ik snap wel waarom Salutem jou hier tegen elke prijs wil binnenhouden.'

De Notaris had de eerste opzet voor de echtscheidingsakte van Victor en Jackie opgemaakt en hij besprak deze met Victor. In eerste instantie was Victor woest geweest toen hij de brief met het DNA-onderzoek van Maud en Paul Norton thuis in zijn bureaulade had gevonden. Nu vroeg hij zich af of het zin had om Jackie met lege handen op straat te zetten. In overleg met de Notaris had Victor een plan opgesteld voor de huisvesting van Jackie en een maandelijkse toelage, ondanks dat Maud en Colette volwassen waren en Jackie het geld in principe niet meer nodig had.

Na een week met chagrijnige buien van Jackie was Victor het zat. Het moment was gekomen om haar met het concept echtscheidingsdocument te confronteren. De confrontatie vond in de keuken plaats nadat Jackie uit de slaapkamer naar beneden was gekomen.

Jackie was door zijn mededeling behoorlijk overvallen geweest. Ze had dit blijkbaar niet verwacht. Victor was voor de zoveelste keer getuige geweest van haar tranenregen en het standaard emotionele toneelstuk, waar ze heer en meester in was. Met stemverheffing had Victor laten weten dat hij naar de notaris zou gaan om het voorstel definitief te maken. Jackie had zich voor zijn voeten geworpen, wat nog meer irritatie bij Victor had opgewekt. Hij had de woning direct verlaten.

Met het definitieve voorstel ging Victor een paar dagen later terug naar huis en hij hoopte dat Jackie aanspreekbaar zou zijn. Bij binnenkomst voerde Jackie haar standaard emotionele repertoire op en ging ze daarna uit zelfbescherming in de aanval.

'Jij bent degene die me altijd heeft bedrogen met die secretaresse van je. Denk je dat ik het leuk vond, al die nachten die je tijdens ons huwelijk wegbleef?' schreeuwde Jackie hysterisch.

'Je hebt me meer dan twintig jaar belazerd? Ik heb er alles aan gedaan om je gelukkig te maken. Je hebt je carrière aan mij te danken, de kinderen presteren goed, omdat ik er altijd voor hen was.'

Jackie hijgde van nijd. Victor luisterde rustig naar haar betoog, maar inwendig kookte zijn bloed.

'Je weet maar al te goed dat we voor elkaar zijn bestemd, dat hoef ik je eigenlijk niet meer te vertellen. Mijn hart is voor eeuwig aan je verbonden. Ik dacht dat niemand ons kon scheiden. Nu blijkt dat kreng op kantoor je hart te beheersen. Waarom Victor?' schreeuwde Jackie hysterisch. 'Waarom? We hadden het de komende jaren zo mooi kunnen hebben. Wat heb ik fout gedaan in mijn leven? Vertel het me?' Ze zakte door haar knieën op de grond en begroef haar gezicht in haar handen.

Met groten tranen, die uit haar ogen rolden snikte ze: 'We zijn voor elkaar voorbestemd.'

Victor stond doodstil, bekeek op een afstandelijke manier het toneelstuk, wat Jackie doorhad. Het irriteerde haar waardoor ze weer naar hem uitviel.

'Ik weet genoeg en ik ga tegen iedereen vertellen dat je de boel hebt belazerd. Al moet ik straks je baas bellen. Ja! Denk maar niet dat je hiermee wegkomt Victor.'

'Jackie stop met deze onzin, er is niemand die je gelooft. Ja, die stomme buurvrouw met dat hondje. Waar hebben we het in godsnaam dan over?'

Jackie liet zich weer voorover op de grond glijden in de hoop dat Victor haar zou oppakken, maar hij ging naast haar staan en zei provocerend: 'Zal ik zelfmoordpillen voor je bestellen? Als je die inneemt, is het probleem in ieder geval vandaag nog opgelost.'

Jackie was omhoog gekrabbeld, pakte een antieke porseleinen vaas van het salontafeltje en ze smeet de vaas op de grond kapot. Daarna keek ze Victor triomfantelijk aan.

Victor was naar achteren gesprongen om de vaas te ontwijken en zei boos: 'Het gaat allemaal niet volgens jouw plannetje. Je bent onredelijk. Het document is helemaal niet zo slecht. Lees dat eerst maar eens door.'

Jackie schoof de haren van haar voorhoofd opzij en snoof: 'Ik weet heus wel dat je me probeert te lozen en dat die snol hier straks in ons huis komt wonen. Hoe moet ik Maud en Colette met hun opleiding coachen als ik hier niet meer woon?'

Victor besloot om er niet op in te gaan, want dat bracht alleen maar meer spanning. Alles wat nu gezegd zou worden, zou toch bij Jackie in het verkeerde keelgat schieten. Hij had geen zin in verbaal geweld, legde de envelop met het voorstel op het aanrecht neer en verliet de woning. De enige manier om het communicatieprobleem met Jackie te doorbreken was om standvastig en eerlijk te blijven.

Niets maakte Jackie vrolijk, behalve wanneer ze aandacht kreeg van mensen die ze als interessant classificeerde. Als Victor niet deed wat ze wilde, dreigde ze met zelfmoord. Hij wist diep in zijn hart dat ze dat toch niet zou doen. De ervaring had geleerd dat haar opstandige bui de volgende dag weer was gezakt. Het leven ging gewoon door alsof er niets was gebeurd. Victor had wel eens therapie voorgesteld, maar die suggestie veegde Jackie resoluut van tafel.

Het was een achterbakse vorm van manipuleren. Victor had zich lang zorgen gemaakt. Zou dit gedrag negatieve invloed hebben op zijn dochters? Hij kon zich een paar jaar geleden nog goed herinneren dat Maud hem op kantoor in paniek opbelde, omdat ze Jackie op de grond in de woonkamer had gevonden.

'Pa, ma ligt bewusteloos op de grond. Er liggen een paar lege pillenstrippen op tafel.'

'Pak eens een strip. Wat staat er op de achterkant?'

Maud las, 'Prozac.'

'Blijf thuis, ik bel gelijk 112.'

De hulpdienst was snel ter plekke. Het viel uiteindelijk mee. Jackie bleek niet het hele stripje ingenomen te hebben, maar het zat Victor niet lekker.

Hoofdstuk 28

'Hé Maestro,' zei Lettie lachend, toen Victor de deur van de luxe suite in het Hotel des Indes achter zich sloot. Ze lag naakt op bed en sloeg het laken van zich af. Waar Lettie zich mee had ingesmeerd wist Victor niet, haar lichaam glom met een gouden gloed en ze zag er verleidelijk uit. Hij schopte zijn schoenen uit en binnen een mum van tijd lag er een spoor van kleding in de richting van het bed. Victor besprong Lettie als een hongerige leeuw die zijn prooi claimde. Ze ging los en Victor had het gevoel dat hij letterlijk door haar werd opgevreten. Ze had zeker een tijd lang geen relatie meer gehad. Lettie was onverzadigbaar.

'Heerlijk Victor, dat zouden we meer moeten doen.'
Lettie kuste hem na afloop teder op zijn voorhoofd.
'Lettie toch, ik ben getrouwd,' zei Victor vals.
Ze drukte met haar wijsvinger op zijn neus. 'Schijnheilige aap. Je neukt al een eeuwigheid met je secretaresse en haar vriendin. Bij Salutem Frankrijk zul je ook wel de nodige chicks hebben verwend.'
Lettie kuste Victor weer en streek met haar vingers over zijn goddelijke lichaam.
'Blijf je bij dat vrouwtje van je of ga je afscheid van haar nemen?'
'Om de waarheid te zeggen ben ik bezig met de voorbereiding van de echtscheiding. Mijn dochters zijn zelfstandig, dat was voor mij de belangrijkste reden om bij haar te blijven.'
'Ik zou wel eens wat meer met je willen afspreken. En jij?'
'Lettie, laten we realistisch blijven. Dit is leuk. We kunnen nog wel eens afspreken, maar een vaste relatie wil ik niet meer. Ik zou een leugenaar zijn om dat te ontkennen.'
'Je bent veel te eerlijk Victor. Laten we het over mijn volgende carrièrestap hebben. Ik ambieer een functie bij de Raad van Bestuur. Hoe kan ik dat het beste aanpakken?'
'Nu praten we logica. Mijn advies is dat je in de komende jaren goede resultaten moet neerzetten, die je benoeming een logisch gevolg maken. Ik ga je hierbij helpen. We kunnen de details op neutraal terrein, hier in Hotel Des Indes periodiek bespreken.'
Victor knipoogde naar Lettie die een tevreden trekje om haar mond had.

Voordat Victor maandagmorgen vroeg naar Salutem vertrok was hij naar de studeerkamer gelopen om zijn aandelenmap te pakken. Hij wilde de laatste stand van zijn aandelenportefeuille bekijken, maar het overzicht zat niet meer in de map. Hij begreep er niets van en liep terug naar de slaapkamer waar Jackie nog in bed lag.

'Weet jij wat er met mijn aandelenmap is gebeurd?'

'Hoe moet ik dat nu weten. Ik bemoei me nooit met jouw zaken. Dat weet je toch,' zei ze bits en draaide zich in bed om.

Zonder het overzicht vertrok Victor naar kantoor.

Victor had met Willem Boom afgesproken om een val voor de afluisteraars te creëren, door op de kamer van Lettie een vertrouwelijk gesprek te voeren, iets wat deze criminelen moest aanzetten tot het handelen in de aandelen van Salutem.

Victor ging demonstratief in de deuropening van Lettie staan en gebaarde dat ze moest komen. Samen liepen ze naar Willem en namen ze plaats in het zitje in zijn kantoor. Willem gaf een terugkoppeling over de beveiliging van de woning van Giselle en Gladys. Er waren geen camera's gevonden, wel was er een grote dump van hun huiscomputer op een USB-stick gemaakt. Wat de gevolgen hiervan waren, zou in de toekomst blijken. De huiscomputer was nu goed beveiligd en er was een camera vlak achter de voordeur ingebouwd, zodat iedereen die de woning binnenkwam werd opgenomen.

'Ik ga nu over tot de beveiliging van je zeilboot Victor. Ik vraag jouw toestemming om een camera in de mast bij de dekverlichting te laten monteren. Je kunt op je smartphone meekijken als iemand aan boord klimt. Het is wel zo, wanneer de boot buiten het bereik van het netwerk is, je geen verbinding meer hebt.'

Victor vond deze oplossing van Willem geniaal, maar hij nam direct het besluit om Gladys voorlopig niet meer op zijn zeilboot uit te nodigen.

'Ik wil nu overgaan tot de volgende ronde,' zei Willem zelfverzekerd. 'We gaan de microfoon onder het bureau van Lettie actief inzetten om de afluisteraars tot actie aan te zetten. Mijn bedoeling is om angst op te wekken, waardoor ze hun aandelen grootschalig gaan verkopen. Het scenario moet zo zijn dat Lettie op haar kamer door Victor wordt gebeld. Hij vertelt iets zorgelijks over de business, wat de afluisterende partij uiteraard niet kan horen. Lettie laat Victor naar haar kamer komen om het schokkende nieuws inhoudelijk te bespreken. Het moet geënt zijn op iets wat invloed op de beurskoers van Salutem kan hebben. Je kan insteken dat het op meerdere fronten niet goed gaat bij Salutem Nederland vanwege de economie, die niet goed herstelt. Maar ook de agressiviteit van de concurrenten, die Salutem uit de markt proberen te drukken. Het gaat om cijfers die nog niet gepubliceerd zijn. Noem een belangrijke concurrent met een product waarmee Salutem al langer in gevecht is. Feitelijk moet het verhaal bij de afluisteraars als plausibel overkomen. Maak duidelijk dat Salutem versneld strategische keuzen moet maken en dat je plannen hebt om business units af te stoten. Bediscussieer dit, laat Victor adviseren dat Salutem in plaats van medicijnen zich meer op voeding zou moeten gaan richten. Victor sluit af met de mededeling dat Salutem USA van plan is om Salutem Nederland in de etalage te zetten.

Lettie moet dan inzoomen op de slechte cashpositie en dat het fundament slechter is dan pasgeleden is voorgespiegeld. Als Fred één van de afluisteraars is, zal hij deze informatie gebruiken om je als CEO zwart te maken om hiermee zijn eigen voordeel doen. Alleen kan Lettie aantonen dat dit niet waar is, dus we moeten vooraf de door de accountant gevalideerde stukken klaar hebben liggen.'

'Willem, ik ben onder de indruk,' zei Lettie.

Victor applaudisseerde lachend.

"Je bent je beroep als scenarioschrijver misgelopen,' zei Lettie. Daarna keek ze serieus naar Victor. 'Zullen we samen het scenario in detail uitwerken?'

Willem suggereerde: 'Laten we het uitgewerkte scenario eerst nog een keer doorspreken voordat we gaan handelen. In de tussentijd is de zeilboot beveiligd en snijdt het mes aan twee kanten.'

Tevreden liepen ze terug naar hun werkplekken.

Victor kwam 's avonds laat thuis en zette zijn laptop in de gang neer. Jackie opende de kamerdeur en zei provocerend: 'Zo, meneer is ook weer thuis.'

Uitdagend leunde ze tegen de deurpost terwijl ze hem nauwlettend met haar ogen volgde.

Victor vroeg of hij er langs mocht en ze stapte hautain opzij. In de kamer vroeg hij: Heb je al naar het echtscheidingsdocument kunnen kijken?'

'Waarom? Ik word toch door het putje afgevoerd.'

'Jackie, dat moet je niet zo zien. Wees nu eens redelijk. Wat hebben we nu nog samen?'

Victor zag haar ogen weer vollopen, probeerde zijn irritatie te onderdrukken en vroeg rustig: 'Wat houdt ons nu nog bij elkaar?'

'De kinderen natuurlijk. Voor hen is het belangrijk dat ze een vader en een moeder hebben,' snikte ze.

'Ik draai er niet omheen Jackie, ik wil van je af. Ik ben je zat. Al jaren ben ik je zat. Of je het voorstel nu wel of niet accepteert, het maakt me niets uit. De echtscheiding ga ik doorzetten. Als het niet goedschiks gaat, dan zal het kwaadschiks worden. Het is aan jou.'

Denk je dat ik het leuk vond als je 's nachts bij die slet zat? Hè?'

Kom kom, jij had toch die ook die tennisleraar Mark. Hier heb ik toch nooit een punt van gemaakt?'

Jackie snoof: 'Die gaf me de aandacht die ik niet van jou kreeg. Ik heb wel betere mannen in mijn leven gehad, waar ik nu nog spijt van heb.'

'Die kneus Paul Norton zeker?' zei Victor snibbig.

'Ja, ik heb nog spijt dat ik hem voor jou heb opgegeven. Hij is de man die me begreep en liefde kon geven.'

'Waarom ben je dan niet bij hem gebleven? Ook toen hij je een blauw oog sloeg. Je bent gewoon een parasiet en niets meer.'

'Je bent een zwijn,' zei ze met overslaande stem. 'Je hebt me mijn hele leven belazerd. Ik ben altijd degene geweest die eerlijk was.'

'Eerlijk? Eerlijk? Je bent een leugenaar mevrouw Bosch, een grote achterbakse leugenaar!'

Jackie keek geschrokken naar Victor.

'Maud, leg dat maar eens uit?'

'Maud is van mij,' schreeuwde Jackie hysterisch.

'Wat van jou? Gore leugenaar. Maud is door Paul Norton verwekt. Vuile hoer dat je er bent. Maar Maud is en blijft mijn dochter. Ik zal haar voor jou behoeden.'

Victor draaide zich om en verliet de woning. Niet veel later reed hij met een hoge snelheid de straat uit.

Waarheen, wist Victor niet. Aanvankelijk wilde hij naar Maud rijden om haar te beschermen tegen Jackie. Hij was opgefokt, maar als hij haar nu onder ogen zou komen, zou hij Maud emotioneel beschadigen. Victor vond van zichzelf dat hij eerst tot rust moest komen. Hij reed naar de boulevard van Scheveningen, parkeerde zijn auto, liep over de donkere promenade en probeerde zijn gedachten te ordenen.

Het was allemaal te zot voor woorden. Hij had het niet kunnen bevatten dat Paul de verwekker van Maud was. Ze was zijn dochter en dat zou ze altijd blijven. Victor had in zijn leven al het nodige meegemaakt, maar dit sloeg alles. Zijn uitgebalanceerde leven was in een wervelwind terecht gekomen, die nog niet was uitgeraasd. De echtscheiding was een voor hem een revolutie waar hij grip op moest krijgen. Hij mocht de slag niet verliezen. Maud moest veiliggesteld worden voor de verwarring die rondwaarde. Een bittere nasmaak had hij in zijn mond. Spijt en schaamte dat hij tegen Jackie was uitgevallen, maar het luchtte wel op. Dat had hij veel eerder moeten doen. Eigenlijk had hij een deel van zijn leven vergooid. Maar als hij eerder stappen had ondernomen was er van zijn dochters niets terecht gekomen.

Paul Norton sloop zijn gedachten binnen. Wat spookte hij tegenwoordig uit vroeg Victor zich af. Een tijdje geleden had hij bij die alternatieve dokter boven de luxe kledingzaak aangebeld en in zijn behandelkamer rondgesnuffeld. Victor wist toen zeker dat er iemand zich bewust verborgen had gehouden. Aan het afgekloven bekertje in de behandelkamer had Victor het vermoeden gekregen dat het de alternatieve praktijk van Paul moest zijn. Duivelse gedachten drongen zijn hersenen binnen. Het feit dat de naam van Paul Norton op de vaderschapstest stond, moest hij hieraan meegewerkt hebben. Als Paul dit geïnitieerd had, kon het niet anders dat Maud hierbij betrokken moest zijn. Victor kende Maud goed genoeg om te weten dat ze hem dit zou vertellen. Of speelde Jackie hier een kwalijke rol in. Van kwaadheid ging Victor steeds sneller over de boulevard lopen.

Rationeel of emotioneel. Voor het eerst in zijn leven had Victor zichzelf niet meer onder controle. Waar moest hij naar luisteren. Zijn hart of zijn hersenen. Het was overweldigend en hij voelde voor het eerst in zijn leven tranen in zijn ogen opwellen. Alles was een farce geweest. Mentaal in de handboeien geslagen haastte Victor zich naar zijn auto, ging er in zitten, liet zijn hoofd tussen zijn handen zakken, huilde en prevelde: 'Behoed Maud voor deze ellende. Ik kan er niet meer tegenop.'

Daarna pakte hij een papieren zakdoekje uit het dashboardkastje, snoot zijn neus en herpakte zich. Er was niemand van wie hij zich iets zou moeten aantrekken, startte de auto en reed naar het huis van Maud.

Hoofdstuk 29

Paul was tot op het bot beledigd door Marloes. De manier waarop ze hem als gigolo had bestempeld, een schandknaap die zich voor zijn diensten liet betalen, wekte een enorme woede bij Paul op. Hij had moeite moeten doen om zich te beheersen. Marloes had geen idee hoe hard hij zich had ingezet voor het opzetten van zijn alternatieve praktijk. Het was van de zotte, dat hij zich niet voor zijn diensten liet betalen. Zo werkte het nu eenmaal in de commerciële wereld. Voor niets ging de zon op. Wat dacht die trut wel niet. Dat er patiëntes voor een therapeutische behandeling de nacht overbleven, was niet haar probleem. Zijn persoonlijke aandacht voor de patiënt ging voor. Marloes snapte er niets van. Dat ze medelijden met hem had, vond hij ronduit belachelijk. Paul kon eerder medelijden met Marloes hebben, want het was haar nog niet gelukt om zelf een man voor het leven te scoren. Toen Marloes in het verleden als zijn advocate zijn zaken had behartigd, had Paul gemerkt dat ze wanhopig op zoek was naar een man. Toch knaagde er ook iets bij Paul, want hij moest binnenkort nog een keer bij Marloes langs om zijn laatste persoonlijke spullen op te halen.

Hij zag er als een blok tegenop toen hij bij Marloes aanbelde. Ze opende de voordeur met een uitgestreken gezicht en ze keek hem vragend aan.
    'Ik kom het restant van mijn spullen ophalen.'
    'Die staan in de garage, de deur is open.'
Daarna draaide Marloes zich om en sloot ze de voordeur.
Paul was woest, hij voelde zich ondergeschikt. Hij liep met grote stappen naar de garage. Er stonden vijf dozen met een geel post-it stickertje met zijn naam erop. Paul liep terug naar zijn auto, reed de oprijlaan op en zette de dozen achterin zijn auto. De garagedeur liet hij bewust openstaan en reed terug naar zijn praktijk.

Terwijl Paul thuis zijn auto aan de overkant van de straat parkeerde zag hij in de verlichting van de lantaarnpaal dat Jackie bij de voordeur stond en aanbelde. Vanwege zijn irritaties met Marloes had hij eigenlijk geen zin in Jackie. Toen hij de sleutel uit het contact haalde bedacht Paul dat ze een prettige afleiding voor de nacht zou zijn. Hij had voor vandaag toch geen afspraken in zijn agenda staan.

'Hallo, ben je daar?' zei Jackie uitgelaten, toen Paul kwam aanlopen. Ze keek hem hoopvol aan. Paul opende de voordeur, liet haar voor hem de trap oplopen.

'Wat brengt je hier? vroeg Paul vriendelijk.

'Ik verveelde me,' zei Jackie verdrietig.

'Waarom kijk je zo droevig. Ik zie tranen in de ogen. Kom hier.'

Paul pakte de hand van Jackie, trok haar naar zich toe, koesterde haar.

'Je hoeft je niet te schamen, gooi het er maar uit. Ik zie dat je met een probleem worstelt. Ik kan het niet verdragen dat je verdrietig bent. Ik ben er voor je, altijd.'

Jackie begon te snikken, grote tranen rolden over haar wangen. Paul kuste haar gezicht en zei op een lieve toon: 'Je bent een mallerd. Wat zit je dwars. Ik ben ook wel eens opstandig. We lijken in dat opzicht wel op elkaar. Het is lastig om te kiezen als je op een kruispunt in je leven staat, wanneer je niet weet welk pad je moet volgen. Het maakt niet uit wat je kiest, het komt altijd goed.'

Bemoedigend kuste hij weer haar voorhoofd.

'Ik zal ervoor zorgen dat niemand je pijn doet, lieverd. Uit ervaring weet ik dat als het donker is de problemen altijd groter lijken dan ze in werkelijkheid zijn. 's Nachts voel je je alleen, maar dat ben je niet. Ik denk aan je,' zei Paul met zoete woorden.

Jackie was gestopt met huilen en ze keek Paul ontvankelijk aan. Het was lang geleden dat iemand zo teder tegen haar had gesproken. Het klonk als muziek in haar oren.

'Blijf bij mij. Ga weg bij Victor. Hij belazert je toch. Je hebt mijn zorg nodig. Mijn hart is vol met liefde voor jou. Kom,' en Paul leidde Jackie naar de slaapkamer. 'Ik smacht naar je,' en Paul kleedde Jackie uit.

Vol vuur zei hij: 'Mijn lichaam brandt van verlangen als ik je zie,' en hij trok Jackie hebberig in zijn bed.

De volgende ochtend toen Jackie nog comfortabel in de armen van Paul lag ging drie keer achter elkaar dominant de voordeurbel. Omdat het om een nieuwe cliënte kon gaan, griste Paul zijn badjas van het haakje en trok hem snel aan. Op het beeldscherm zag hij dat het Marloes was. Hij liep snel terug naar de slaapkamer, zei gehaast dat er een patiënte voor deur stond die in de war was en voor een spoedbehandeling in aanmerking kwam.

'Het kan zijn dat deze vrouw gaat schelden, want ze is in een nare echtscheiding verwikkeld. Ik neem de rol van haar echtgenoot over, dus hou de deur van de slaapkamer dicht en zet de televisie aan.'
Jackie was overdonderd toen Paul de slaapkamerdeur dichttrok.

Met grote stappen liep Marloes de trap op. Paul wachtte haar in zijn badjas boven aan de trap op.
'Wat kom je doen?' siste hij.
'Wat denk je? De rest van je rotzooi afgeven.'
Ze overhandigde een plastic tasje. Paul opende het en keek erin. Hij zag twee mappen met papieren, waarvan hij wist dat het zijn ontslagdossier van het Academisch ziekenhuis was en het echtscheidingsconvenant met Marga.
In plaats van de trap af te lopen, liep Marloes langs Paul heen, regelrecht naar de slaapkamer en opende de deur.
'Zo Paul, weer een vrouwtje gescoord?'
Ze keek Jackie triomfantelijk aan, die onderdanig in bed op Paul wachtte. Marloes keek Paul aan, die achter haar stond en zei scherp: 'Hoeveel betaalt ze je om klaar te komen?'
'Kom, het is wel genoeg geweest.'
Paul leidde Marloes naar het trapgat en zei dwingend: 'Je hebt je punt gemaakt. Wegwezen!'
Paul begeleidde Marloes naar beneden om zeker te zijn dat de voordeur werd afgesloten. Daarna liep hij terug naar boven, trok zijn badjas recht en trof Jackie in bed aan, die rechtop zat met een verwonderde uitdrukking op haar gezicht.
'Paul, ik schrik ervan. Wat een nare patiënte was dat. Hoe hou je dit werk vol?'
Op een zalvende toon zei Paul: 'Jackie, dit zijn uitermate interessante projecten. De data van dit soort behandeltrajecten kan ik gebruiken voor mijn onderzoeken in het Academisch Ziekenhuis.'
Jackie was onder de indruk van Paul.

Paul vond de aanwezigheid van Jackie wel genoeg geweest. Hij had rust nodig en probeerde haar te lozen, maar ze maakte geen aanstalten om te vertrekken.
'Jackie, ik ga zo afsluiten. Ik moet aan het werk in het Academisch Ziekenhuis.'

'Ik kan hier op je wachten tot je vanavond thuiskomt. Zal ik het avondeten klaarmaken? Wat lust je?'

'Nee, dat is niet de bedoeling. Vanavond staan er patiënten voor de deur. Ik heb geen tijd voor je. Moet je niet naar huis? Mist Victor je niet?'

Jackie ging zitten en ze begon te snikken.

'Hij wil van me af. Ik denk dat hij iemand anders op het oog heeft.'

Toen was het stil. De hersenen van Paul werkte koortsachtig. Waarom wraak nemen op Victor, als Jackie al was afgedankt. Toch moest hij voor zichzelf bekennen dat haar warme vulva een traktatie was. Moest hij haar hiervoor terugnemen?

'Je gaat me toch niet vertellen dat Victor afscheid van je heeft genomen, liefste?'

'Ja,' snikte Jackie. 'Ik wil je terug Paul. Samen met Maud zijn we een gezin.' Ze keek hem hoopvol aan. 'Je hebt toch niet voor niets de uitslag van de vaderschapstest in de bus gegooid?'

Paul schrok zich rot. Ja, dat had hij gedaan, want het was zijn bedoeling geweest om een enorme ruzie in het huishouden van Jackie te ontketenen. Het was niet de bedoeling dat Jackie zich nu aan hem zou vastklampen.

'Ik zou graag bij je willen intrekken en Maud vertellen dat je haar vader bent.'

'Misschien moet je niet te snel van stapel lopen en alles eerst goed op een rijtje zetten voordat we plannen gaan maken.'

Paul kuste teder het voorhoofd van Jackie.

'Je hebt gelijk, laten we er eerst goed over nadenken.'

Paul leidde Jackie naar het trapgat en vroeg: 'Ik ga zo naar het Academisch Ziekenhuis. Waar kan ik je onderweg afzetten?'

Jackie volgde Paul.

Nadat Paul Jackie thuis had afgezet reed hij terug naar zijn appartement. Periodiek luisterde Paul de opgenomen gesprekken op de kamer van Lettie af. Met een grote beker koffie ging hij in zijn behandelkamer in een luie stoel onderuit zitten en luisterde een deel van de opnamen af. Hij scrolde er snel doorheen. Er werden geen bijzondere zaken besproken. Paul was een beetje achterdochtig, het leek wel of er gedoceerd informatie werd losgelaten. Hij had Fred er pasgeleden nog op aangesproken, maar die had gezegd dat het bij Salutem op dit moment vrij rustig was. Uit het door Fred ontfutselde cijfermateriaal bleek dat de business bij Salutem wel redelijk in lijn lag met de planning.

Terwijl Paul de uitleg van Fred overdacht, hoorde hij dat de telefoon op de kamer van Lettie ging. Paul luisterde even mee of het een interessant gesprek was. Wie ze aan de telefoon had wist Paul niet, maar hij vermoedde dat het Victor was. Paul nam nog een slok koffie, bekeek zijn eigen blog en hij wilde net starten om zijn potentiële cliënten antwoord op hun prangende vragen te geven, toen hij hoorde dat Victor de kamer van Lettie binnenliep.

Paul ging ervoor zitten. Hij was gelijk geboeid door de discussie die op gang kwam. Het bleek helemaal niet zo goed bij Salutem te gaan als Fred hem had voorgespiegeld. De cijfers die tot nu toe naar buiten waren gebracht, waren opgepimpt. Salutem Nederland zat in zwaar weer, ze hadden tijdens de economische recessie het hoofd niet boven water kunnen houden. De concurrentie was slimmer geweest en bleek een fors marktaandeel van Salutem afgesnoept te hebben.

Toen Victor de kamer van Lettie had verlaten, hoorde Paul dat ze iemand belde. In dit gesprek had Lettie met een droevige stem gezegd dat haar rol binnenkort uitgespeeld zou zijn.

Paul zocht direct contact met Fred, die 's avonds uit zijn werk bij Paul aanbelde. Samen luisterden ze de opnamen af.

Na afloop zei Fred; 'Ik ben sprakeloos, maar je maakt mij niet wijs dat het zo slecht met Salutem Nederland is gesteld. Het zou kunnen dat de cijfers iets mooier voorgesteld zijn.

Paul, ik weet het niet. Zitten we hier naar een nepverhaal te luisteren?'

'Nee, dat lijkt me sterk. Alhoewel ik moet toegeven dat er de laatste tijd weinig spannende gesprekken zijn gevoerd.'

'Paul, zullen we gaan handelen, of de situatie nog even aankijken?'

'Nee, we gaan handelen. Ik denk dat het waar is.'

Paul pakte de telefoon, belde zijn contactpersoon, gaf de opdracht om het grootste deel van de Salutem aandelenportefeuille te verkopen.

Paul was op dreef en hij besloot om weer eens in de computer van Gladys en Giselle rond te snuffelen, maar hij kon niet meer inloggen. Nijdig klikte hij het scherm dicht. Tegelijk vroeg hij zich af wat dat te betekenen had. Paul zag dat de computer van Gladys en Giselle op dezelfde manier was beveiligd als de huiscomputer van Victor. Het irriteerde Paul. Snel werd zijn ergernis vervangen door nieuwsgierigheid en logde hij in op de camera in de slaapkamer van Jackie. Hier was niets te zien. Jackie zat vermoedelijk beneden in de woonkamer en Victor was aan het werk. Paul klikte op de verbinding van de zeilboot, maar deze deed het niet. Paul klikte opnieuw op het scherm, maar er gebeurde niets. Als Victor nu aan het werk was, zou hij ongemerkt aan boord kunnen rondneuzen om te onderzoeken wat er met de verborgen camera aan de hand was.

Paul nam de gok en reed tegen middernacht naar de zeilboot van Victor. Hij had donkere kleding aangetrokken en een zwarte muts opgezet, parkeerde zijn auto een paar straten achter de jachthaven en wandelde er op zijn gemak naar toe. Het was winter, de haven lag er verlaten bij, maar je wist nooit of iemand die niet kon slapen door het raam naar buiten staarde. Hij wandelde rustig langs de haven, bespiedde de boten in de jachthaven. Toen Paul zeker wist dat alles er verlaten bij lag, liep hij naar de zeilboot van Victor en klom erop. Behendig opende hij het slot en kroop snel in de kajuit.

Paul droeg handschoenen en knipte zijn zaklamp aan. Als eerste pakte Paul de klok van de muur en opende deze. De camera was weg. Dus toch, Victor moest hem ontdekt hebben.

In de keukenkastjes vond hij een paar sleutelbosjes, die bij de apparatuur van het schip hoorden. Voorin de kajuit beek Paul sceptisch naar het mooie ronde bed. Hier neukte Victor die vrouwtjes en jaloezie borrelde op. Hij opende alle kastjes die hij kon vinden, maar vond niet één tastbaar spoor van een vrouw, zelfs niet van Jackie. Hij vond mappen met papieren, maar hier kon Paul niets mee. Wel vond hij een familiefoto in een mapje en liet het lichtschijnsel van de zaklamp op het gezicht van Maud rusten. Haar gezicht gaf Paul een ongemakkelijk gevoel. Hij had zijn bloedeigen dochter liefgehad. Zou hij ooit trots op haar kunnen zijn of zou een schaamtegevoel overheersen. Hoe zou ze reageren als ze te horen zou krijgen dat hij haar biologische vader was? Hij zou Maud opnieuw moeten benaderen, zonder dat Jackie het wist en haar persoonlijk op een delicate manier inlichten. Maud had er recht op, vond Paul.

Paul ging op de bank zitten, waarop hij die vrouw verschillende keren naakt had gefotografeerd. Aan de wand zag hij een lectuurbak en grabbelde erin. Verwonderd keek hij naar zijn eigen publicatie van jaren geleden toen hij nog voor het Academisch Ziekenhuis werkte. Glorieus stond hij op de voorkaft in combinatie met een foto waar de moleculen van het griepvirus door een microscoop zichtbaar waren.

Ineens bedacht Paul dat er misschien een camera op hem gericht was, zonder dat hij hier benul van had. Hij keek ongemakkelijk in de rondte en verliet als een haas de zeilboot van Victor.

Rond half vier 's nachts kwam Paul thuis en hij liet zich uitgeput op de bank vallen. Na een half uur stond hij moeizaam op uit de bank, schonk een groot glas whisky in, pakte de afstandsbediening en zette de televisie aan. Wat een dag was het vandaag geweest. Nippend van zijn glas zapte Paul over de kanalen totdat hij bij een Amerikaanse talkshow uitkwam die gasten advies gaf over hun problemen en levensstijl. Paul wilde doorzappen toen bleek dat het onderwerp seksverslaving was.

Paul had altijd ontkent dat hij seksverslaafd was. Door veelvuldig seks te hebben kwam het energieniveau in zijn lichaam op peil, iets wat hij hard nodig had om zijn patiënten in zijn drukke praktijk te kunnen faciliteren. Seks was ook de ontlading voor alle problemen die zijn cliënten hem in vertrouwen vertelden.

Paul bleef naar het programma kijken, omdat hij de bevestiging zocht dat zijn beeldvorming juist was. Geïnteresseerd keek hij naar een interview met een echtpaar die zich te buiten gingen aan buitenechtelijke relaties. De vrouw gaf toe, wanneer ze een aantrekkelijke man ontmoette, ze een afspraak maakte om alleen seks te hebben. Soms volgde er een nieuwe afspraak, die meestal in een motel plaatsvond. Eigenlijk kon ze een verzoek van een man nooit afwijzen.

Paul vond het bizar dat haar echtgenoot die naast haar zat, ontspannen haar betoog aanhoorde. Toen de man aan het woord kwam was Paul toch een beetje sprakeloos. De man vertelde dat hij over de afgelopen vijftien jaar meer dan tweeduizend partners had gehad. Het bizarre was dat het nooit tot een volledige bevrediging had geleid. Het was allemaal kortstondig, want dan kwam zijn drift weer bovendrijven om de volgende vrouw te scoren. De vrouwen scoorde hij via dating- of pornosites.

De host vroeg aan de vrouw waar ze haar partners vandaan haalde. Ze vertelde met droge ogen dat ze regelmatig naar seksclubs ging en zelfs in pornofilms meespeelde.

'Mijn seksverslaving is een strijd die mijn dagelijkse leven beheerst,' bekende de vrouw. 'Ik wist niet dat mijn man seksueel onbevredigbaar was toen ik hem ontmoette. We dronken samen een paar flessen wijn per dag en dan kun je niet meer helder denken. Het is de adrenaline die mijn behoefte om seks beheerst. De kick, die je wilt voelen.'

De man viel haar in de rede en zei stellig: 'Ik ben geen seksverslaafde, maar een liefdesverslaafde. Ik ga nu eenmaal voor het extreme.'

De host vatte het verhaal samen, begon op een zalvende toon het stel te bewerken over mogelijke therapeutische oplossingen.

In eerste instantie was Paul getriggerd door het verhaal, nam de laatste slok uit zijn glas whisky en bedacht dat hij er gelukkig niet zo erg aan toe was, als in het verhaal van de gasten in het televisieprogramma. Vrouwen scoren was volgens Paul geen obsessie. Dat hij af en toe via een escortbureau een vouw inhuurde voor seks was geen overbodige luxe. Zeker als Paul overdag in zijn praktijk, als praktiserende Reiki therapeut beeldschone vrouwen had behandeld. In de afgelopen periode had Paul een schare vaste klanten om hem heen verzameld, die voor een uitgebreide Darkness therapie langskwamen. Soms had hij twee tot drie vrouwen per dag, maar dat vond Paul geen seksverslaving, zeker als hij 's nachts met volle overtuiging Jackie bevredigde. Het scheiden van zijn zakelijke- en privé contacten was essentieel.

Verveeld zapte Paul langs de zenders. De televisie bood geen afleiding meer. Hij liep met een glas in zijn hand naar de boekenkast. Zijn oog viel op de collectie boeken over de filosoof Immanuel Kant. Paul liet zijn vinger langs de rug van de rij boeken glijden en dacht aan zijn jonge jaren, waarin hij Kant vaak had aangehaald. Zijn lievelingsfilm, de Truman show schoot weer naar binnen. Wat was nu echt en niet echt? Paul had Victor in zijn jeugd op de studentenkamer hier regelmatig mee geconfronteerd. Hij was ervan overtuigd geweest dat Victor in een droomwereld leefde.

Op welke levensvragen zou Paul een kwart eeuw later antwoord willen hebben? Jackie; hij wilde haar en hij wilde haar niet. Wat zou hij haar kunnen bieden? Zou hij zijn belofte om voor haar te zorgen nakomen? Of was ze de trofee die hij van Victor afnam? Als volger van Kant zou hij

Jackie eerlijk moeten vertellen dat hij haar lekker vond, maar geen relatie met haar zou willen aangaan.

Als Paul zijn eigen leven over de afgelopen twintig jaar evalueerde moest hij voor zichzelf bekennen dat hij moreel geen goed mens was geweest, omdat hij zijn cliënten misbruikte voor zijn eigen genoegens en dat hij Marloes voor haar juridische kennis schandelijk had uitgebuit. Snel duwde Paul deze donkere gedachten weg. Hij was perfect, hij had een succesvolle praktijk en hij was rijk. Zijn genoegens waren een eindproduct dat door zijn hitsige patiëntes werd verrijkt. Paul vond dat hij zijn plicht aan de maatschappij vervulde door mensen met zijn alternatieve therapie de nodige hulp in het leven te bieden.

Plichtbesef was iets wat hem aan het hart lag, omdat hij vroeger als kind was verwaarloosd, voor zichzelf had moeten zorgen in tegenstelling tot Victor, die alles op een gouden dienblad aangereikt had gekregen door zijn vader. Victor kende geen plichtsbesef. Hij was de man die succesvol was en zonder enige vorm van gêne, riante bonussen binnenharkte.

Had Paul zijn nuchtere verstand laten leiden door een onderhuidse jaloezie voor Victor of had zijn eigen vooruitgang voorop gestaan? Had hij wel een antwoord op de vier hoofdvragen van Immanuel Kant: Wat kan ik weten? Wat kan ik doen? Wat mag ik hopen? En wie is de mens?

Als jonge man kon Paul hier nachten in zichzelf over debatteren. Wat maakte zijn leven de moeite waard? Wat was zijn kwetsbaarheid? Welke grenzen had hij moeten respecteren?

Paul was ervan overtuigd dat hij zijn verwachtingen tastbaar had gemaakt door hard te werken. Zijn vrije geest was niet belemmerd door de hindernissen over wie hij als kind was, maar ook wie hij had willen zijn. Was hij een onvoorzien product van zijn verwekkers met een kansloze opvoeding of was zijn eigen gedreven keuze voor vrijheid een goede optie? De armoedige start in zijn jeugd had zijn leven voorgoed op het verkeerde spoor kunnen zetten. Toch had hij zijn grens snel gevonden en was gericht gegaan voor de dingen die het verschil maakten om zijn doel te bereiken.

Waar had hij zijn levenskracht vandaan gehaald? Terugkijkend kon Paul alleen maar concluderen dat hij was geslaagd. Toch had hij het gevoel dat hij zich door Victor in de luren had laten leggen. Victor was de vriend die hem had verraden, waardoor zijn droom en carrière in het Academisch Ziekenhuis abrupt ten einde waren gekomen. Wat had hij van Victor mogen verwachten toen ze als jonge honden met elkaar omgingen?

Victor was de man die de kantjes ervan afliep en door zijn vader de verkeerde voorstelling van de werkelijkheid had meegekregen.

Paul nam de laatste slok uit zijn glas. Het leven was een geregisseerde farce. Victor voerde hier een dwingende regie in. Wat was nu de voorstelling en wat was nu de realiteit?

Hoofdstuk 30

Tijdens de autorit naar het huis van Maud was Victor een beetje tot rust gekomen. Hij had zijn verhaal klaar toen hij bij haar aanbelde, maar Maud was niet thuis. Victor pakte zijn mobiel en belde haar.

'Ha pa.'

'Ik sta bij je voor de deur. Je bent niet thuis.'

'Dat klopt, ik ben bij vrienden in Amsterdam. Na het weekend ben ik weer thuis. Hoezo? Waarom sta je bij me voor de deur?'

'Ik was toevallig in de buurt en dacht ik rij even langs.'

'Jij en in de buurt. Hebben ze je bij Salutem ontslagen?'

'Nee hoor, ga maar lekker stappen met je vrienden. Ik spreek je volgende week.'

Victor parkeerde zijn auto thuis op de oprijlaan. Hij zag er tegenop om naar binnen te gaan. Hij had geen zin in de confrontatie met Jackie, maar hij had geen keus.

Toen hij de deur van de woonkamer opende zat ze met rode ogen op de bank en keek hem zielig aan.

'Victor, ik ga er een eind aan maken. Het heeft allemaal geen zin meer.' Een huilsalvo volgde.

'Hoe ga je dat dan doen lieverd? Van een flatgebouw afspringen of gooi je jezelf voor een trein. Dat is niet leuk voor de machinist die de restanten van jouw lichaam van de neus van de trein moet schrappen.'

'Ik neem alle pillen in die ik kan vinden,' gilde Jackie hysterisch.

'Begin dan nu gelijk, dan hoef ik de echtscheiding niet meer te regelen. Je maakt het me dan een stuk gemakkelijker.'

'Ik ga niets tekenen, helemaal niets. Hoor je me!'

Victor gaf geen antwoord meer, verliet de kamer, ging naar boven naar de slaapkamer waar hij de lade van nachtkastje opende om de envelop met het contant geld te pakken. Terwijl hij op de rand van het bed zat kreeg hij een melding op zijn telefoon. Iemand liep op zijn boot. Snel opende Victor de app en keek naar een man die op zijn boot klom. Ondanks de muts en de donkere kleding herkende Victor de bewegingen van Paul. Wat moest hij op zijn boot? Enige tijd geleden had Victor de geheime camera uit de klok gehaald. Als Paul degene was, die deze erin had verborgen, kwam hij nu vermoedelijk polshoogte nemen. Victor zag dat hij de kajuit behendig openmaakte en naar binnen verdween. Roerloos zat Victor op de rand van het bed totdat Paul weer naar buiten kwam, maar hij kon niet ontdekken of Paul iets uit zijn boot had meegenomen. Hij zag Paul van zijn boot klauteren en toen was hij uit het beeld verdwenen.

Victor was overrompeld door het plotselinge gebeuren en hij belde direct Willem. Nu had hij spijt dat hij Willem geen opdracht had gegeven om een extra camera in de kajuit te monteren.

'Met Victor. Ik heb net op mijn telefoon gezien dat Paul Norton op mijn boot rondsnuffelde. Wat hij in de kajuit heeft uitgespookt weet ik niet.'

'Wij hebben ook een melding gekregen en meegekeken. Een specialist is al onderweg naar je boot om een inspectie uit te voeren. Binnen een kwartier krijg je een melding op je telefoon, dat zijn wij. Ik rapporteer je morgen de feiten.'

Het gesprek werd beëindigd. Victor stopte de telefoon in zijn binnenzak en keek in de lade van zijn nachtkastje. Het zag er rommelig uit. Zo had hij het niet achtergelaten. Misschien had Jackie naar iets gezocht. Victor pakte de envelop met vijftigeurobiljetten en merkte dat er een paar biljetten ontbraken. Jackie had nog nooit geld uit de envelop gehaald. Ze had haar eigen creditcard en daar stond meer dan genoeg op. Raar. Hij miste ook het Zwitserse mesje wat hij ooit van Paul had meegenomen.

Het was toen achterbaks geweest, maar het had Victor een goed gevoel gegeven om de heimelijk trofee van Paul achterover te drukken. Paul was een klaploper die op de zak van zijn vader teerde. De ouders van Victor waren van mening dat je ook mensen moest helpen die geen kans in de maatschappij hadden. Paul overschatte zichzelf, was inhalig en maakte misbruik van de goedwilligheid van zijn vader. Victor had zich verschillende malen op de netwerkbijeenkomsten van zijn vader gegeneerd voor Paul. Het ontbrak hem aan beleefdheid. In plaats eerst netjes met iemand kennis te maken nam hij gelijk het woord en kletste aan één stuk door. Het liefste ging hij in gesprek met mensen die autoriteit uitstraalde, dat streelde blijkbaar zijn ego. In plaats de gesprekspartner geconcentreerd aan te kijken, keek hij regelmatig langs zijn contactpersoon heen om te kijken wat er nog meer voor interessants om hem heen gebeurde. Onbeschoft gedrag. Victor had een paar keer geprobeerd om aan Paul uit te leggen wat de etiketten waren op de netwerkbijeenkomsten, waar Paul simpelweg lak aan had.

Victor had tijdens zijn studententijd al langer in de gaten gehad dat Paul het Zwitserse mesje koesterde, door het mesje als een trofee in zijn gesloten hand vast te houden. Waar het mesje vandaan kwam wist Victor niet, het intigreerde hem wel. Toen Paul college had, had Victor het mesje in een onbewaakt moment bekeken, maar het was oud en beschadigd. Toch moest het een bijzondere betekenis hebben om het zo te koesteren. Toen Victor in het verleden de laatste spullen uit zijn studentenflat wilde ophalen en Paul met Jackie in bed had aangetroffen, was hij de volgende dag teruggekomen. Er was niemand op de kamer. Victor had het mesje uit wraak in zijn zak laten glijden en meegenomen naar zijn nieuwe appartement.

Victor liep naar beneden, vroeg bars aan Jackie of ze geld uit zijn nachtkastje had gepakt en waar zijn mesje was. Ze keek hem verbaasd door haar tranen aan.

'Nee, hoezo?'

'Er is geld weg en mijn mesje is verdwenen.'

Victor zag aan de uitdrukking in de ogen van Jackie dat ze de waarheid sprak, wat hem een onbehaaglijk gevoel gaf. Zou Paul, net zoals bij Gladys en Giselle in hun woning hebben gesnuffeld.

'Wie zijn er hier kortgeleden in huis geweest?'

'Niemand,' zei Jackie kortaf.

Victor zei niets meer en liep terug naar boven. Zou hier een camera hangen, zoals hij ook op zijn zeilboot had gevonden? Victor ging op zoek, maar hij kon niets vinden. Hij vertrouwde niemand meer en verliet de woning. Buiten op straat belde hij Willem en vertelde wat hem dwars zat.

'Ik kom zo met een team langs om je woning op camera's te doorzoeken.'

Victor liep weer naar binnen en zei op een zakelijke toon tegen Jackie: 'We hebben een storing op het netwerk. Er komen zo mensen in ons huis om het probleem op te lossen. Ze zullen door het huis lopen om het wifi netwerk te testen.'

Willem arriveerde met twee mannen die Victor niet kende. Hij liet ze binnen. Jackie zat stil op de bank. Haar dramatische toneelstuk was geparkeerd, er gebeurde iets in huis.

Na een uur troonde Willem Victor mee naar de studeerkamer.

'We hebben een geheime camera gevonden achter de spiegel van de make-uptafel in je slaapkamer. Hetzelfde type dat we op je boot hebben gevonden. Wat wil je? Zullen we hem verwijderen of wil je de geheime camera juist gebruiken?'

'Laat hem maar intact, anders krijgen we weer ongewenst bezoek.'

Victor werd mobiel door een onbekend nummer gebeld.

'Hallo met Paul.'

Victor moest even naar adem happen. Dat was het laatste wat hij verwachtte.

'Hallo met Victor.'

Hij wachtte af wat Paul zou gaan zeggen.

'Ik denk dat we een keer met elkaar moeten praten.'

'Waarom?'

'Onze paden kruisen elkaar. Wellicht is het goed om elkaar te ontmoeten.'

'Ik weet niet waar je het over hebt. Wat valt er te bespreken?'

Victor liet duidelijk blijken dat hij er geen zin in had.

Maar Paul bleef volhouden en Victor sprak op zijn boot af. Hij wilde Paul niet in zijn huis hebben, maar hij wilde ook niet met Paul in het openbaar gezien worden.

Victor was al een paar uur op zijn zeilboot voordat Paul arriveerde. Hij had de kajuit grondig geïnspecteerd en had op het eerste gezicht niets gemist na de insluiping van Paul.

Victor kreeg een melding op zijn telefoon, wat betekende dat Paul aan boord was geklommen. Hij zette het geluid van zijn telefoon af en stopte deze in zijn binnenzak. Paul klopte op de kajuit. Victor liet hem binnen.

'Hoi Victor,' opende Paul ingetogen. Victor zag dat hij hem afpeilde.

'Lang geleden,' zei Victor. Hij gaf Paul gemoedelijk een hand, maar hij was op zijn hoede.

Ze gingen zitten. Victor schonk ongevraagd koffie in en reikte Paul zijn mok aan.

'Victor er is veel gebeurd in onze levens. Te veel om op te noemen. Onze paden hebben zich op oncomfortabele momenten gekruist. De laatste tijd heb ik veel nagedacht over onze studententijd, onze ambities, maar ook over onze carrières en zelfs over de toekomst.'

Victor zei niets. Hij liet Paul bewust aan het woord. Het was hem nog niet duidelijk waarom hij contact zocht. Paul deed nooit iets voor niets.

'Ik worstel met iets waarover ik met je wil praten. De afgelopen jaren heb ik me door een depressie geworsteld en toch komt het verleden steeds weer bovendrijven. Zaken die ik niet heb kunnen verwerken.'

Paul keek Victor aan in de hoop dat hij iets zou zeggen.

Victor nam achteloos een slok koffie uit zijn beker.

Paul sloeg zijn ogen neer en zei ingehouden: 'Het geeft me zo'n pijn gedaan dat ik mijn baan bij het Academisch Ziekenhuis ben kwijtgeraakt. Waarom Victor, waarom heb je me verraden?'

'Paul, ik weet niet waar je het over hebt. Waarom zou ik je moeten verraden?'

'Via bronnen binnen Salutem heb ik jaren geleden al vernomen dat jij degene bent geweest die me hebt aangegeven.'

'Sorry Paul, ik weet niet waar je deze beschuldiging vandaan hebt.'

'Ik denk dat je jaloers was op mijn wetenschappelijke stukken, die uitblonken op het gebied van antimicrobiële middelen bij epidemiologie van infectieziekten. Mijn publicaties vonden gretig aftrek binnen Salutem. Weet je, de werkelijkheid was precies het omgekeerde. Salutem maakte misbruik van de kennis van het Academisch Ziekenhuis. Iemand heeft achter de schermen de rechtelijke macht bespeeld, waardoor ik het etiket "belangenverstrengeling" opgeplakt heb gekregen. Dat ontslag heeft me zoveel pijn gedaan. Kun jij je dat voorstellen? Je wentelt jezelf al je hele leven in een gespreid bedje, terwijl ik voor elke cent heb moeten sappelen.'

Victor bleef rustig om de Paul niet te stressen en nam het woord.

'Paul, ik vind het allemaal heel vervelend. Ik weet als geen ander hoeveel offers je hebt moeten brengen.'

Victor keek Paul serieus aan, alsof hij vol begrip was.

'Wat doe je op dit moment, je komt zelfverzekerd op me over.'

'Ik heb een alternatieve praktijk en ik ben praktiserend Reiki master. Dat is niet hetgeen waar ik al mijn kaarten op heb ingezet.'

'Wat verlang je van mij?' vroeg Victor.

'Ik wil uit jouw mond horen waarom je me hebt verraden.'

'Paul, ik heb al aangegeven dat ik niet degene ben die je hebt verraden.'
Victor probeerde de sfeer ontspannen te houden, maar voelde naadloos
aan dat Paul de situatie op de spits probeerde te drijven.

Ineens gooide Paul het over een andere boeg en hij vroeg vriendelijk:
'Hoe is het thuis?'

'Goed.'

'Hoe is het met Jackie?' wilde Paul weten.

Victor kneep zijn ogen samen en hij observeerde Paul. Waarom zou Paul
dat willen weten?

'Wil je haar van me overnemen?' vroeg Victor sarcastisch.

'Zo bedoelde ik het niet. Je hebt toch een gezin. Hoe is het met je
dochters?

Victor voelde een steek in zijn hart. Maud, waar insinueerde Paul op?

'Alles is goed en met jou. Heb je ook een gezin?'

'Gezin is een brede definitie. Ik heb een dochter, alleen zie ik haar te
weinig.'

Het bloed van Victor begon te koken. Hij besloot om uit zelfbescherming
afscheid van Paul te nemen, want het zou niet lang meer duren voordat
hij Paul een stoot voor zijn kop zou geven.

'Paul, ik heb nog een afspraak. Ik ga de boot afsluiten.'

Victor stond op. Paul trok zijn jack recht en ritste deze dicht.

Zonder wat te zeggen verliet Paul de kajuit terwijl Victor nog aan de
grond genageld stond over het korte gesprek met Paul. Victor pakte de
bekers, zette ze op het aanrecht terwijl hij de boot voelde schommelen.
Wat was Paul op het dek aan het doen? Terwijl hij door de poort keek,
zag hij Paul van boord klauteren en daarna naar zijn auto lopen.

Hoofdstuk 31

Paul was nijdig, hij had zijn punt niet kunnen maken. Victor had zich als de directeur gedragen en had op hem neergekeken. Hij had Paul laten voelen dat hij zijn ondergeschikte was.

Paul had één troef en dat was Maud. Hij twijfelde of Victor wel wist dat Maud zijn dochter was. Of Victor wist het wel, maar liet het niet blijken. Paul nam zich voor om Maud binnenkort op te zoeken. Daar had ze recht op, vond hij.

Paul zette zijn computer aan, logde in op de slaapkamer van Jackie. Er was niets te zien en hij schoof het beeld naar de rechterbovenhoek van zijn beeldscherm. Paul opende zijn blog en hij ging over tot het voeren van gesprekken met zijn trouwe bezoeksters. Met zijn zwarte bril op, maakte hij als een ervaren therapeut op een subtiele manier reclame voor zijn Darkness therapie. Af en toe ging Paul over tot een privégesprek met een knappe dame, als hij het gevoel had dat hij beet had.

Paul had een euforisch gevoel, scoorde een mooie jonge vrouw die graag een proefbehandeling wilde ondergaan. De dame in kwestie zou binnen een half uur bij hem voor de deur staan.

Op het moment dat Paul de computer wilde afsluiten om de voorbereidingen voor zijn Darkness therapie te treffen, zag hij rechts in het scherm dat Jackie haar slaapkamer binnenliep. Ze was boos, had een papier in haar hand en hij zag aan haar mimiek dat ze begon te schelden. Het leek wel of ze het met iets niet eens was. Paul bleef gebiologeerd kijken en volgde het schouwspel. Hij vroeg zich af of het papier in haar hand het echtscheidingsdocument was.

Een paar dagen later stond Jackie bij Paul voor de deur. Paul opende boven aan de trap de voordeur en hij had niet in de gaten dat ze een trolley bij zich had. Hij had spijt dat hij de deur had geopend.

'Paul, ik wil voor altijd bij je blijven,' zei ze met een stralend gezicht toen ze bovenaan de trap stond.

'Jackie, dat kan niet, dit is mijn praktijkruimte waar ik me op mijn patiënten moet kunnen concentreren. Ik woon bij Marloes en dat is mijn vriendin. We hebben de huwelijksdatum nog niet gepland, maar dat zal niet lang meer duren.'

Jackie keek beteuterd en zei: 'Ik heb haar nog nooit gezien. Volgens mij probeer je me al langer aan het lijntje te houden.'

'Ik probeer mijn privéleven van mijn zakelijke besognes gescheiden te houden. Je weet dat ik een zwak voor je hebt, waardoor ik Marloes heb bedrogen. Eigenlijk heb ik er spijt van. Jackie, ik vind het vervelend, maar ik ga je naar huis sturen.'

Vanuit het niets begon ze te snikken. Ze wierp zich op de voeten van Paul en zei treurig: 'Victor heeft me eruit gegooid. Ik kan niet meer terug naar huis. Jij bent degene die me hoop heeft gegeven dat er een toekomst voor mij was. Weet je, jij bent alles voor me. Ik ben er voor je en zal er altijd voor je zijn. Mijn hart schreeuwt naar je. Paul, mijn hart is vol liefde,' en ze keek hem hoopvol aan.

Zonder zijn antwoord af te wachten, krabbelde Jackie op en sleepte ze haar trolley achter zich aan naar de slaapkamer. Ze opende deze en legde, alsof het de normaalste zaak van de wereld was, haar kleding in de kast. Paul ontplofte bijna van woede. Hij zat nu met Jackie opgezadeld. Hoe moest hij haar in hemelsnaam lozen?

Paul ging opgefokt met zijn witte jas aan in zijn praktijkkamer zitten, toen Jackie even later met een beker koffie kwam binnenlopen. Hij pakte de beker aan, maar zo kon hij zich niet concentreren op zijn werk.

Toen ze de deur achter zich had gesloten zette Paul de computer aan. Het was onmogelijk om op deze manier privégesprekken met zijn cliënten aan te gaan. Hij beperkte zich tot de groepssessies via Skype.

Om zijn zinnen te verzetten klikte Paul zijn aandelenportefeuille aan en zat stijf van de schrik op zijn stoel. Hij had naar aanleiding van de afgeluisterde gesprekken in het kantoor van Lettie het grootste gedeelte van zijn Salutem aandelen verkocht. De waarde was drastisch gestegen in plaats van gedaald. Salutem had vanmiddag goede kwartaalcijfers gepubliceerd. Een ongecontroleerde woede ontstak in het lijf van Paul, die hij niet meer onder controle had.

Paul griste zijn mobiel van het kastje en belde Fred, die Paul tot rust maande en gelijk op zijn tablet meekeek.

'Ik heb je nog zo gewaarschuwd Paul. Ik twijfelde al van begin af aan, aan het afgeluisterde gesprek in het kantoor van Lettie. Het was een doorgestoken kaart. Je mag wel oppassen Paul, volgens mij wordt er een spel gespeeld en jij bent straks de klos.'

'Jij ook.'

'Nee, ik heb maar een deel verkocht. Mij kunnen ze niets maken.'

'Vuile klootzak dat je er bent,' zei Paul met het schuim op zijn mond. 'Je hebt me genaaid.' Impulsief smeet hij zijn mobiel op de grond die uit elkaar spatte. Hijgend stond Paul op uit de stoel, zag zijn mobiel versplinterd door de kamer liggen, keek verwilderd om zich heen en liep met grote stappen naar de slaapkamer waar Jackie op bed een tijdschrift lag te lezen. Ze keek hem vragend aan toen hij op haar afstapte.

'Ben je al klaar met je werk?'

Paul gaf geen antwoord, pakte Jackie bij haar arm, sleurde haar hardhandig uit bed en gaf haar een harde klap in haar gezicht. Van schrik begon ze te gillen, waardoor Paul haar een stomp op haar gezicht gaf. Het interesseerde Paul niet dat haar neus begon te bloeden en hij sleepte Jackie gedesoriënteerd door de slaapkamer. Daarna gooide haar weer terug op het bed. Ze bleef doodstil liggen, keek Paul met grote angstige ogen aan. Zonder zijn blik van haar af te wenden pakte hij een shawl van de stoel en bond haar handen vast.

'Paul, niet doen,' smeekte ze snikkend. Paul was vastbesloten, verliet de slaapkamer en draaide de deur achter zich op slot. Hij liep naar zijn praktijkkamer, pakte een injectienaald en het flesje met zelfgebrouwen elixer. Hij had dit wel eens op een paar patiëntes geëxperimenteerd, die buiten bewustzijn waren geraakt, waardoor hij handig van de situatie gebruik had gemaakt om aan zijn trekken te komen, zonder dat ze het beseften.

Paul haalde de slaapkamer van het slot en hij zag Jackie angstig in de hoek van de kamer staan beven met de vastgebonden handen voor haar buik. Ze keek verschrikt naar de injectienaald die hij in zijn hand vasthield.

'Liggen,' gebood Paul.

Jackie bewoog zich niet en ze bleef hem bang aankijken.

'Nu, anders hoek ik je in elkaar, bitch.'

Langzaam, stap voor stap, liep ze naar het bed en bleef ervoor staan.

'Liggen, zei ik!'

Ze ging op haar rug liggen, volgde met haar ogen nauwlettend zijn hand met de injectienaald. Paul pakte haar arm, duwde de injectienaald langzaam naar binnen.

'Je wilde hier graag wonen, dus gaan we plezier maken.'
Paul spoot net genoeg in om haar arm om Jackie half bij bewustzijn te houden. Hij zag in haar ogen dat ze langzaam in een soort roes raakte, waarop hij haar nu volledig beheerste. Hij maakte haar handen los.

Hoe hard en meedogenloos Paul het afgelopen half uur was geweest, hoe teder en liefdevol hij Jackie nu behandelde. Ze lag amper bij bewustzijn op zijn bed, keek Paul met haar grote zwarte pupillen uit haar halfopen ogen lijzig aan. Hij kleedde Jackie uit, wreef liefdevol over haar lichaam, rook haar lichaamsgeur op en likte over haar borsten. Daarna bevredigde hij zich verschillende malen in en over haar naakte lichaam en injecteerde nog wat van zijn liefdeselixer in haar arm.

Na afloop waste Paul teder met een nat washandje de spermaklodders uit het gezicht van Jackie. Uit de kast had Paul een sexy ondergoedsetje gepakt uit zijn aanzienlijke verzameling en bij Jackie aangetrokken. Toen hij de rode doorschijnende string over haar ranke benen naar boven schoof, keek Paul haar naar haar warme vulva, waar hij jarenlang heimelijk van had gedroomd. Hij rook eraan en vond hem stinken. Waarnaar? Hij wist het niet. Paul moest onbewust aan zijn moeder denken. Jackie was net zo'n minkukel als zijn eigen moeder. Hij bekeek haar minderwaardig. Jackie was oud, rimpelig en ze stonk naar urine.
Was zijn eeuwige verliefdheid voor Jackie op de voorhand geen verloren spel geweest? vroeg Paul zich af. Ze had nog wel gezegd dat hij haar eeuwige vlam was. Deze uitspraak deed ze alleen maar, omdat ze door Victor was afgedankt. Nu had Paul spijt dat hij zich in dit rivaliserende spel had laten betrekken. Hij had er een zootje van gemaakt en moest voor zichzelf bekennen dat hij het verkeerd had aangepakt.
Hij keek weer naar Jackie, schoof teder een lok haar uit haar gezicht. Daarna rook hij aan zijn hand. Die stonk, waardoor hij weer dwangmatig aan zijn moeder moest denken.
Toen Paul zijn moeder in De Zonneweelde had gevonden, had ze hem niet eens herkend. Teringwijf had hij toen gezegd, waarop hij uit het verzorgingstehuis was verwijderd.
Waarom had Paul hekel aan zijn moeder? Hij was de intelligente zoon, die ze bewust had verwaarloosd. Ze had zijn talenten niet herkend, laat staan gestimuleerd om de beste in zijn vakgebied te worden. Jackie was uit hetzelfde hout gesneden. Zijn eigen dochter Maud had ze ook

verwaarloosd en die verrader Victor ging straks met de eer strijken, als Maud was afgestudeerd.

Jackie was in slaap gesukkeld. Paul liet haar op het bed achter. Hij hoopte dat ze haar biezen zou pakken als ze bij kennis zou komen. Intussen was hij naar zijn behandelkamer gelopen en zette de computer aan. Hij wilde vanavond nog een patiënte scoren, die hem van zijn opgekropte gevoelens moest afhelpen.

Hoofdstuk 32

'Hallo met Willem, loop zo even bij me langs?'

Victor liep met zijn mobiel in zijn hand direct naar het kantoor van Willem.

'Ga zitten, ik heb nieuws. Jullie toneelstukje is niet voor niets geweest. Paul heeft bijna al zijn Salutem aandelen verkocht. Fred was slimmer, hij heeft een klein deel verkocht en minimaal verlies geleden. Ik heb de tape met jullie gesprek en de transacties die daarna hebben plaatsgevonden bij de aangifte gedaan. We hebben Paul. Fred ontspringt de dans.'

'Willem, ik ben blij dat we nummer één te pakken hebben, nu nummer twee nog.'

Willem vervolgde: 'We hebben de microfoon onder het bureau van Lettie verwijderd en we zullen de camera in de woning van Giselle weghalen. Als je het goed vindt verwijderen we ook de camera's bij je thuis en op de zeilboot. Waar je nog wel naar moet kijken, zijn de lijnen op je boot. Na dat gesprek met Paul, ging hij niet gelijk van boord af. We zagen op de camerabeelden dat hij aan je grootschoot rommelde.'

Victor knikte bevestigend, maar hij was nog onder de indruk over de vangst van Willem. Tevreden liep Victor terug naar zijn kantoor, waar hij met een grote glimlach op zijn gezicht op Giselle afliep.

'Wat loop je genoegzaam te grinniken? Wat heb je nu weer in de wacht gesleept?'

'We hebben eindelijk beet,' en Victor vertelde het hele verhaal in kleuren en geuren aan Giselle, die hem bewonderde.

'Dat moeten we vieren,' en Giselle keek Victor zwoel aan.

'Zullen we Willem eerst de camera's laten verwijderen, want er is al genoeg confronterend materiaal in omloop.'

Victor liep door naar het kantoor van Lettie, bleef in de deuropening staan en keek haar triomfantelijk aan.

'We hebben hem!'

Lettie klapte drie keer in haar handen, voordat Victor in vogelvlucht zijn relaas deed.

'De enige zorg die we nu nog hebben is Fred. Hij loopt nog steeds ongeschonden binnen rond en hij is een gedegen concurrent voor je. Als Fred de kans krijgt zal hij je proberen te beschadigen,' zei Victor serieus.

'Ja, dat is een punt van zorg. Wat zijn je plannen voor vanavond?' vroeg Lettie.

'Ik heb geen plannen, we kunnen afspreken,' zei Victor.

Lettie pakte haar mobiel. 'Ik zal Des Indes reserveren. Dan eten we daar gelijk een hapje.'

Victor was terug gelopen naar zijn kantoor, ging achter zijn computer zitten en bekeek de enorme hoeveelheid onbeantwoorde emailberichten. Dit was de selectie die Giselle voor hem had klaargezet. De rest had ze al afgehandeld.

Maar Victor kon zich niet meer concentreren. Zijn gedachten gingen terug naar het bezoek van Paul op zijn boot. Waarom had Paul ineens belangstelling voor hem? Hij had het over kruisende paden gehad. Wat bedoelde hij?

Victor draaide zijn luxe bureaustoel om en keek door de glazen gevel naar buiten waar het donker was. Kijkend naar een zee van lichtjes, dwaalden zijn gedachten af naar vroeger toen hij met Paul heftige discussies voerde. Paul was er altijd op gefocust dat alles wat je waarnam ook echt was. Hadden de kruisende paden waar Paul het over had met hun persoonlijke achtergrond te maken of bedoelde Paul hier zijn succesvolle carrière mee. Nee, dat kon het niet zijn bedacht Victor, want Paul had verloren door zich in een frauduleuze wereld te begeven, of was het juist omgekeerd en was zijn eigen wereld een fictieve omgeving? Zoals Paul benadrukte dat het in de werkelijkheid ging om de lichamelijke en de geestelijke ontwikkeling van de mens. Als Victor naar zichzelf keek, zag hij niet alleen een constante stroom met ontwikkelingen, maar ook rijkdom. Het had hem nog nooit tegengezeten. Als hij zijn eigen privésituatie in ogenschouw nam moest Victor het voor zichzelf bekennen dat hij al meer dan twintig jaar in een schijnwereld leefde. Hij was te laat wakker geworden en had zichzelf ongemerkt door de jaren heen tot de periferie van Jackie gedegradeerd. Zij was degene die zijn wereld onzichtbaar had beheerst en waarin Victor slaafs was gevolgd.

Als Victor zijn leven over de afgelopen decennia overdacht, welke levensvragen zou hij beantwoord willen hebben? Was hij een goed mens geweest? Nee, eigenlijk niet, hij had ongegeneerd grote bonussen binnengesleept en hij had buitenechtelijke relaties onderhouden. Hij was wel een goede vader voor zijn dochters geweest. Victor was veel op zakenreis geweest, van een saamhorigheid binnen zijn gezin kon hij niet spreken. Voor de buitenwacht was dat de realiteit, maar in feite klopte het niet. Plichtsbesef had Victor met de paplepel ingegoten gekregen en hij vond dat dit de kroon op zijn carrière was geweest. In tegenstelling tot Paul, die ten val kwam omdat niemand hem de noodzakelijke normen en waarden had bijgebracht.

Victor moest denken aan de vier hoofdvragen van Immanuel Kant: Wat kan ik weten? Wat kan ik doen? Wat mag ik hopen? Wie is de mens? Als jonge man kon Paul hier nachten over debatteren, wat Victor op het laatste de keel uithing. Paul was vol van zichzelf, haalde altijd zijn miserabele jeugd naar voren als excuus wanneer de zaken niet liepen zoals hij ze voor ogen had gehad.

Voor zichzelf had Victor de vier vragen beantwoord en vond dat hij een brede kennis van zaken had, leergierig was en bereid was zijn eigen tekortkomingen onder ogen te zien. Waar een wil was, was een weg. Victor was altijd bereid te investeren in tijd en geld om zijn doelen te bereiken. Deze volhardendheid en het geloof in zichzelf hadden hem bij Salutem binnen de Raad van Bestuur gebracht.

Victor had hoop, maar hij had ook twijfels. Hij stond op het punt om uit de voorstelling van Jackie te stappen. Dat was het kruispunt waar Paul op doelde. Wie is de mens vroeg Victor zich af? De mens is degene die eerlijk en oprecht is. Paul was materialistisch en oneerlijk. Victor haalde diep adem en besefte dat hij ook niet altijd oprecht was geweest. Zijn dochter Maud was wel eerlijk, maar ook kwetsbaar. Victor voelde opstandige emoties in zijn lijf opborrelen. Hoe kon hij Maud behoeden voor Paul, die haar in al haar onschuld in zijn corrupte wereld zou meesleuren? Wanneer zou hij de realiteit onder ogen zien om samen met Maud ongeschonden aan deze schijnwereld te kunnen ontsnappen?

Victor had na zijn overpeinzingen het heft in handen genomen en met Maud een vader-dochter weekend afgesproken. Ze had zich erop verheugd, maar toen Victor vertelde dat ze gingen zeezeilen trok ze een lang gezicht.

'Pa, je weet toch dat ik niet van zeilen hou. Dat gekloot met die touwtjes. Het is nu winter en koud. Kunnen we niet lekker gaan winkelen in België?

Victor wilde in de buurt blijven, omdat hij een serieus gesprek met Maud wilde aangaan over haar achtergrond.

'Maud, ik wil dichtbij huis blijven voor het geval dat Jackie op tilt slaat. Ze is een paar dagen geleden midden in de nacht thuisgekomen. In plaats één van haar toneelstukken op te voeren was ze volledig van slag en gedroeg ze zich apathisch. Er is iets gebeurd wat ze niet met me wil delen.'

'Ok, ik ga met je mee, maar dan eis ik dat je iets lekkers meeneemt om te eten en een fles Chappie.'

Victor moest lachen. 'Maak je maar geen zorgen, ik zorg ervoor dat de Champagne en de kaviaar in de koelkast koud staan, onder die voorwaarde dat jij je iPad thuislaat.'

Maud lachte hardop en gaf Victor een high-five: 'Deal!'

Het was een zonnige winterse dag toen Victor Maud thuis ophaalde. Tijdens de rit naar de jachthaven vertelde ze honderduit over haar studie en de feesten die ze de afgelopen tijd met haar vrienden in Amsterdam had gevierd.

Met de weekendtas van Maud in zijn hand klom Victor aan boord. Terwijl hij zijn voet aan dek zette, viel zijn oog op iets wat glinsterde in de zon. Victor pakte het op, klapte het open en wist gelijk dat het om het Zwitserse mesje van Paul ging. Victor kreeg er een onbehaaglijk gevoel bij. Iemand had het mesje thuis uit zijn nachtkastje meegenomen en nu lag het op het dek van zijn boot.

'Pa, loop eens door, dan kan ik er ook op.'

Victor schoot uit zijn overpeinzing, klapte het mesje dicht, stak het in zijn zak en hielp Maud aan boord.

'Zal ik koffiezetten?' vroeg Maud.

'Ja graag, dan kan ik de boot klaarmaken voor vertrek.'

Toen Victor klaar was, liep hij de kajuit binnen en zag dat Maud met een tijdschrift in haar hand stond. Het oude tijdschrift met Paul als microbioloog op de voorkaft. Maud had Victor niet horen aankomen en ze schrok toen hij achter haar stond.

'Ik hoorde je niet aankomen,' zei ze.

Victor wilde niet dat zijn dag met Maud door de foto van Paul verziekt zou worden. Hij wilde het tijdschrift uit haar hand aanpakken, maar ze hield het stevig vast.

'Ik ken deze man op de omslag, alleen onder een andere naam.'

Victor was gelijk alert, keek Maud met samengeknepen ogen aan: 'Wat voor naam?'

'Fred nog wat. Zijn achternaam kan ik me niet meer herinneren.'

'Waar ken je die Fred van?' vroeg Victor.

Maud gaf niet gelijk antwoord, maar Victor bleef haar gespannen aankijken.

'Ik liep hem in de kroeg tegen het lijf. We hebben een avondje met elkaar doorgebracht.' Maud hevelde het gesprek direct over op de groep meiden met wie ze die avond was wezen stappen.

Victor dacht dat zijn hart oversloeg. Het kon toch niet waar zijn dat Paul met zijn eigen dochter in bed had gelegen. Hij voelde dat zijn hand van kwaadheid begon te beven en hij zette de beker warme koffie gelijk neer.

'Heb je een relatie met die Fred gehad?'

'Een relatie is een groot woord, maar je weet wel. Wat ben je nieuwsgierig. Ken je die man dan?'

Victor besloot om open kaart te spelen ter voorbereiding over het vaderschap. Zijn hart bonkte nog steeds van boosheid, dat hij professioneel onderdrukte, maar wat niet meeviel. Hij pakte het tijdschrift op wat Maud op de tafel had gelegd en zei: 'Paul Norton was vroeger mijn boezemvriend. We hebben een aantal jaren samen op een studentenkamer geleefd. Als studenten konden we uitstekend met elkaar door de deur. Maar toen we allebei als ambitieuze mannen in de maalstroom van een carrière terecht kwamen, zijn we elkaar uit het oog verloren.

Onze paden hebben zich kortgeleden gekruist. Je moeder speelt hierin een cruciale rol. Ze heeft in het verleden ook een relatie met Paul Norton gehad, de man op de voorkaft van het tijdschrift, die zich in de kroeg Fred noemt.'

Maud keek Victor uitermate serieus aan, maar hij zag in haar ogen dat ze geschokt was.

'Ik kan schijnheilig tegen je doen en niets zeggen, maar het is nu eenmaal zo.'

Maud keek Victor met grote ogen aan en ze slikte: 'Dat is even schrikken. Ik begin me nu af te vragen of de ontmoetingen in de kroeg wel zo toevallig waren. Misschien had hij ze bewust gepland.'

'Paul kennende, die laat niets aan het toeval over?'

Maud wendde haar hoofd af en ze keek naar buiten.

'Waar denk je aan?' vroeg Victor.

'Ik vind het een nare gedachte dat iemand in zo'n functie zich zo achterbaks gedraagt.' Ze tikte met haar vinger op de afbeelding van Paul. Dit is een oud tijdschrift van enkele jaren geleden. Paul is niet meer aan het Academisch Ziekenhuis verbonden. Hij is op dit moment een alternatieve therapeut. Heeft hij tijdens jullie ontmoetingen wel eens iets over zijn werk verteld?'

'Nee, we hebben niet veel gepraat.'

Victor bedacht wrang, als je in bed met seks bezig bent, voer je geen gesprekken over je werk of studies.

Hij stond op, schonk de bekers vol met koffie en ging weer zitten. Daarna keek hij Maud recht aan. Ze oogde ongemakkelijk, omdat ze aanvoelde dat er iets ging gebeuren.

'Maud, ik moet je iets vertellen.'

Victor wachtte even en hervatte: 'Pasgeleden vond ik thuis een envelop in de bureaulade. Tot mijn verbazing was dat een DNA-vaderschapstest. In de brief stond dat onomstotelijk was vastgesteld dat je de biologische dochter van Paul Norton bent.'

Maud keek Victor verschrikt aan.

'Ik geloof er niets van. Dat kan gewoon niet. Jij bent mijn vader en zal dat altijd blijven,' zei ze ferm en keek Victor hoopvol aan.

'Heb je die brief nog?'

'Nee, ik denk dat Jackie hem heeft en ik weet niet of ze hem wil afgeven.'

'Pa, dat kan toch niet. Ik heb nooit aan een onderzoek meegewerkt.'

'Als Paul bij jou thuis is geweest en zonder dat je het weet, in een onbewaakt moment jouw DNA-materiaal heeft ontfutselt, kan hij dat opgestuurd hebben voor een DNA-onderzoek.'

Maud en Victor namen de tijd en dat was goed. Op een rustige manier besprak Victor de hele situatie.

'Zullen we de boot zo losgooien pa. Misschien is het goed om straks op het dek uit te waaien na het gesprek van vanmorgen.'

Victor liet het zich geen twee keer zeggen, liep gelijk het dek op en gooide de trossen los. De zon was verdwenen, donkere wolken dreven boven de zee.

Ze voeren uit. Op de Noordzee stond een straffe wind. Victor zei dat Maud binnen moest blijven en hij controleerde zijn veiligheidslijn. Dat was zeilen zoals hij het graag had, maar voor Maud die beneden in de kajuit zat een angstige ervaring.

De kustlijn was uit het zicht en de deining werd hoger. Het schip gleed met hoge snelheid over de golven. Victor genoot.

'Pa, ik vind het eng. We gaan schuin. Straks slaat de boot om,' riep Maud. Tegelijkertijd werd ze in de kajuit naar achteren geslingerd.

Op het moment dat Victor riep dat hij alles onder controle had, hoorde Maud een harde klap. Binnen de korte keren sloeg de boot om.

De zeilboot werd een dag later gevonden. De levenloze lichamen van Maud en Victor werden geborgen.

Hoofdstuk 33

Paul was tot diep in de nacht via de webcam met patiëntes in gesprek toen Jackie de praktijkruimte binnenstrompelde. Ze was volledig gedesoriënteerd.

'Paul ik wil naar huis.'

Paul sloot tegen zijn zin het gesprek op de webcam af, pakte zijn reserve mobiel, belde een taxi voor over een half uur. Daarna leidde hij Jackie terug naar de slaapkamer en raapte haar kleren op van de grond. Passief bleef ze in het midden van de kamer staan. Met afschuw trok Paul de kledingstukken over het sexy lingeriesetjes dat hij eerder op de avond bij Jackie had aangetrokken. In de hoek van de slaapkamer stond haar trolley, die Paul open op het bed neerlegde. Uit de kaste griste hij de spullen van Jackie en gooide deze er emotieloos in. Met een minderwaardig gezicht keek hij naar Jackie, die er oud en verschraald uitzag.

Toen de bel ging duwde Paul het handvat van de trolley in haar hand. De taxi was gearriveerd. Paul kon niet anders, hielp Jackie van de trap af naar beneden, anders zou ze gedesoriënteerd in het trapgat vallen. Hij gaf het adres van Jackie aan de taxichauffeur door en zei er zachtjes bij: 'Deze dame heeft veel te veel gedronken,' en hij stopte een vijftigeurobiljet in zijn hand. 'Kun je haar bij het opgegeven adres naar binnen helpen.'

De man keek Paul aan en mompelde: 'Dat komt wel goed,' en hij gooide het portier achter Jackie dicht.

Het eerste wat Paul deed toen hij de slaapkamer binnenliep was het bed afhalen. De kamer stonk zuur. Stelselmatig verwijderde hij alle sporen van Jackie, die hij tegenkwam. Paul had dezelfde dwangmatige behoefte, toen hij in De Zonneweelde afscheid van zijn moeder had genomen.

Uit de lade pakte hij de slipjes van Jackie die hij heimelijk had bewaard en gooide ze in het vuilnisvat bij de etensresten. Daarna ontsmette Paul zijn handen. Na deze heftige handelingen ging Paul naar bed. Hij was onrustig en viel pas tegen de ochtend pas in slaap.

Het was een verloren dag geweest, toen Paul tegen de avond zijn computer aanzette. Er waren verzoeken voor afspraken. Hier ging Paul als eerste mee aan de slag. Toen deze waren ingeboekt, scrolde Paul door naar een nieuwswebsite en schrok toen hij de headline las: Victor Bosch, lid Raad van Bestuur Salutem omgekomen bij zeilongeluk.

Paul klikte de link aan, las het stuk en zijn wereld klapte in elkaar. Zijn dochter Maud was ook bij het ongeluk om het leven gekomen.

Het enige wat hij in zijn leven had voortgebracht, had hij nog niet kunnen verzilveren. Maud; zijn dochter, die hij onwetend had misbruikt. Paul kon wel janken, hij had de competitie met Victor op alle fronten verloren.

Kwaad, vol woede beukte hij met zijn hoofd tegen de muur. Pijn voelde hij niet meer.

Hoe arrogant was hij geweest om het Zwitserse mesje bewust op het dek neer te gooien, nadat hij een flinke snee in het touwwerk had gegeven. Het had geluk moeten brengen, in plaats van dit drama.

Het acceptatieproces en de stappen die hij had genomen om zijn dochter Maud een plaats in zijn leven te geven, waren door zijn eigen stomheid tussen zijn vingers weggegliept.

Paul had zich met een beurs voorhoofd in zijn stoel laten zakken. Hij kon het nog niet bevatten dat Victor Maud had meegenomen naar zijn zeilboot. De afrekening was voor Victor bedoeld geweest. Het was domweg niet in zijn gedachten opgekomen dat Victor haar zou meenemen. Hoe kwam het dat zijn denkpatroon niet goed was geordend? Waarom was zijn waarneming in een verkeerde interpretatie omgezet, waardoor hij de oorzaak en het gevolg over het hoofd had gezien?

Paul sloot zijn vermoeide rooddoorlopen ogen. De poster op de achtergrond met de reikende handen die de wolken in de lucht opvingen, hadden geen verlichting geboden.

Of zat de voorstelling toch anders in elkaar. Klopte de berichtgeving op het internet wel? Of was zijn beeldvorming door onderbewuste angst ingegeven. Pure angst om zijn dochter te verliezen?

Paul opende zijn ogen, keek naar het beeldscherm en bekeek alle nieuwsitems van de gerenommeerde nieuwskanalen. Overal werd met het zeilongeluk van Victor geopend. Er was geen twijfel mogelijk, het was de werkelijkheid die zijn gekoesterde verwachting uiteenspatte.

Paul moest met dit verlies leven en dat viel niet mee. Hij kon zijn verdriet met niemand delen. Hoe moest Paul nu al zijn pijn, verdriet en gekwetste gevoelens verwerken? Normaliter had hij zijn antwoord al klaar als er patiëntes op de behandeltafel lagen, die hopeloos op zoek waren naar een oplossing voor hun hartenpijn.

Hoe moest Paul deze lawine van gevoelens nu loslaten, er boven gaan staan, zoals hij altijd had gepredikt? Nu hij zelf onverwachts voor het blok werd gezet, wilde hij deze emoties het liefste ontlopen. Hij wilde geen pijn en verdriet voelen.

Paul keek weer naar het beeld op zijn computer, waar de tekst van het ongeluk stond. Hij kon het niet meer lezen. Grote tranen rolden uit zijn ogen. Vanuit zijn tenen welde diepe emotionele gevoelens op. Hij kon zich niet meer beheersen en huilde krijsend als een baby die om zijn voeding vraagt.

Paul kon zich in zijn praktijk niet meer concentreren, annuleerde impulsief al zijn afspraken en hij plande geen nieuwe meer in. Op de televisie had Paul met lede ogen de beelden van de begrafenis van Victor Bosch en zijn dochter Maud Bosch bekeken. Hij had Jackie met haar andere dochter achter de kist zien lopen bij de begrafenisstoet. Jackie huilde, zag er oud en verlopen uit. Haar dochter Colette ondersteunde haar. Wat een gelijkenis had deze dochter met Victor. Ze leek als twee druppels water op hem.

Paul nam het besluit om schoon schip te maken, zo kon hij niet verder komen in het leven. Jackie had hij gelukkig niet meer gezien, die wilde hij nooit meer zien. Na de confronterende behandeling met het liefdeselixer wist hij zeker dat ze nooit meer voor de deur zou staan.

Als eerste ruimde Paul de paspoppen op die op de overloop stonden. Vertwijfeld stond hij in de deuropening van zijn praktijkruimte, keek naar de behandeltafel, waar hij veel vrouwen gelukkig had gemaakt. Dat hoofdstuk was nu afgesloten en hij haalde de ruimte leeg. Hij belde het grofvuil van de gemeente Den Haag en zette alles op het afgesproken tijdstip op straat klaar.

Financieel gezien had Paul een enorm verlies geleden toen hij bijna al zijn Salutem aandelen had verkocht naar aanleiding van het afgeluisterde gesprek tussen Lettie en Victor. Hij was niet dom, had reserves achter de hand gehouden die hij in Marbella had ondergebracht. Dat had hij nooit tegen Fred gezegd.

Dit was nu een uitgelezen moment om de woning in Den Haag in de verkoop te zetten en naar Spanje te vertrekken. Vanuit Spanje zou hij zijn praktijk weer kunnen opbouwen en zijn kapitaal laten aangroeien.

Paul maakte met een bevriende internationale makelaar een afspraak, die hij nog kende uit de periode toen hij met Marga was getrouwd, over de verkoop van zijn appartement in de Haagse binnenstad. In de tussentijd reisde hij af naar Marbella om zich te oriënteren op zijn nieuwe huisvesting.

Alles lag op schema toen Paul de laatste spullen in zijn Haagse appartement inpakte. De bel van de voordeur ging.

Nietsvermoedend opende Paul de deur, een arrestatieteam van de politie stormde de trap op. Hij werd aangehouden voor de moord op Victor Bosch en Maud Bosch. Paul was compleet overrompeld, omdat hij dacht dat de makelaar met potentiële kopers voor de deur stonden.

Zonder verzet werd Paul meegenomen voor verhoor naar het politiebureau. Hier werd verteld dat hij recht had op een advocaat. Paul weigerde, hij vond dat hij voldoende capaciteit had om zelf de verdediging te voeren. Paul was ervan overtuigd dat ze geen bewijs in handen hadden om hem te kunnen veroordelen.

Het zat tegen. Paul werd voorgeleid. De hulpofficier van justitie bepaalde dat hij langer vast moest blijven voor verhoor. Razend was Paul. Hij was er heilig van overtuigd dat hij onschuldig was en dat had hij niet onder stoelen of banken gestoken. Men had hem vriendelijk gevraagd zijn mond te houden.

Het bleek dat de politie zijn dossier al had doorgestuurd naar de officier van justitie, die de dagvaarding afgaf, waarin de datum vermeld stond wanneer de zaak voor de rechter zou komen. Paul werd in voorlopige hechtenis gesteld en afgevoerd naar het huis van bewaring.

Toen de celdeur achter Paul werd dichtgedraaid, wist hij zeker dat dit niet de werkelijkheid kon zijn. Hij was in de verkeerde voorstelling beland. Als hij morgen wakker zou worden en hier nog zat, moest hij de werkelijkheid accepteren.

Die nacht droomde Paul over Marloes. Waarom had hij zich eigenlijk van haar afgewend? Als hij haar had gekoesterd, zou ze hem nu kunnen bijstaan met haar juridische kennis en expertise. De onstuimige driften in zijn lichaam hadden Marloes van hem weggejaagd, terwijl ze nu zijn verlossing had kunnen zijn.

De volgende ochtend werd Paul wakker en hij keek onwerkelijk om zich heen. Dit was de realiteit en deze werkelijkheid kende geen grenzen.
Na een emotionele rechtszaak werd Paul schuldig bevonden aan doodslag op Victor Bosch en Maud Bosch. De camerabeelden die door Willem op de zeilboot waren opgenomen waren het onomstotelijk bewijs dat Paul met opzet twee mensen van het leven had beroofd. Op de beelden was goed te zien dat hij de lijnen met een mes had doorgesneden. Paul werd veroordeeld tot acht jaar gevangenisstraf.

Was de werkelijkheid nu een begrip zonder inhoud of was de werkelijkheid de beleving die hij had ervaren? vroeg Paul zich af. Was zijn waarneming wel zuiver geweest of had hij een verwijzing gemist?
Paul wist het niet meer, zat eenzaam in zijn cel, keek emotieloos voor zich uit. Het had allemaal zo mooi kunnen zijn.

Kom, speel mijn spel,
Liefde is voor verliezers.
Ik zal je testen,
In vuur en vlam stond ik,
Jij bent het slachtoffer.
Herinneringen larderen mijn gedachten,
Zinloos.
Kom, speel mijn spel,
Adem in, adem uit, adem uit,
Liefde, een verloren spel.

Uitgaven **Iris Pinson**

2014
Als je alleen...
Erotisch relatiedrama
Print   ISBN 9789082192902
E-book ISBN 9789082192919

2014
California Dreaming
Carrière, erotiek en tragiek
Print   ISBN 9789082192926
E-book ISBN 9789082192933

2015
Dr. Norton
Carrière, erotiek en tragiek
Print   ISBN 9789082192940
E-book ISBN 9789082192957

2017
Donkertest
Carrière, erotiek en tragiek
Print   ISBN 9789082192964
E-book ISBN 9789082192971

2021
Talent Hunter
Carrière, erotiek en tragiek
Print   ISBN 9789082192988
E-book ISBN 9789082192995

www.ingramcontent.com/pod-product-compliance
Lightning Source LLC
Chambersburg PA
CBHW070443030726
47503CB00004B/873